Georgette Heyer, spécialiste de la période de la Régence (1811-1820), est l'une des romancières les plus réputées et adulées de son temps. À l'âge de quinze ans, elle prend la plume pour distraire son frère convalescent, et invente le genre de la romance historique, s'inspirant largement des œuvres de Jane Austen. Outre son incomparable talent pour les intrigues amoureuses, Georgette Heyer a également écrit une dizaine de romans policiers.

Ce livre est également disponible
au format numérique

www.milady.fr

Georgette Heyer

Adorable Sophy

Traduit de l'anglais (Grande-Bretagne) par Charlotte Neveu

Milady Romance

Milady est un label des éditions Bragelonne

Titre original : *The Grand Sophy*

ISBN : 978-2-8112-0846-2

NOTE DE L'ÉDITEUR :
Malgré tous nos efforts, nous n'avons pas pu retrouver les ayants droit de la traduction de cet ouvrage. Nous nous tenons donc à la disposition de toute personne souhaitant nous contacter à ce sujet, à l'adresse des éditions Bragelonne ci-dessous.

Bragelonne – Milady
60-62, rue d'Hauteville – 75010 Paris

E-mail : info@milady.fr
Site Internet : www.milady.fr

Chapitre premier

Le maître d'hôtel reconnut au premier coup d'œil le seul frère encore en vie de son honorable maîtresse. Il s'inclina profondément devant sir Horace et l'informa que milady n'était chez elle pour personne, mais qu'elle serait heureuse de le voir. Sans se laisser impressionner par cette louable condescendance, sir Horace tendit à l'un des valets de pied sa pelisse, à l'autre son chapeau et sa canne, puis il posa ses gants sur la console de marbre et dit :

— Je n'en doute pas le moins du monde. Comment vous portez-vous, Dassett ?

Flatté de voir que l'on se rappelait son nom, mais désapprouvant en son for intérieur les manières désinvoltes de sir Horace, le maître d'hôtel répondit qu'il se portait aussi bien que possible, et qu'il avait plaisir à constater que sir Horace ne semblait pas vieilli d'un jour depuis la dernière fois qu'il avait eu l'honneur de l'annoncer. Puis, plein de dignité, il ouvrit la marche à travers le grand escalier qui menait au salon bleu où lady Ombersley somnolait sur un sofa, un châle des Indes étendu sur ses pieds et son bonnet nettement de travers. Mr Dassett, conscient de ce désordre, toussota légèrement avant d'annoncer d'une voix solennelle :

— Sir Horace Stanton-Lacy, milady !

Lady Ombersley s'éveilla en sursaut, l'œil égaré. Instinctivement, elle essaya de rajuster son bonnet et poussa un petit cri :

— Horace !

— Bonjour, Lizzie, comment ça va ? dit sir Horace en marchant vers sa sœur et en lui donnant une grande bourrade dans le dos.

— Seigneur, quelle peur vous m'avez faite ! s'exclama la comtesse en débouchant le flacon de sels qu'elle gardait toujours à portée de la main.

Après avoir considéré d'un œil indulgent cet échange, le maître d'hôtel se retira et descendit informer ses sous-ordres que sir Horace était un homme qui avait beaucoup voyagé, du fait qu'il occupait une fonction diplomatique tout à fait secrète et particulière et qu'il était inutile de leur expliquer en détail, « vu qu'ils étaient bien trop stupides pour y comprendre quelque chose ».

Pendant ce temps, le diplomate en question, la queue de son habit tournée vers la cheminée, aspira une prise de tabac et constata ouvertement que sa sœur avait pris du poids. La seconde d'après il ajoutait assez finement :

— Nous ne rajeunissons pas, ni l'un ni l'autre…

Il y avait une grande glace dorée au-dessus du manteau de la cheminée et, tout en parlant, sir Horace se regardait avec une certaine complaisance. Il le pouvait, car il portait bien ses quarante-cinq ans. Il avait un peu épaissi au cours de ces dernières années, mais comme il mesurait plus d'un mètre quatre-vingts, ce léger embonpoint ne lui allait pas mal. C'était un bel homme, au port très distingué, et dont les cheveux noirs ondulés n'avaient pas encore de fils blancs. Il était toujours habillé avec beaucoup d'élégance, mais, en homme avisé, il se méfiait de ces raffinements vestimentaires qui ne font qu'accentuer les défauts quand on n'est plus tout à fait jeune.

Sa sœur accepta sa critique sans sourciller le moins du monde. Vingt-sept ans d'union conjugale et les huit preuves d'amour dont elle avait gratifié son époux sous la forme de garçons et de filles l'avaient marquée à tout jamais. Elle n'avait d'ailleurs aucune prétention et répétait à qui voulait l'entendre que, une fois grand-mère, il n'était plus question de coquetterie.

— Comment va Ombersley ? demanda sir Horace par pure civilité.

— Sa goutte le fait un peu souffrir, mais pour le reste, il ne faut pas se plaindre, répondit lady Ombersley.

— Il a toujours été un peu trop porté sur la boisson, reprit sir Horace. Mais pour le reste, évidemment, il approche de la soixantaine… j'espère qu'il ne vous donne plus de soucis de ce côté-là ?

— Non, non, protesta-t-elle vivement.

Les infidélités de son mari, aussi scandaleuses qu'elles pussent être, ne l'avaient jamais beaucoup inquiétée, mais lady Ombersley n'avait aucune envie d'en discuter avec son frère. Pour couper court, elle lui demanda d'où il venait.

— De Lisbonne, dit-il en aspirant une nouvelle prise.

Sa sœur fut vaguement étonnée. Cela faisait à présent deux ans que la guerre d'Espagne était finie et, aux dernières nouvelles, sir Horace se trouvait à Vienne, où il s'agitait certainement dans les coulisses du Congrès que ce monstre de Napoléon avait si brusquement interrompu en s'échappant de l'île d'Elbe.

— Oh ! dit-elle, c'est un fait, vous avez une maison là-bas. Je l'avais complètement oublié ! Et comment va Sophy ?

— Justement, dit sir Horace en refermant sa tabatière qu'il glissa dans sa poche, c'est à propos de Sophy que je viens vous voir.

Il y avait quinze ans que sir Horace était veuf et, depuis la mort de sa femme, non seulement il n'avait jamais demandé à sa sœur de l'aider à élever sa fille, mais il avait toujours refusé ses conseils.

C'est donc avec une vague appréhension que lady Ombersley reprit :

— Vraiment ? Chère, chère petite Sophy, il y a au moins quatre ans que je ne l'ai vue. Quel âge a-t-elle maintenant ? Elle va bientôt être assez grande pour qu'on la sorte dans le monde.

— Comment ! fit sir Horace. Il y a beau temps qu'elle sort dans le monde. Elle ne fait même que ça. Elle a vingt ans !

— Vingt ans ! s'écria lady Ombersley.

Elle se livra mentalement à un laborieux calcul et dit :

— Pardi, mais oui, cela doit faire ça ! Cecilia a dix-neuf ans et je me souviens que Sophy est née l'année d'avant. Pauvre Marianne ! Elle était si ravissante ! Mon Dieu, est-ce possible !

Sir Horace fit un effort pour se rappeler le visage de sa femme.

— Oui, acquiesça-t-il évasivement, oui, c'est juste, elle était charmante. D'ailleurs, Sophy ne lui ressemble en rien. Dieu soit loué !

— Je comprends quel réconfort cette enfant a été pour vous, soupira lady Ombersley, et je suis sûre, mon cher Horace, que vous lui êtes tout dévoué.

— Pas le moins du monde. Je me serais tout de suite séparé d'elle si elle avait été insupportable. Mais elle est la gentillesse même. C'est un amour, cette Sophy.

— Je n'en doute pas, reprit lady Ombersley, mais quelle idée de la traîner avec vous en Espagne et au Portugal ; elle aurait été beaucoup mieux dans un pensionnat pour jeunes filles…

— Elle ! pour apprendre à pincer le bec ! Je ne vois pas ma Sophy dans un établissement de ce genre ! D'ailleurs, maintenant, il est trop tard pour revenir sur le sujet. La vérité, Lizzie, c'est que je me trouve dans l'embarras. Je dois partir pour l'Amérique du Sud et je voudrais que vous gardiez Sophy.

— Pour l'Amérique du Sud ! balbutia lady Ombersley, qui n'en croyait pas ses oreilles.

— Pour le Brésil, plus exactement. Je ne pense pas rester très longtemps, mais je ne peux pas emmener ma petite Sophy là-bas, ni la laisser à Tilly, puisque Tilly est morte. À Vienne, il y a deux ans. Ce n'était pas une chose à faire, mais il faut l'excuser, je ne crois pas qu'elle l'ait fait exprès.

— Tilly ? interrogea lady Ombersley, complètement perdue.

— Ma chère Elizabeth, cessez de répéter tout ce que je dis. C'est une déplorable habitude. Je parle de Miss Tillingham, l'ancienne gouvernante de Sophy.

— Ciel ! Vous n'allez pas me dire, Horace, que Sophy n'a plus de gouvernante ?

— Bien sûr qu'elle n'a plus de gouvernante. Elle peut s'en passer. J'ai toujours trouvé à Paris autant de chaperons que j'en voulais quand elle en a eu besoin. Et la même chose ailleurs. Mais je ne peux pas la laisser seule en Angleterre.

— Il ne manquerait plus que ça ! Seulement, voilà, mon cher Horace… malgré tout le désir que j'ai de vous être agréable, je ne sais pas si…

— Balivernes ! trancha sir Horace. Ce sera une délicieuse compagne pour votre fille… comment s'appelle-t-elle, déjà ? Cecilia. Elle est charmante… franche et pure comme l'or, ma Sophy !

Ces mots, venant d'un père, firent jaillir une certaine méfiance dans l'esprit de lady Ombersley. Elle essaya de protester. Mais sir Horace continua, sans prendre garde à ce qu'elle disait :

— Et ce n'est pas elle qui vous causera le moindre ennui. Elle a la tête sur les épaules, ma Sophy. Je ne me suis jamais fait le moindre souci pour elle.

Comme elle connaissait bien son frère, la comtesse le crut sur parole quand il dit ces derniers mots. Mais douée elle-même d'une excellente nature, elle ne fit aucun commentaire désobligeant à ce propos.

— Je suis persuadée qu'elle est adorable, reprit-elle simplement, mais vous comprenez, Horace…

— Ah ! autre chose qu'il faut que je vous dise : elle est en âge de se marier. Je crois que je peux vous faire confiance, poursuivit sir Horace en s'asseyant en face du feu. Après tout, vous êtes sa tante, et mon unique sœur par-dessus le marché.

— Je serais heureuse de la sortir, assura lady Ombersley. Le hic, c'est que… mon pauvre Horace, je sais ce que cela m'a coûté de présenter Cecilia dans le monde, l'année dernière, et le mariage de Marie, juste quelques mois avant, et Hubert maintenant à Oxford… sans compter la pension de Théodore à Eton, ajouta-t-elle adroitement.

— Si c'est une question d'argent, Lizzie, ne vous tracassez pas pour cela. Mais vous n'avez pas besoin de présenter Sophy à la Cour. Je m'en occuperai à mon retour. Tout ce que je demande, c'est qu'elle sorte avec ses cousins et qu'elle fréquente des gens de notre milieu… vous comprenez ce que je veux dire.

— Bien sûr, bien sûr, mais je ne sais pas si nous sommes bien ce qui convient à votre Sophy. Nous recevons très peu à la maison.

— Vous avez tort, trancha brutalement sir Horace. Quand on a, comme vous, une douzaine de filles sur les bras…

— Mais, interrompit lady Ombersley, je n'ai pas une douzaine de filles sur les bras, Horace. Selina n'a que seize ans et Gertrude et Amabel viennent à peine de quitter leur nurse.

— Je vois ce dont il s'agit, dit son frère sans méchanceté. Vous avez peur que ma Sophy n'éclipse votre Cecilia. Mais non, ne craignez rien. Ce n'est pas une beauté. Je ne dis pas qu'elle est laide ; elle est même fort plaisante, mais enfin, si je me souviens bien, Cecilia est vraiment jolie. Je me rappelle même m'en être fait la réflexion la dernière fois que je l'ai vue. J'en avais été étonné. Car enfin, vous n'avez jamais dépassé une honnête moyenne, vous, Lizzie, et j'ai toujours trouvé Ombersley plutôt ordinaire.

La sœur écouta humblement cette explication peu subtile, mais se sentit profondément blessée qu'on lui prêtât des sentiments si bas en ce qui concernait Sophy.

— Et même si je suis laide, Horace, tout cela n'a rien à voir ici, reprit-elle. D'ailleurs, bien que ce ne soit pas encore tout à fait officiel, je dois vous annoncer que Cecilia a trouvé un parti très satisfaisant.

— Bravo ! s'exclama sir Horace. Comme cela, vous n'aurez plus qu'à vous occuper de Sophy. Et vous n'aurez pas de mal à le faire. Elle est ce que j'appelle attirante et sa fortune sera un jour plutôt coquette. Par ailleurs, ce n'est pas elle qui s'éprendra follement d'un imbécile : Sophy est une fille raisonnable et elle connaît déjà assez bien le monde pour ne pas se laisser berner. Qui avez-vous trouvé pour Cecilia ?

— Lord Charlbury, répondit sa sœur, non sans une note de fierté dans la voix. Il a déjà demandé au comte le droit de commencer sa cour.

— Charlbury, peste ! commenta sir Horace. Mes compliments, Elizabeth. Vous avez décroché le gros lot. Du diable si je m'en étais douté ! Car la beauté n'est pas tout, et quand je vois la façon dont Ombersley gère sa fortune…

— Lord Charlbury, dit lady Ombersley, avec une pointe de raideur, est un homme riche et très au-dessus de ces considérations vulgaires. D'ailleurs, il m'a lui-même confié qu'il avait eu un vrai coup de foudre.

— Insensé ! dit sir Horace. Je pense qu'il cherchait à se caser déjà depuis quelque temps… quel âge a-t-il ? Une trentaine d'années, j'imagine… Enfin, s'il a vraiment un sentiment quelconque pour Cecilia, tant mieux, tant mieux ! Ça l'aidera à sauter le pas.

— Oui, et je suis sûre qu'ils seront heureux ensemble. Il est tout ce qu'il y a de gentil et d'aimable, très distingué, pas bête du tout, et son physique est agréable.

— Je crois qu'il a toutes les vertus et Cecilia doit s'estimer heureuse, dit sir Horace, à qui le mariage de sa nièce était assez indifférent. J'espère que vous vous débrouillerez aussi bien pour Sophy.

—Je le souhaite, soupira la comtesse. Mais le moment est mal choisi et je crains, Horace, que cela ne plaise pas du tout à Charles.

Dans un effort de mémoire, sir Horace fronça les sourcils.

—Je croyais qu'il s'appelait Bernard, dit-il. Pourquoi cela ne lui plairait-il pas ?

—Je ne parle pas du comte, Horace. Je vous parle de Charles !

—Ah oui, votre fils aîné. Mais quelle objection a-t-il à formuler ? Et que diable peut-il trouver à reprocher à Sophy ?

—Mais il n'est pas question de lui reprocher quoi que ce soit ! Comment pourrait-il se permettre ? Seulement, voilà… il est fiancé… Il est fiancé à Miss Wraxton.

—Quoi, la fille du vieux Brinklow ? Pardieu, Lizzie, je n'en reviens pas de votre adresse. C'est un parti en or.

—Oui, Miss Wraxton est vraiment une créature d'élite. Elle est supérieurement intelligente et bien élevée.

—Et embêtante comme la pluie, ponctua simplement sir Horace. J'en donnerais ma main à couper.

—Charles, reprit lady Ombersley, l'œil voilé d'une légère tristesse, n'aime pas les jeunes filles turbulentes. Pour moi, je trouve que Miss Wraxton manque un peu d'enjouement et de vivacité. Vous le savez, Horace, je ne fréquente guère les bas-bleus. Mais à une époque où les jeunes filles du meilleur monde adoptent des manières très libres, il est agréable de voir… Bref, Charles prétend qu'il aime beaucoup l'air réfléchi de Miss Wraxton, conclut-elle hâtivement.

— C'est vraiment curieux, Lizzie, qu'un enfant né de vous et de ce cher Ombersley soit un pareil bonnet de nuit, remarqua placidement sir Horace. Vous n'auriez pas, par hasard, trompé ce pauvre Bernard ?

— Horace !

— Non, non, ne vous agitez pas ! J'en suis bien convaincu ! Ces choses arrivent rarement avec l'aîné – surtout avec une femme aussi avertie que vous. Cependant, c'est si cocasse que vous ayez produit un oiseau de ce genre… Quoi qu'il en soit, qu'il épouse son bas-bleu, je n'ai rien à y voir et je lui souhaite tout le bonheur possible. Mais je ne vois pas en quoi cela concerne Sophy ?

Lady Ombersley, qui contemplait le feu, jeta un regard à son frère.

— Vous n'y comprenez rien, Horace.

— C'est ce que je suis en train de vous dire.

— C'est que… Matthew Rivenhale a laissé sa fortune à Charles.

Sir Horace était réputé être un homme à l'esprit vif, mais il eut du mal à assimiler ce que sa sœur venait de lui annoncer. Il la dévisagea un instant et finit par articuler :

— Vous parlez bien du vieil oncle d'Ombersley ?

— Lui-même.

— Le nabab ?

La comtesse acquiesça, mais sir Horace n'y croyait toujours pas. Il insista :

— Celui qui a fait fortune aux Indes ?

— Oui. Et nous avions toujours pensé… Mais il prétendait que Charles et lui étaient les seuls Rivenhale à avoir du plomb dans la tête, et il lui a tout laissé. Tout, Horace !

— Nom de… !

Nul doute que lady Ombersley trouva l'interjection convenable, car elle inclina de nouveau la tête, tandis que ses doigts jouaient calmement avec les franges de son châle.

— Alors, c'est Charles qui fait la loi ? s'enquit sir Horace.

— Le pauvre enfant s'est montré des plus généreux, dit la comtesse tristement. Nous ne pouvons que le remercier.

— Bon sang ! Je flaire quelque idiotie, s'exclama sir Horace. Qu'a-t-il fait, ce jeune mufle ?

— Vous l'ignorez sans doute, Horace, car vous êtes toujours par monts et par vaux, mais Ombersley avait de lourdes dettes.

— Comment voulez-vous que je l'ignore ? C'est de notoriété publique. J'ai toujours vu Ombersley dans la lune. Mais vous n'allez pas me dire que Charles a payé ce qu'il devait. Ce serait parfaitement ridicule !

— Il fallait bien que quelqu'un paie, Horace ! La vie était devenue trop difficile avec nos fils qu'il fallait établir et nos filles à marier. Je comprends l'impatience de Charles de voir Cecilia se fixer.

— C'est lui qui couve la nichée, à présent ! Il ne manquait plus que ça ! Et qu'a-t-il fait des hypothèques ? Si la propriété n'avait pas été substituée, il y a longtemps qu'elle serait dilapidée, mais ce n'est sans doute pas son point de vue.

— Je ne comprends rien à toutes ces affaires-là, mais je crains que Charles ait agi sans beaucoup de discernement. Mon mari était très fâché… bien que je trouve impardonnable de traiter son fils de serpent comme Bernard l'a fait à l'époque. Il semble qu'à sa majorité, Charles aurait pu aider son père, avec un peu de bonne volonté. Mais il n'y a rien eu à faire. Charles s'est entêté et c'est sur ces entrefaites que le vieux grigou est mort.

— Quand est-il mort ? demanda sir Horace. Comment se fait-il que je n'en aie rien su ?

— Il y a un peu plus de deux ans, et…

— Dans ce cas, je comprends. À ce moment-là j'avais rudement à faire avec le duc d'Angoulême et sa clique. Je devais me trouver à Toulouse. Mais la dernière fois que je vous ai vue, vous ne m'en avez pas soufflé mot. C'est cela que je ne m'explique pas.

— Comment pouvais-je penser à de pareilles balivernes alors que ce monstre de Napoléon se trouvait en liberté et que les banques fermaient leurs guichets ? Et vous, arrivé de Bruxelles brusquement, sans crier gare et me posant mille questions en l'espace de vingt minutes ! S'il y a quelque chose de surprenant, c'est que je n'aie pas perdu la tête…

Négligeant les arguments de sa sœur, sir Horace s'écria d'un ton violent dont il n'était pas coutumier :

— Cela dépasse tout ce qu'on peut imaginer ! Je sais bien qu'Ombersley n'est qu'un pauvre hurluberlu, mais déposséder un homme en faveur d'un garçon qui prétend régenter son père... car je suis sûr que c'est ce qu'il fait...

— Non, non, protesta lady Ombersley faiblement. Charles est tout à fait conscient de ce qu'il doit à son père. Ce n'est pas qu'il lui manque de respect, oh, non ! Seulement le pauvre Ombersley ne peut pas faire autrement que d'être un peu vexé maintenant que Charles a tout pris en main.

— C'est du joli !

— Enfin, presque personne ne le sait ; c'est déjà une consolation. Et ce n'est pas déplaisant de penser que nous ne devons plus d'argent.

Elle réfléchit un instant et reprit :

— Pour ce qui est d'Ombersley, je ne sais... mais ce que je puis affirmer, c'est que les dépenses courantes de la maison sont toujours payées sur-le-champ.

— Quoi, vous n'allez pas me dire que la fortune du vieux Matthew sert à payer les frais de cette maisonnée ! s'écria sir Horace.

— Non, oh non ! Mais je n'y comprends goutte, Horace, et j'aime mieux ne pas discuter. Tout ce que je peux dire, c'est que Charles a persuadé son père de lui laisser gérer la propriété.

— Il a dû l'y contraindre, dit sir Horace d'un air sombre. En quel siècle vivons-nous ! Pardi, je vois bien l'intérêt du garçon, mais je le déplore pour vous, Lizzie.

— Je vous en prie, enlevez-vous cela de la tête ! cria lady Ombersley qui se sentait au désespoir. Je ne voudrais pas que vous pensiez que Charles est le moins du monde désagréable – sauf quand il s'emporte, une fois de temps en temps – mais il faut bien avouer que l'on met sa patience à l'épreuve. Et c'est pourquoi, mon cher Horace, je suis bien obligée de vous dire que, si Charles n'approuve pas que je prenne Sophy à la maison, il faudra en passer par là.

— Sornettes que tout cela ! dit sir Horace. Et pourquoi ne l'approuverait-il pas ?

— Nous avions décidé de ne pas donner de réceptions cette année, sauf celles qui étaient tout à fait indispensables. C'est ennuyeux que le mariage de Charles ait dû être reporté en raison d'un deuil éloigné dans la famille de Miss Wraxton. L'une des sœurs de lady Brinklow doit porter des gants noirs encore pendant six mois. Vous savez que les Brinklow sont très à cheval sur ces principes. Eugenia ne fréquente à présent que des réunions très paisibles où les jeunes gens ne s'amusent pas, et Charles, bien entendu, estime que c'est son devoir d'en faire autant.

— Voyons, voyons, Elizabeth ! Un homme n'est quand même pas tenu de porter des gants noirs parce que la tante d'une fille qu'il n'a pas encore épousée a eu l'idée de casser sa pipe !

— Évidemment… mais Charles est plein de délicatesse… Et puis, il y a Charlbury…

— Qu'est-ce qu'il a, celui-là ?

— Les oreillons !

— C'est le bouquet !

Sir Horace éclata de rire.

— Il ne faut pas être très malin pour attraper les oreillons au lieu d'épouser Cecilia !

— Franchement, Horace, je trouve que vous êtes très injuste. Ce n'est pas la faute de ce garçon. C'est bien assez vexant pour lui ! D'autant que je suis certaine qu'avec un petit effort il aurait pu s'attacher Cecilia. Mais vous savez comment sont les jeunes filles : elles ont parfois des engouements stupides…

Sir Horace prit tranquillement une prise dans sa tabatière et regarda sa sœur avec un sourire amusé.

— Peut-on savoir qui fait l'objet de l'engouement stupide de Cecilia ?

Lady Ombersley savait que, si son fils avait été là, il lui aurait ordonné le silence, mais son besoin de s'épancher était si grand qu'elle ne sut y résister.

— Horace, vous ne le répéterez pas, dit-elle. Cette pauvre stupide enfant s'imagine qu'elle est amoureuse du jeune Auguste Fawnhope !

— Un Lutterworth ? demanda sir Horace. Je ne crois pas que ce soit le parti rêvé.

— Pour l'amour du ciel, mon ami, il n'est pas question de mariage ! D'autant qu'Auguste est le fils cadet et qu'il n'aura certainement rien. Mais c'est un poète…

— Une espèce dangereuse, commenta sir Horace. Je ne crois pas que je le connaisse. Comment est-il ?

— Très beau, répondit lady Ombersley d'une voix tremblante d'émotion.

— Quoi, dans le genre Byron ? Il aura fort à faire pour l'égaler.

— Non… je veux dire : il est aussi blond que Cecilia et il ne boite pas ; mais bien que ses poèmes soient assez jolis et bien présentés, ils n'ont pas l'air de rencontrer le succès. Pas du tout comme ceux de Byron. Et c'est dommage, parce qu'on m'a dit que c'était sa mère, lady Lutterworth, qui payait leur publication.

— Maintenant que j'y pense, je crois que je connais ce garçon. J'ai dû le voir avec Stuart, l'an dernier à Bruxelles. À votre place, ma chère amie, je marierais Cecilia le plus vite possible. Avec Charlbury, s'entend.

— C'était bien mon intention, mais à vrai dire je ne sais que faire. Si Cecilia a de l'aversion pour lui, je ne peux pas l'obliger à le prendre pour mari. Et quelle idée aussi, d'avoir les oreillons !

Sir Horace hocha la tête.

— Elle épousera son poète, vous verrez.

— Ne dites pas cela, Horace ! Et pourtant, comment l'éviter… Si encore c'était un garçon d'un autre milieu que le nôtre, elle n'aurait pas l'occasion de le voir et tout s'arrangerait facilement. Mais les Fawnhope sont partout. Et Almeida Lutterworth est une de mes vieilles amies.

Sir Horace se mit à bâiller et dit d'un ton indifférent :

— Ne vous faites pas de soucis, Lizzie. Les Fawnhope n'ont pas de fortune et je parie que lady Lutterworth n'est pas plus chaude que vous pour ce mariage.

— Ne croyez pas cela, Horace ! Il n'y a rien qu'elle désire davantage. Elle me l'a bien laissé entendre. Au point que j'en étais gênée. D'ailleurs, Auguste est son chouchou. Il faut qu'il ait tout ce qu'il désire. Mais l'idée ne m'était jamais venue qu'il pourrait commencer sa cour sans s'en ouvrir d'abord à Ombersley.

— Bah ! Si elle a jeté son dévolu sur lui, alors qu'elle l'épouse ! Ce n'est pas comme s'il était de condition inférieure. Si cela lui est égal d'avoir un mari sans le sou, après tout c'est elle que ça regarde.

— Vous ne diriez pas cela s'il s'agissait de Sophy.

— Sophy n'est pas si bête.

— Cecilia n'est pas bête, rétorqua lady Ombersley, subitement hors d'elle-même. Si vous connaissiez Auguste, vous trouveriez qu'elle a raison. Moi-même, j'approuve… Seulement, c'est Charles, acheva-t-elle d'un air résigné.

— Quand Cecilia aura sa cousine auprès d'elle, ça lui changera les idées, conclut sir Horace.

Comme sous le coup d'une idée géniale, les traits de lady Ombersley se détendirent à cette suggestion. Elle dit :

— Après tout, pourquoi pas ? Cecilia est timide ; elle ne se lie pas facilement, et depuis que sa meilleure amie est partie pour les Midlands, le fait est qu'elle n'a plus de compagne à qui se confier. Peut-être que Sophy…

Elle formait déjà mille plans dans sa tête quand la porte s'ouvrit et Charles pénétra dans le salon.

L'Honorable Charles Rivenhale était un homme de vingt-six ans qui donnait l'impression à la fois d'une certaine réserve et d'une certaine assurance. Il était grand et bien bâti, et on l'imaginait plus aisément chevauchant les terres de ses ancêtres qu'en train de faire des compliments dans un salon. Il portait presque toujours un costume de cavalier et ses chemises étaient à peine amidonnées. Il demandait à son tailleur de lui tailler des costumes assez faciles à enfiler pour qu'il pût se passer de l'aide d'un domestique. Il exécrait l'idée qu'on pût le prendre pour un dandy. Il avait une curieuse façon de se tenir en société et traitait, non sans politesse, mais très froidement, les gens qui ne lui inspiraient pas de sympathie particulière.

Tandis qu'il refermait la porte, sa mère, visiblement troublée, s'écria avec une inflexion de voix qui déplut beaucoup à son frère :

— Oh, Charles ! Imaginez-vous… votre oncle Horace !

— Dassett m'a prévenu, répondit Mr Rivenhale. Comment allez-vous, monsieur ?

Il serra la main de son oncle et engagea la conversation avec lui en s'asseyant sur une chaise. Lady Ombersley, qui avait abandonné les franges de son châle en faveur de son mouchoir qu'elle triturait avec nervosité, intervint tout à coup :

— Charles, vous rappelez-vous Sophy, votre petite cousine ?

Charles n'avait pas du tout l'air de se rappeler « sa petite cousine », mais comme il était bien élevé, il répliqua :

— Certainement. Comment va-t-elle ?

— Comme toujours, parfaitement bien, dit sir Horace. Je ne l'ai jamais vue malade, sauf quand elle a eu la rougeole. D'ailleurs, vous en jugerez vous-même. Votre mère veut bien se charger d'elle pendant mon voyage au Brésil.

— Vous partez pour le Brésil ? reprit Mr Rivenhale. Voilà qui est intéressant. Comptez-vous y rester longtemps ?

— Oh ! non, répondit sir Horace. Enfin, je ne crois pas. Cela dépendra des circonstances. Comme je l'ai dit à votre mère, je lui serais reconnaissant si elle mariait Sophy pendant ce temps-là. Elle est en âge de convoler et votre mère m'a l'air experte dans ce genre d'occupation. À propos, mon garçon, laissez-moi vous féliciter.

— Merci, monsieur, dit Rivenhale, inclinant légèrement la tête.

— Si donc vous n'y voyez pas d'inconvénient, dit la comtesse à son fils, je crois que je serais contente d'avoir Sophy à la maison.

— Vous êtes libre de faire ce que vous voulez, madame. Je n'ai vraiment rien à y voir.

Lady Ombersley reprit :

— J'ai expliqué à votre oncle que nous menions ici une vie très tranquille.

— Sophy se fiche pas mal de ça, dit sir Horace avec flegme. D'ailleurs, elle est heureuse partout, que ce soit à Vienne, à Bruxelles ou dans un village espagnol.

Lady Ombersley sursauta.

— Vous ne l'avez tout de même pas traînée à Bruxelles avec vous !

— Bien sûr que si ! Et pourquoi pas ? Vous n'auriez pas voulu que je la laisse à Vienne toute seule ? D'ailleurs elle était très contente. Nous avons retrouvé là-bas beaucoup d'amis.

— Vous l'exposiez aux pires dangers !

— Allons, allons, que vouliez-vous qu'il lui arrive ? C'est Wellington qui commandait l'armée !

— Quand aurons-nous le plaisir de voir arriver ma cousine ? s'enquit Mr Rivenhale. Je crains que la vie de Londres ne lui paraisse bien terne après celle du continent.

— Pensez-vous ! s'exclama son oncle. Je n'ai jamais vu ma Sophy s'ennuyer. Vous n'avez qu'à la laisser faire. Je réponds d'elle. Mais je ne sais pas exactement quand je pourrai vous l'envoyer. Elle ne me quittera sûrement qu'à la dernière minute. Enfin, dès que j'aurai levé l'ancre, elle s'embarquera pour Londres.

— Elle s'embarquera pour Londres ! balbutia lady Ombersley, profondément scandalisée. Horace ! N'est-ce pas vous qui me l'amènerez ? Une jeune fille de l'âge de Sophy ne peut pas voyager toute seule ! C'est parfaitement insensé !

— Elle ne sera pas seule. Sa femme de chambre sera avec elle… un vrai dragon ! Elle nous a suivis partout en Europe… et John Potton aussi. Lui, c'est le factotum, l'homme à tout faire. Il s'est occupé de Sophy depuis sa naissance…

Sir Horace tira sa montre et regarda l'heure.

— Bon ! Maintenant que tout est arrangé, il faut que je me sauve. Je vous confie Sophy, mon amie. À vous de lui trouver un époux. C'est important parce que… Je n'ai pas le temps de vous expliquer. Sophy vous racontera tout cela.

— Mais, Horace, rien n'est arrangé, protesta sa sœur. Et Ombersley sera désolé de ne pas vous voir. Je comptais vous garder à dîner.

— Impossible, répondit-il. On m'attend au *Carlton*. Soyez assez gentille pour présenter mes devoirs à Ombersley. Je le reverrai un jour ou l'autre !

Il embrassa sa sœur avec beaucoup de componction, puis lui donna encore une grande bourrade dans le dos et sortit, suivi de son neveu.

— Joli cadeau ! Il faut m'estimer bien contente ! s'écria lady Ombersley sur un ton indigné, quand Charles revint dans la pièce. Et, par-dessus le marché, j'ignore quand cette chère enfant va venir !

— Peu importe, dit son fils avec un calme qui acheva de l'exaspérer. Vous n'avez qu'à donner des ordres pour qu'on lui prépare une chambre et elle viendra quand elle voudra. J'espère que Cecilia la trouvera sympathique, car c'est elle surtout qui s'occupera d'elle…

— La pauvre enfant ! soupira lady Ombersley. J'ai hâte de la câliner un peu. Quelle triste vie a dû être la sienne !

— Étrange, certes ; mais triste, j'en doute si elle a accompagné mon oncle dans tous ses déplacements. J'espère qu'elle a une gouvernante, enfin… une femme d'âge mûr qui vit avec elle.

— Mais non, justement, votre oncle vient de m'apprendre que sa gouvernante est morte à Vienne et qu'il ne l'a pas remplacée ! Je regrette vraiment de devoir dire cela de mon frère, mais j'ai l'impression qu'Horace n'était pas l'homme idéal pour se charger d'élever une jeune fille.

— C'est bien mon avis, approuva Charles sèchement. J'espère que vous n'aurez pas lieu de regretter votre bonté.

— Oh ! cela, je suis bien sûre que non ! Tout ce que votre oncle m'en a dit me donne grande envie de la revoir ! La pauvre enfant ne doit pas être habituée à ce qu'on se soucie de son bien-être. J'en voulais à Horace d'avoir l'audace de me dire que c'est une gentille enfant qui ne lui avait pas donné de mal ! Pour qui Horace se donnerait-il du mal ? C'est l'homme le plus égoïste qui soit. Sophy a probablement hérité le bon caractère de sa mère : ce sera une bonne compagne pour Cecilia.

— Espérons-le, dit Charles. Et j'y pense, maman… J'ai découvert dans le parc un autre de ces bouquets en offrande à ma sœur. Voilà le billet qu'on y avait glissé.

Lady Ombersley prit le papier que lui tendait son fils.

— Que dois-je en faire ?

— Jetez-le dans le feu.

— Oh ! non, Charles. C'est peut-être une œuvre immortelle. Et puis… il me transmet peut-être un message de sa mère !

— C'est peu probable, et en tout cas vous pouvez vous en assurer.

— Je sais que c'est mon devoir de le faire, soupira-t-elle, fort ennuyée.

Comme Charles ne disait rien, après quelques secondes d'hésitation, elle brisa le cachet et déplia la lettre.

— C'est un poème, annonça-t-elle. Et vraiment joli… Écoutez : « Nymphe entre les Nymphes, quand ton regard céruléen vient troubler mon âme enchantée… »

— Je n'ai vraiment aucun goût pour ce genre de littérature, interrompit brusquement Charles. Faites-le brûler, maman, et prévenez Cecilia qu'elle n'est pas supposée recevoir de message qui ne passe pas par vous.

— Oui, mais êtes-vous bien sûr que je doive le brûler ? Et si c'était la seule copie qu'il ait de ce poème et qu'il veuille le faire imprimer ?

— Je ne lui reconnais pas le droit de faire imprimer de pareilles stupidités au sujet de ma sœur ! dit Mr Rivenhale en tendant une main impérative.

Jamais lady Ombersley n'avait su résister à une volonté supérieure. Elle s'apprêtait finalement à jeter le papier dans le feu quand une voix tremblante qui venait de la porte arrêta son geste :

— Non, maman, non, ne le brûlez pas !

Chapitre 2

La main de lady Ombersley resta suspendue dans l'air. Charles se retourna d'un bloc, les sourcils froncés. Sa sœur lui lança un regard incendiaire et se précipita vers sa mère.

— Donnez-le-moi, maman ! Quel droit a Charles de brûler mes lettres ?

Sans proférer une parole, lady Ombersley jeta à son fils un regard de profonde détresse tandis que Cecilia lui arrachait le papier des mains pour le glisser dans son corsage – ce qui tira son frère de son mutisme.

— Je vous prie, Cecilia, assez de comédie ! dit-il.

— Comment avez-vous l'audace de lire mes lettres !

— Je ne lis pas vos lettres ! J'ai donné celle-ci à maman sans l'ouvrir, et je pense que maman, elle, a le droit de les lire !

Les yeux bleus de Cecilia s'emplirent de larmes ; à mi-voix elle murmura :

— C'est votre faute ! Maman n'aurait jamais... Je vous déteste, je vous déteste, voilà !

Il haussa les épaules et marcha vers la porte.

— C'est mal de parler comme vous le faites, Cecilia, dit la comtesse. Une jeune fille bien élevée ne reçoit pas de lettres sans que sa mère le sache ! Je ne sais pas ce que dirait votre père s'il savait cela !

— Papa ne dirait rien ! s'exclama Cecilia. C'est Charles, uniquement lui, parce qu'il prend plaisir à me voir malheureuse !

L'intéressé se retourna :

— Je pense qu'il est inutile d'essayer de vous convaincre que c'est tout au contraire sur votre bonheur que je veille.

Cecilia lui jeta un regard de défi. Alors, Mr Rivenhale s'accota contre la cheminée et, les mains dans les poches, attendit d'un air crispé ce qu'elle allait encore pouvoir ajouter.

Mais Cecilia se contenta d'essuyer ses larmes et de reprendre son souffle. C'était une charmante jeune fille, au visage d'un ovale exquis encadré de boucles blondes. Son teint, d'un rose délicat, qu'avivait à ce moment la colère, avait vraiment l'éclat d'une rose. Son expression habituelle était teintée d'une douce mélancolie, mais à cet instant son œil brillant et ses lèvres qu'elle mordait lui donnaient un air presque dur, qui cependant lui allait bien. Son frère, qui l'observait, s'empressa de lui faire remarquer qu'elle était moins insipide qu'à l'ordinaire et qu'elle aurait tout avantage à répéter la scène de temps en temps.

Ces mots la laissèrent froide. Elle savait bien qu'elle était belle, mais n'en était pas moins une jeune fille fort modeste, peu soucieuse de son apparence. D'ailleurs, elle eût préféré être brune.

Elle poussa un profond soupir et se laissa choir sur un pouf au pied du sofa de sa mère. Puis elle dit d'une voix plus calme :

— Je sais que c'est à cause de Charles que vous détestez Auguste.

— Ce n'est pas vrai, se récria lady Ombersley. D'ailleurs, je ne le déteste pas ! Je trouve seulement que ce n'est pas un mari convenable.

— Je m'en moque ! reprit Cecilia. C'est le seul garçon qui m'attire… Maman, je voudrais vous faire comprendre que bien que la proposition de lord Charlbury me flatte… je ne pourrai jamais m'intéresser à lui.

Lady Ombersley essaya mollement de protester et Charles prit la parole :

— Quand on vous a transmis sa proposition, vous aviez l'air assez contente.

Sa sœur tourna vers lui son regard de gazelle :

— Je n'avais pas encore rencontré Auguste.

La logique d'un tel argument sembla satisfaire sa mère, mais Charles ne se laissa pas impressionner et reprit :

— Je vous ferais remarquer qu'il y a dix-neuf ans que vous le connaissez.

— Ce n'était pas la même chose, se contenta de dire Cecilia.

Cette petite a raison, pensait en elle-même lady Ombersley. Et, tout haut :

— C'est vrai, Charles, c'était un petit garçon tout ce qu'il y a d'ordinaire et quand il était à Oxford, il était couvert de taches de rousseur. Qui aurait pu penser qu'il deviendrait si beau ! Son séjour à Bruxelles aux côtés de sir Charles Stuart l'a complètement transformé. J'avoue que moi-même je ne l'aurais pas reconnu !

— On se demande comment un homme a pu faire son secrétaire d'un garçon de cet acabit. Je crois qu'il faut se féliciter qu'il ne remplisse plus cet office... ou quelque fonction que ce soit !

— Auguste est un poète, déclara Cecilia d'un air dégagé. Aucun emploi ne saurait lui convenir.

— Pas même celui qui consiste à faire vivre une femme, enchaîna Mr Rivenhale. N'espérez pas, Cecilia, que je vous encourage dans ce genre de folie, ni que mon père vous donne son consentement. Je peux vous garantir que je saurai l'en dissuader.

— Je n'ignore pas que c'est vous qui faites la loi ici ! s'écria Cecilia, de nouveau au bord des larmes. Je pense que vous serez content lorsque vous m'aurez fait mourir de désespoir.

On pouvait voir à ses lèvres serrées que Mr Rivenhale faisait un grand effort pour essayer de se maîtriser. Sa mère le regarda avec anxiété, mais ce fut d'une voix calme qu'il reprit :

— Je vous serais reconnaissant, Cecilia, d'éviter de telles scènes en ma présence, et au lieu d'essayer de monter la tête à maman je vous conseillerais de considérer de nouveau la demande de lord Charlbury que vous trouviez vous-même des plus flatteuses avant que… l'autre n'intervienne.

Lady Ombersley se pencha pour prendre la main de Cecilia dans la sienne et la serrer tendrement.

— Ma chérie, votre frère a raison, dit-elle alors d'une voix peu convaincue. Lord Charlbury n'avait pas l'air de vous déplaire. Vous pensez bien que ni votre père ni moi ne voudrions vous obliger à épouser un homme qui vous inspirerait de l'aversion. Charles non plus ne le voudrait pas, n'est-ce pas, Charles ?

— Bien sûr, répliqua ce dernier. Mais par ailleurs je ne consentirai pas à ce qu'elle épouse un pauvre type comme Auguste Fawnhope !

— Auguste, déclara Cecilia en redressant la tête, fera encore parler de lui quand vous serez oublié depuis longtemps !

— Par les successeurs de ses créanciers, rétorqua son frère. Est-ce que cela vaut la peine de passer toute une vie dans ce qu'on peut appeler la misère ?

Lady Ombersley frissonna.

— Ma pauvre enfant, ce serait atroce… mais, surtout ne parlons pas de cela, dit-elle en repoussant de toutes ses forces l'image d'une telle déchéance.

— Il est inutile de la raisonner, reprit Charles. Elle ne croit qu'aux romans qu'elle lit. Elle pourrait cependant s'estimer heureuse, considérant notre situation actuelle, d'avoir trouvé un parti aussi honorable. Mais non ! On lui offre un mari respectable et fort riche, il faut que mademoiselle s'entiche d'un poète, comme une pauvre ouvrière. Un poète ! Si tout ce qu'il écrit est de la même veine que ce que maman vient de me lire... Je ne veux même pas discuter un sujet pareil. Cecilia, si vous refusez de vous conduire raisonnablement, on vous enverra à Ombersley pour vous rafraîchir les idées. L'air de la campagne vous fera du bien.

Ayant proféré cette horrible menace, il quitta la pièce, laissant sa sœur en larmes et sa mère affairée avec son flacon de sels.

Au milieu de ses sanglots, Cecilia mesura l'injustice de son triste sort : son frère était tyrannique et sans cœur, et ses parents incapables de partager ses sentiments.

Devinant son angoisse, lady Ombersley lui dit, en guise de consolation :

— La même chose m'est arrivée quand j'étais jeune fille, Cecilia. Le garçon en question n'était pas un poète, bien sûr, mais enfin, je croyais l'aimer. Seulement, nos deux situations concordaient mal, et finalement j'ai épousé votre père qui représentait à ce moment-là un beau parti, car il n'avait pas encore dilapidé sa fortune... et alors...

Elle s'interrompit brusquement, ses paroles lui semblant assez peu convaincantes, et reprit :

— Ce que j'essayais de vous dire, Cecilia, c'est que dans notre monde... on ne se marie pas par plaisir.

Cecilia redoubla de sanglots en enfouissant son nez dans son mouchoir.

— Pensez à votre sœur, dit lady Ombersley d'un ton encourageant. Pensez combien elle est heureuse avec son jeune bébé, et James si agréable avec elle… dévoué, plein d'attentions. Je ne crois pas qu'un mariage d'amour aurait pu mieux la satisfaire. Non pas que Marie ne soit pas sincèrement attachée à James ! Non, ce n'est pas ce que je veux dire. Mais au moment de son mariage elle s'était montrée si gentille. Elle m'avait dit elle-même qu'elle considérait de son devoir de se marier comme nous le désirions en raison des difficultés dans lesquelles se trouvait son père et avec quatre frères et sœurs plus jeunes à établir.

— Maman, je pense que je ne suis pas un monstre, mais à la place de Marie, j'aurais préféré mourir plutôt que d'épouser James ! déclara Cecilia. Il ne pense qu'à la chasse, et quand il n'y a personne, le soir, il va tout de suite se coucher et il ronfle !

L'argument était sans réplique. Lady Ombersley ne sut que répondre. Cecilia se moucha et poursuivit :

— Et lord Charlbury est encore plus vieux que James !

— Mais qui nous dit qu'il ronfle ? insinua la comtesse. D'ailleurs, cela m'étonnerait beaucoup ; il est trop distingué pour cela !

— Il n'était pas trop distingué pour attraper les oreillons ! rétorqua Cecilia avec logique.

Une fois encore sa mère ne sut que dire. D'ailleurs, elle comprenait l'aversion de Cecilia pour un homme qui manquait de savoir-vivre au point de contracter une maladie d'enfant au moment de faire sa cour à une jeune fille.

Après un long silence qui la calma un peu, Cecilia demanda à sa mère s'il était vrai que son oncle Horace était venu la voir cet après-midi. Contente de cette diversion, lady Ombersley raconta longuement la courte visite de son frère. Cecilia se montra très heureuse de l'arrivée de sa cousine et promit de faire tout ce qui était en son pouvoir pour lui rendre le séjour agréable à Berkeley Square.

Ce soir-là, les quatre membres de la famille se trouvèrent réunis dans la salle à manger, le comte ayant décidé – ce qui était plutôt rare – de dîner avec les siens. Il était le seul à afficher un air tout à fait insouciant, grâce à cette faculté extraordinaire qu'il avait de ne jamais voir l'air triste ou mécontent des autres. Ce même état d'esprit lui permettait de rester joyeux malgré l'humiliation d'être régenté par son fils. Tout ce qu'il redoutait au monde, c'était d'avoir maille à partir avec les gens ou les choses. Il n'en voulait pas à Charles, encore qu'il le trouvât ennuyeux comme la pluie, et s'estimait fort heureux de son sort tant qu'on ne lui demandait pas de s'occuper du domaine ou de l'avenir des siens.

C'est donc le plus naturellement du monde qu'il négligea de voir l'air tendu de son fils, les yeux rougis de Cecilia et l'expression tourmentée de sa femme. Au bout de quelques instants, il s'écria :

— J'avais complètement oublié comme on était bien en famille ! Vous pourrez dire à votre cuisinière, ma chère amie, que j'adore la façon dont elle sert le canard. Même chez *White* il n'est pas si bon !

Après quoi, lord Ombersley raconta en riant quelques potins de Londres et s'enquit aimablement de la façon dont ses enfants avaient passé la journée.

— Pour moi, dit Cecilia, rien d'extraordinaire. J'ai fait ce que je fais tous les jours : d'abord des courses avec maman, puis une promenade dans le parc avec mes sœurs et une heure de piano.

Rien dans sa voix ne laissait supposer qu'elle s'était amusée follement au milieu de ces diverses occupations, mais quand elle eut fini de parler, son père s'écria : « Magnifique ! » et se tourna vers sa femme. Celle-ci lui raconta la visite de son frère et sa proposition de lui confier Sophy. Lord Ombersley s'en montra enchanté et félicita Cecilia de l'arrivée de cette « charmante compagne ». Charles, qui rongeait son frein, fit alors remarquer que rien ne disait que Sophy fût « charmante ». Puis il annonça aussitôt qu'il partirait bientôt pour Ombersley afin d'assister aux courses qui allaient se tenir là-bas sous le patronage du duc d'York. Son père s'en montra satisfait et Mr Rivenhale demanda à sa sœur :

— Est-ce que cela vous plairait de m'accompagner, Cecilia ? Je me ferai un plaisir de vous y emmener si le cœur vous en dit.

Elle hésita. Son frère lui tendait-il un rameau d'olivier ou essayait-il simplement de la détourner de Mr Fawnhope ? L'idée lui vint alors que l'absence de

Charles allait justement lui permettre de voir Auguste plus aisément et, s'efforçant de prendre un air détaché, elle répondit :

— Non, je vous remercie, je ne vois pas ce que je ferais à la campagne en cette saison.

— Nous pourrions monter à cheval ensemble.

— Je préfère me promener dans le parc. Mais rien ne vous empêche d'emmener les deux petites. Je suis sûre qu'elles seraient enchantées.

— Comme vous voudrez, dit-il d'un air indifférent.

Quand le dîner fut fini, lord Ombersley se retira. Charles, qui n'avait pas de rendez-vous ce soir-là, suivit sa mère et sa sœur au salon et, tandis que Cecilia effleurait les touches du piano, il discuta de l'arrivée de Sophy avec lady Ombersley. Au grand soulagement de celle-ci, il se montra d'avis d'offrir au moins une réception en l'honneur de leur invitée, mais conseilla vivement à sa mère de ne pas s'occuper de marier sa nièce.

— Si mon oncle a trouvé bon de lui laisser atteindre vingt ans – c'est bien vingt ans qu'elle a ? – sans se préoccuper lui-même de la chose, pourquoi est-il maintenant si pressé ? Cela dépasse l'entendement.

— Cela paraît bizarre, confirma lady Ombersley. Le temps a dû passer sans même qu'il s'en rende compte. Vingt ans ! Il est déjà bien tard. Horace est impardonnable. J'imagine que Sophy devrait être facile à caser car même si elle n'est pas jolie – ce qui serait assez surprenant étant donné ce qu'est son père et ce qu'était la pauvre Marianne –, elle est héritière d'une fortune immense…

— C'est pourquoi je vous conseille de ne pas vous en charger, conclut Mr Rivenhale.

À ce moment, les deux plus jeunes filles firent irruption dans la pièce, conduites par Miss Adderbury, une espèce de petite souris grise qui avait été engagée quand Charles et Marie, les aînés, avaient pu se passer de leur nurse. On pourrait croire que vingt années dans une maison sûre où ses élèves l'entouraient de leur tendre affection auraient calmé les nerfs de Miss Adderbury, mais il n'en était rien ; et bien que ses talents et son dévouement fussent reconnus par tous, la pauvre femme ne savait toujours pas entrer dans le salon sans trembler. Ceux de ses élèves qui ne dépendaient plus d'elle trouvaient sa timidité ridicule, mais nul n'oubliait sa bonté et chacun la traitait avec beaucoup de prévenance.

Quand elle entra, Cecilia lui sourit et Charles dit :

— Bonsoir Addy ; comment ça va ?

Sur quoi, ses joues s'empourprèrent, et les mots s'embrouillèrent sur ses lèvres quand elle voulut formuler sa réponse.

Elle n'avait plus à présent que trois enfants à sa charge, car Théodore, le plus jeune des garçons, avait été envoyé à Eton. Selina, une jeune fille d'environ seize ans au petit air futé, alla s'asseoir auprès de sa sœur sur le tabouret du piano. Gertrude, qui n'avait que douze ans mais promettait de rivaliser avec Cecilia en beauté, et Amabel, une petite boulotte de dix ans, se précipitèrent vers leur frère et lui rappelèrent au milieu de mille embrassades qu'il leur avait promis de jouer au loto avec elles. Miss Adderbury, que lady Ombersley avait invitée à s'asseoir, essaya de calmer leur exubérance en faisant « tss… tss… tss… » du bout de la langue. Elle n'avait pas le moindre espoir d'être obéie et se réjouissait au contraire de voir les deux petites filles témoigner tant d'affection à leur frère. De son côté, en contemplant cette scène attendrissante, lady Ombersley souhaitait de tout son cœur que Charles fût aussi patient, aussi gentil avec les deux aînés qu'il l'était avec les plus jeunes. Il y avait eu une scène assez déplaisante à Noël quand Charles s'était aperçu qu'Hubert avait contracté des dettes à Oxford.

Après avoir déplié le tapis de jeu, Amabel s'affairait à présent à distribuer les cartons. Cecilia s'excusa de ne pas se joindre aux autres et Selina, qui adorait le loto mais copiait toujours sa sœur, déclara ce jeu assommant. Charles, sur l'instant, ne dit rien ; mais quand il dut se lever pour aller chercher les jetons, il s'arrangea pour glisser quelques mots à l'oreille de Cecilia. Lady Ombersley, qui observait son fils d'un air inquiet, ne put entendre ses paroles mais elle vit Cecilia rougir jusqu'à la racine des cheveux. La seconde d'après, elle quittait le piano pour la table de jeu en disant qu'après tout elle aimait autant jouer avec ses frères et sœurs. Naturellement, Selina la suivit et, au bout de quelques instants, toute la jeunesse semblait s'amuser de bon cœur.

La comtesse en profita pour bavarder un peu avec la gouvernante.

Miss Adderbury avait déjà été mise au courant de la prochaine arrivée de Sophy et la langue lui démangeait d'en parler avec sa maîtresse. Elle partageait d'ailleurs ses vues sur le sujet : nul doute que la pauvre Sophy avait le plus grand besoin qu'on s'occupât d'elle et qu'on lui témoignât un peu d'affection…

— C'est un grand réconfort pour moi, Miss Adderbury, soupira enfin la comtesse, de savoir que je peux entièrement compter sur vous.

La pauvre Miss Adderbury ne savait pas très bien en quoi elle pouvait être un si grand réconfort, mais, touchée jusqu'au fond de l'âme par la confiance qu'on lui manifestait, elle balbutia, au bord des larmes :

— Oh ! madame la comtesse… vraiment, je ne mérite pas… Vraiment, c'est trop de bonté…

Elle souhaita de tout son cœur que lady Ombersley ne découvrît jamais qu'elle avait réchauffé un serpent sur son sein. Elle s'en voulait de sa faiblesse. N'avait-elle pas, deux jours plus tôt, laissé le jeune Fawnhope accompagner Cecilia en promenade, et, pire encore, n'avait-elle pas permis aux deux jeunes gens de s'attarder derrière son dos ? Le père de Miss Adderbury était un honorable clergyman et la pauvre fille se disait que cela aggravait son cas jusqu'aux limites de la dépravation.

Elle en était là de ses réflexions quand la comtesse lui confia, baissant la voix :

— Comme vous le savez, chère Miss Adderbury, notre paix familiale a été quelque peu troublée ces derniers temps par un caprice de notre Cecilia. Je n'en dirai rien de plus, mais vous comprendrez certainement à quel point je bénis l'arrivée de sa cousine. Cecilia est beaucoup trop seule ; ses sœurs sont trop jeunes pour elle. Je pense que le fait d'avoir à s'occuper de Sophy lui sera salutaire.

— Oh ! certainement, ponctua la gouvernante. Rien ne saurait être meilleur. Puis-je demander à madame la comtesse quand cette jeune fille compte venir ?

— À vrai dire, je n'en sais trop rien, répondit lady Ombersley. Mais si j'ai bien compris, son père a l'intention de s'embarquer ces jours prochains et je crois que ma nièce ne saurait tarder. Dès demain, je donnerai des ordres pour qu'on prépare sa chambre.

Chapitre 3

Les vacances de Pâques étaient déjà commencées depuis huit jours lorsque Sophy fit son apparition à Berkeley Square. Le seul signe de vie que la comtesse eût reçu jusque-là était un billet de sir Horace, écrit visiblement en toute hâte, et annonçant que sa mission était retardée. Les fleurs que Cecilia avait pris soin de disposer dans la chambre de sa cousine s'étaient fanées depuis longtemps et il avait fallu les jeter. Mr Ludstock, l'un des valets, avait déjà deux fois aéré les draps du lit, quand un beau jour, en plein cœur de l'après-midi, une chaise de poste à quatre chevaux s'arrêta devant la porte, les roues couvertes de boue.

Il y avait à peine cinq minutes que Cecilia et Selina étaient rentrées de leur promenade au parc avec leur mère. Elles s'apprêtaient toutes les trois à monter, quand Mr Hubert Rivenhale descendit l'escalier au triple galop en criant :

— Cousine Sophy ! C'est elle ! Si vous voyiez tous ces bagages ! Et quel cheval ! Je n'ai jamais vu une bête pareille !

Les trois femmes dévisagèrent le garçon sans saisir encore très bien la raison de cet ouragan. Le maître d'hôtel, qui venait juste de s'éclipser, bondit de nouveau vers la porte, suivi de quelques valets de pied tout en informant sa maîtresse que Miss Sophy Stanton-Lacy était visiblement en train d'arriver. Les domestiques ouvrirent alors la porte à deux battants, et la comtesse et ses deux filles purent découvrir non seulement l'équipage qui encombrait la chaussée, mais aussi le visage stupéfié et interrogateur des plus jeunes membres de la famille qui étaient descendus faire une partie de raquettes dans le square. Ils regardaient de tous leurs yeux le cheval magnifique qui, malgré les injonctions de Miss Adderbury, avait précipité le jeune Hubert dans l'escalier.

Miss Sophy Stanton-Lacy arrivait en grand équipage. Quatre chevaux tiraient sa chaise, deux autres trottaient sur ses flancs et un valet conduisait à l'arrière un jeune pur-sang splendide. Le marchepied de la chaise fut déplié et aussitôt se précipita sur le trottoir un lévrier anglais que suivit de près une curieuse créature tenant à la main une valise, trois parasols et une cage à oiseaux. Enfin, Miss Stanton-Lacy apparut. Elle repoussa tout de suite l'aide du valet de pied et le pria gentiment de s'occuper de Jacko. Jacko était un singe habillé d'un petit manteau rouge. Dès que les enfants l'aperçurent et malgré les remontrances de Miss Adderbury, ils se précipitèrent à travers la grille du jardin et s'écrièrent, émerveillés :

— Un singe ! Elle a amené un singe !

Quant à lady Ombersley, l'indignation l'avait clouée sur place. Il lui fallait constater une fois de plus que les hommes ne savaient que duper les femmes. La « petite Sophy » de sir Horace ne ressemblait en rien à ce qu'en avait dit son père. C'était une grande fille d'environ un mètre soixante-dix, solidement bâtie, avec de longues jambes, une poitrine très ronde, une figure joyeuse et une quantité de boucles brunes qui jouaient à s'échapper de sous un chapeau qui était bien le plus curieux couvre-chef qu'on pût imaginer. Elle portait une longue pelisse boutonnée au ras du cou, une fourrure de zibeline qui traînait par terre et un manchon de la même fourrure. Mais elle se délesta bien vite de ce dernier pour tendre ses deux bras à Amabel qui se précipitait vers sa cousine. Elle se pencha vers l'enfant et lui dit d'un ton joyeux :

— Je suis votre cousine Sophy. Et vous, comment vous appelle-t-on ?

— Amabel ! s'exclama la fillette. Et, s'il vous plaît, est-ce que je peux parler au petit singe ?

— Bien sûr. Je l'ai apporté pour vous. Mais ne le brusquez pas trop. Il est un peu timide.

— Pour moi ! répéta Amabel, les yeux franchement émerveillés.

— Enfin, pour vous tous, corrigea Sophy en serrant dans ses bras Gertrude et Théodore. Et j'ai aussi un perroquet. J'ai toujours préféré les bêtes aux jouets mécaniques et aux livres, et je me suis dit que vous deviez me ressembler !

— Ma cousine ! s'écria Hubert, interrompant ses frère et sœurs. C'est votre cheval ?

Elle se retourna et toisa son cousin du regard amusé d'une vieille connaissance :

— Oui, c'est Salamanque. Il vous plaît ?

— Pour sûr ! dit le jeune garçon. Il est espagnol ? Vous l'avez rapporté du Portugal ?

— Cousine Sophy, comment s'appelle votre petit chien ?

— Cousine Sophy, est-ce que le perroquet parle ? Est-ce qu'on pourra l'emporter dans la classe ?

— Maman, maman ! Cousine Sophy a apporté un singe !

Sophy releva la tête et regarda autour d'elle. Apercevant sur le seuil de la porte sa tante et ses deux cousines, elle courut joyeusement vers elles :

— Chère tante Elizabeth. Je m'excuse… je disais bonjour aux enfants. Comment allez-vous ? Je suis si heureuse de vous revoir ! Vous êtes si gentille d'avoir bien voulu de moi !

La comtesse contemplait encore intérieurement l'image d'une petite Sophy orpheline. Mais quand celle-ci se jeta dans ses bras, elle dit résolument adieu à cette nièce d'un temps révolu et serra la jeune fille sur son cœur en murmurant :

— Ma chère enfant, je suis émue. Comme vous ressemblez à votre père ! Bienvenue, ma chérie, bienvenue !

Elle n'en pouvait plus d'émotion et ce n'est qu'après quelques instants qu'elle put présenter Cecilia et Selina à sa nièce.

— C'est vous, Cecilia ? s'enquit Sophy. Dieu, que vous êtes belle ! Pas comme moi ! Vous avez de la chance !

Cecilia, émue elle aussi, éclata de rire. Il était bien évident que sa cousine ne cherchait pas à faire un compliment banal ; rien ne pouvait jamais l'empêcher de dire ce qu'elle avait à dire.

— Vous avez changé, vous aussi, dit Cecilia à son tour. J'avais gardé le souvenir d'une jeune fille tout en jambes et aux cheveux toujours emmêlés.

— Je suis toujours la même, vous savez. Je suis peut-être un peu mieux coiffée, mais j'ai gardé mes grandes guiboles et je suis cuite par le soleil. Je n'ai pas grandi en beauté. Sir Horace me répète chaque jour que je ne dois pas me faire d'illusions… et il s'y connaît, papa !

Il s'y connaissait en effet. Sophy ne serait jamais ce qu'on appelle une jolie fille. Elle était trop grande pour cela ; son nez et sa bouche étaient trop grands aussi et ses beaux yeux gris, extrêmement vivants, ne pouvaient racheter ces défauts. Pourtant quand on l'avait vue une fois, on oubliait son nez et ses jambes, mais on n'oubliait pas Sophy. Elle se tourna de nouveau vers sa tante :

— Madame, puis-je vous demander qu'on indique l'écurie à John Potton pour qu'il y conduise

Salamanque ? C'est uniquement pour cette nuit. Demain, je prendrai les dispositions nécessaires.

Mr Hubert Rivenhale proposa de conduire lui-même Mr Potton aux écuries. Sophy lui sourit et le remercia, et lady Ombersley s'empressa d'assurer sa nièce que John Potton et Salamanque seraient les bienvenus sous son toit. Mais Sophy semblait décidée à ne faire les choses qu'à sa tête, car elle rétorqua aussitôt :

— Non, ma chère tante ; il ne peut pas être question de vous encombrer de mes chevaux. Sir Horace m'a bien recommandé de m'enquérir d'une écurie dès que je serai arrivée. Mais je m'en occuperai demain. Pour ce soir, je vous remercie de votre hospitalité.

Ces mots jetèrent la panique dans l'esprit de lady Ombersley. Quelle drôle de nièce elle avait là ! Avait-on jamais vu une jeune fille de cet âge s'occuper de son écurie, régler elle-même ses affaires et appeler son père sir Horace ! Heureusement Théodore créa une diversion. Il tenait dans ses bras le pauvre Jacko, plus mort que vif. Il demanda à sa mère d'intervenir auprès de la gouvernante pour qu'il pût l'emmener dans la classe.

— Puisque Sophy me l'a donné ! ajouta-t-il.

Lady Ombersley réprima un mouvement de recul à la vue de l'animal et dit d'une voix mal assurée :

— Mon chéri, je ne crois pas que l'on puisse… Et que dirait votre frère Charles !

— Charles n'a pas peur des singes ! rétorqua Théodore. Oh ! maman, dites à Addy que je peux le garder !

— Jacko ne lui fera aucun mal, assura Sophy. Je l'ai gardé près de moi toute la semaine. C'est un mignon petit singe. Vous ne le chasserez pas, n'est-ce pas… Miss Addy ? Est-ce bien votre nom ? Oh ! excusez-moi.

— Miss Adderbury, rectifia Cecilia. Mais nous l'appelons tous Addy.

Sophy salua la gouvernante et lui tendit spontanément la main.

Partagée entre le dépit de se voir gratifiée d'un singe et le désir de plaire à cette brillante jeune fille qui lui avait tendu la main si gentiment, la pauvre Miss Adderbury marmonna quelques bribes de phrases. Puis Sophy fut emmenée dans le salon bleu où elle se débarrassa de sa fourrure, déboutonna sa pelisse et envoya promener son chapeau à la dernière mode. Sa tante, qui la couvait d'un œil affectueux, lui demanda si elle n'était pas un peu fatiguée du voyage et si elle n'avait pas envie de se rafraîchir.

— Non, non, merci ma tante, répondit Sophy. Je ne suis jamais fatiguée. D'ailleurs, ce n'était pas un bien long voyage. Un peu ennuyeux, c'est tout. Au fait, j'aurais dû être là ce matin, mais j'ai dû passer par Merton.

— Par Merton ? répéta lady Ombersley. Mais pourquoi, mon enfant ? Vous aviez des amis à aller voir là-bas ?

— Non, non ; mais sir Horace tenait beaucoup à ce que j'y aille.

— Dites-moi…, risqua la comtesse. Vous appelez toujours votre père sir Horace ?

Dans les yeux gris de Sophy s'alluma une petite flamme.

— Non, quand je suis fâchée, je l'appelle papa. C'est ce qui le fait le plus enrager. Le pauvre ange ! C'est bien dommage pour lui d'avoir une fille pareille. Je comprends qu'il en ait assez !

La jeune fille s'aperçut que sa tante fronçait les sourcils et reprit avec sa franchise habituelle :

— Je vois que vous n'aimez pas m'entendre parler de lui de cette façon-là. Excusez-moi. C'est un père charmant et je l'adore. Mais justement, c'est une de ses maximes que l'amour ne doit jamais nous aveugler sur les défauts de notre prochain...

L'idée qu'une fille pouvait envisager que son père eût des défauts parut si énorme à lady Ombersley qu'elle en resta bouche bée quelques secondes.

Selina, qui aimait aller au fond des choses, demanda pourquoi sir Horace tenait à ce qu'elle aille à Merton.

— C'est à cause de Sancia, dit simplement Sophy. J'ai dû la reconduire chez elle et c'est pourquoi vous m'avez vue avec tout cet équipage ! Rien ne peut enlever de la tête de la pauvre Sancia que les routes d'Angleterre sont infestées de bandits et de guérilleros.

— Mais, qui est Sancia ? demanda lady Ombersley, nageant en plein mystère.

— La marquise de Villacañas, répondit Sophy. Vous ne saviez pas son nom ? Vous l'aimerez, j'en suis sûre ! D'ailleurs, il faudra bien ! Elle est complètement idiote et d'une indolence inimaginable – comme toutes les Espagnoles, du reste – mais elle est si jolie, et si gentille !

Voyant que les yeux de sa tante s'ouvraient d'effroi, Sophy reprit :

— Sir Horace ne vous a rien dit ? Alors, ça, c'est malin ! Il compte épouser Sancia.

— Quoi ! articula lady Ombersley.

Sophy se pencha pour prendre dans la sienne la main de sa tante.

— Oui, il va se remarier. Mais il faut vous montrer contente, car elle lui convient en tous points. C'est une veuve, immensément riche.

— Une Espagnole ! gémit lady Ombersley. Il ne m'en a pas soufflé mot !

— Vous savez comment est sir Horace. Il n'aime pas expliquer ce qu'il fait, reprit Sophy pour excuser son père. Il a sans doute pensé que ce serait trop long... ou que je m'en acquitterais aussi bien que lui, ajouta-t-elle avec un sourire malicieux.

— Je n'ai jamais vu une chose pareille ! murmura lady Ombersley, d'une voix tremblante de colère. Ah ! cela lui ressemble bien ! Et quand compte-t-il épouser cette marquise ?

— Voilà..., reprit Sophy, l'air tout de suite beaucoup plus sérieux. C'est ça le hic. Sir Horace ne veut pas se marier avant que je ne sois casée moi-même. Le pauvre amour, je comprends cela. Je lui ai promis de faire tout mon possible pour trouver un mari dare-dare, mais je ne veux pas non plus épouser un homme que je n'aime pas. Il l'a d'ailleurs très bien compris. Ça, il faut le reconnaître : il est vraiment raisonnable.

Lady Ombersley estimait que de telles paroles n'étaient pas faites pour être entendues par sa fille, mais il était trop tard, à présent, pour les arrêter. Fidèle à elle-même, Selina interrogea de nouveau sa cousine.

— Et pourquoi votre père ne peut-il pas se marier avant que vous ne soyez mariée vous-même ?

— À cause de Sancia, répondit Sophy. Elle n'a pas envie de devenir ma marâtre.

— Ma pauvre enfant, s'écria la comtesse que ces mots venaient d'émouvoir, vous êtes pourtant si gentille. Mais vous pouvez avoir confiance en moi. Elle est jalouse de vous, voilà. Toutes les Espagnoles sont ainsi. Quel dommage… si j'avais su cela ! Est-elle méchante avec vous ? Je parierais qu'elle vous déteste !

Sophy éclata de rire.

— Mais non, ma tante. Elle n'a jamais détesté qui que ce soit. L'ennui, c'est que si papa l'épouse avant que je sois mariée, il lui faudra s'occuper de moi ; et elle est si indolente ! Et puis, j'ai tellement l'habitude de diriger notre intérieur qu'avec la meilleure volonté du monde, j'aurais du mal à me défaire de cette manie. Vous voyez la situation ! Sancia a certainement raison. D'ailleurs, nous en avons longuement parlé ensemble. Mais pour ce qui est d'être jalouse !… Non, non, pas le moins du monde ! D'abord, elle est bien trop belle pour être jalouse de moi… et bien trop bonne aussi. Je crois d'ailleurs qu'elle m'aime bien, mais elle ne veut à aucun prix que je vive avec elle aux côtés de papa. Et, entre nous, elle a raison. Surtout, n'allez pas croire que je la blâme.

— C'est une bien étrange créature, soupira lady Ombersley d'un ton quelque peu désapprobateur. Et que fait-elle à Merton ?

— Oh ! Sir Horace a loué pour elle la plus jolie petite villa qui soit. Sancia a l'intention d'y séjourner jusqu'à son retour. Telle que je la connais, ajouta Sophy d'un air malicieux, je suis sûre que seule là-bas, elle restera au lit jusqu'à midi passé tout en grignotant des bonbons ! Sir Horace dit toujours qu'elle est la femme la plus reposée et la plus reposante qu'il ait jamais connue.

Sophy se pencha vers la petite chienne qui sommeillait tranquillement à ses pieds et ajouta :

— Seule, Tina est encore plus sage. Ma tante, j'espère que vous ne détestez pas les chiens. Tina ne fait jamais de bruit. J'aurais beaucoup de chagrin si je devais m'en séparer.

Sa tante la rassura tout de suite : elle aimait beaucoup les chiens, seulement elle n'aimait pas les singes.

— Mon Dieu ! s'écria Sophy. Vous m'en voulez d'avoir amené Jacko ? Quand je l'ai découvert à Bristol, j'ai pensé que les enfants seraient heureux de l'avoir... Et maintenant que je le leur ai offert, je crois que ce serait difficile de leur demander de le rendre.

La comtesse savait que c'était impossible, aussi ne poussa-t-elle pas la discussion plus avant. Elle voulait ruminer à présent tout ce que sa nièce lui avait dit de vraiment extraordinaire. Elle pria Cecilia de conduire sa cousine à sa chambre. Un léger repos lui ferait du bien avant de se changer pour descendre à table.

Cecilia s'empressa auprès de la jeune fille. Elle était persuadée qu'elle n'avait pas besoin de se reposer. Les êtres doués d'une telle vitalité ne se reposent guère dans la journée, mais il lui tardait d'être seule à seule avec sa cousine, qui lui avait tout de suite plu. Aussi, quand les deux amies s'aperçurent que la chambre était encombrée par toutes les affaires de Sophy que la femme de chambre était en train de déballer, Cecilia entraîna sa cousine chez elle. Selina, qui ne manquait pas de flair, comprit qu'elle était de trop, s'éclipsa discrètement et alla, pour se consoler, scandaliser la gouvernante, en lui racontant mot à mot la conversation de Sophy.

D'ordinaire, Cecilia était plutôt timide, mais sa cousine lui inspirait une sympathie si spontanée qu'au bout de quelques minutes la jeune fille lui confiait le drame de sa situation.

Sophy l'écouta tout d'abord avec beaucoup d'attention, mais le nom de Mr Rivenhale, qui revenait constamment sur le tapis, finit par l'intriguer. Elle interrompit sa cousine pour lui dire :

— Excusez-moi, Cecilia… Mais qui est ce « Charles » ? Ce n'est donc pas votre frère ?

— Si. Mon frère aîné, répondit la jeune fille.

— Mais alors, je n'y comprends rien. En quoi est-ce que tout cela le regarde ?

Cecilia poussa un soupir.

— Ma chère Sophy, vous vous apercevrez bientôt qu'à Berkeley Square, rien ne se fait, rien ne se dit, sans l'autorisation de Charles. C'est lui qui gouverne la place !

— Mais comment cela ? Mon oncle n'est pas mort, que je sache ! Sir Horace me l'aurait dit.

— Non, non ! Mais papa… C'est mal, je ne devrais pas parler de lui, d'autant que je ne comprends pas très bien ces choses… Enfin, ce que je veux dire, c'est qu'à un certain moment nous avons eu de grandes difficultés financières. Maman m'en a touché un mot, un soir où elle était si triste qu'elle ne savait plus ce qu'elle faisait. D'habitude, jamais elle ne discute de papa avec l'un de nous, sauf avec Charles ou Marie, parce que celle-ci est mariée. Et voilà que sur ces entrefaites, mon oncle Mathieu est mort en laissant sa fortune à Charles, et je ne sais pas exactement ce que Charles a fait… il y a une histoire d'hypothèques. Quoi qu'il en soit, j'ai l'impression que les pouvoirs ont été enlevés à papa et que c'est maintenant Charles qui administre le domaine. Je suis sûre que c'est lui qui paie pour Théodore et pour Hubert.

— Combien cela doit être gênant pour votre père, fit remarquer Sophy. Je n'aime pas beaucoup ce cousin Charles.

— Il est odieux, déclara Cecilia. Parfois, je vous assure, je me demande s'il ne prend pas plaisir à rendre ses sœurs malheureuses. Sa seule idée est de nous faire épouser des hommes avec de grosses fortunes…

naturellement, des hommes d'un certain âge, à l'air sévère, et qui attrapent les oreillons !

Sophy était bien trop fine pour ne pas deviner un cas d'espèce sous cette généralisation. Aussi pressa-t-elle sa cousine de lui parler en détail de « cet homme d'un certain âge qui attrapait les oreillons ».

Après une courte hésitation et beaucoup de circonlocutions, Cecilia raconta les projets de mariage qui devaient faire d'elle l'épouse de lord Charlbury ; puis elle passa directement à un portrait de Mr Fawnhope tout à fait dithyrambique. Mais Sophy connaissait le jeune homme en question, et elle dit de la voix la plus naturelle du monde :

— Je n'ai jamais vu lord Byron, mais on m'a dit qu'il n'était rien en comparaison de Mr Fawnhope. C'est vraiment le plus beau garçon sur terre.

— Vous connaissez Auguste ! murmura Cecilia, haletante, et en croisant ses mains sur son cœur.

— Oui, enfin je l'ai rencontré. J'ai même dû danser avec lui une ou deux fois à Bruxelles. N'était-il pas dans les services de sir Charles Stuart l'an dernier ?

— C'était son secrétaire. Mais Auguste est un poète et ce genre d'occupation lui déplaît plus que tout au monde, d'autant qu'il s'agissait d'affaires purement commerciales. Mais, oh ! Sophy… la première fois que nous nous sommes rencontrés, au bal de l'Amirauté, j'avais une robe bleu pâle toute brodée de petits bouquets de roses pompons, avec une ceinture d'argent… Dès que je l'ai vu… Il m'a dit que, pour lui aussi, ç'avait été la même chose… Comment pouvais-je supposer que l'on nous opposerait la moindre objection ? Si je me moque comme d'une figue de tout ce qui est titre et fortune, que peut-on lui reprocher à lui ?

— Naturellement rien, convint Sophy. Mais, oh ! Cecilia, ne pleurez pas ! Dites-moi seulement : est-ce que ma tante s'oppose aussi à votre union avec Mr Fawnhope ?

— Maman est bien trop bonne et bien trop douce pour ne pas être de mon côté, dit Cecilia. Mais elle n'ose pas tenir tête à Charles. Je vous l'ai dit, Sophy, c'est notre tyran familial.

— Sir Horace a un de ces flairs ! déclara Sophy en se levant et en défroissant sa jupe. Imaginez-vous, Cecilia, que je lui avais demandé de m'emmener au Brésil. Je ne me voyais pas vivre à Londres sans autre chose à faire que de m'amuser. Et vous savez ce qu'il m'a répondu ? Il m'a dit que c'était à moi de me trouver une occupation. Eh bien ! je l'ai trouvée. Je me demande s'il était au courant de toutes vos affaires de famille ? Oh ! Cecilia… puis-je vous appeler Cecy ? Cecilia, cela fait si pompeux… Bref, Cecy, faites-moi confiance. Vous êtes tous ici des esclaves qui ont le tort de se laisser faire. Avec un peu de courage, les choses peuvent très bien s'arranger. Nous en reparlerons ; mais, pour l'instant, il faut que je me change. Je suis en retard et rien n'est désobligeant comme une invitée qui n'est pas à l'heure.

— Mais Sophy, que voulez-vous dire ? insista Cecilia. Comment croyez-vous que vous pouvez m'aider ?

— Je n'en ai pas la moindre idée, mais cela viendra. Ce qui est certain, c'est que vous êtes tous en train de broyer du noir sans aucune nécessité. Je veux dire uniquement par la faute de votre frère. Je vous jure bien que je n'aurais jamais permis à sir Horace de s'ériger en dictateur ! Pourtant, c'est la tendance naturelle des hommes quand les femmes sont assez sottes pour courber la tête devant eux. Je n'aime guère votre frère Charles, mais cela ne fait rien, je vais le charger de me trouver un mari, ça le distraira toujours un peu. Cecy ! Venez dans ma chambre… j'ai quelque chose à vous montrer… des mantilles que sir Horace m'avait demandé de vous apporter à vous et à ma tante. Je crois que j'ai bien fait de vous en choisir une blanche. À moi, cela ne m'irait pas ; je suis trop brune ; mais je suis sûre que vous serez ravissante avec…

Après avoir donné son cadeau à sa cousine, Sophy prit une mantille noire, soigneusement enveloppée dans du papier d'argent, et la porta à sa tante, avec les compliments de sir Horace.

La comtesse se montra enchantée de la mantille et très touchée (comme elle le confia plus tard à ses filles) des « compliments » de sir Horace, auxquels elle ne crut pas un seul instant, mais qui dénotaient chez sa nièce une délicatesse charmante.

Ensuite, Sophy troqua son costume de voyage contre une robe de crêpe vert pâle, bordée d'un large feston de soie et resserrée à la taille par une cordelière. Quand Cecilia se fut changée, elle aussi, elle revint chercher sa cousine pour l'accompagner au salon. Mais Sophy n'était pas encore tout à fait prête : elle essayait de pendre à son cou un collier de perles, tandis que sa femme de chambre luttait pour boutonner les poignets de sa robe. Cecilia, simplement habillée d'une robe de mousseline bleue ornée d'une large ceinture de satin, envia la toilette de Sophy qu'elle supposait venir de Paris. Ce en quoi elle avait raison.

— Ce qui me console, dit Cecilia naïvement, c'est qu'Eugenia ne l'aimera sûrement pas.

— Qui est Eugenia ? demanda Sophy en virevoltant sur ses talons, au grand dam de sa femme de chambre. Pourquoi n'aimerait-elle pas ma robe ?

— Miss Sophy, voulez-vous, s'il vous plaît, rester un peu tranquille ! intervint Jane Storridge.

— Justement parce qu'elle est belle, répondit candidement Cecilia. Eugenia se fait un point d'honneur de ne jamais être à la mode. Elle dit qu'elle est au-dessus de ça.

— Quelle idiote ! lâcha Sophy. Tant qu'à s'habiller, autant s'habiller bien. Qui est cette pécore du nom d'Eugenia ?

— Miss Wraxton : la fiancée de Charles. Maman vient de me faire savoir qu'elle dînait avec nous, ce soir. Nous l'avions tous oubliée ! Votre arrivée a mis la maison sens dessus dessous. Elle est certainement arrivée, car c'est la ponctualité même. Vous êtes prête, maintenant, Sophy ?

— Si ma chère Jane voulait bien me laisser aller, dit Sophy tout en essayant d'échapper à sa femme de chambre.

Celle-ci l'observa d'un air sévère, mais garda le silence. Elle acheva d'attacher les boutons de la manche et drapa une écharpe de gaze sur les épaules de sa maîtresse. Après quoi, Sophy l'embrassa et lui dit :

— Maintenant, Jane, couchez-vous. Et surtout ne croyez pas que vous me déshabillerez. Rien à faire ! Si je vous trouve debout, je me fâche. Bonsoir, mon amie, dormez bien !

Cecilia était fort surprise. Elle ne put s'empêcher de faire remarquer, en descendant l'escalier :

— Il y a longtemps qu'elle est avec vous, je suppose ? Maman s'évanouirait si elle vous voyait l'embrasser.

Sophy fronça légèrement les sourcils.

— Quoi, parce que c'est une domestique ? Jane a déjà servi ma mère et c'est elle qui m'a élevée. Priez le bon Dieu que je ne donne pas à ma tante de pires occasions de s'évanouir !

— Oh ! s'empressa de rectifier Cecilia, connaissant les circonstances, elle ne trouverait rien à redire ; mais cela m'a paru si curieux…

Une petite flamme amusée dansa dans l'œil de Sophy, mais comme les deux jeunes filles arrivaient au salon, elle ne répondit pas à sa cousine.

Lady Ombersley, ses deux fils aînés et Miss Wraxton étaient déjà assis autour du feu. Ils se retournèrent quand la porte s'ouvrit et les deux garçons se levèrent,

Hubert avec des yeux brillant d'admiration, et Charles assez nettement désapprobateur par avance.

— Entrez, entrez, ma petite Sophy, dit lady Ombersley du ton le plus cordial. Vous voyez, j'ai votre mantille ; c'est beaucoup plus joli qu'un châle. Miss Wraxton aussi la trouve ravissante. Laissez-moi, ma chère Eugenia, vous présenter ma nièce, Miss Stanton-Lacy… Sophy ! Cecilia vous a sans doute dit que nous aurions bientôt le plaisir d'accueillir Miss Wraxton au sein de notre famille.

— En effet, dit Sophy, en souriant gentiment et en tendant la main à la jeune fille. D'ores et déjà, je vous fais tous mes vœux, Miss Wraxton… ainsi qu'à vous, mon cousin, dit-elle en se retournant vers Charles.

Elle ajouta aussitôt le protocolaire « Comment allez-vous » et ils échangèrent une poignée de main. Charles eut l'impression qu'elle le regardait d'un œil aussi critique que le sien. Il fut surpris, mais aussi amusé, et répondit en souriant :

— Comment allez-vous, ma cousine ? J'avoue que je n'avais plus le moindre souvenir de vous, et je pense que vous me rendez largement la pareille ?

Sophy éclata de rire.

— Nous avions tous perdu le souvenir les uns des autres. Même tante Elizabeth avait oublié sa nièce !

Puis, se tournant vers son autre cousin :

— Hubert, parlez-moi de Salamanque et de John Potton. Comment sont-ils installés ?

Les deux jeunes gens se retirèrent un peu à l'écart pour échanger quelques mots. Lady Ombersley, qui avait observé son fils d'un air inquiet, constata avec plaisir qu'il s'était montré aimable et même plein de sympathie pour sa cousine. Son attention était de nouveau fixée sur sa fiancée, mais le sourire qu'avait fait naître Sophy planait encore sur ses lèvres.

L'Honorable Eugenia Wraxton était une jeune fille élancée, un peu plus grande que la moyenne, et très racée. Bien que son visage fût un peu fade, ses traits avaient une beauté aristocratique indéniable. En raison de son deuil, elle portait une robe sombre et d'une façon très simple, mais non dénuée d'élégance. Ses cheveux, peignés en bandeaux, étaient d'un châtain clair presque doré ; ses mains étaient longues et étroites, comme ses pieds, et elle semblait avoir une poitrine assez plate, mais on ne la voyait guère, sa mère étant une ennemie déclarée des décolletés en profondeur comme celui, par exemple, de Miss Stanton-Lacy. C'était la fille d'un vicomte, et bien qu'assez réservée elle semblait consciente de son rang. Mais ses manières étaient fort agréables : elle cherchait toujours à mettre les gens à leur aise. Aussi s'était-elle promis d'être très gentille pour Sophy, jusqu'au moment où son regard croisa le regard de celle-ci. À cet instant, elle se sentit désagréablement impressionnée, et quelques secondes plus tard, quand elle eut repris son aplomb, elle glissa à l'oreille de Charles :

— Mon Dieu, comme elle est grande ! Je suis une naine à côté d'elle.

— Oui, trop grande, répliqua-t-il.

Eugenia fut heureuse de voir qu'il n'était pas séduit par sa cousine, car, même s'il était évident que Sophy était moins jolie qu'elle, il y avait dans son visage quelque chose de rayonnant qui attirait la sympathie. Elle reprit, pleine d'indulgence :

— Peut-être un peu trop ; mais elle n'en est pas moins gracieuse.

Sophy était à présent en train de s'asseoir auprès de sa tante, et la petite chienne qui trottait derrière elle frôla le pantalon de Charles. Il dit :

— Je vois que nous avons deux invitées. Comment s'appelle-t-elle, ma cousine ?

Comme pour l'apprivoiser, il tendit la main vers la bête en faisant claquer sa langue.

— Tina, répondit Sophy. Mais, vous savez, elle est timide. Je ne crois pas qu'elle réponde à vos avances.

— Cela m'étonnerait, fit Charles.

Son air sûr de lui déplut légèrement à Sophy, mais en fait il avait raison. Le lévrier ne tarda pas à lui faire mille amitiés, et la jeune fille en conclut que Charles était peut-être moins méchant qu'on le disait.

— Quelle adorable petite bête, fit remarquer Miss Wraxton aimablement. En règle générale, je n'aime guère les bêtes dans la maison… maman ne peut supporter même un chat… mais j'ai l'impression que celle-ci fait exception à la règle.

— À la maison, nous aimons beaucoup les petits chiens, dit Cecilia. Nous en avons presque toujours, n'est-ce pas, maman ?

— De gros chouchous, gavés, traînant leur panse, intervint Charles. J'aime mieux cette élégante petite demoiselle-là.

— Et vous n'avez pas vu le plus beau de la ménagerie, s'exclama Hubert à son tour. Cousine Sophy a rapporté une bête splendide du Portugal !

Lady Ombersley se sentit soudain mal à l'aise, car elle n'avait pas encore dit à Charles qu'un singe habillé de rouge siégeait dans la nursery. Mais les paroles de son fils la rassurèrent aussitôt :

— On m'a dit, ma cousine, que vous aviez aussi amené votre cheval ? Hubert en est fou. C'est un Espagnol, je crois.

— Un gitan, dit Sophy. Il est très beau.

— J'imagine que vous êtes une brillante cavalière ? reprit Hubert.

— Je n'en sais rien ; mais c'est un fait que j'aime beaucoup monter.

À cet instant, la porte du salon s'ouvrit ; cependant, au lieu du maître d'hôtel qu'avait espéré la comtesse, apparut lord Ombersley. Avant d'aller au club, il venait, disait-il, « jeter un coup d'œil sur la petite Sophy ». Sa femme, qui le jugeait déjà impardonnable de ne pas rester dîner alors que Miss Wraxton se trouvait parmi eux, trouva que la mesure était comble ; mais, habituée à se maîtriser, elle n'en laissa rien voir et dit :

— Vous pouvez vous rendre compte qu'elle n'est pas si petite que ça.

— Ciel ! s'exclama son oncle quand Sophy se leva de sa chaise.

Puis il éclata de rire, embrassa la jeune fille et dit :

— Vous voilà grande comme votre père – ou presque. Et aussi endiablée que lui, si mon vieux flair ne me trompe pas !

Sa femme, sur des charbons ardents, s'empressa de murmurer :

— Miss Wraxton... lord Ombersley.

— Hein ? Ah ! oui. Comment allez-vous, mademoiselle ? (Il s'inclina devant la jeune fille.) Vous êtes déjà, pour moi, comme un membre de la famille, et je ne ferai point de cérémonies avec vous. (Puis il se retourna vers Sophy.) Venez vous asseoir près de votre oncle et parlez-moi un peu des exploits de votre père.

Il entraîna sa nièce vers un grand canapé et entama avec elle une conversation animée durant laquelle il rit de bon cœur. Il semblait avoir oublié qu'il avait rendez-vous au club, car les jeunes filles, surtout si elles étaient amusantes et vivantes, avaient le don de le charmer.

Quand Dassett vint, quelques minutes plus tard, pour annoncer le dîner, il comprit du premier coup d'œil la situation, et sur un signe d'intelligence échangé avec sa maîtresse, rentra dans la salle à manger pour y ajouter un couvert. Quand il revint, cette fois, annoncer que la table était prête, lord Ombersley s'écria :

— Comment, comment ? Il est déjà l'heure de dîner ? Alors, je dîne ici ce soir.

Puis il offrit son bras à la jeune Sophy, tandis que Miss Wraxton, à qui était dû cet honneur, rongeait son frein, et quand Sophy fut installée près de lui il lui demanda :

— Dites-moi un peu quel trésor votre père est allé chercher au Pérou ?

— Il n'est pas au Pérou, monsieur, mais au Brésil, répondit Sophy.

— Pour moi, c'est la même chose. Je n'ai jamais vu un pareil globe-trotter. Un beau jour, il ira en Chine !

— Non, fit placidement Sophy ; c'est lord Amherst qui a été nommé là-bas... en février, il me semble. On réclamait sir Horace au Brésil parce qu'il est au courant des affaires portugaises, et je crois que l'on compte un peu sur lui pour persuader le Régent de rentrer à Lisbonne. Le maréchal Beresford a perdu tout crédit dans le pays. Ce n'est pas étonnant : il manque de tact et de souplesse.

— Le maréchal Beresford, dit Miss Wraxton à son fiancé, est un grand ami de mon père.

— Dans ce cas, excusez-moi d'avoir dit qu'il manquait de tact, reprit Sophy sans la moindre animosité. C'est d'ailleurs la pure vérité, mais personne ne songerait à lui contester les grandes qualités qu'il possède. Il faut seulement avouer que c'est un peu dommage de manquer de diplomatie lorsqu'on est un diplomate.

Ces derniers mots firent rire sous cape lord Ombersley et Hubert. Miss Wraxton se raidit un peu et Charles leva sur sa cousine un regard sévère. Comme sa fiancée était trop bien élevée pour se permettre d'adresser la parole à travers la table, elle ignora la réponse de Sophy et entama avec Charles une conversation sur Dante. Charles l'écouta avec courtoisie, mais quand, suivant l'exemple de sa cousine, Cecilia entra dans la discussion sans qu'on l'y eût invitée, et dit qu'elle préférait le style de lord Byron, son frère, au lieu de la rabrouer comme on aurait pu s'y attendre, accueillit son intervention avec un visible plaisir. Sophy appuya avec enthousiasme l'opinion de sa cousine et déclara que, pour sa part, elle relisait et relisait sans cesse le joli poème « Le Corsaire ». Miss Wraxton s'avoua incapable d'émettre une opinion en la matière : elle n'avait jamais lu Byron. Sa mère ne le lui permettait pas. D'ailleurs, le scandale de sa vie privée allait bientôt, disait-on, obliger le poète à quitter l'Angleterre.

Le débat devenant dangereux, chacun se tourna vers Hubert avec un profond soulagement quand celui-ci se mit à parler de *Waverley*, le grand roman à la mode.

Là encore, Miss Wraxton fut forcée de capituler, n'ayant pas plus lu *Waverley* que les poèmes de lord Byron, mais elle voulut bien admettre que d'après ce que l'on disait, il s'agissait certainement d'un roman de grande qualité.

Comme cette discussion littéraire ennuyait lord Ombersley, pour qui le *Guide des Courses* était la lecture favorite, il écarta Sophy du reste de la table et lui posa mille questions au sujet de quelques amis qu'il avait dans les ambassades et que Sophy ou son père pouvaient avoir rencontrés.

Une fois le dîner fini, tout le monde retourna au salon et Miss Wraxton exprima le désir de voir les plus jeunes enfants, et surtout le jeune Théodore, qui était son préféré. Mais quand Théodore apparut avec Jacko sur une épaule, la pauvre Miss Wraxton se renfonça dans son fauteuil en poussant un cri d'effroi.

L'heure sombre des aveux ne pouvait plus être retardée. La comtesse se mit à trembler. Charles parut tout d'abord amusé, mais l'attitude de sa fiancée changea ses dispositions. Il déclara que si un singe était un citoyen admissible dans une nursery – ce qui était à démontrer – on ne pouvait tolérer sa présence dans le salon de la comtesse.

Charles enjoignit à son frère de se débarrasser de Jacko. Le visage du jeune garçon s'assombrit d'un nuage menaçant et, durant quelques secondes, sa mère redouta une scène. Mais Sophy intervint à temps pour sauver la situation.

— Remportez-le dans la nursery, Théodore ! Grande sotte que je suis : je n'ai pas pensé à vous dire que Jacko détestait avoir beaucoup de gens auprès de lui. Allez, faites vite ! Je voudrais vous enseigner un jeu de cartes que l'on m'a appris à Vienne. C'est un jeu nouveau, étonnant.

Tout en parlant, elle poussait le garçon vers la porte. Quand elle fit demi-tour, elle sentit sur elle le regard de Charles qui la considérait d'un air froid. Aussitôt, elle lui dit :

— Est-ce que vous me désapprouvez d'avoir donné ce singe aux enfants ? Tous les enfants aiment les bêtes. Et Jacko n'est pas méchant ; vous n'avez pas à avoir peur.

— Je n'ai pas peur d'un singe ! répliqua Charles.

— Charles ! Charles ! cria Amabel en tirant son frère par la manche. Sophy a apporté aussi un perroquet qui parle ! Mais vous savez ce que fait Addy : elle met son châle sur la cage ! Tout cela pour qu'on ne l'entende pas ! Elle dit que ce sont des marins qui lui ont appris à parler...

— Seigneur ! s'écria Sophy, amusée et scandalisée. Le bonhomme qui me l'a vendu m'a juré que cet oiseau s'exprimait comme un gentleman !

Cette fois, Charles rit de bon cœur. Puis, se tournant vers sa cousine :

— Mon oncle Horace nous avait dit que vous étiez une bonne petite fille qui ne nous donnerait point de tracas. Il n'y a pas une demi-journée que vous êtes à la maison, et je me demande en tremblant ce qui va nous tomber sur la tête avant que la semaine soit finie !

Chapitre 4

Nul n'aurait certes pu prétendre que ce dîner des Ombersley avait été une parfaite réussite, mais il eut le mérite d'inspirer à chaque convive un grand nombre de réflexions. Miss Wraxton qui avait longuement bavardé avec sa future belle-mère tandis que les autres jouaient aux cartes, rentra chez elle convaincue qu'aussi bien intentionnée que pût être la jeune Sophy, elle manquait d'éducation. Ceci l'avait amenée à dire à la comtesse combien elle regrettait de voir retarder son mariage. Sans ce deuil inopiné, elle l'eût bien volontiers aidée à porter son nouveau fardeau. Quand lady Ombersley lui avait répondu – assez sévèrement, du reste – que Sophy ne serait jamais un fardeau pour elle, Miss Wraxton avait souri, comme pour lui laisser entendre qu'elle comprenait et appréciait son infinie bonté et son esprit de sacrifice. Elle avait pressé la main de la comtesse dans la sienne. L'instant d'après, elle ajoutait qu'il lui tardait de prendre en charge une partie de ses devoirs de maîtresse de maison. Ces mots ne pouvant être qu'une allusion au désir du jeune couple d'occuper le deuxième étage de l'hôtel, ils sonnèrent assez tristement à l'oreille de lady Ombersley. C'était un arrangement assez fréquent, mais qui ne donnait jamais de très bons résultats. Évidemment, Miss Wraxton ne ferait jamais de scandales, pas plus que de crises de nerfs, mais on ne pouvait s'empêcher de penser qu'avec les meilleures intentions elle s'arrangerait pour ennuyer tout le monde. Et l'idée fixe qu'elle avait de soulager lady Ombersley dans la conduite de la maison n'était pas des plus rassurantes.

Charles, qui avait échangé quelques mots assez graves avec Eugenia en la reconduisant à sa voiture, se retira dans sa chambre, troublé. Il ne pouvait que reconnaître le bien-fondé des critiques formulées par sa fiancée, mais sa propre nature étant franche et sans détours, il avait beaucoup apprécié l'attitude de sa cousine. Il ne trouvait pas du tout qu'elle cherchait à se faire remarquer. Tout ce que l'on pouvait dire, c'est qu'elle avait transformé d'un seul coup l'atmosphère de la maison. En bien ? En mal ? On ne pouvait pas encore savoir…

Quant à Sophy, plus d'idées tournaient dans sa tête que dans celle des autres convives quand elle se glissa sous ses draps. Il lui semblait que, dans cette maison, tout le monde souffrait d'une façon ou d'une autre. Par la faute de Charles, d'après Cecilia, et cela paraissait certain. Par ailleurs, Sophy avait de l'entendement et elle avait déjà jugé lord Ombersley à sa propre valeur. Il était donc bien évident que la tâche de Charles avait dû être difficile, et comme il faisait peur au reste de la maison, il n'était pas étonnant que son caractère impérieux et austère ait fait de lui assez vite un tyran familial. Quoi qu'il en soit, Sophy n'arrivait pas à croire que Charles était un véritable monstre. Tina lui avait fait trop d'amitiés. D'ailleurs, quand il riait, il n'était plus du tout le même. Le pire que l'on pût dire de lui c'est qu'il avait choisi pour fiancée une jeune fille franchement ennuyeuse. Elle trouva dommage qu'un garçon si plein de promesses songeât à prendre pour femme un être qui ne pouvait que l'encourager à se développer dans le mauvais sens.

Quant aux jeunes, pensa Sophy, il n'y avait pas à se faire trop de soucis pour eux… sauf peut-être pour Hubert, qui était un curieux garçon. Il se montrait parfois d'un enthousiasme débordant pour une chose ou une autre, pour un jeu de cartes ou Salamanque, mais dès que l'on ne s'occupait plus de lui, son visage reflétait une profonde préoccupation. *Il y a là quelque chose qui ne marche pas,* se dit en elle-même la jeune fille. *Hubert devrait en parler à son frère. Il doit s'agir d'une peccadille dont il s'exagère l'importance. S'il ne veut pas se confier à Charles, il faudra que je provoque moi-même ses confidences.*

Et puis, il y avait Cecilia, si gentille mais si enfantine ! Ses affaires à elle étaient assez difficiles à régler d'une façon satisfaisante, car si Sophy était bien la dernière à vouloir pousser une amie vers une union détestable, elle n'approuvait guère, par ailleurs, le choix de Mr Fawnhope. Elle avait trop de sens pratique pour se faire la moindre illusion. Mr Fawnhope ne ferait jamais un bon mari, car sous prétexte de courtiser les muses, il oubliait les choses de première importance comme d'être exact aux rendez-vous ou de poster un courrier urgent. Quoi qu'il en fût, il valait toujours mieux qu'un homme d'un certain âge avec les oreillons, et le sentiment que lui portait Cecilia semblait être assez profond. La seule solution, ce serait de lui trouver un poste qui lui aille; un poste où il pourrait utiliser ses qualités d'élégance et de charme. Sophy se creusait la tête pour déterminer où l'on pourrait trouver un emploi de ce genre quand le sommeil l'emporta.

À Berkeley Square, on servait le petit déjeuner dans une pièce particulière, attenante à la salle à manger. Lord Ombersley n'y paraissait jamais, car c'était un vrai noctambule, qui ne se levait que vers midi. Ce matin-là, vers 9 heures, seules lady Ombersley, Cecilia et Sophy se trouvaient assises à la table. Les deux garçons étaient déjà partis faire une promenade à cheval.

Lady Ombersley, qui avait de longues insomnies, avait mis sur pied, la nuit précédente, le plan d'une réception en l'honneur de sa nièce. Quand elle en fit part aux jeunes filles, les yeux de Cecilia étincelèrent, mais elle demanda aussitôt:

— Charles le permettra-t-il?

— Si nous ne dépassons pas certaines limites, je crois que oui, répondit la comtesse.

Sophy crut correct de dire:

— Je ne voudrais pas, madame, que vous vous dérangiez pour moi.

— De toute façon, reprit la comtesse, je veux donner une réception. Je l'ai promis à votre père et, pour ma part, j'adore ce genre de choses. Ne croyez pas, ma chère enfant, que nous avons toujours vécu aussi tranquilles que vous nous voyez à présent. L'année où j'ai présenté Marie, nous avons donné un grand bal, deux sauteries et un souper vénitien. Mais en ce temps-là, ajouta-t-elle en poussant un profond soupir, la pauvre cousine Mathilde était encore de ce monde. C'est elle qui avait rédigé les cartes d'invitation et qui avait tout arrangé avec Gunter. Elle me manque beaucoup, la pauvre chérie. Elle a été enlevée par une pneumonie double, comme vous le savez sans doute…

— Non, mais je vous en prie, ma tante, si c'est là tout ce qui vous dérange, n'y pensez plus. Cecy et moi sommes très capables de nous occuper de tout, et vous n'aurez rien d'autre à faire qu'à choisir votre robe et sourire à vos invités.

— Mais comment voulez-vous, ma pauvre enfant ?… Vous êtes beaucoup trop jeune. C'est toute une affaire, ces choses-là !

— Faites-moi confiance, conclut Sophy avec un sourire convaincant. Depuis l'âge de dix-sept ans, c'est moi qui organise toutes les réceptions de sir Horace. Cela me fait penser à une chose… Où se trouve la banque Hoare, tante Lizzie ? Quel est le meilleur moyen de s'y rendre ?

— La banque Hoare ! répéta sa tante, sans pouvoir ajouter un mot tant elle était affolée.

— Quel besoin avez-vous de savoir où elle se trouve ? interrogea Cecilia.

Sophy parut légèrement interdite.

— Mais... pour présenter une lettre de crédit de sir Horace. C'est là qu'il a son compte. Et si je n'y vais pas tout de suite, je risque de me trouver gênée.

Sa tante et sa cousine semblaient de plus en plus interloquées. Sophy reprit :

— Qu'ai-je dit de si extraordinaire ? C'est bien la banque Hoare, je ne me trompe pas. C'est la banque de sir Horace.

— C'est peut-être la banque de votre père : mais il n'est pas possible que vous ayez un compte en banque, articula finalement la comtesse.

— Non, et c'est bien embêtant, dit Sophy. De toute manière, je suis accréditée pour retirer les fonds qui me sont nécessaires. N'oubliez pas que c'est moi qui dirige l'intérieur de sir Horace... quand nous avons un intérieur, ajouta-t-elle.

— Ma chère petite, jamais, jamais une jeune fille... Moi-même, je n'ai jamais mis les pieds dans la banque de mon mari !

C'était vraiment ce que la comtesse pouvait imaginer de plus fort.

— Ah ! non ? dit simplement Sophy. Sans doute mon oncle préfère-t-il régler ses factures lui-même. Rien n'ennuie sir Horace comme ces questions d'argent ; aussi m'a-t-il formée de bonne heure à m'occuper de ses affaires. Et j'avoue que cela marche très bien. Le pauvre vieux, quelle plaie s'il lui fallait vérifier toutes les notes et s'occuper de payer les gages !

— Vous me renversez ! déclara lady Ombersley. Franchement, je ne comprends pas Horace... Enfin, passons ! De toute façon, vous n'aurez pas besoin d'argent tant que vous serez dans notre maison.

Sophy ne put s'empêcher de rire devant l'évidence que sa tante considérait la banque Hoare comme un lieu de perdition.

— Ne croyez pas cela ! s'écria-t-elle. Je dépense beaucoup d'argent. Et sir Horace désire absolument que je ne vous coûte pas un centime.

Les yeux arrondis d'étonnement, Cecilia s'enquit alors :

— Votre père ne contrôle-t-il pas ce que vous dépensez pour vous ?

— Comment le pourrait-il ? Il est presque toujours loin de moi et n'a pas la moindre notion de ce dont je peux avoir besoin. Et puis, il me fait confiance. Mais dites-moi où se trouve cette banque ; il faut absolument que j'y aille !

Ni la comtesse, ni Cecilia n'en avaient la moindre idée, mais fort opportunément, Mr Rivenhale arriva sur ces entrefaites. Il était en tenue équestre et venait tout simplement demander à sa mère si elle avait des courses à faire en ville dont il aurait pu se charger. La comtesse n'en avait pas, mais elle révéla à son fils (tout en se blâmant de le faire) le désir de Sophy de savoir où se trouvait la banque. Charles ne montra aucun étonnement, pas plus que lorsqu'on l'avertit que sa cousine comptait y retirer de l'argent.

— C'est original, dit-il simplement ; et il parut plus amusé que vraiment désapprobateur.

Il reprit d'ailleurs aussitôt :

— La banque Hoare se trouve à Temple Bar. Si vous êtes pressée d'y aller, je dois moi-même aller de ce côté-là. Je pourrais vous y conduire.

— Merci ! Si ma tante n'y voit pas d'inconvénient, je serais ravie d'y aller avec vous. À quelle heure partez-vous ?

— À l'heure qui vous conviendra, ma cousine !

Cette marque spontanée de courtoisie faisait bien augurer de l'expédition à venir et la comtesse, toujours encline à l'optimisme, se dit que Charles avait pour sa cousine une sympathie marquée.

Il était certainement dans les meilleures dispositions du monde quand il constata, quelques instants plus tard, qu'elle était strictement à l'heure. De son côté, elle pensa qu'un homme qui conduisait de tels chevaux ne pouvait pas être un méchant homme. Elle s'assit auprès de lui et le groom se rejeta en arrière quand les bêtes prirent le départ. Sophy elle-même – et elle s'y connaissait – admira avec quelle adresse son cousin tenait ses chevaux en main. Mais elle réserva son jugement final pour le jour où elle le verrait conduire ses chevaux en tandem, ou un attelage à la Daumont. Cependant, elle sentait d'ores et déjà qu'elle pouvait se reposer sur lui pour l'achat des deux chevaux qui lui seraient bientôt nécessaires, et déclara sans plus attendre :

— Il faut que je me procure une voiture. Qu'est-ce que vous me conseillez, un phaéton ou un cabriolet ?

— Ni l'un ni l'autre, répondit Charles, tout en ralentissant le trot de ses bêtes pour prendre un tournant dans une rue.

— Oh ! fit Sophy, un peu surprise. Alors, quoi ?

Il tourna son regard vers elle et reprit :

— Vous ne parlez pas sérieusement.

— Tout ce qu'il y a de plus sérieusement ! assura Sophy.

— Si vous désirez conduire, je vous emmènerai un jour dans le parc. Je trouverai sûrement, quelque part dans les écuries, une bête assez douce pour vous.

— Oh ! mais cela n'irait pas du tout ! dit Sophy.

— Et pourquoi ?

— Je rendrais le cheval enragé, laissa-t-elle tomber tranquillement.

Sur le moment, il ne sut que répondre. Puis il se mit à rire :

— Excusez-moi, je n'avais pas l'intention de vous offenser. Mais vous n'avez pas besoin d'une voiture à Londres. Vous sortirez sûrement avec ma mère et si vous avez quelques courses particulières à faire, vous n'aurez qu'à prévenir le cocher de la maison.

— C'est très aimable à vous de me parler ainsi, dit Sophy, mais je préfère avoir ma propre voiture. Où puis-je me rendre pour en acheter une ?

— Vous ne pourrez jamais conduire vous-même dans la ville, reprit Charles. Et je trouve qu'un phaéton ne convient pas du tout à une jeune fille. Je ne voudrais certes pas qu'une de mes sœurs conduise une voiture de ce genre ; elles sont très difficiles à tenir.

— N'oubliez pas de les prévenir, dit Sophy aimablement. Est-ce qu'elles écoutent ce que vous leur dites ? N'ayant jamais eu de frère, je ne peux pas me rendre compte.

Il y eut un court silence durant lequel Mr Rivenhale, peu entraîné à être attaqué de front, eut du mal à reprendre ses esprits. Finalement, il déclara :

— C'est dommage, ma cousine. Il eût sans doute mieux valu pour vous que vous en eussiez un.

— Ce n'est pas mon avis, répliqua Sophy, d'un ton toujours parfaitement calme. Le peu d'échantillons que j'ai vus de cette espèce m'a rendue reconnaissante à sir Horace de ne pas m'avoir fait un pareil cadeau.

— Merci ! Je sais ce que ces mots signifient.

— Je n'en doute pas, car même si vos idées datent de Mathusalem, je ne vous crois pas stupide le moins du monde.

— Vous me comblez, dit-il. Et que me reprochez-vous encore ?

— De ne pas garder la tête froide quand vous avez en main des bêtes nerveuses. Vous avez pris ce tournant beaucoup trop vite.

Charles ayant la réputation de conduire mieux que personne, ce dernier trait ne le toucha pas.

— Quelle petite peste vous êtes ! s'écria-t-il joyeusement. Mais accordez-moi une trêve ; nous n'allons pas nous quereller tout le long du chemin.

— Vous avez raison, convint Sophy. Parlons plutôt de ma voiture. On m'a dit que je trouverais de bons chevaux chez Tatersall. Qu'en pensez-vous ?

— C'est une erreur.

— Que voulez-vous dire ? Est-ce que j'écorche le nom ou connaissez-vous un meilleur marchand ?

— Ni l'un ni l'autre. Ce que je voudrais vous faire comprendre, c'est qu'aucune jeune fille du monde n'a jamais mis et ne mettra jamais les pieds chez Tatersall.

— Est-ce que vous entendez par là que vous ne voudriez pas voir vos sœurs y mettre les pieds, ou serait-ce vraiment scandaleux que je me rende chez Tatersall ?

— Vraiment scandaleux !

— Et si vous m'y accompagniez ?

— Jamais de la vie ! Je ne ferai jamais une chose pareille !

— Alors, comment puis-je m'arranger ? demanda-t-elle. John Patton est un bon valet, mais je ne peux guère me fier à lui pour ce qui est de m'acheter des chevaux. Je ne me fierais même à personne ; sinon à sir Horace qui, lui, connaît mes goûts.

Il s'aperçut qu'elle parlait sérieusement et non, comme il l'avait cru tout d'abord, uniquement pour le taquiner.

— Ma cousine, reprit-il, si vous tenez vraiment à conduire, je vous prêterai mon tilbury et je vous choisirai un cheval dont vous puissiez venir à bout.

— Un cheval à vous ? s'enquit-elle.

— Aucun des miens ne vous conviendrait, répliqua-t-il.

— Bon ; peu importe, trancha Sophy. Je préfère avoir mon attelage à moi.

— Avez-vous la moindre notion de ce que cela va vous coûter ?

— Non, mais dites-moi : croyez-vous que cela dépasse trois ou quatre cents guinées ?

— Une bagatelle ! Naturellement, je pense que votre père ne ferait pas la moindre objection à ce que vous dépensiez quatre cents guinées pour deux chevaux…

— Pas la moindre, confirma Sophy. À moins que je ne me laisse rouler et que j'achète une bête tout en apparence ou un cheval nerveux que le moindre vent arrête au bout d'un kilomètre.

— Dans ce cas, je vous conseille d'attendre que votre père revienne en Angleterre. Il vous choisira ce qu'il vous faut.

Mr Rivenhale avait prononcé ces mots d'un ton plutôt froid, mais à sa grande surprise, Sophy n'en parut pas fâchée. Elle abandonna le sujet et demanda à son cousin le nom de la rue qu'ils traversaient. Elle ne parla plus de son phaéton et Charles, pensant qu'elle n'était qu'une enfant gâtée, lui signala les monuments devant lesquels ils passaient et lui posa quelques questions polies sur le Portugal. Quand ils atteignirent Temple Bar, il s'arrêta devant la banque et lui proposa de l'accompagner aux guichets. Mais elle déclina sa proposition : il valait mieux qu'il garde son attelage car elle pouvait être retenue assez longtemps et les bêtes risquaient de s'énerver. Il attendit donc dehors, tout en pensant qu'aussi étrange que ce fût pour une jeune fille d'entrer dans une banque, il ne pouvait vraiment rien lui arriver d'ennuyeux.

Quand elle reparut, vingt minutes plus tard, un employé de la banque l'accompagnait, qui l'aida à franchir le marchepied de la voiture. Elle lui parlait familièrement, mais quand son cousin lui demanda, d'un air légèrement raide, où elle l'avait connu avant de le voir à Londres, Sophy lui répondit que c'était la première fois qu'elle rencontrait cet homme.

— Je n'y comprends rien ! s'écria Mr Rivenhale. À voir comment vous lui parliez, n'importe qui aurait pensé qu'il vous avait fait sauter sur ses genoux quand vous étiez une petite fille !

— Je ne crois pas qu'il m'ait fait sauter sur ses genoux, dit Sophy avec candeur. Du moins, je n'en ai aucun souvenir. D'ailleurs, il me l'aurait rappelé. Et où allons-nous maintenant ?

Il l'informa qu'il avait affaire du côté de Saint-Paul, mais l'avertit que cela ne lui prendrait pas plus de cinq minutes. Si ces mots sonnaient comme un reproche pour les vingt minutes que Sophy avait passées à la banque, ils manquèrent leur effet ; la jeune fille s'empressa d'assurer son cousin qu'elle l'attendrait tout le temps qu'il faudrait. Mr Rivenhale finit par penser que Miss Stanton-Lacy était une partenaire digne de lui.

Quand ils arrivèrent à Saint-Paul, Sophy tendit la main pour prendre les rênes. Charles les lui confia, non sans un peu d'appréhension, mais le groom était déjà debout auprès des chevaux : il n'y avait rien à redouter.

Son cousin ayant disparu, Sophy retira l'un de ses gants de peau couleur lavande. À ce moment s'éleva une rafale de vent d'est qui emporta le gant de l'autre côté de la rue.

— Oh ! mon gant ! s'exclama Sophy. (Elle s'adressa au valet.) Courez le ramasser. Je m'occuperai des chevaux !

Le groom était embarrassé. Il savait que son maître n'aurait pas aimé le voir s'éloigner des deux bêtes qui déjà piaffaient d'impatience ; mais, par ailleurs, comment aurait-il pu désobéir à l'ordre de la jeune fille ? Par chance, la rue était déserte. Jugeant, par ce qu'il avait perçu de la conversation de tout à l'heure, que Miss Stanton-Lacy saurait certainement tenir les chevaux quelques minutes, le groom courut après le gant.

— Dites à votre maître qu'il fait trop froid pour tenir les bêtes au repos, lui cria Sophy sitôt qu'il se fut éloigné. Je vais leur faire faire un petit tour. Je serai là dans quelques minutes !

Le valet qui s'était retourné en plein élan faillit perdre son équilibre en entendant ces paroles. Il essaya de rattraper la voiture que Miss Stanton-Lacy menait déjà assez bon train, mais juste quand il allait s'y cramponner, un nouveau coup de vent le décoiffa et son chapeau roula sur la chaussée.

Ce fut une bonne demi-heure plus tard que la voiture reparut. Charles qui l'attendait debout, les bras croisés, eut tout le loisir d'apprécier l'adresse avec laquelle Sophy tenait les rênes en mains. Pourtant, il ne laissa rien voir de son appréciation, et quand la voiture s'arrêta, exactement à sa hauteur, il avait les sourcils froncés. Du groom, on ne voyait plus la moindre trace.

Sophy lui cria joyeusement :

— Pardonnez-moi de vous avoir fait attendre. Comme je ne connais pas Londres, je me suis perdue en route. J'ai dû demander mon chemin trois fois. Mais où est votre valet ?

— Je l'ai renvoyé à la maison, dit Charles.

— Bravo ! s'exclama-t-elle, amusée. J'aime qu'un homme sache penser à tout, et l'on ne peut pas se quereller vraiment bien avec quelqu'un derrière soi qui écoute tout ce qu'on dit.

— Comment avez-vous osé conduire mon propre attelage ? demanda Mr Rivenhale, d'une voix fort peu aimable.

Puis, comme il franchissait le marchepied, il ajouta :

— Passez-moi les rênes !

— Vous admettrez, dit simplement Sophy, que je m'en suis rudement bien tirée.

— Parce qu'il y a longtemps que je les ai matés ! riposta-t-il.

— C'est peu généreux de votre part…

C'était peu généreux, Sophy avait raison. Et comme il en était conscient, il reprit d'un ton furieux :

— Conduire en plein centre de Londres, sans même un valet derrière ! C'est du joli pour une jeune fille ! Vous avez des manières… J'imagine qu'elles aussi, vous les avez ramenées du Portugal.

— Oh ! non, dit Sophy, je suis trop connue à Lisbonne pour faire de telles exhibitions. Mais avouez que cela devait être drôle, car tous les citoyens restaient bouche bée en me regardant !

— Naturellement, fit remarquer Mr Rivenhale, toujours de sa voix pincée, je pense que sir Horace aurait applaudi à cet exploit.

— Non. Il se serait plutôt attendu à ce que vous m'offriez vous-même de me laisser conduire vos chevaux – juste pour vous rendre compte comment je maîtrisais des bêtes aussi vives.

— Je ne laisse personne, personne, vous m'entendez, conduire mes chevaux.

— D'une façon générale, je trouve que vous avez raison. C'est inimaginable ce qu'une main maladroite peut blesser une mâchoire tendre.

C'est tout juste si Charles ne grinça pas des dents.

Sophy éclata de rire.

— Oh ! ne vous mettez pas en colère, voyons ! Il n'y a vraiment pas de quoi. Vous savez bien que je n'ai pas fait de mal à vos chevaux. Vous feriez mieux de m'emmener acheter mon propre attelage.

— Je ne me prêterai jamais à un projet aussi extravagant, répliqua-t-il.

— Très bien, dit à son tour Sophy. Alors, trouvez-moi un mari. C'est sans doute plus dans vos cordes.

— Manquez-vous à ce point de délicatesse ? demanda Mr Rivenhale.

— À un point que vous ne soupçonnez pas.

— Je m'en doute !

— Pourquoi m'en cacherais-je devant vous ? Je vous en prie, trouvez-moi un mari. Je ne suis pas difficile : le premier imbécile venu fera tout à fait mon affaire. Je sais que je peux compter sur vous pour dénicher quelqu'un de ce genre.

Charles vira de justesse dans Haymarket et dit en serrant la mâchoire :

— Rien ne me ferait davantage plaisir que de vous voir épouser un homme qui saurait mater votre impertinence !

— Pas mal exécuté ! approuva Sophy, commentant le virage qu'ils venaient de prendre. Mais que serait-il arrivé si un chien s'était trouvé là, ou si quelque pauvre âme avait traversé juste au même instant ?

Dieu merci, le sens de l'humour sauva Mr Rivenhale. Il répondit en pinçant les lèvres, mais pour ne pas rire :

— Je trouve aussi providentiel, ma chère cousine, que personne n'ait encore songé à vous étrangler.

Il s'aperçut à cet instant que Sophy ne s'occupait plus de lui. Elle avait la tête tournée du côté de la rue et, avant qu'il n'ait eu le temps de lui demander ce qui attirait son attention, il entendit la voix de sa cousine :

— Arrêtez ! Arrêtez ! j'aperçois quelqu'un que je connais !

Il obéit et découvrit, trop tard hélas, qui s'avançait vers eux. Cette tournure élégante et ces charmantes boucles blondes ne pouvaient appartenir qu'à Mr Auguste Fawnhope. Celui-ci, en apercevant la jeune fille, lui fit un geste amical de la main puis, arrivé près d'elle, lui tira un grand coup de chapeau.

Mr Fawnhope était sans conteste un beau jeune homme. Ses cheveux, d'un blond cendré, encadraient un front d'albâtre. Ses yeux, bleu sombre, étaient surmontés de deux arcs de sourcils parfaits. Sa bouche eût tenté un sculpteur. Il était de taille moyenne, magnifiquement proportionné, et n'avait pas besoin de s'imposer un régime de pommes de terre trempées dans du vinaigre pour conserver sa ligne, qui était impeccable. Mais c'était bien le plus grand de ses charmes que de n'attacher aucune espèce d'importance à son apparence physique. Il était conscient de l'admiration que soulevait sa beauté, mais comme il ne visait qu'à une seule chose : devenir un grand poète, il n'y faisait pas attention et vivait toujours dans les nuages. Cela, même ses pires détracteurs, sir Charles Stuart et Mr Rivenhale, étaient obligés d'en convenir.

Son regard se fit cependant des plus terrestres pour saluer la jeune fille – ce qui n'échappa point à Charles – bien qu'à la vérité il n'eût pu mettre un nom sur son visage. Comme elle lui tendait la main, il la serra et demanda, d'une voix suave, mais un peu vague : « Comment allez-vous ? »

— Bruxelles ! lui souffla la jeune fille. Vous ne vous rappelez pas ? Nous avons dansé le quadrille ensemble chez la duchesse de Richmond. Oh ! vous connaissez mon cousin ? Savez-vous que je viens de m'installer chez ma tante, à Berkeley Square ? Je suis là pour toute la saison. Il faudra donc venir nous voir. Vous ferez sûrement plaisir à lady Ombersley !

— Naturellement, je me souviens très bien de vous, dit alors Mr Fawnhope, avec moins de conviction, toutefois, que de courtoisie. Ravi de vous avoir retrouvée, mademoiselle, et d'une façon si imprévue ! Je me ferai certainement un plaisir d'aller vous voir à Berkeley Square.

Il s'inclina et s'écarta de la voiture. Les chevaux, auxquels Charles semblait avoir communiqué son impatience, bondirent en avant, et Mr Rivenhale dit alors :

— Comme c'est agréable pour vous de rencontrer un vieil ami dès le lendemain de votre arrivée.

— N'est-ce pas ?

— J'espère qu'il aura retrouvé votre nom avant de vous rendre visite !

Sophy ne put s'empêcher de sourire, mais dit avec le plus grand calme :

— Fiez-vous à moi, s'il ne le retrouvait pas, je connais quelqu'un qui le lui rappellerait.

— Vous êtes sans vergogne ! dit-il d'un ton rageur.

— Tout ce que vous dites ne tient pas debout, conclut Sophy. Vous êtes en colère et c'est tout, parce que j'ai conduit votre attelage. Mais je vous promets de ne plus recommencer.

— Fiez-vous à moi pour vous en empêcher !

Et il ajouta aussitôt :

— Puis-je vous dire, ma chère cousine, que vous me feriez le plus grand plaisir en ne vous mêlant pas de nos affaires de famille ?

— Ça, je suis contente de le savoir, déclara Sophy. On se creuse si souvent la tête pour savoir ce qui peut faire vraiment plaisir aux gens. Non pas que j'aie l'intention de vous plaire, mais c'est quand même bon d'être prévenue !

Il se tourna vers elle pour la regarder. Il avait les sourcils froncés et l'air pas commode du tout.

— Seriez-vous assez imprudente pour me provoquer à la lutte ? demanda-t-il à la jeune fille. Je ne veux pas jouer celui qui ne vous comprend pas, et je pense que vous me comprenez vous aussi. Si vous croyez que je laisserai ma sœur épouser un pareil dandy, c'est que vous ne me connaissez pas !

— Peuh ! dit Sophy. Ne montez pas sur vos grands chevaux, Charles ! Et faites attention à ceux-ci : je vous trouve imprudent vous aussi.

Chapitre 5

— C'est ce qui s'appelle une matinée bien employée ! fit remarquer Sophy.

Mais Mr Rivenhale n'était pas aussi satisfait. Sa mère fut désolée de constater qu'au lieu d'apprécier sa cousine, Charles était terrifié à l'idée de l'héberger plusieurs mois à Berkeley Square.

— C'est une calamité, croyez-moi. Une vraie calamité ! déclara-t-il. Et qui sait combien de temps mon oncle sera absent... Je crains que nous n'ayons à regretter amèrement d'avoir accueilli sa fille ! Plus tôt vous la marierez, mieux cela vaudra. Je vous en prie, trouvez-lui quelqu'un qui la mate, et qu'elle débarrasse le plancher !

La violence de ces paroles stupéfia lady Ombersley.

— Mon Dieu, Charles, qu'a-t-elle bien pu vous faire pour que vous parliez d'elle de cette façon ?

Il ne répondit pas directement mais laissa entendre à sa mère que Sophy était entêtée et impertinente, une jeune fille en tout point si mal éduquée qu'il doutait même qu'un homme pût jamais l'épouser.

Lady Ombersley s'abstint de le questionner davantage et profita de l'occasion pour suggérer à son fils que le meilleur moyen de hâter son mariage serait de donner une réception.

— Je ne veux pas dire un grand bal, précisa-t-elle. Peut-être une vingtaine de personnes, ici, dans nos propres salons.

— Quoi qu'il en soit, dit Charles, rien ne vous oblige à inviter Mr Fawnhope.

— Rien ne m'y oblige, répéta-t-elle.

— Je dois vous prévenir, maman, que nous l'avons rencontré ce matin ! Ma cousine l'a salué comme une vieille connaissance et l'a même invité à vous rendre visite.

— C'est ennuyeux, dit la comtesse. Mais c'est un fait qu'elle le connaît ; elle l'a rencontré à Bruxelles.

— À d'autres ! lança Charles qui paraissait exaspéré. Il ne savait pas plus qui elle était que l'empereur de Chine ! Mais je suis certain qu'il viendra : je compte sur vous, maman, pour le recevoir comme il convient.

Sur ces mots peu obligeants pour sa cousine, Charles s'éloigna de sa mère, laissant celle-ci désemparée. Que voulait dire Charles par « comme il convient » ? Ne savait-elle pas comment on reçoit un jeune homme qui vient faire une visite de politesse à une vieille amie de sa mère ? Charles en avait de bonnes ! Elle finit par se dire qu'il ignorait lui-même ce qu'il entendait par là et abandonna la question pour le problème beaucoup plus agréable de la réception qu'elle allait donner.

Elle était plongée dans ses plans quand Sophy entra dans la pièce. Encore sous le choc des sombres paroles de son fils, elle afficha un air de sévérité et interrogea la jeune fille sur ce qu'elle avait fait à Charles pour le blesser à un tel point. Sophy éclata de rire et raconta à sa tante qu'elle s'était contentée de conduire son attelage en faisant un petit tour dans Londres.

— Sophy ! balbutia lady Ombersley. Ce n'est pas Dieu possible ! Pas l'attelage de Charles ? Vous ne pourriez pas conduire ses chevaux !

— Je vous assure, ma tante, que c'est la vérité. Ils m'ont d'ailleurs donné un sacré mal ! Oh ! excusez-moi, tante Lizzie, d'avoir prononcé ce vilain mot. C'est à force de vivre avec sir Horace ! Je sais que j'ai un vocabulaire choquant ; et pourtant, je me surveille ! Bah ! ne pensez plus à cela. Charles s'en remettra, lui aussi. Tout le mal vient de ce qu'il est fiancé à cette fille collet monté ; alors il se croit obligé d'être guindé lui aussi.

— Oh ! Sophy, ne put s'empêcher de dire lady Ombersley, moi non plus, je n'apprécie pas Miss Wraxton ; mais je m'efforce de l'aimer et vous devez en faire autant.

— L'aimer ! Ah ça, non ! protesta Sophy.

— Elle le mérite, reprit sa tante d'un ton peu convaincu. Elle est très bonne, au fond, et nourrit certainement les meilleures intentions du monde. Seulement, quand je pense qu'elle va bientôt vivre sous notre toit… Mais c'est mal de parler ainsi ; ma petite Sophy, ne faites pas attention à ce que je dis.

— Quoi, Eugenia va venir ici ? Vous ne parlez pas sérieusement, tante Lizzie ?

Lady Ombersley fit « oui » de la tête et dit :

— Cela n'a rien d'extraordinaire. Naturellement, certaines pièces leur seront réservées, mais enfin… Elle n'acheva pas sa phrase et poussa un profond soupir.

Sophy la dévisageait sans pouvoir prononcer un mot. Pour échapper à d'aussi tristes perspectives, lady Ombersley entretint Sophy de la réception qu'elle comptait donner. Sophy écouta ses plans et en quelques instants régla tous les détails. La comtesse n'en revenait pas. Non seulement sa nièce se montrait une jeune fille extrêmement capable, mais aussi de la plus grande délicatesse. Quand les deux femmes se séparèrent, il était entendu que Sophy et sa cousine prendraient en main toute l'affaire et que sir Horace (par l'entremise de sa fille) en assumerait les frais.

— Et maintenant, déclara alors Sophy en s'adressant à sa cousine, dites-moi où je puis faire imprimer les cartes d'invitation et le nom du traiteur qui, d'habitude, vous fournit les rafraîchissements. Je ne crois pas qu'il faille s'en remettre au cuisinier pour cela. Il aura bien assez à faire !

— Mais, répondit Cecilia interdite, maman a dit que ce serait un tout petit bal.

— Non, Cecy, ce n'est pas votre mère, c'est votre frère qui a dit cela. Mais, quoi qu'il pense, ce sera un grand bal au contraire.

Selina, qui était présente, demanda en tremblant :

— Est-ce que maman est au courant de vos projets ?

Sophy sourit :

— Pas encore ; mais je ne crois pas qu'elle y fasse la moindre objection.

— Oh ! non, dit Selina avec la plus grande conviction. Il y avait plus de quatre cents personnes au bal qu'on avait donné pour Marie. Tout le monde avait complimenté maman. Je le sais. C'est cousine Mathilda qui me l'a raconté.

— Oui, mais combien cela nous avait coûté ! fit remarquer Cecilia. Maintenant, ce n'est plus possible. Charles ne serait pas content !

— Ne vous tracassez pas pour si peu, la rassura Sophy. C'est sir Horace qui paie ; ce n'est pas Charles. Cecy, vous allez dresser une liste de vos amis et connaissances et moi je ferai celle de mes amis en Angleterre ; puis nous commanderons les cartons. Nous n'avons pas besoin d'en faire imprimer plus de cinq cents...

— Sophy ! dit Cecilia, d'une voix qui n'était plus qu'un souffle. Vous n'avez pas l'intention d'inviter cinq cents personnes sans en parler à maman ?

Les yeux de Sophy pétillèrent de malice.

— Bien sûr que si, chère adorable petite gourde. Et quand les cartons seront partis, personne ne pourra plus les rattraper. Pas même votre méchant frère.

— Bravo, bravo ! s'écria Selina en dansant à travers la pièce. Cela le fera bien enrager !

— Dois-je me prêter à un pareil complot ? réfléchit tout haut Cecilia, plongée dans un examen de conscience. (Sa sœur l'encourageait à se montrer plus désinvolte.) Vous parlez bien, dit Cecilia, mais ce n'est pas vous la responsable !

— Ce n'est pas vous non plus, déclara Sophy. Moi seule en répondrai devant Charles ; aussi, ne vous tourmentez pas.

Pendant ce temps, Mr Rivenhale était allé voir sa fiancée. La maison des Brinklow avait un aspect assez froid. Quand Charles y arriva, il était encore sous le coup de son indignation du matin, mais sa nature était si contradictoire que dès qu'il entendit Eugenia abonder dans son sens et critiquer sa cousine, il fit complètement volte-face et prétendit que l'on pouvait beaucoup pardonner à une jeunc fille qui conduisait comme conduisait Sophy. De la créature la plus impertinente que la terre eût jamais portée, Sophy passa sans transition à l'enfant un peu trop gâtée, mais dont les manières assez libres, affranchies de toute convention, étaient fort divertissantes.

Cette conclusion ne plut guère à Miss Wraxton. Conduire seule et dans Londres dénotait d'après elle le plus grand manque d'éducation.

— À vrai dire, c'était de ma faute, rétorqua Mr Rivenhale. Je l'avais poussée à bout. Qu'elle ait conduit mon attelage demeure un exploit remarquable. Quoi qu'il en soit, tant que Sophy restera chez nous, je ne la laisserai jamais conduire une voiture à elle. On ne saurait plus où la retrouver : elle serait constamment dehors.

— C'est tout à votre honneur, mon cher ami, de témoigner tant d'indulgence à cette jeune fille.

— Tant d'indulgence ! J'aurais voulu que vous m'entendiez l'invectiver ce matin.

— J'imagine qu'elle le méritait. Conduire les chevaux d'un gentleman sans même lui en demander la permission me semble une chose inqualifiable. Moi-même, Charles… moi-même, je ne me permettrais pas…

Charles eut l'air franchement amusé.

— Chère Eugenia, j'espère que vous ne me demanderez jamais une chose pareille, car je serais obligé de vous la refuser. Comment feriez-vous pour tenir mes chevaux ?

Si Miss Wraxton avait été un peu moins bien élevée, elle aurait dit à son fiancé ce qui lui brûlait la langue, car elle n'aimait guère qu'on doutât de ses capacités, quelles qu'elles soient. Si elle n'avait jamais conduit dans Londres, elle possédait cependant son propre phaéton qu'elle conduisait à la campagne. Aussi, résolut-elle silencieusement de montrer à son fiancé et à sa chère cousine qu'une jeune fille bien élevée pouvait mener un cheval aussi bien qu'une jeune péronnelle qu'un père aventureux avait trimbalée sur le continent. On l'avait plus d'une fois complimentée sur sa bonne tenue d'amazone ; son style était impeccable. Elle reprit donc, après s'être éclairci la voix :

— Si Miss Stanton-Lacy aime tant les chevaux, cela l'amuserait peut-être de monter un peu avec moi ? Faisons cela, Charles ! Inutile d'inviter Cecilia, je sais qu'elle n'aime guère ce genre de distractions. Venez seul avec votre cousine et Alfred m'accompagnera. Pourquoi pas demain matin ?

Mr Rivenhale n'avait aucune espèce de sympathie pour le jeune frère d'Eugenia, qu'il essayait de rencontrer le moins possible. Mais la générosité même de la proposition de Miss Wraxton, qui ne pouvait guère envisager, pensait-il, de s'y montrer à son avantage, lui parut assez plaisante. Il donna son accord, puis il la remercia de cette bonne pensée. Elle lui sourit en lui disant que c'était son devoir de songer à lui faire plaisir. Sur quoi, il lui baisa la main en l'assurant qu'il ne douterait jamais de sa bonté. Eugenia exprima alors, comme elle l'avait déjà fait vis-à-vis de lady Ombersley, le regret qu'elle avait de voir son mariage retardé. Sans quoi, elle aurait pu aider sa future belle-mère dans sa tâche. La mauvaise santé de la chère comtesse l'inclinait à trop d'indulgence et sa belle-fille aurait été heureuse de l'éclairer dans son aveuglement. Miss Wraxton se montra surprise que lady Ombersley – sur l'instigation de son frère que lord Brinklow disait un être fort original – eût consenti à recueillir Sophy pour un temps illimité. Puis elle parla de Miss Adderbury, qu'elle trouvait beaucoup trop faible. Mais là, elle commit une grosse faute. Charles ne pouvait pas permettre que l'on critiquât Addy, celle qui avait guidé ses premiers pas. Quant à son oncle, il ne reconnaissait pas à lord Brinklow le droit de le juger. Il informa Eugenia que sir Horace était un homme éminemment distingué et doué de ce qu'on pouvait appeler le génie de la diplomatie.

— En tout cas, avouez qu'il n'a pas le génie de l'éducation, rétorqua vivement Miss Wraxton. La façon dont il a élevé sa fille ne mérite guère de compliments.

Charles sourit et reprit :

— Oh ! mon Dieu, après tout, elle n'est pas si mal que ça !

Quand Mr Rivenhale transmit à sa cousine l'invitation de sa fiancée, Sophy se montra enchantée et ordonna tout de suite à Miss Storridge de repasser son costume de cheval. Lorsqu'elle revêtit celui-ci, le lendemain après-midi, il fit l'admiration de Cecilia, mais moins celle de son frère, qui prévoyait toutes les critiques que soulèverait, de la part de sa fiancée, ce costume à la hussarde, taillé dans un lainage bleu pâle et orné d'épaulettes et de brandebourgs. Des demi-bottes et des gants de peau de la même couleur, un col de linon blanc, des manches de dentelle et un haut bonnet à plumes d'autruche en forme de shako complétaient cette tenue originale. Comme la jaquette était très ajustée, elle faisait ressortir les formes de Sophy, qui étaient vraiment parfaites, et, sous son haut bonnet, ses boucles brunes étaient charmantes. Mais quand Cecilia demanda à son frère s'il ne trouvait pas sa cousine « absolument adorable », bien qu'il fût de cet avis, il se contenta de remarquer qu'il était mauvais juge en la matière.

Mais il était bon juge en ce qui concernait les chevaux, et quand John Potton amena Salamanque, il ne put s'empêcher de dire qu'il partageait l'admiration de son frère Hubert. John Potton aida sa maîtresse à enfourcher sa monture et, après quelques incartades de Salamanque, Sophy se rangea près de son cousin, et tous les deux, marchant au pas, prirent la direction de Hyde Park. Le pur-sang était enclin à prendre ombrage de tout ce qu'il trouvait sur sa route, des chiens et des chaises à porteur, puis la trompette d'un facteur le mit brusquement en colère. Mais là encore, d'une main à la fois souple et ferme, Sophy maîtrisa sa monture. *C'est une chance,* pensa Mr Rivenhale, *car Salamanque n'est pas un cheval de tout repos pour une jeune fille.*

Ce fut aussi l'avis de Miss Wraxton lorsqu'elle les vit arriver. Après un rapide coup d'œil sur le costume de Sophy, elle s'attarda à regarder sa bête et commenta :

— Quelle magnifique créature ! Mais n'est-elle pas un peu trop fougueuse pour vous, Miss Stanton-Lacy ? Ce n'est pas un cheval pour une jeune fille. Vous devriez demander à Charles de vous trouver une monture plus convenable.

— Il ne demanderait pas mieux, j'en suis bien persuadée, dit Sophy. Mais là-dessus mes goûts et les siens ne concordent pas du tout. D'ailleurs, bien qu'il soit tout de vif-argent, Salamanque n'est pas vicieux et a ce que le Duc appelle un fessier incomparable.

Je l'ai monté sur des lieues et des lieues sans que jamais son arrière-train ne fléchisse.

Elle se pencha pour caresser l'encolure de son cheval et reprit :

— C'est plus que le Duc n'en peut dire de son fameux Copenhague après Waterloo !

Miss Wraxton s'abstint de relever cette réflexion de Sophy qu'elle jugeait fort prétentieuse. Parler de Wellington, le héros de l'Angleterre, comme elle eût parlé de n'importe qui, c'était vraiment un peu trop fort. Elle dit donc simplement :

— Chère Miss Stanton-Lacy, permettez-moi de vous présenter mon frère, Alfred !

Mr Wraxton, un jeune homme pâle, au menton en retrait et à la bouche humide et molle, s'inclina devant Sophy.

Après le rituel « Comment allez-vous ? », il lui demanda si elle se trouvait à Bruxelles au moment de la grande bataille et l'informa qu'il avait alors eu l'idée de s'engager comme volontaire.

— Pour une raison ou pour une autre, ma demande n'a pu aboutir, ajouta-t-il. Est-ce que vous connaissez le Duc personnellement ? C'est un véritable héros ! On m'a dit qu'il était très aimable. Oh ! à propos, vous avez dû aussi le rencontrer en Espagne ?

— Mon cher Alfred, intervint Miss Wraxton, quelle piètre opinion de vous va avoir Miss Stanton-Lacy si vous l'entretenez de tels propos. Le Duc doit avoir autre chose à faire que de s'occuper de l'admiration que lui vouent toutes les pauvres femmes.

Sophy s'amusa de cette réflexion d'Eugenia, qui la visait certainement, et reprit :

— Si je suis parmi les pauvres femmes auxquelles vous faites allusion, Miss Wraxton, tranquillisez-vous. Le Duc n'a jamais flirté avec moi ; je ne suis pas du tout son genre.

— Si nous prenions le trot ? trancha Eugenia. Parlez-moi de votre cheval. Il est espagnol, n'est-ce pas ? Je le trouve très beau, quoiqu'un peu nerveux pour mon goût. Il est vrai que je suis gâtée ! Mon Dorcas, comme vous le voyez, est parfaitement dressé.

— Salamanque n'est pas le moins du monde ce qu'on appelle un cheval nerveux, dit Sophy. Il est vif, jeune, fringant. Ce n'est pas du tout la même chose. Quant à la façon dont on l'a dressé, voulez-vous que je vous montre un peu ce qu'il sait faire ? Regardez !

— Sophy ! Pour l'amour du ciel ! s'écria Charles. Pas dans Hyde Park !

La jeune fille lui lança un coup d'œil ironique et fit caracoler son cheval.

— Je vous en prie, faites attention ! s'exclama Miss Wraxton. C'est très dangereux ! Charles, arrêtez-la. Tout le monde va nous regarder !

— Excusez-moi, cria Sophy, si je vous brûle la politesse, mais maintenant il faut que je le lâche !

Sur ce, elle fila au galop vers une allée cavalière longeant la route sur laquelle ils étaient.

— Hue ! cria de son côté Mr Wraxton, s'élançant derrière Sophy.

— Mon cher ami, que peut-on faire avec une créature pareille, dit Miss Wraxton à son fiancé. Galoper dans Hyde Park, et dans un pareil costume, c'est tout ce qu'il y a de plus inconvenant.

— Oui, acquiesça Charles, suivant Sophy du regard. Mais, par Jupiter ! qu'est-ce qu'elle monte bien !

— Évidemment, si vous l'encouragez dans ses exhibitions, alors je n'ai plus rien à ajouter.

— Je ne l'encourage pas du tout, répliqua-t-il d'un ton bref.

Eugenia était mécontente. Elle reprit d'une voix assez froide :

— J'avoue que je n'aime pas cette façon de monter. Je la trouve dépourvue d'élégance. Cela me rappelle les écuyères qu'on voit dans les cirques ambulants.

Ils cheminaient d'un pas tranquille quand Sophy réapparut, galopant à leur rencontre, suivie à une certaine distance du jeune Alfred.

Sophy s'arrêta net, fit virer sa monture et se rangea aux côtés de son cousin.

— C'était magnifique ! cria-t-elle, les joues empourprées de plaisir. Cela fait plus d'une semaine que je n'étais montée à cheval. Mais, dites-moi, ai-je fait quelque chose de répréhensible ? J'ai vu toute la *gentry* de Londres écarquiller les yeux en me regardant.

— On ne galope pas à bride abattue dans Hyde Park, dit Charles d'un air sévère. J'aurais dû vous avertir.

— En effet, vous auriez dû. Mais cela ne fait rien ; ne vous fâchez pas ! Je ne recommencerai plus, et si quelqu'un vous fait la moindre réflexion désobligeante, dites qu'il s'agit de votre pauvre petite cousine du Portugal qui a été si mal élevée qu'il n'y a vraiment rien à faire pour la remettre dans le droit chemin.

Elle se pencha vers Miss Wraxton et ajouta :

— J'en appelle à vous, Miss Wraxton ! À vous qui êtes une cavalière émérite. N'est-ce pas énervant de s'astreindre au petit trot quand on sent que sa monture a envie de galoper ?

— C'est en effet très énervant, voulut bien admettre Eugenia.

À ce moment, Alfred Wraxton rejoignit le petit groupe et s'écria aussitôt :

— Par Jupiter, Miss Stanton-Lacy, vous battez toutes les cavalières ! Eugenia, elle vous dépasse de cent coudées !

— Nous ne pouvons pas aller à quatre de front, dit Miss Wraxton, ignorant ce qu'avait dit son frère. Charles, rangez-vous derrière nous avec Alfred. Je ne peux pas converser avec Miss Stanton-Lacy à travers vous.

Charles s'exécuta, et Miss Wraxton, alignant sa monture aux côtés de Salamanque, s'enquit avec tout le tact qu'elle se vantait de posséder :

— Vous devez trouver les gens de Londres assez étranges ?

— Mon Dieu, dit Sophy, je pense qu'ils ne diffèrent guère de ceux de Paris ou de Vienne, ou même de Lisbonne !

— Je n'ai jamais visité ces villes, mais je crois… que dis-je… je suis certaine que Londres est la capitale du bon ton.

Sophy éclata de rire.

— Excusez-moi, mais cela me paraît si ridicule…

— Je l'imagine sans peine, dit Miss Wraxton sans se départir de son calme olympien. Je sais que sur le continent, les femmes ont des manières très libres. Ici, ce n'est pas la même chose. C'est même exactement le contraire, et l'on est mis au ban de la société quand on n'a pas de bonnes manières. J'espère que vous ne le prendrez pas mal si je vous donne un petit conseil. Vous serez certainement très heureuse si l'on vous invite au bal des Missions qui a lieu au moment des fêtes ; mais je vous préviens que si la moindre critique parvient aux oreilles des dames patronnesses, vous pourrez dire adieu à tout espoir d'obtenir une invitation. C'est un cercle très fermé. Les règlements sont des plus stricts. Il ne convient pas de s'en éloigner d'un cheveu.

— Vous me faites frémir, lui dit Sophy. Pensez-vous que l'on va m'écarter ?

Eugenia sourit avec indulgence.

— Pas forcément, étant donné que vous serez présentée par lady Ombersley. Elle vous dira d'ailleurs comment agir… si sa santé le lui permet. Je regrette que les circonstances m'empêchent d'être auprès d'elle et de l'aider un peu dans ce genre de fonctions.

— Excusez-moi ! dit Sophy qui depuis quelques secondes n'écoutait plus la jeune fille. Je crois que c'est madame de Lieven qui est en train de me faire signe…

Tout en parlant, elle s'était éloignée et avait rejoint une voiture qui roulait le long de l'allée. Arrivée près de la calèche, elle se pencha sur sa selle et serra dans la sienne la main qu'une femme tendait languissamment vers elle.

— Sophy ! s'exclama Mme de Lieven. Sir Horace m'avait bien dit que je vous rencontrerais certainement dans Hyde Park. Mais vous galopiez ventre à terre quand je vous ai vue tout à l'heure. Ma chère enfant, ne faites jamais cela ! Oh ! Mrs Burrell, permettez-moi de vous présenter Miss Stanton-Lacy.

La dame assise à côté de la comtesse inclina légèrement la tête et esquissa un vague sourire. Mais ce sourire se fit beaucoup plus large quand elle aperçut Miss Wraxton qui arrivait sur les pas de Sophy. Elle s'inclina alors profondément tandis que la comtesse de Lieven continuait de bavarder avec sa jeune amie.

— Vous habitez chez lady Ombersley, était-elle en train de lui dire. Je la connais un peu. J'irai la voir un jour prochain. J'espère qu'elle voudra bien me laisser vous enlever pour un soir. Avez-vous déjà rencontré la comtesse Esterhazy ou lady Jersey ? Je leur dirai que je vous ai vue et elles auront hâte, j'en suis sûre, que vous leur parliez de sir Horace. À propos, je me rappelle que j'ai promis à votre père de faire quelque chose pour vous ! mais je ne sais plus quoi… Ah ! j'y suis. Le bal des Missions ! Je vous ferai envoyer une invitation ; mais pour l'amour du ciel, Sophy, ne galopez plus dans Hyde Park !

Sur ces mots, la comtesse donna à son cocher l'ordre de repartir, salua d'un sourire général tous les jeunes amis de Sophy et reprit sa conversation avec Mrs Drummond-Burrell.

— J'ignorais que vous connaissiez la comtesse de Lieven, dit Miss Wraxton à sa compagne.

— Est-ce que par hasard vous la détestez ? rétorqua Sophy, frappée par la froideur de la voix d'Eugenia. Beaucoup de gens ne l'aiment pas ; je le sais. Sir Horace la traite d'intrigante. Elle a, je crois, une tendre inclination pour lui, comme vous avez pu le deviner. Moi-même, je lui préfère la comtesse Esterhazy, et à elles deux je préfère encore lady Jersey. Malgré ses airs évaporés, je la crois beaucoup plus sincère.

— Quelle horrible femme ! commenta Charles. Elle n'arrête pas de parler. À Londres, on l'appelle la comtesse Jacasse.

— Vraiment ? dit Sophy. Si elle le sait, cela doit bien l'amuser. Elle a un grand sens de l'humour.

— C'est une chance pour vous, dit Miss Wraxton à Sophy, que vous connaissiez des dames patronnesses.

Sophy ne put se retenir de rire et déclara :

— Je crois que j'ai surtout la chance d'avoir un père qui est le plus grand flirt du monde !

Le jeune Wraxton ne put s'empêcher de pouffer de rire. Sa sœur ralentit le pas et, poussant sa monture contre celle de Charles, murmura à celui-ci :

— C'est dommage que les hommes s'esclaffent quand elle dit des choses qu'elle ferait mieux de taire.

Elle se fait beaucoup trop remarquer : il n'y a qu'un pas de là à se faire mal juger.

Charles fit la grimace :

— Je vous trouve très sévère. Vous n'avez pas l'air de l'aimer.

— Oh ! non, je vous en prie, ne croyez pas à quelque animosité de ma part ! C'est seulement que je n'apprécie guère cette manière de se faire valoir.

Il fut sur le point de répondre, mais juste à cet instant quatre cavaliers apparurent, débouchant en sens inverse. Ils portaient tous les quatre de très beaux favoris et tout dans leur allure affirmait qu'il s'agissait de militaires. Ils regardèrent d'abord vaguement le groupe de jeunes gens et jeunes filles et tout à coup :

— Pardieu ! Mais c'est Sophy-canon ! s'exclama l'un d'eux.

Il y eut un beau branle-bas de combat. Les quatre cavaliers se précipitèrent vers Sophy, et, tout en lui secouant la main avec une franche camaraderie, ils l'accablèrent de questions : d'où sortait-elle ? Depuis quand était-elle à Londres ? Et que devenait sir Horace ?

— Sophy, ma chère Sophy ! Vous voir me remet du baume au cœur, s'écria le premier à l'avoir reconnue.

— Et vous montez toujours ce brave Salamanque ? dit un autre. Vous rappelez-vous lorsque vous traversiez les Pyrénées ? Il ne s'en est pas fallu de beaucoup pour que le vieux Soult vous arrête !

— Sophy ! De quel côté allez-vous ? Êtes-vous fixée à Londres ? Qu'avez-vous fait de sir Horace ?

Sophy riait et essayait de répondre à toutes les questions, tandis que son cheval piaffait et secouait la tête avec nervosité.

— Sir Horace n'est pas ici ; il est encore à l'étranger. Mais assez parlé de moi. Racontez-moi ce que vous faites à Londres. Je vous croyais toujours en France. N'allez pas me dire que vous avez quitté l'armée !

— C'est pourtant ce qu'a fait Debenham. Le veinard ! Moi, je suis en permission ; Walvey, lui, est nommé ici. Voilà à quoi cela sert d'être un fils à papa ! Et Talgarth est devenu un très grand personnage. Tenez-vous bien ! Il est l'aide de camp du duc d'York. Aussi, regardez quels airs il prend… Il a pourtant encore un peu de bonté pour ses amis.

— Silence ! intima la victime.

Talgarth semblait un peu plus vieux que ses compagnons. C'était un homme brun, aux traits réguliers, et par ailleurs le type parfait de l'officier mondain.

— Sophy, ce n'est pas possible que vous soyez à Londres depuis un certain temps. On ne m'a pas encore signalé la moindre petite explosion. Et vous savez, pourtant, si je suis au courant de tout !

Elle rit de nouveau.

— Tant pis pour vous, sir Vincent. Je vous préviens que je ne ferai pas beaucoup de bruit à Londres… Pas plus qu'ailleurs, du reste.

— Comment pouvez-vous dire cela ? La dernière fois que je vous ai vue, à Bruxelles, vous veniez de tomber au milieu d'une famille belge qui était tout éberluée de voir jaillir tant d'étincelles !

— Les pauvres Le Brun, dit Sophy. Ils étaient dans une mauvaise passe. Il fallait bien que quelqu'un s'occupât d'eux ; et finalement, tout a très bien tourné. Mais à quoi est-ce que je pense ? J'oublie mes devoirs les plus élémentaires. Excusez-moi, Miss Wraxton, et laissez-moi vous présenter le colonel Vincent Talgarth et le colonel Debenham… le commandant Titus Quinton… et… oh ! Francis, j'aurais dû vous nommer d'abord, c'est une chose que j'oublie toujours ; peu importe… le capitaine lord Francis Walvey ! Et je vous présente mon cousin, Mr Rivenhale, et Mr Wraxton.

Mr Wraxton inclina poliment la tête. Mr Rivenhale fit de même, en s'adressant à lord Francis :

— Je ne crois pas avoir eu le plaisir de vous rencontrer, mais j'ai bien connu votre frère à Oxford.

Aussitôt, lord Francis se pencha sur sa selle et lui serra la main.

— Pardi, vous êtes Charles Rivenhale, n'est-ce pas ? C'est bien ce que je pensais. Est-ce que vous êtes toujours grand amateur de boxe ? Fred me racontait qu'il n'avait jamais vu de coups droits aussi durs que les vôtres.

— Vraiment ? dit Charles, amusé. Il faut le croire. Il en a reçu assez pour se faire une idée juste.

Le commandant Quinton, qui le dévisageait depuis un bon moment, intervint à son tour :

— Je n'hésite plus à croire que c'est bien chez Jackson que je vous ai rencontré.

— C'était mon entraîneur.

— Vous êtes donc l'homme dont il disait qu'il aurait pu faire un champion s'il n'avait pas été un gentleman ?

Cette remarque aiguilla les trois autres cavaliers vers une conversation sportive. Mr Wraxton essaya d'y prendre part en émettant de temps en temps une quelconque appréciation, mais personne ne prit garde à lui. Sophy était heureuse de voir ses amis et son cousin discuter si cordialement, et le colonel Debenham, dont le cœur était aussi raffiné que les manières, engagea par pure bonté une conversation avec Eugenia.

Au bout d'un moment, d'un commun accord, les quatre militaires firent demi-tour pour accompagner la petite troupe de Mr Rivenhale jusqu'à l'allée cavalière.

Quand Sophy s'aperçut que sir Vincent marchait à ses côtés, elle s'écria :

— Quelle chance que vous soyez là ! Vous êtes justement l'homme dont j'ai besoin ! Avançons un peu, voulez-vous ? J'ai quelque chose à vous demander.

— Rien ne pourrait me faire plus plaisir, répondit vivement l'officier. Après avoir longtemps refroidi mes transports, allez-vous enfin couronner ma flamme ? Non, quelque chose me dit que je suis encore une fois trop optimiste et que vous allez me demander, au contraire, un service qui va me plonger dans d'extrêmes difficultés et me conduire au Conseil de guerre.

— Soyez sans crainte, le rassura Sophy. Mais vous êtes le seul homme – après mon père – à qui je puisse m'adresser pour m'aider à acheter des chevaux. Sir Vincent, j'ai besoin d'un phaéton et d'un attelage.

À ce moment, ils avaient largement distancé le reste du groupe. Sir Vincent ralentit brusquement et dit :

— Laissez-moi me remettre de mon émotion. Ainsi, c'est tout ce que vous trouvez à demander à un homme ?

— Ne faites pas l'idiot. Que pourrais-je demander de plus à qui que ce soit ?

— Ma chère Junon, je vous l'ai déjà dit cent fois et je ne vais pas vous le répéter.

— Sir Vincent, reprit Sophy d'une voix ferme, je vous ai vu papillonner autour de toutes les héritières que vous avez rencontrées.

— Depuis que vous me connaissez, dites-vous... Je n'oublierai jamais ce jour de notre première rencontre. Vous veniez de perdre une dent et de déchirer votre robe.

— C'est possible, dit Sophy, mais je doute que vous ayez gardé un souvenir aussi net ; je crois plutôt que vous êtes en train d'inventer une histoire. Vous êtes encore plus charmeur que sir Horace et si vous me faites la cour, c'est uniquement parce que vous savez bien que je n'y donnerai pas suite. Ma fortune n'est pas assez grande pour vous.

— D'autres, et même de plus malins que moi, ont dû se résoudre à mettre de l'eau dans leur vin.

— Je ne suis pas votre vin, et j'aime mieux vous prévenir tout de suite que sir Horace ne me laisserait jamais vous épouser – en admettant que j'en aie la moindre envie, ce qui est loin d'être le cas.

— Oh ! bon..., soupira sir Vincent. Alors, parlons chevaux si vous préférez.

— L'ennui, dit Sophy, c'est que j'ai tout vendu en quittant Lisbonne, et sir Horace n'a pas eu le temps de s'occuper de me racheter un attelage avant de s'embarquer pour les Amériques. Il m'a dit que mon cousin s'en chargerait sûrement, mais là, il s'est mis le doigt dans l'œil : mon cousin ne veut rien entendre.

— Charles Rivenhale, fit remarquer sir Vincent en regardant la jeune fille, les yeux mi-clos, a la réputation de s'y connaître en chevaux. Que lui avez-vous donc fait ?

— Rien ! protesta Sophy. Il m'a simplement déclaré qu'il ne se mêlerait jamais d'une chose pareille et que ce serait on ne peut plus scandaleux si j'allais seule chez Tatersall.

— Ce n'est évidemment pas à recommander.

— Je ne le ferai donc pas. Ma pauvre tante en serait désespérée. Elle a bien assez de soucis comme ça, la malheureuse. Mais où puis-je acheter une bonne paire de chevaux ?

Sir Vincent prit un air pensif et dit :

— Je me demande si cela vous plairait d'acheter deux jeunes pouliches de Manningtree avant qu'il ne les mette sur le marché. Il est complètement fauché et est obligé de vendre son écurie. Combien comptez-vous payer ?

— Sir Horace m'a dit de ne pas dépasser quatre cents guinées, à moins qu'il ne s'agisse de bêtes que ce serait un crime de ne pas acheter.

— Pour cette somme-là, je crois que vous pourriez avoir les deux bais de Manningtree. Ce sont des bêtes magnifiques. Je les achèterais moi-même si j'avais une voiture.

— Où puis-je les voir ?

— Laissez-moi faire. J'arrangerai cela. De quel côté allez-vous ?

— Ici, en face, à Berkeley Square, dans la grande maison qui fait le coin.

— Ainsi, lord Ombersley est votre oncle ?

— Non, mais sa femme est ma tante.

— Et Charles Rivenhale, naturellement, votre cousin. Parfait, parfait ! Tâchez de bien vous amuser, chère Sophy !

Elle reprit sur le même ton :

— Je n'y manquerai pas, mon cher ami. (Puis elle poursuivit d'une voix plus naturelle.) Sans rire, j'ai eu grand-peur de m'ennuyer ; mais toute la famille Ombersley est dans la confusion. Je vais avoir fort à faire pour la sortir de là. Ce sera ma distraction.

— Je n'ai pas de sympathie particulière pour votre oncle, et, par ailleurs, quand j'ai invité à danser, l'an dernier, au bal des Missions, votre belle cousine Cecilia, son frère a jugé bon de me prévenir – de sa manière habituelle, qui n'est pas des plus courtoises – que sa sœur n'était pas une héritière « intéressante ». C'est vous dire que je ne les porte pas, ni l'un ni l'autre, dans mon cœur. Et cependant, je m'inquiète pour cette pauvre famille. Courent-ils aveuglément à leur destin ou ont-ils eux-mêmes consenti à introduire chez eux un explosif ?

Sophy ne put s'empêcher de rire.

— Ils courent aveuglément, dit-elle ; mais je ne suis pas un explosif.

— Vous êtes quand même Sophy-canon.

Chapitre 6

— La sonnette n'arrête donc jamais ? demanda Charles à sa mère après le départ du quatrième visiteur.

— Jamais ! répondit fièrement lady Ombersley. Depuis le jour où Sophy est allée avec vous se promener dans Hyde Park, j'ai reçu la visite de sept gentlemen... que dis-je ? Huit avec Auguste Fawnhope. Et la princesse Esterhazy, la comtesse Lieven, lady Jersey et lady Castlereagh ont toutes déposé une carte...

— Est-ce que Talgarth figurait parmi ceux que vous avez reçus ?

La comtesse fronça les sourcils dans un effort de mémoire.

— Talgarth ! Mais oui, bien sûr. Un homme charmant, du reste, avec de splendides favoris. Oui, oui, il est venu lui aussi.

— Prenez garde, dit-il, c'est là une relation que je ne tolérerai pas.

La comtesse manqua défaillir.

— Charles ! Quel ton ! Et que voulez-vous dire ? J'ai l'impression que c'est un très vieil ami de Sophy, et qui plus est, un ami de sir Horace.

— C'est possible ; mais si mon oncle espère le marier à Sophy, il n'est pas l'homme que je croyais. Talgarth est un coureur de dots et par-dessus le marché un joueur impénitent, couvert de dettes. Et ses mœurs sont détestables. C'est ce qu'on appelle un libertin.

— Mon Dieu ! soupira la comtesse, qui ne savait que répondre.

Elle se demandait si elle devait prévenir son fils que sa cousine était sortie, la veille, seule avec sir Vincent. Puis elle décida qu'après tout, ce qui était fait était fait, et se contenta de dire :

— J'essaierai de prévenir Sophy.

— Je crois qu'elle le recevrait mal. Eugenia a déjà essayé de lui glisser un mot à l'oreille et tout ce que ma cousine a trouvé à lui répondre, c'est qu'elle était assez grande pour se défendre contre les hommes et ne pas se laisser séduire.

— Mon Dieu, mon Dieu ! répéta lady Ombersley. La chère enfant ne devrait pas employer des mots pareils !

— C'est bien mon avis, dit Charles.

— Mais, sans vous offenser, reprit sa mère, je pense que ce n'était guère l'affaire de Miss Wraxton de conseiller Sophy sur un pareil sujet. Après tout, ce n'est pas sa parente.

— Eugenia n'a suivi que son sens du devoir, répliqua-t-il froidement. Et aussi le grand désir qu'elle a de vous épargner tout chagrin.

— C'est bien gentil de sa part, dit lady Ombersley, l'air soudain abattu.

— Où est ma cousine ? reprit Charles.

À ces mots, la comtesse s'épanouit de nouveau car elle tenait cette fois une réponse satisfaisante.

— Cecilia et Hubert l'ont emmenée faire un petit tour en calèche.

— Bon ! cela du moins paraît rassurant.

Il eût été moins « rassuré » s'il avait su qu'ayant rencontré Mr Fawnhope dans Bond Street et recueilli dans leur voiture, les jeunes gens étaient en ce moment chez un marchand de véhicules en tous genres, en train de choisir celui qu'il fallait à Sophy. Les avis étaient partagés. Sophy tenait à un phaéton ; Cecilia, elle, optait pour un cabriolet canné, et Hubert pour un tilbury. Quant à Mr Fawnhope, lorsqu'on le chercha pour lui demander son avis, on s'aperçut qu'il avait disparu et on le retrouva quelques instants plus tard, assis en extase au fond d'une immense berline dont le plafond, voûté comme un dôme, était décoré de dorures et dont le siège principal, perché sur les roues avant, était tapissé de velours bleu.

— C'est le carrosse de Cendrillon, dit simplement le jeune poète.

Le marchand fit remarquer que cette voiture, qui lui servait pour l'étalage, ne convenait pas à une jeune fille.

— C'est une vraie voiture de princesse, reprit Mr Fawnhope, sans écouter le marchand. Cecilia, c'est ce qu'il vous faut. Avec six chevaux blancs, harnachés de bleu et des plumets sur la tête.

Ce programme n'était pas sans séduire Cecilia, mais elle dut rappeler à Mr Fawnhope qu'ils étaient venus aider Sophy à acheter une voiture de sport. On le tira donc de sa berline et quand on lui demanda ce qu'il préférait d'un phaéton ou d'un cabriolet, il se contenta de psalmodier une vieille chanson de nourrice : *Que peut bien faire Mr P. O. ? Conduire une voiture à deux chevaux. Et que peut-il faire de plus beau ? Il peut conduire quatre chevaux.*

— Tout cela est bien joli, dit Hubert avec impatience, mais ma cousine n'est pas Mr P. O. et, pour ma part, je pense que le mieux pour elle serait de prendre un cabriolet.

— Un cabriolet, c'est charmant, concéda Mr Fawnhope. Léger… rapide… Et cependant Apollon a choisi le phaéton. Toutes ces voitures m'éblouissent ; je vous en prie, allons-nous-en.

— Je suis comme Mr P. O., dit Sophy, une étincelle de malice dans les yeux, et j'aimerais bien conduire quatre chevaux. Malheureusement, je n'en ai que deux. Et où pourrais-je trouver deux autres bais semblables ?

— Pas besoin qu'ils soient tous pareils, fit remarquer Hubert. Vous pourriez emprunter les deux pommelés de Charles. Par Jupiter, ça, ce serait un attelage !

Sophy rit et secoua la tête.

— Pas très convenable pour une jeune fille. (Puis elle poursuivit après quelques secondes.) Bon, je pense que je vais prendre le phaéton.

Le marchand se montra surpris, car la voiture qu'elle désignait n'était pas celle qu'il s'attendait à lui voir prendre : un phaéton très élégant et qui convenait à une femme. C'était une voiture haut perchée et dont le corps reposait à cinq bons pieds du sol. Quoi qu'il en fût, il n'avait pas à discuter le goût de sa cliente si elle préférait une voiture dispendieuse. Il s'inclina devant sa décision et garda ses pensées pour lui.

Hubert n'eut pas la même adresse.

— Franchement, Sophy ! dit-il, ce n'est pas une voiture pour une dame. Mon seul espoir est de vous voir faire la pirouette quand vous prendrez le premier tournant.

— Avec moi, pas de danger ! dit Sophy.

— Cecilia ! s'écria tout à coup Mr Fawnhope, qui observait l'étrange forme du phaéton, jurez-moi que jamais vous ne monterez dans cette voiture !

Sa voix avait un accent si sincère que tous se retournèrent pour le regarder, et Cecilia rougit de tant de sollicitude.

— Je vous donne ma parole que vous ne verrez jamais mon phaéton renversé, assura Sophy.

— Ce serait un spectacle affligeant, reprit Mr Fawnhope, de voir une charmante créature rouler dans un engin pareil. Ses proportions sont ridicules et, par ailleurs, cette voiture a été conçue pour rouler à vive allure ; on l'imagine conduite sur les grands chemins par quelque aventurier à la cape volante… Elle n'est pas faite pour Cecilia !

— Bon ! dit Sophy, vous me rassurez ; je pensais que vous aviez peur que je ne renverse Cecilia.

— J'ai peur de cela aussi, reprit Mr Fawnhope en se cachant les yeux. Vous évoquez pour moi une vision scandaleuse. Rien que de l'imaginer me fait mal. C'est une souillure atroce sur l'image d'une déesse. Partons, je vous en prie, ne restons plus ici.

Cecilia, partagée entre la joie de s'entendre comparée à Vénus et la confusion de se voir par terre, hasarda qu'il fallait attendre la décision de sa cousine. Sophy lui proposa alors de se retirer dans la calèche avec son jeune berger, tandis qu'elle conclurait l'achat avec Hubert.

Quand sa sœur se fut éloignée, Hubert ne put s'empêcher de dire :

— J'avoue que je comprends Charles de ne pouvoir supporter ce garçon. Moi aussi, je le trouve assommant !

Trois jours plus tard, Mr Rivenhale, qui sortait ses chevaux dans Hyde Park, s'arrêta au manège pour y prendre un ami, Mr Wychbold, qui, malgré son costume éblouissant – culotte jaune, bottes à l'écuyère et veste extravagante –, avait l'air désemparé.

— Qu'y a-t-il donc, Cyprien ? lui cria-t-il. Qu'est-ce que c'est que cet air blasé ? Où étiez-vous donc tous ces jours-ci ? Je ne vous ai vu nulle part. Montez me raconter vos tourments.

Mr Wychbold monta dans le tilbury, croisa élégamment les jambes et dit en poussant un soupir :

— Je n'ai plus d'attelage. J'ai une bête estropiée, boiteuse ; oui, l'un de mes deux alezans. J'ai eu le malheur de laisser ma sœur les conduire. Ah ! Charles, mon ami, croyez-en un vieux camarade : ne laissez jamais une femme toucher vos chevaux. Il n'y en a pas une qui soit capable de conduire.

— Vous ne connaissez pas ma cousine, répliqua Mr Rivenhale avec un sourire en coin.

— Vous vous trompez. Je l'ai rencontrée le soir du bal des Missions, où vous avez cru bon de vous abstenir de venir.

— Je n'aime pas ce genre de manifestations.

— Vous avez tort. On s'y amuse parfois. Mais, de toute façon, vous n'auriez jamais pu danser avec votre cousine tant elle était assiégée. Je suis quand même arrivé à lui faire danser une valse ; mais j'ai eu du mal, je vous assure. Diable ! c'est une fille étonnante !

— Pourquoi ne lui offrez-vous pas de l'épouser ? Vous avez l'âge de vous caser, et je vous en serais reconnaissant.

— Demandez-moi n'importe quoi d'autre ; vous savez que je vous suis dévoué. Mais cela, mon vieux, alors non... Chez moi, c'est une question de principe. J'ai l'amour du célibat.

— Je n'étais pas sérieux, reprit Charles. Si vous pensiez vous-même à faire ce que je viens de vous proposer, je m'emploierais de toutes mes forces à vous en dissuader. Elle est épouvantable ! La seule vertu que je lui accorde est de savoir conduire une voiture.

Savez-vous qu'elle a eu l'audace de me chiper mon tilbury un jour où j'avais le dos tourné ?

— Elle a conduit votre attelage ?

— Comme je vous le dis ! Tout cela pour m'obliger à lui acheter un phaéton dans lequel elle puisse se livrer à ses excentricités. Je n'en ferai rien, mais c'est dommage. J'aurais aimé la voir faire la culbute.

— Je ne voudrais pas vous donner de faux espoirs, dit alors Mr Wychbold, les yeux fixés depuis quelques secondes sur un phaéton de grand sport qui venait de déboucher dans l'allée, mais j'ai l'impression que vos vœux vont bientôt se réaliser ! En tout cas, moi, ce qui me renverse, c'est que votre cousine conduise les deux chevaux de Manningtree !

— Quoi ? cria Mr Rivenhale.

Son regard s'arrêta sur le phaéton en question. Tout à fait à l'aise sur son haut perchoir, son valet assis derrière elle, et conduisant avec une grâce et une maestria incontestables, apparut Miss Stanton-Lacy. Si cette apparition, si conforme à ses vœux, était de nature à réjouir Mr Rivenhale, il n'en laissa rien voir. D'abord, il resta pétrifié, puis il fit une affreuse grimace. Comme les deux bais ralentissaient et prenaient le pas, Charles aussi tira sur les rênes, et les voitures s'arrêtèrent côte à côte.

— Cousin Charles ! s'écria Sophy. Et Mr Wychbold ! Comment allez-vous ? Dites, mon cousin, qu'en pensez-vous : n'ai-je pas fait une bonne acquisition ?

— Où vous êtes-vous procuré ces chevaux ? demanda Mr Rivenhale.

— Charles ! quelle mauvaise mémoire vous avez ! interrompit son camarade. Je viens de vous le dire à l'instant. Et d'ailleurs, vous les connaissez ; vous connaissez les bêtes de Manningtree. (Puis il s'adressa à la jeune fille.) Mais, ce que je ne comprends pas… Est-ce qu'il vend son écurie ?

— Il faut croire, dit-elle simplement.

— Alors, vous me les avez volés, reprit Mr Wychbold. Je me les étais promis, depuis le jour où Manningtree les avait exhibés en ville. Comment en avez-vous eu vent ?

— Par hasard. C'est sir Vincent Talgarth qui m'a signalé l'affaire et qui s'est entremis pour moi.

Mr Rivenhale explosa :

— Ah ! celui-là ! J'aurais dû m'en douter.

— Vous auriez dû, approuva Sophy. Il sait tout avant tout le monde. Puis-je vous offrir ma place, Mr Wychbold ? Si je vous ai volé ces chevaux, le seul moyen pour moi de faire amende honorable est de vous proposer de les conduire.

— Je vous en prie, dit Mr Rivenhale, n'hésitez pas à me dire quelles bêtes, des miennes ou celles de ma mère, je dois retirer de l'écurie pour faire de la place aux vôtres. À moins, naturellement, que vous n'ayez aussi votre propre écurie.

— Mon cher cousin, je m'en voudrais de vous importuner. John Potton s'est occupé de cela. Mes chevaux ne vous causeront pas d'ennuis. (Elle s'adressa ensuite à son valet.) Descendez, John. Vous pouvez sans crainte laisser votre place à Mr Wychbold : si les chevaux cessaient de m'obéir, il saurait les reprendre en main, mieux que moi et mieux que vous encore.

Le valet obéit ; l'apparence de Mr Wychbold lui inspirait pleine confiance. Ce dernier se hissa sur le siège du phaéton. Sophy fit un petit signe d'adieu à son cousin et se mit en route. Mr Rivenhale la regarda s'éloigner et demanda à son valet qui se trouvait auprès de lui :

— À quoi avez-vous pensé en laissant votre maîtresse acheter une voiture de ce genre ?

— Monsieur n'a pas à se faire de mauvais sang pour Miss Sophy, rétorqua John Potton sur un ton paternel. Sir Horace lui-même ne pourrait pas l'arrêter quand elle a quelque chose en tête. J'ai souvent dit à sir Horace qu'il aurait dû lui briser le mors quand il en était encore temps. Mais il n'a jamais voulu le faire.

— En tout cas, en ce qui me concerne, à la première occasion…

Mr Rivenhale n'en dit pas plus, conscient, soudain, de l'incongruité d'une conversation de ce type avec le valet de sa cousine.

— Au diable votre impudence ! conclut-il, et il mit ses chevaux en route avec une brusquerie révélant sa mauvaise humeur.

Au même moment, Mr Wychbold refusait galamment de prendre les rênes des mains de Miss Stanton-Lacy.

— Jamais je n'aurais cru cela, dit-il. Mais c'est un vrai plaisir que d'être conduit par une femme quand elle le fait aussi bien que vous. Et ces deux chevaux ont un trot d'une souplesse… Je ne serais pas étonné que Charles les ait désirés pour lui-même – ce qui expliquerait sa rage de tout à l'heure.

— Non, non, vous vous trompez. Sa rage était tout à fait justifiée, car j'ai acheté ces bêtes sans lui demander conseil, et même malgré sa défense ! Il y a longtemps que vous connaissez mon cousin ?

— Nous étions à Eton ensemble.

— Alors, dites-moi. Est-ce qu'il jouait déjà au petit César ?

Mr Wychbold réfléchit un instant, mais sans arriver à une conclusion.

— Je ne sais pas, finit-il par répondre. Il était toujours en tête, c'est certain. Mais un homme ne commande jamais à ses amis ; du moins… (Il s'arrêta, se remémorant tout à coup quelques incidents de cette époque.) Il a certainement mauvais caractère, mais c'est le garçon auquel je m'adresserais en toute confiance, si jamais j'étais dans l'ennui.

— Je crois que c'est un grand compliment.

Mr Wychbold s'éclaircit la voix et reprit :

— Il ne m'en a jamais parlé, mais je sais que le pauvre garçon a eu des moments très durs, si tout ce que l'on dit est vrai. Et c'est peut-être ce qui l'a aigri. J'ai souvent pensé à cela. Encore que rien n'explique qu'il ait choisi pour fiancée cette… (Il s'interrompit brusquement.) Je ne sais plus ce que j'allais dire, ajouta-t-il rapidement.

— Dans ce cas, dit Sophy à son tour, il n'y a plus à hésiter.

— À hésiter pour quoi ?

— Je sais, par Cecilia, que vous êtes le meilleur ami de Charles, et si, à votre avis, il a commis une erreur, je n'ai plus à avoir de scrupules. Songez, Mr Wychbold, à l'épreuve que ce serait pour ma pauvre tante et pour les enfants que de supporter tous les jours cette figure de carême avec ses prêchi-prêcha. D'autant qu'elle s'ingénierait certainement à rendre Charles de plus en plus odieux.

— C'est affreux à penser, concéda Mr Wychbold, qui semblait sincèrement ému.

— Il faut faire quelque chose ! affirma Sophy d'un air résolu.

— Il n'y a plus rien à faire, lui dit son compagnon. Il y a deux ou trois semaines qu'ils ont annoncé leurs fiançailles. Ils seraient déjà mariés s'il n'y avait pas eu un deuil dans sa famille. Au fond, c'est ce qu'on appelle un excellent parti : jeune fille de qualité, belle dot, les meilleures relations de la ville…

— Oh ! s'exclama Sophy dans un effort de souveraine compréhension. S'il l'aime, il a bien le droit de l'épouser, mais alors qu'il ne l'impose pas au reste de sa famille. Cependant je ne crois pas que son cœur soit pris. Quant à elle, elle n'en a pas. Là ! Qu'en dites-vous ? C'est ce qui s'appelle trancher carrément la question !

S'échauffant à son tour, Mr Wychbold lui raconta sur un ton confidentiel :

— Vous savez, il y a deux ans que Miss Wraxton cherche à se marier. D'abord, elle avait jeté son dévolu sur Maxstoke, mais il a pris le large… (Il soupira.)

Maintenant, il est trop tard, Charles ne peut plus se dégager ; l'annonce de ses fiançailles a paru dans la presse, il n'est plus en mesure de les rompre.

— Lui, peut-être, dit Sophy qui avait pris un air grave. Mais elle le peut encore.

— Elle le peut, mais elle ne le fera pas, dit Wychbold.

— Qui vivra verra. De toute façon, je vais m'employer à ce qu'elle ne fasse pas le malheur de la maisonnée tout entière ! Pensez qu'il est convenu qu'elle s'installera à Berkeley Square, et rien ne peut être plus catastrophique ! D'abord pour ma tante, qui attrape la migraine même quand elle ne l'a vue qu'un quart d'heure. Et pour Miss Adderbury à qui elle dit les pires choses avec sa voix doucereuse qui, moi, me fait vomir. Elle s'étonne que Miss Adderbury n'ait pas appris l'italien aux enfants ! qu'elle ne se serve pas davantage du tableau noir et qu'elle n'ait pas remarqué que la petite Amabel a tendance à se voûter ! Non, mais quelle barbe ! Elle essaie même de convaincre Charles d'arracher leur singe aux enfants. Mais le pire, c'est qu'elle le monte contre le pauvre Hubert ! Cela, je ne peux pas le lui pardonner. Il faut voir comme elle s'y prend ! J'ai dû me retenir, hier, pour ne pas la gifler. Le pauvre gosse avait une veste neuve – d'un goût épouvantable, il faut bien le dire, mais il en était si fier ! Naturellement, elle s'est empressée de le faire remarquer à Charles, sous prétexte de flatter Hubert, bien entendu, mais au fond pour prouver à l'autre qu'Hubert dépensait son argent d'une façon aussi inconsidérée que répréhensible.

— Quelle peste ! s'écria Mr Wychbold. Je me demande comment Charles a pu accepter cela, lui qui n'aime pas qu'on se mêle de ses affaires.

— Vous savez, elle est si mielleuse. Toutes ses méchancetés sont enveloppées de sucre. Charles ne connaît pas le fond de son caractère… pas encore !

— C'est très ennuyeux, mais il n'y a vraiment rien à faire.

— C'est ce que disent les gens trop paresseux pour agir, ou peut-être trop timorés. J'ai sans doute beaucoup de défauts, mais je ne suis pas paresseuse, encore que cela ne constitue pas, pour moi, une qualité ; la vérité étant que je n'ai sans doute pas de nerfs, ni de sensibilité… Ce que je me demande, c'est comment je vais m'y prendre. Je n'y vois pas encore très clair, mais il est possible que j'aie besoin de vos services pour m'aider à rompre ces damnées fiançailles.

Sophy s'aperçut, à l'expression de son compagnon, qu'il était assez ennuyé et même un peu effrayé. Elle ajouta aussitôt :

— Il est possible que non ; mais on ne sait jamais. Il vaut mieux être averti d'avance. Maintenant, il faut que je vous dépose car j'aperçois Cecilia qui m'attend et je lui ai promis une promenade dans le parc. Elle sait à présent qu'elle n'a plus à craindre d'être renversée.

— Quant à cela, elle peut être tranquille ! dit Mr Wychbold qui ne s'en demandait pas moins, intérieurement, ce que la jeune fille renverserait bientôt à Berkeley Square de bien plus important encore qu'un phaéton…

Il lui serra la main en l'assurant que si les femmes étaient admises au *Four-Horse Club* il serait le premier à voter pour elle, puis il sauta de la voiture et salua Cecilia et la gouvernante qui se tenaient avec les enfants sur le rebord de la route. Gertrude, Amabel et Théodore essayèrent à grands cris d'évincer leur sœur aînée et de prendre sa place auprès de leur cousine, mais Mr Wychbold les en ayant dissuadés d'une voix ferme, Cecilia s'assit auprès de Sophy et le phaéton s'éloigna.

Sophy avait tout de suite remarqué que Cecilia était pâle et que, de son côté, Miss Adderbury semblait très nerveuse. Étant de celles qui jugent inutile de tourner autour du pot, elle demanda carrément :

— Qu'y a-t-il, Cecy ? Vous êtes pâle comme la mort.

Tina, qui, tant que Mr Wychbold avait occupé le siège du passager, était restée tapie aux pieds de sa maîtresse, sauta sur les genoux de Cecilia. Celle-ci prit la bête dans ses bras, lui donna une petite tape, et lâcha d'une voix sourde :

— C'est Eugenia !

— Le diable l'emporte ! s'exclama Sophy. Qu'a-t-elle encore fait ?

— Elle se promenait dans le parc avec Alfred et le malheur a voulu que nous la rencontrions...

— J'avoue que je ne l'aime guère, dit Sophy, et son frère est un vilain petit monsieur, prétentieux et fort déplaisant, mais enfin, je ne vois pas ce qu'il y a là de si dramatique. Il n'a sûrement pas essayé de vous prendre par la taille si sa sœur était là.

— Oh ! cet Alfred est répugnant, dit Cecilia. C'est le garçon qui vous prend le bras et vous le serre et vous le pince d'une façon si odieuse que vous avez envie de le gifler. Mais ce n'est pas de lui qu'il s'agit. Vous comprenez, Sophy… Auguste Fawnhope était avec moi.

— Oh !

— Naturellement, nous marchions un peu en retrait parce qu'avec Miss Adderbury et les enfants, ce n'est pas facile de parler sérieusement. Mais nous n'étions pas loin et nous n'étions pas dans un petit sentier – pas sur la route non plus, bien sûr, mais Miss Adderbury était à quelques pas de nous. Et c'est horriblement injuste de dire que nous nous rencontrons clandestinement ! Comme si Auguste était un libertin que j'aurais connu par hasard, alors que nous sommes des amis d'enfance ! N'a-t-il pas le droit de se promener dans le parc, lui aussi ? Et si nous nous rencontrons, pourquoi ne lui parlerais-je pas ?

— Bien sûr ! Mais qu'a fait cette vipère ? Elle a trouvé le moyen de vous gronder ?

— Pas tant moi que la pauvre Addy. Elle est désespérée car elle a vraiment insinué qu'elle trompait la confiance que maman lui porte. Moi non plus, elle ne m'a pas ménagée, mais comme Mr Fawnhope était là, elle n'a pas pu aller très loin. Ensuite, elle a trouvé le moyen de l'emmener un peu à l'écart pour lui raconter Dieu sait quoi, tout en invitant Alfred à m'offrir le bras, et je me suis sentie comme salie, comme souillée… Oh ! Sophy.

— N'importe qui à votre place aurait eu cette sensation en donnant le bras à Alfred.

— Ce n'est pas tellement cela, c'est l'attitude d'Eugenia. Comme si j'avais commis un crime ou quelque chose de vraiment bas. Et ce n'est pas tout, Charles était dans le parc, lui aussi, et juste quelques secondes avant que vous n'arriviez, il est passé devant nous avec Eugenia assise auprès de lui. Et si vous aviez vu quel regard il m'a lancé ! Cela m'a fait froid dans le dos ! Je suis sûre qu'elle a dû tout lui dire, mais à sa manière à elle, et Charles le répétera à maman et elle aura de la peine… Oh ! comme c'est triste…

— Non, ma petite Cecy, ne vous tourmentez pas. Ce n'est pas aussi triste que vous le pensez. Je me demande si ce n'est pas une chance inespérée que vous ayez rencontré Eugenia. Ne pleurez pas. Je vous donne ma parole que vous n'avez rien à redouter. Charles ne vous grondera pas ; c'est moi qui vous le dis !

Cecilia tourna vers elle un regard incrédule :

— Charles, ne pas m'en parler ? Vous ne le connaissez pas ! Si vous aviez vu ses yeux !

— Cela ne m'étonne pas. Mais vous êtes une petite sotte de vous émouvoir pour cela. Je vais vous reconduire auprès d'Addy et vous allez toutes les deux continuer votre promenade. Moi, je vais rentrer à la maison, où Charles doit être en ce moment – sans quoi nous l'aurions rencontré. D'ailleurs, je l'ai entendu ce matin annoncer à mon oncle qu'un certain Mr Eckington passerait les voir vers 17 heures.

— C'est l'homme d'affaires de papa, dit Cecilia d'une voix indifférente, mais que vous trouviez Charles à la maison ou non, je ne vois pas, ma chère Sophy, quelle différence cela peut faire, car ce n'est pas lui qui va vous en parler. Pourquoi le ferait-il ?

— Parce que, ma pauvre Cecy, au fond c'est moi qui serai blâmée. Je sais qu'il me rend responsable de tout ce qui arrive chez vous et qui n'est pas à sa convenance. Par ailleurs, il est furieux que j'aie acheté cette voiture sans lui demander son avis. Je parierais qu'il est impatient de me voir pour me quereller ! Je vais vous laisser tout de suite, Cecy !

— Comme vous êtes brave ! dit Cecilia. Je vous admire. Comment pouvez-vous l'affronter !

— Qui, quoi ? Votre frère ? Je ne vois pas comment il pourrait me faire peur.

Cecilia frissonna.

— Ce n'est pas tellement qu'il me fasse peur, mais j'ai horreur que l'on se mette en colère, surtout à cause de moi. Je n'y peux rien, Sophy. Dès que l'on me parle durement, mes genoux se mettent à trembler et je me sens vraiment malade.

— Vous ne serez pas malade aujourd'hui, dit Sophy d'un ton enjoué. On verra qui, de Charles ou de moi, est le meilleur canon. Oh ! mais, regardez qui est là ! Francis Wolvey. Parfait ! Je vais vous déposer, Cecilia. Il vous reconduira vers Addy.

Elle les mena près du jeune homme, et lord Francis, qui bavardait avec deux dames dans un landau, marcha vers le phaéton :

— Sophy ! Quel splendide équipage ! Comment allez-vous, Miss Rivenhale ? Je vous trouve bien audacieuse de confier votre chère personne à une pareille risque-tout. Savez-vous qu'elle m'a renversé, un jour, dans un cabriolet ? Un cabriolet, vous entendez bien ?

— Comme si c'était une chose à dire, fit Sophy. D'ailleurs, c'était à Frenada et, sur une route pareille, n'importe qui aurait fait la culbute. Mon Dieu ! Comme tout cela semble loin. J'étais allée retrouver sir Horace et je logeais chez madame… madame…

— Scovell, suppléa lord Francis. Elle était seule, à cette époque, à vivre au Quartier Général. Vous rappelez-vous ses réceptions ? On les appelait les « soirées-mouches ».

— Oh ! s'exclama Sophy, je crois bien que je me les rappelle. C'était affreux. Les mouches envahissaient tout dans ce village. Francis, il faut que je me sauve ; je dois aller chercher John Potton. Voulez-vous être assez gentil pour ramener ma cousine vers ses frères et sœurs ? Vous les trouverez avec leur gouvernante, quelque part près de la grande allée.

Lord Francis, qui avait été fort impressionné par la beauté de Cecilia, qu'il avait rencontrée le jour de sa visite à Sophy chez sa tante, déclara galamment que rien ne pouvait le charmer davantage. Il ajouta qu'il espérait ne pas rencontrer trop vite « les produits de la nursery », et Cecilia, mise en confiance par sa simplicité et la visible sympathie qu'il lui manifestait, se détendit. Sophy les regarda s'éloigner avec quelque satisfaction et repartit vers Stanhope Gate où John Potton l'attendait. Celui-ci l'informa que Mr Rivenhale était rentré chez lui en colère, comme toujours.

— J'en ai pris pour mon grade, ajouta-t-il. Il m'a reproché mon « impudence », Miss Sophy, et je ne sais plus ce qu'il a grommelé contre votre bel attelage.

— Que lui aviez-vous dit pour le faire enrager ?

— Rien ; sinon que l'on aurait dû vous dresser quand vous étiez petite. Sûrement qu'il était de mon avis, mais il n'a pas voulu le montrer, alors il a lâché une bordée de jurons avant de repartir à fond de train. Au fond, je ne le blâme pas. Vous êtes diablement dure à mener, Miss Sophy ! Et vous le savez aussi bien que moi.

Quand elle arriva à Berkeley Square, Sophy découvrit que Mr Rivenhale, après s'être attardé aux écuries, venait juste de rentrer à la maison. Il n'avait pas encore eu le temps d'enlever son manteau et pour l'instant se tenait debout dans l'entrée, en train de lire un billet qu'avait déposé un ami. Il fronça les sourcils quand Dassett ouvrit à Sophy, mais ne dit rien. Tina, qui s'était prise d'une vraie passion pour lui (avec un manque de jugement qui la condamnait à jamais, songeait Sophy) se pressait contre ses jambes, essayant par tous les moyens d'attirer son attention. Mais, au lieu d'encourager ses avances, Charles se contenta de dire : « La paix, Tina ! »

— Vous m'avez devancée, fit remarquer Sophy tout en enlevant ses gants. Maintenant que nous sommes entre nous, dites-moi franchement ce que vous pensez de mes deux bais. Mr Wychbold prétend que vous les vouliez pour vous. Est-ce vrai ?

— Ils auraient été très au-dessus de mes moyens, ma cousine.

— Vraiment ? Vous savez, je ne les ai payés que quatre cents guinées et je trouve que c'était une affaire.

— Parliez-vous sérieusement lorsque vous m'avez dit que vous aviez fait le nécessaire pour avoir une écurie ?

— Naturellement. Il ne manquerait plus que j'oblige ma tante à héberger mes bêtes ! D'autant qu'il est fort possible que j'en achète encore deux autres si je trouve une paire qui s'appareille aux miens. Il paraît qu'il n'y a rien de plus chic que d'avoir un attelage à quatre, surtout avec un phaéton. L'ennui, ce serait d'avoir à changer les brancards.

— Je n'ai pas à m'occuper de ce que vous faites, dit Charles d'un ton froid. Si vous aimez vous donner en spectacle, après tout vous êtes libre, mais, s'il vous plaît, abstenez-vous d'inviter l'une de mes sœurs à partager vos exploits.

— Cela ne me plaît pas du tout ! J'ai au contraire beaucoup de plaisir à les emmener avec moi. Vous êtes épouvantablement rétrograde ! J'ai vu ce matin à Hyde Park un certain nombre de voitures de sport qui étaient conduites par des femmes – et des femmes du meilleur monde !

— Je n'ai rien à objecter à un phaéton à deux chevaux, reprit Charles, encore que le modèle que vous avez choisi ne convienne guère à une jeune fille. Mais laissez-moi vous dire qu'en toutes choses je vous trouve un peu excentrique, un peu en dehors du bon ton.

— Quelle créature a pu être assez mauvaise pour vous mettre en tête de pareilles idées ?

Il rougit malgré lui et s'abstint de répondre.

— Avez-vous vu Cecilia ? reprit Sophy. Elle est tout à fait ravissante avec son nouveau chapeau.

— J'ai vu Cecilia. Et puisque nous parlons d'elle, ma cousine, il faut que vous sachiez ce qu'elle vient de faire. D'ailleurs, je serai franc avec vous.

— Si vous voulez vraiment être franc avec moi, allons dans la bibliothèque. Nous n'allons pas discuter dans le hall des affaires de la famille. J'ai moi-même à vous entretenir de choses assez délicates.

Il ouvrit aussitôt la porte de la bibliothèque, laissa passer sa cousine et referma le battant sur lui d'un geste rapide, afin de laisser Tina de l'autre côté. Mais il dut la rouvrir sur l'ordre de la petite chienne, qui se montra vraiment impérative. L'incident n'aida pas à le mettre de bonne humeur et c'est d'une voix mordante qu'il s'adressa à la jeune fille.

— Cousine Sophy, nous allons jouer cartes sur table. Que ce soit vous ou non qui ayez arrangé ce rendez-vous de ma sœur avec le jeune Fawnhope dans Hyde Park, je sais à quoi m'en tenir et…

— Que dites-vous de ça ? Je crois que Cecilia se lance ! Elle s'est promenée avec le jeune Fawnhope, puis on l'a vue au bras d'Alfred Wraxton et je l'ai laissée en compagnie de sir Francis ! Et voilà justement ce dont je voulais vous entretenir. Loin, loin de ma pensée de m'occuper de ce qui ne me regarde pas ! Mais après tout, pourquoi ne vous donnerais-je pas un petit conseil ? Ce sera à vous, ensuite, de glisser un mot à l'oreille de Cecy…

Elle l'avait tout à coup désarçonné. Il ne savait plus comment rattraper sa harangue.

— Qu'est-ce que vous allez chercher là ? s'enquit-il.

— J'aimerais mieux ne pas en parler, mais vous savez combien j'aime ma cousine. Et puis j'ai beaucoup voyagé, beaucoup vécu dans le monde et je sais comment me défendre. Mais Cecy est d'une innocence ! Il n'y a pas chez Fawnhope la moindrc mauvaisc intention. Près de lui, elle ne court aucun risque, et lord Francis est de son côté un gentleman, dans toute l'acception du mot. Mais ce que vous ne devriez pas tolérer, c'est qu'une jeune fille comme Cecilia se promène dans le parc au bras d'une créature aussi peu respectable qu'Alfred Wraxton.

Charles était si surpris que, sur le moment, il ne sut que répondre. Après un temps il demanda à sa cousine de lui donner de plus amples explications.

— Alfred est un garçon qui court dans l'escalier pour embrasser les femmes de chambre, dit simplement Sophy.

— Ma sœur n'est pas une femme de chambre.

— Non, et je pense bien qu'elle saurait le tenir en respect.

— Puis-je savoir si vous avez la moindre preuve de ce que vous avancez contre Wraxton ?

— Si vous entendez par là : si je l'ai surpris en train d'embrasser une servante, non, Charles, je ne l'ai pas vu faire cela. Mais si vous me demandez s'il a essayé de m'embrasser, moi, alors je vous dirai oui… et ici même, dans cette pièce.

Charles semblait contrit et en colère.

— Je regrette profondément qu'on se soit mal conduit envers vous sous ce toit, proféra-t-il en faisant un effort.

— Oh ! cela n'a aucune importance. Je suis assez grande pour me défendre, répéta-t-elle. Mais je me demande si on ne pourrait pas l'empêcher de pincer le bras des jeunes filles et de l'étreindre sous le sien, et aussi lui faire comprendre que ses propos ne sont pas toujours très corrects.

Sophy avait quitté sa pelisse, et était assise sur un siège au coin du feu.

Après un temps, il déclara d'une voix radoucie :

— Je n'ai aucune espèce de sympathie pour Wraxton. Dans la mesure de mes moyens, j'essaierai de l'empêcher de nous rendre visite. Mais comme vous pouvez le penser, ma position vis-à-vis de lui est malgré tout délicate. Je ne voudrais surtout pas que Miss Wraxton se doutât de quelque chose.

— C'est bien naturel, convint Sophy. Ce serait pour vous le comble de l'inélégance que de lui raconter les méfaits de son vilain frère.

Il était appuyé au manteau de la cheminée et tenait les yeux fixés sur les bûches de l'âtre, mais en entendant ces paroles, il lança à Sophy un regard pénétrant.

Elle crut y discerner une bonne dose d'entendement, mais il se contenta de dire :

— Exactement.

— Au reste, reprit-elle, n'attachez pas à cette chose plus d'importance qu'elle n'en a. Cecy ne nourrit pas le moindre sentiment pour Alfred. Comme moi, elle le trouve odieux.

— Il y a longtemps que je sais qu'elle ne l'aime guère, répondit Charles. Elle est trop aveuglée par son poète !

— Elle a sûrement un tendre sentiment pour lui, approuva Sophy.

— Et je ne crois pas me tromper en disant que vous l'encouragez de toutes vos forces. Vous et Cecilia ne quittez pas ce garçon. Vous avez prétendu que c'était un ami à vous pour qu'il ait l'occasion de venir dans cette maison six jours sur sept. Vous…

— En un mot, Charles, je les ai rapprochés aussi souvent que j'ai pu. Et si vous aviez eu deux sous de bon sens, c'est ce que vous auriez fait vous-même depuis longtemps.

Il fut d'abord frappé par les mots de sa cousine, puis il lui demanda, avec une pointe d'ironie :

— Croyez-vous guérir Cecilia, ou croyez-vous me persuader que c'est le but que vous voulez atteindre ?

— Je ne sais pas très exactement, dit-elle d'un air réfléchi. Il peut arriver tant de choses. Ou bien elle se fatiguera d'Auguste – et je crois que c'est ce qui arrivera car un poète vu de près a beaucoup moins de charme que de loin… – ou bien elle continuera de l'aimer, et cela malgré ses défauts qui sont tout de suite apparents, et dans ce cas, Charles, vous serez bien obligé de convenir que ce n'est pas une simple amourette et qu'il ne reste plus qu'à les marier.

— Jamais ! dit-il avec violence.

— Mais si, Charles, insista-t-elle. Vous ne pourrez pas faire autrement. Vous ne pourrez pas l'obliger à prendre pour mari un homme qu'elle déteste, alors qu'elle en aime un autre. Ce serait simplement monstrueux.

— Je ne l'obligerai jamais à se marier, rétorqua-t-il d'une voix où tremblait la colère. Cela vous a peut-être échappé, mais j'aime beaucoup Cecilia et c'est pour cette raison et non, je vous l'assure, par caprice personnel, que je ne la laisserai pas bâtir sa vie avec un hurluberlu comme Auguste. Quant à votre idée saugrenue de la guérir de sa folie en les faisant se rencontrer plus souvent, vous commettez une grosse erreur ! Au lieu de s'éloigner de lui, Cecilia cherche maintenant toutes les occasions de le voir. Elle a tellement perdu toute notion de décence qu'elle en est arrivée à duper la pauvre Addy. Cet après-midi même, Miss Wraxton les a rencontrés dans un sentier de Hyde Park. Cecilia était seule avec Mr Fawnhope, loin de Miss Adderbury. Ma sœur, si vous voulez le savoir, a des rendez-vous clandestins ! C'est du joli ! Une Miss Rivenhale d'Ombersley… !

— Mon cher Charles, dit Sophy, sans se départir de son calme, tout cela est de la pure imagination.

— Vous croyez cela ? Ah ! non. Je vous assure que je n'irais pas imaginer une chose pareille sur ma sœur !

— Je vous crois capable de tout une fois que vous êtes en colère, lui dit-elle avec un sourire. Il n'y a pas dans tout cela de quoi fouetter un chat. Qu'y a-t-il de secret ou de clandestin à se promener en plein jour dans une allée de Hyde Park avec un vieil ami d'enfance, et non loin de sa gouvernante ? Le mal, c'est vous qui l'inventez. Surtout, n'allez pas me dire, continua-t-elle vivement, que c'est Miss Wraxton qui vous a induit en erreur. J'ai trop d'estime pour elle pour la croire capable d'une telle action. Seigneur, connaissez-vous si mal votre sœur que vous puissiez l'accuser de but en blanc de rencontrer clandestinement un garçon ? Quelle expression vulgaire... écœurante. Comment a-t-elle pu vous venir aux lèvres ?

De nouveau, il lui jeta un regard anxieusement interrogatif.

— Vous êtes sûre de ce que vous avancez ?

— Absolument sûre, car Cecilia m'a raconté elle-même comment cela s'était passé. Il paraît que Miss Wraxton a fait à Miss Adderbury une réflexion qui l'a complètement chavirée. Miss Wraxton estime sans doute qu'Addy aurait dû éloigner ce garçon – encore que je me demande au nom de quoi elle aurait pu le faire. Mais vous savez combien elle est sensible. Elle souffre affreusement de ce malentendu.

Charles parut sincèrement ennuyé.

— Il n'y a pas à blâmer Addy. Cecilia n'est plus sa pupille. Peut-être aurait-elle dû prévenir ma mère de ces rencontres, mais elle n'a jamais aimé rapporter nos faits et gestes.

Sophy reprit, d'une voix pressante :

— Faites-lui comprendre, Charles, qu'elle n'était pas fautive et que vous n'avez pas le moins du monde l'intention de la renvoyer.

— La renvoyer ? répéta Charles. Qu'est-ce que c'est que cette histoire ?

— Elle s'est maintenant mis en tête qu'elle est trop vieille pour instruire les enfants. Elle regrette, par exemple, de ne pouvoir leur enseigner l'italien et toutes sortes d'autres choses qu'ils devraient savoir, paraît-il.

Il y eut un léger silence. Charles s'assit en face de la jeune fille et se mit à caresser Tina d'une main distraite. Puis il dit, l'air maussade :

— Je n'ai pas à m'occuper de l'éducation de mes sœurs ; c'est l'affaire de ma mère et personne d'autre n'a rien à y voir.

Sophy jugea inutile d'insister et se contenta d'affirmer qu'elle était de son avis. De nouveau, il scruta sa cousine du regard et reprit :

— Tout cela n'a aucun rapport avec ce que je vous disais tout à l'heure. Tout allait bien ici avant que vous n'arriviez. À l'avenir, je vous serais donc obligé…

— Qu'ai-je fait ? demanda-t-elle le plus innocemment du monde.

Il se sentit incapable d'énumérer tous ses griefs et se contenta de commenter son plus abominable crime :

— Vous êtes responsable du singe ! C'est vous qui l'avez apporté. Oh ! j'imagine, avec la meilleure intention. Mais c'est une bête abominable et maintenant les enfants sont tellement habitués à lui qu'il sera difficile de le leur prendre.

À cette sortie, Sophy ne put s'empêcher de rire :

— Charles ! Encore qu'il s'agisse d'un singe, vous êtes en train de chercher la petite bête ! Je sais que vous apportez vous-même des quartiers de pomme à Jacko, que vous lui apprenez mille tours et que vous recommandez aux enfants de bien le couvrir pour la nuit. Et ensuite vous venez me dire que c'est une vilaine bête dont vous voudriez vous débarrasser !

Il se mordit les lèvres et fit une curieuse grimace.

— Qui vous a raconté cela ?

— Théodore. Et j'ai appris également que, l'autre jour, vous avez salué Miss Wraxton avec Jacko sur une épaule. C'était d'ailleurs une drôle d'idée. Tout le monde sait que Miss Wraxton n'aime pas les bêtes et ce n'était pas gentil de la taquiner. J'empêche toujours Tina d'approcher d'elle.

— Vous vous trompez, riposta-t-il. Eugenia n'aime pas les singes, mais c'est lady Brinklow qui n'aime pas les chiens ; ce n'est pas elle.

— Cela m'étonnerait qu'elle n'ait pas les mêmes goûts que sa mère, fit remarquer Sophy, toujours très calme. D'une façon générale, c'est fou ce que les filles ressemblent à leur mère. Pas toujours physiquement, mais par leur caractère. Vous ne l'avez jamais remarqué ?

Une fois encore il était dérouté.

— Non, dit-il d'un ton sec.

— Regardez Cecy ! Quand elle sera grande, elle sera exactement comme tante Lizzie. Aussi douce et compréhensive…

Sophy se rendit compte qu'en son for intérieur Charles approuvait ses paroles ; elle en conclut que cela suffisait pour ce jour-là et s'avança vers la porte.

— Il faut que j'aille me changer, dit-elle.

Il se leva brusquement.

— Non. Attendez.

— Quoi ? s'enquit Sophy en le regardant par-dessus son épaule.

— Rien… c'est sans importance. Je voulais simplement vous dire que si vous désirez d'autres chevaux, il vaut mieux m'en parler à moi plutôt que de demander conseil à quelqu'un d'autre.

— Mais ne m'aviez-vous pas dit que vous ne vouliez pour rien au monde vous occuper d'une pareille chose !

— Rien ne vous fait plus plaisir, dit-il d'une voix rageuse, que de pouvoir me confondre !

Elle rit et sortit sans rien ajouter. Quand elle eut gravi l'escalier, Cecilia se jeta sur elle pour savoir comment tout s'était passé.

— S'il vous parle de cette histoire, déclara Sophy, ne craignez rien, ce ne sera pas pour blâmer Auguste mais pour vous mettre en garde contre Alfred. Je lui ai dit comment il s'était conduit avec vous.

— Non, Sophy ! Ce n'est pas possible !

— Je vous le jure. J'ai fait du bon travail ce matin, je suis contente. Courez rassurer Addy. Charles ne lui en veut pas du tout et ne dira rien à votre mère. Celle qui va recevoir une leçon, je crois bien que c'est la chère Eugenia !

Chapitre 7

Cecilia ne pouvait croire qu'elle allait échapper aux remontrances de son frère, et quand, quelques instants plus tard, elle le rencontra à un tournant de l'escalier, elle ne put se retenir de pousser un petit cri et eut du mal à empêcher ses genoux de trembler.

— Bonsoir ! la salua-t-il, en regardant d'un œil admiratif la délicieuse robe de bal qu'elle portait, tout en gaze blanche sur un fond de satin bleu. Je vous trouve très élégante. Et où allez-vous ainsi ?

— Lady Sefton doit passer nous prendre, Sophy et moi, après le dîner, pour nous emmener aux Missions. Maman ne se sent pas assez bien pour nous conduire, dit sa sœur, le cœur allégé.

— Vous êtes éblouissante. Tâchez de bien vous amuser !

— Pourquoi ne nous accompagnez-vous pas ? demanda-t-elle, rassemblant tout son courage.

— Si j'y allais, je vous empêcherais de passer la soirée suspendue aux basques de Mr Fawnhope, reprit-il d'un ton sec.

Elle redressa la tête :

— En aucune circonstance, je ne passerai toute une soirée suspendue aux basques de qui que ce soit.

— Je vous crois sur parole, dit-il, légèrement radouci. Mais je n'aime guère ce genre de soirées, Cilly. D'ailleurs, je sors de mon côté.

Le fait qu'il l'avait appelée par le surnom qu'il lui donnait quand ils étaient enfants la mit assez en confiance pour qu'elle se risquât à lui dire :

— Au *Daffy Club*, je parie !

— Non. Chez *Cribb.*

— Je vois. Toute la soirée, vous allez parler chevaux, jouer aux cartes…

— Et chanter les louanges des plus jolies jeunes filles de la saison, enchaîna-t-il. Non ! Je vais simplement fumer un bon cigare en compagnie de quelques amis.

Comme Cecilia allait atteindre la dernière marche, il se pencha sur la rampe et l'appela :

— Cecilia !

— Quoi ? dit-elle en se retournant et en levant les yeux vers lui.

— Si jamais Wraxton vous ennuie, ne manquez pas de me le dire.

La jeune fille était si surprise qu'elle faillit faire un faux pas.

— Oh… vous savez… je sais le tenir en respect, dit-elle.

— Je ne voudrais pas que, pour une raison quelconque, vous pensiez ne pas pouvoir me le raconter. Vous savez aussi bien que moi que si Eugenia était au courant de sa conduite, elle serait la première à le blâmer.

— Je n'en doute pas, dit-elle.

Nul ne sut, par la suite, si Mr Rivenhale parla jamais de cet incident à Miss Wraxton. S'il le fit, ce fut sûrement en termes mesurés car Eugenia n'eut jamais l'air d'avoir reçu une correction. Quoi qu'il en fût, Sophy était satisfaite. Un soir où Miss Wraxton ramena sur le tapis la question du singe, après avoir fait part à lady Ombersley de sa crainte de le voir un jour mordre l'un des enfants, Charles l'interrompit avec une certaine impatience.

— C'est pure stupidité ! dit-il.

— Je crois que les morsures de singe peuvent empoisonner, reprit-elle.

— Dans ce cas, j'espère qu'il mordra Théodore ! déclara Charles.

Lady Ombersley protesta, mais Théodore qui jouait au cricket dans le jardin et venait d'envoyer une balle à travers une fenêtre voisine, se contenta de sourire à la repartie de son frère. Miss Wraxton, jugeant le coupable insuffisamment puni, ne cacha pas sa pensée. Après l'avoir écoutée, Charles n'en affirma pas moins :

— C'est juste, mais c'était un revers magnifique. Je l'ai vu.

Miss Wraxton, légèrement vexée, se vengea de sa déconvenue en admonestant Théodore. L'enfant lança vers la jeune fille un regard rancunier et s'empressa d'oublier ses paroles, mais Gertrude dit candidement :

— Je crois que vous n'aimez pas Jacko parce que c'est Sophy qui nous l'a donné.

La véracité de ces mots frappa tous ceux qui étaient assemblés. Miss Wraxton se sentit rougir jusqu'à la racine des cheveux. Lady Ombersley ne put s'empêcher de faire un « Oh ! » et Cecilia eut de la peine à réprimer un éclat de rire. Seuls Charles et Sophy surent se dominer, Sophy ne levant pas les yeux de son ouvrage et Charles disant d'une voix naturelle à sa sœur :

— Quelle réflexion stupide, Gertrude. Si vous n'êtes pas capablc de vous tenir convenablement, on ne vous laissera plus sortir de la nursery.

Mortifiée à son tour, Gertrude, les joues en feu, se retira sans rien dire. Lady Ombersley se mit alors à bavarder avec Cecilia et Sophy au sujet de la visite qu'elle avait l'intention de faire à la marquise de Villacañas, à Merton.

— Je considère cette visite comme un devoir familial, dit lady Ombersley, mais j'espère qu'il fera beau temps. Si nous avions de la pluie, ce serait fort désagréable. Pourquoi ne venez-vous pas avec nous, Charles ? ajouta-t-elle en se tournant vers son fils. C'est la future femme de votre oncle, et j'avoue que je n'aime guère m'aventurer loin de la ville sans un gentleman auprès de moi, bien que j'aie toute confiance en Radnor… et que je compte emmener deux valets.

— Ma chère maman, dit Charles en riant, je pense que trois hommes suffiront pour vous protéger !

— Tante Lizzie, intervint Sophy, n'essayez pas de décider Charles à venir. Sir Vincent m'a dit l'autre jour qu'il aimerait beaucoup se joindre à nous. Il n'a pas revu Sancia depuis Madrid, avant que son mari ne meure. À cette époque, elle donnait de grandes réceptions pour les officiers anglais. Il sera ravi de la retrouver.

Il y eut un court silence, et Charles dit :

— Si vous y tenez, maman, je serais heureux de vous accompagner. Sophy et moi pourrions prendre le tilbury ; vous auriez plus de place dans votre voiture...

— Oh ! moi, j'aimerais prendre mon phaéton, dit Sophy sans réfléchir.

— Je pensais que cela vous serait agréable de conduire mon attelage.

— Quoi, fit Sophy, vous me laisseriez faire ?

— Peut-être...

— Oh ! non, non. Je n'aime pas les « peut-être ». Emmenez plutôt Cecilia.

— Je suis sûr que Cecilia préfère de beaucoup être avec maman. Je vous laisserai conduire une partie du chemin.

Sophy dit avec enthousiasme :

— Ça, c'est quelque chose ! Mais, Charles, avez-vous bien réfléchi à ce que vous me promettez là ?

— Quelle charmante expédition ! dit à cet instant Eugenia. Pour un peu, lady Ombersley, je vous demanderais de me faire une petite place, à moi aussi...

La comtesse était trop bien élevée pour montrer sa consternation. Elle acquiesça d'une voix hésitante :

— Bien sûr, ma chère enfant… si toutefois Sophy estime que cela ne dérangera pas la chère marquise de nous voir aussi nombreux…

— Certainement pas ! s'empressa de trancher Sophy. Ne craignez rien, ma tante. Personne ne saurait déranger Sancia étant donné qu'elle ne se dérange pour personne. C'est son majordome qui fait tout. C'est un Français, et je le connais, il sera ravi de voir arriver tant de monde.

— Combien ce sera intéressant, fit Miss Wraxton, de connaître une vraie Espagnole !

« Comme s'il s'agissait d'une girafe ! » confia Sophy, plus tard, à Cecilia.

— Si j'avais su que vous désiriez accompagner ma mère, dit Mr Rivenhale à Miss Wraxton en la reconduisant à sa voiture, je vous aurais offert la place dans le tilbury. À présent, je ne peux plus me dédire : c'est ennuyeux. Moi-même, je n'y vais qu'à cause de Talgarth. Je me moque totalement de qui ma cousine épousera, mais vis-à-vis de mon oncle, il y a des relations que nous ne saurions encourager.

— J'ai l'impression que son séjour à Berkeley Square vous donne à tous beaucoup de soucis, fit remarquer Eugenia. Évidemment, il faut être indulgent pour une jeune fille qui n'a pas été élevée par sa mère, mais j'avoue que par respect pour votre chère maman, elle aurait pu faire un effort pour se conformer à nos mœurs.

— Sophy, se conformer à quoi que ce soit ! s'exclama Charles. Vous ne la connaissez pas ! Elle prend plaisir à nous tenir en haleine. Avec elle, on n'est jamais sûr de ce qui va vous arriver. Mais qu'elle encourage Talgarth à se montrer avec elle, c'est vraiment la limite de ce que l'on peut autoriser. Elle dit qu'elle sait se défendre. C'est possible ; mais cela n'empêchera pas les langues d'aller bon train, si on la voit trop souvent avec ce fieffé libertin.

Miss Wraxton, qui avait dégusté ces mots, ne put s'empêcher de les répéter à Sophy quand elle la rencontra, deux jours plus tard, dans le parc où elle-même se promenait avec sa gouvernante. Sophy avait arrêté sa voiture et échangeait du haut de son phaéton quelques mots avec sir Vincent. Ou, plus exactement, négligemment appuyé contre la voiture, le jeune homme semblait lui glisser une chose amusante à l'oreille. Lorsque Sophy aperçut Miss Wraxton, elle la salua gentiment et fut surprise de la voir s'approcher d'elle.

— Comment allez-vous ? dit Eugenia, interrompant sir Vincent. Voilà donc la voiture dont j'ai tant entendu parler ? Quoi qu'il en soit, vous avez de bien jolis chevaux. Vous les conduisez en tandem. Eh bien, je vous félicite : c'est une chose que je n'oserais pas faire...

— Vous connaissez sir Vincent Talgarth, dit Sophy.

Miss Wraxton esquissa un pâle sourire à l'adresse du jeune homme et reprit :

— Vous savez quoi, Miss Stanton-Lacy ? Si j'osais, je vous demanderais de me laisser faire un petit tour auprès de vous. J'envie vos prouesses, croyez-moi !

Sophy fit signe à John Potton de descendre et dit à la jeune fille :

— Je vous en prie, Miss Wraxton ! Sir Vincent… alors, je vous revois vendredi. C'est vous qui passez nous prendre…

Aidée par John Potton, Miss Wraxton se hissa avec une grâce remarquable aux côtés de Sophy, puis elle arrangea sa jupe autour d'elle, et tout à coup, découvrant Tina aux pieds de sa maîtresse, s'écria :

— L'adorable petite bête !

Ce qui fit grogner le lévrier anglais.

— Je suis ravie de cette occasion de bavarder avec vous, Miss Stanton-Lacy, reprit-elle. Il n'y a jamais moyen de vous trouver seule. Vous semblez connaître tant de gens !

— Oui, n'est-ce pas, j'ai de la chance.

— Je crois bien, dit Miss Wraxton d'une voix doucereuse. Quoique, chère Miss Stanton-Lacy, n'avez-vous jamais remarqué que lorsqu'on a tant d'amis, on est enclin à ne plus très bien les choisir ? Je me demande s'il n'est pas de mon devoir de vous mettre en garde contre cela. Après tout, si j'étais à Paris ou à Vienne, je trouverais naturel que vous m'aidiez de vos conseils et il va de soi qu'à Londres, je suis plus au courant que vous des us et coutumes de la ville.

— Oh ! je n'aurais jamais le mauvais goût de vous conseiller quoi que ce soit dans un endroit ou dans un autre, déclara vivement Sophy.

— Sans doute ne serait-ce pas nécessaire, dit Miss Wraxton, esquissant son plus fin sourire.

Ma mère a pris le plus grand soin de moi et s'est montrée très stricte dans le choix de mes gouvernantes. C'est ce qui m'incite à avoir tant de pitié pour vous, chère Miss Stanton-Lacy. Combien vous avez dû souffrir de l'absence de votre mère !

— Moi ? Pas du tout ! dit Sophy. Et, je vous en prie, rengainez votre pitié. Sir Horace m'a élevée de telle façon que je n'ai jamais ressenti le besoin d'une mère.

— Un homme, reprit Miss Wraxton d'un ton légèrement sentencieux, ce n'est pas la même chose qu'une femme…

— Voilà une vérité indiscutable, dit Sophy. Et que pensez-vous de mon attelage ?

Sans répondre à sa question, Miss Wraxton posa une main implorante sur le bras de Sophy.

— Permettez-moi de vous parler franchement.

— À moins de vous faire faire la culbute, observa Sophy, je ne vois pas le moyen de vous en empêcher. Seulement, méfiez-vous : quand je me mets en colère, ce n'est pas de la frime !

— Mais il le faut ! insista Eugenia. Ne serait-ce que pour votre cousin.

— Pour mon cousin ? Et comment cela ?

— Lui-même n'ose pas vous en parler. Il est bien trop délicat…

— Je croyais que vous parliez de Charles, déclara Sophy. De quel cousin parlez-vous donc ?

— Mais de Charles, bien entendu !

— Alors, vous dites une bêtise. Charles n'a aucun scrupule de délicatesse.

— Croyez-moi, Miss Stanton-Lacy, votre air désinvolte est des plus déplacés, reprit Miss Wraxton dont la voix tournait à l'aigre. Je pense que vous ignorez les devoirs élémentaires d'une femme de votre rang ; sans quoi – pardonnez-moi – vous seriez sans excuse d'attirer sur vous, comme vous le faites, des rumeurs désobligeantes pour ces pauvres Rivenhale.

— Qu'allez-vous me sortir ? s'enquit Sophy. Vous croyez-vous encore en l'an quarante pour me reprocher de conduire un phaéton ?

— Non. Même s'il aurait été préférable de vous voir circuler dans une voiture moins excentrique. Mais l'habitude que vous avez de vous montrer en compagnie de militaires… de singes en tunique rouge… selon les propres mots de Charles, et en particulier avec celui que j'ai rencontré tout à l'heure, tout cela vous donne un air trop… émancipé. Je suis sûre, Miss Stanton-Lacy, que si vous vous en rendiez compte, vous en souffririez vous-même. La fréquentation de sir Vincent ne peut rien signifier pour vous quant à l'avenir. Bien au contraire. Pas plus tard que ce matin, une dame – de la meilleure société – me faisait remarquer, et Dieu sait de quel ton, qu'il semblait ne plus vous quitter.

— Soyez tranquille. C'est qu'elle a un faible pour lui, trancha Sophy. Cet homme est un bourreau des cœurs. Mon cousin vous a-t-il priée de me mettre en garde contre lui ?

— Pas exactement, reprit Eugenia. Mais il m'en a parlé et je crois savoir ce qu'il en pense. Londres vous pardonnera de légères incartades, comme de conduire le tilbury de Charles au cœur de la Cité, parce que vous êtes la nièce de lady Ombersley…

— Ça, c'est une veine ! dit Sophy. Mais croyez-vous qu'il soit sage de votre part de vous montrer à mes côtés ?

— Maintenant, vous vous moquez, fit Miss Wraxton.

— Pas du tout ! J'ai très sincèrement peur que vous ne soyez compromise pour avoir circulé dans un véhicule diabolique auprès d'une jeune émancipée.

— Il n'y a rien à craindre quant à cela, dit Miss Wraxton d'une voix suave. On peut évidemment trouver un peu étrange que je roule dans votre voiture, car je ne me permettrais jamais de conduire dans Londres, mais ma réputation est si solide que je puis faire sans inconvénient, si cela me plaît, ce qui en ferait juger d'autres d'une façon défavorable.

Elles étaient à présent arrivées aux confins de Hyde Park, près de Apsley House.

— Continuez, dit Sophy. Ce que vous me dites là m'intéresse. Pensez-vous que votre réputation soit telle qu'avec vous à mes côtés, je pourrais me permettre quoi que ce soit ?

— Je crois pouvoir vous dire que oui, acquiesça Miss Wraxton, prise au jeu. Et non seulement par mon propre prestige, mais par celui de ma famille.

— Hourra ! s'écria Sophy, poussant ses chevaux qu'elle dirigea vers la grille.

— Mais, que faites-vous ? dit Miss Wraxton, perdant soudain son assurance.

— Ce que j'ai envie de faire depuis très longtemps, dit Sophy, et que l'on m'a toujours interdit !

Le phaéton franchit la grille et vira sur la gauche en un tournant si brusque qu'il s'en faillit d'un cheveu qu'il ne tamponnât une berline. Miss Wraxton poussa un petit cri et se cramponna au bord de la voiture.

— Attention ! Retenez vos chevaux, cria-t-elle. Vous n'allez pas conduire dans Londres ! Êtes-vous folle ?

— Ne vous inquiétez pas, dit Sophy, j'ai encore toute ma raison. Quelle bonne idée vous avez eue de vouloir grimper dans ma voiture. Une occasion de ce genre, ce serait pécher de ne pas en profiter !

— Miss Stanton-Lacy, je ne vous comprends pas. Je vous prie de vous arrêter. Je n'ai pas envie de me plier à votre caprice et je vous demande de me laisser descendre !

— Vous n'y pensez pas, dit Sophy, qui activait son attelage. Vous laisser seule, sans gouvernante, au milieu de Picadilly ? À Dieu ne plaise !

— Stop ! cria Miss Wraxton d'une voix impérative.

— Quel trafic ! commenta Sophy. Ne me dites plus un mot ou je ne réponds plus de notre équilibre.

— Au moins, ralentissez, supplia Miss Wraxton, tremblant de tous ses membres.

— Je ralentirai après le tournant, voulut bien promettre Sophy, se faufilant de justesse entre une charrette et une énorme diligence. Un gémissement de sa compagne lui fit dire par pure bonté d'âme :

— Inutile d'avoir peur. Sir Horace prétend que je ferais passer un chameau par le chas d'une aiguille sans lui écorcher la peau.

Elles remontaient Picadilly. Dans un grand effort pour calmer ses nerfs, Miss Wraxton exigea :

— Je vous somme de me dire où vous m'emmenez !

— Dans St. James, répondit laconiquement Sophy.

— Quoi ? reprit Eugenia qui avait tout à coup pâli. Je vous défends de faire une chose pareille ! C'est le quartier des clubs masculins… le repaire de tous les débauchés. Vous ne savez pas ce que les gens diront de vous ! Arrêtez ! Arrêtez tout de suite !

— J'ai justement une envie folle de connaître ce quartier. Je veux voir la fameuse terrasse où se rassemblent les dandys, dont j'ai tant entendu parler. Quel dommage que le beau Mr Brummel soit en ce moment à l'étranger ! Quand je pense que je ne l'ai jamais vu ! Est-ce que vous pouvez me désigner ces différents clubs par leurs noms ? Savez-vous lequel est le *White's* ?

— Vous vous croyez spirituelle, dit Miss Wraxton. Je pense que vous ne parlez pas sérieusement.

— Le plus sérieusement du monde. Bien entendu, je ne me risquerais pas toute seule dans un endroit pareil, mais puisque vous me dites vous-même que votre réputation est inattaquable, c'est le moment d'en profiter ! Qui sait, grâce à votre prestige, notre petite expédition sera peut-être jugée comme très distinguée. Nous verrons !

Pas un seul des arguments de Miss Wraxton ne put faire fléchir Sophy. Elle continua sa course, inexorablement. Pendant un court instant, de folles idées traversèrent Eugenia, comme celle de sauter du phaéton. Mais il fallut y renoncer ; c'était vraiment trop dangereux. Si elle avait eu un voile, elle aurait pu, du moins, s'en couvrir la figure, mais cette consolation même lui était refusée. Elle n'ouvrit plus la bouche, néanmoins quand les chevaux débouchèrent dans Pall Mall, elle dit d'une voix tremblante à la fois de rage et de peine :

— Jamais, jamais, je ne vous pardonnerai !

— Comme vous êtes peu charitable ! répondit Sophy d'une voix légère. Dois-je vous déposer ici ?

— Ici... Dans ce quartier !

— Dans ce cas, je vous reconduirai jusqu'à Berkeley Square. Je ne sais si vous y trouverez mon cousin, mais vous pourrez toujours aller vous plaindre à ma tante. L'envie doit vous en démanger.

— Je vous défends de m'adresser la parole, dit Miss Wraxton, au bord des larmes.

Sophy ne put s'empêcher de rire.

Comme elles approchaient de la maison, elle rompit le silence.

— Pouvez-vous descendre toute seule ? Sans votre gouvernante et moi sans mon valet, nous voilà bien mal loties ! Il faut que je reconduise moi-même mon attelage à l'écurie.

Miss Wraxton, sans répondre, descendit de la voiture et gravit le perron de la maison.

Dassett ouvrit à son tour à Sophy, environ une demi-heure plus tard. En entrant, elle découvrit Charles qui descendait l'escalier, et tout de suite elle lui dit :

— Ah ! vous étiez là ! Tant mieux, je suis contente !

Il avait un air grave en répondant :

— Voulez-vous venir dans la bibliothèque ? J'ai besoin de vous voir un instant.

Elle accompagna son cousin et se mit à tirer sur ses gants d'une main qui tremblait légèrement. Ses yeux brillaient encore d'excitation et ses joues étaient empourprées.

— Franchement, mademoiselle, à quoi pensiez-vous ? demanda Mr Rivenhale.

— Miss Wraxton ne vous a pas dit ? Je viens de réaliser le grand rêve de ma vie.

— Il faut que vous soyez folle ! Vous ne vous rendez pas compte du scandale que cela représente !

— Je m'en rends parfaitement compte et je n'aurais jamais osé le faire si je n'avais été protégée par la présence de Miss Wraxton. Ne faites pas cette figure-là, Charles ! Elle m'avait donné l'assurance que, quoi que je fasse à ses côtés, sa réputation était telle que personne n'y trouverait à redire.

— Sophy, ce n'est pas possible ! Elle n'a pas pu dire cela !

Sophy haussa les épaules et fit un pas pour s'en aller.

— Non ? reprit-elle. Dans ce cas, pensez ce que vous voudrez.

— Mais que s'est-il passé ? Pourquoi avez-vous eu besoin de la mortifier de la sorte ?

— Je laisse à Miss Wraxton le soin de vous éclairer. Qu'elle choisisse le motif qui lui plaira le mieux. J'ai déjà trop parlé. Je ne suis pas une rapporteuse et je ne m'abaisserai pas à une discussion de ce genre. Ce que je fais ne vous regarde pas, et encore moins Miss Wraxton.

— Ce que vous avez fait la regarde en premier lieu ! Vous l'avez compromise.

— C'est juste. Je vous l'accorde.

— Et cela me regarde dans la mesure où je dois veiller à ce que rien de fâcheux ne vous arrive tant que vous serez sous notre toit. Votre conduite de cet après-midi peut vous causer de graves préjudices ; je vous en préviens.

— Mon cher Charles, vous n'avez pas à prévenir une jeune fille qui fréquente des débauchés affublés, comme des singes, de tuniques rouges ! lâcha-t-elle malgré elle.

— Qui a dit cela ?

— Vous, si je comprends bien. Encore que vous ayez paraît-il trop de délicatesse pour oser me le dire en face. Mais vous auriez pu vous douter que j'aimerais encore moins me l'entendre dire par Miss Wraxton !

— Et vous pourriez comprendre, vous, que je ne chargerai jamais ni elle ni quelqu'un d'autre de vous faire une remontrance !

Elle porta une main à sa joue. Il vit que c'était pour essuyer une larme.

— Ce n'est rien, dit-elle ; c'est que je suis trop en colère pour pouvoir peser mes mots. Ceux-ci dépassent toujours ma pensée ! Mais, même si vous n'avez pas voulu que Miss Wraxton me réprimande de votre part, vous avez discuté de moi avec elle, n'est-ce pas ?

— Quoi que j'aie pu lui dire, je n'avais pas la moindre intention de la voir vous le répéter. Mais je m'en veux même de lui avoir parlé de vous. Je vous demande pardon !

Elle tira son mouchoir de la manche de sa veste et se moucha. Elle avait perdu toute vivacité.

— Vous m'avez désarmée, dit-elle. Aussi, ce n'est pas juste. Pourquoi ne vous êtes-vous pas mis en colère ? Est-ce que c'est vraiment si répréhensible d'avoir été dans St. James Street ?

— Vous le saviez parfaitement – d'autant que Miss Wraxton vous l'avait dit. Vous lui avez causé beaucoup de chagrin.

— Mon Dieu, c'est effrayant ce que je peux faire quand on met ma patience à bout. Bon, je l'admets : j'ai eu tort. Dois-je lui demander pardon ?

— Vous lui devez certes des excuses. Si ce qu'elle vous a dit vous a été désagréable, elle n'avait pas l'intention de vous blesser. Elle vous a parlé par devoir. Et par bonté. C'est moi qui suis coupable dans cette affaire de lui avoir laissé croire que je désirais qu'elle vous en parle.

Sophy dit avec un sourire :

— C'est chic de votre part, Charles. Je regrette ce que j'ai fait. Où est Miss Wraxton ? Dans le salon ? Venez, je vais essayer de réparer le mal que j'ai fait.

— Merci, dit-il en lui ouvrant la porte.

Miss Wraxton semblait tout à fait remise de son émotion et avait le nez plongé dans une revue. Elle regarda Sophy d'un œil de glace et s'absorba de nouveau dans sa lecture. Sophy marcha vers elle et dit avec sa franchise habituelle :

— Voulez-vous me pardonner ? Je regrette ce qui vient de se passer. J'avoue que ma conduite était scandaleuse.

— Tellement scandaleuse que je préfère ne plus évoquer le sujet, déclara Miss Wraxton.

— Voulez-vous dire par là que vous me pardonnez ? s'enquit Sophy. Je vous en suis reconnaissante.

— C'est ainsi que je l'entends.

— Merci, dit Sophy. C'est gentil à vous.

Elle se retourna et marcha vers la porte. Avant de la refermer sur elle, Mr Rivenhale lui dit d'une voix beaucoup plus douce qu'à l'ordinaire :

— Si quelqu'un venait à m'en parler, je dirais que vous avez acheté des chevaux trop vifs que vous ne pouviez pas tenir en main.

Elle lui sourit :

— Faites tout ce que vous pourrez pour réparer le mal que j'ai pu faire.

— Oh ! dit-il, n'en parlons plus. Il n'y a pas de quoi, je vous assure.

Elle lui lança un regard de gratitude et disparut.

— Vous ne vous êtes pas montrée très généreuse, dit-il alors à Eugenia.

— J'estime sa conduite impardonnable.

— Inutile de me le répéter. C'est assez visible, dit-il, d'un ton plus vif qu'il ne l'aurait voulu.

— Je ne me serais pas attendue à ce que vous preniez sa défense, rétorqua Miss Wraxton.

— Je ne prends pas sa défense, mais elle n'est pas la seule coupable. Ce n'est pas à vous de lui faire la morale et vous n'aviez pas à lui répéter les mots stupides que j'avais pu vous dire ! Il y avait de quoi se mettre en colère. Je sais ce que c'est !

— Vous ne semblez guère vous soucier de ce que, moi, j'ai enduré. Qu'est-ce que dirait maman, si elle savait…

— Oh ! assez, assez ! dit-il, à bout de patience. Ce n'est pas une affaire d'État. Pour l'amour du ciel, qu'on n'en parle plus !

Elle se sentit vexée mais comprit qu'elle ne gagnerait rien à insister davantage. Elle était fâchée de penser qu'elle n'avait pas eu le beau rôle dans la scène qui venait de se dérouler. Aussi, s'efforçant de sourire, elle dit :

— C'est juste ! Je me suis laissé trop profondément bouleverser. Dites à votre cousine que je ne parlerai plus jamais de cet incident.

Elle fut récompensée de son adresse, car aussitôt il lui pressa la main en lui disant :

— À la bonne heure ! Je vous retrouve. Je savais bien que je ne pouvais pas m'être trompé.

Chapitre 8

Les deux jeunes filles ne se revirent plus jusqu'au jour de l'expédition pour Merton. Miss Wraxton, persuadée d'être la risée de la ville, avait décidé d'aller voir sa sœur aînée habitant dans le Kent, qui avait l'habitude d'employer utilement les loisirs de ses invités. Eugenia n'aimait guère faire les courses de lady Ealing, ni distraire sa progéniture, mais elle estimait sage de s'éloigner de Londres – du moins pour un certain temps. Les Rivenhale furent donc soulagés pendant une semaine de ses admonestations et chacun estima que cela contrebalançait presque avantageusement les méfaits de Sophy. Ceux-ci, naturellement, ne furent jamais rapportés à lady Ombersley, mais les jeunes enfants en eurent vent. Certains s'en trouvèrent choqués, mais Hubert et Selina furent d'avis que leur cousine avait montré beaucoup de cran. L'affaire eut par ailleurs moins de retentissement qu'on aurait pu le croire. Sophy, naturellement, dut endurer pas mal de taquineries de la part de ses jeunes cousins, mais l'intérêt de ceux-ci s'orienta bientôt d'un autre côté. Lord Bromford, un beau jour, apparut chez les Rivenhale et ce fut pour toute la maison une distraction inespérée.

Lord Bromford, qui était inconnu ou presque de la meilleure société, avait récemment hérité, à la mort de son père, d'une petite baronnie. Il était le seul survivant de sa famille, ses frères et sœurs (dont le nombre variait de sept à dix-sept selon qui racontait l'histoire) étant tous morts en bas âge. Sans doute est-ce la raison pour laquelle sa mère prit un tel soin de lui. Sophy faisait remarquer à ses cousins qu'un teint fleuri et une large carrure n'étaient pas les signes infaillibles d'une robuste constitution. Henry avait toujours eu un précepteur attaché à sa personne, et quand se posa la question de lui faire achever ses études à Oxford, un rhume providentiel le préserva de fréquenter cette noble institution. Lord Bromford était averti que son héritier avait des poumons très fragiles, et sa femme n'eut pas de mal à le convaincre qu'il fallait à tout prix le soustraire aux périls de la vie universitaire. Henry, accompagné d'un prêtre en qui son père avait la plus grande confiance, fut alors envoyé chez un oncle, gouverneur de la Jamaïque. On disait l'air de ce pays salutaire aux gens de constitution délicate et ce ne fut que quatre jours après l'embarquement de Henry que sa mère apprit qu'il était très souvent la proie des ouragans. Il était trop tard pour rappeler son fils qui, malgré le mal de mer, arriva à Port-Royal soulagé de la toux qui avait causé tant d'anxiété à sa mère. Il n'y eut aucun ouragan durant son séjour, et lorsqu'il revint chez lui, quelques mois seulement avant sa majorité, il s'était tellement développé que sa mère n'en croyait pas ses yeux. Elle ne s'aperçut pas tout de suite que ces dix-huit mois passés loin d'elle avaient rendu Henry moins enclin à lui obéir. Sur son conseil, il consentit néanmoins à s'entourer le cou d'une écharpe et à reprendre ses gilets de flanelle, mais quand elle essaya de l'éloigner de la capitale, il dit qu'il avait justement grande envie d'aller vivre à Londres ; et quand elle lui proposa d'épouser une jeune fille tout à fait correcte, il dit qu'il regrettait vivement, mais qu'il ferait son choix lui-même. Après quoi, il s'abstint de toute discussion. Il tourna le dos à la jeune fille et partit s'installer à Londres. Sa mère commença alors à chanter les louanges de son fils et à dire à ses amies que ce n'était pas un garçon qu'on mène par le bout du nez ; son valet, lui, disait que son maître avait une tête de cochon.

Il était déjà dans la capitale depuis un certain temps quand les Rivenhale en furent informés. Les camarades d'Henry – qu'Hubert traitait allégrement de « poules mouillées » – ne faisaient pas partie de leur petit groupe, et c'est seulement quand il rencontra Sophy à un bal qu'il apparut alors dans toute sa gloire ; car lord Bromford, insensible au charme de Cecilia comme à celui de l'élue de sa chère maman, avait décidé que Sophy serait pour lui la femme rêvée, et il lui rendit visite à Berkeley Square. Le premier jour où il vint, Hubert et Selina se trouvaient auprès de leur mère. Il resta une longue demi-heure durant laquelle il entretint ses hôtes de la végétation de la Jamaïque, de l'effet de l'élixir parégorique sur le corps humain, et les Rivenhale l'écoutaient avec un ennui frisant l'écœurement quand tout à coup Sophy entra. Ils comprirent alors pourquoi l'honorable gentleman leur avait rendu visite et l'écœurement fit place au plus parfait divertissement. Le soupirant de Sophy devint pour ces jeunes personnes le héros de mille aventures. Un homme chantait-il dans la rue ? Ils prétendaient aussitôt que c'était lord Bromford qui était venu chanter une sérénade pour Sophy. Si une indisposition l'empêchait de sortir de chez lui, ils y voyaient la conséquence d'un duel qu'il avait livré pour sa belle et l'histoire de ses aventures, conçue et enjolivée par trois jeunes enfants endiablés, atteignit à un tel comique que lady Ombersley et Miss Adderbury furent contraintes d'intervenir pour y mettre le holà. Cependant, la comtesse trouvait divertissantes les assiduités dont il poursuivait sa nièce. Sur le moindre prétexte, on le voyait arriver à Berkeley Square. Chaque jour, il se promenait dans Hyde Park, uniquement dans l'espoir d'y rencontrer Sophy et de monter dans son phaéton. Il alla jusqu'à louer un vieux canasson sur lequel il montait et redescendait la grande allée, espérant y voir Salamanque. Il pria finalement sa mère de cultiver l'amitié de la comtesse et d'inviter Sophy à aller avec elle écouter un concert de musique sacrée. Quand lady Bromford lui fit remarquer que Sophy ne lui convenait guère, étant d'un caractère bien trop frivole et indépendant, il lui dit qu'il saurait la guider sur une pente plus raisonnable.

Le plus beau de l'histoire aux yeux des jeunes Rivenhale, c'est que Charles, généralement si peu patient avec les sots de cette espèce, semblait, pour des raisons inexplicables, encourager la cour de lord Bromford. Il disait même qu'il avait de grandes qualités, que sa conversation était celle d'un homme de bon sens et que la description qu'il faisait de la Jamaïque était des plus intéressantes. Seulement, comme le fit remarquer Selina (à qui Charles reprochait de devenir légèrement impertinente), sitôt qu'il arrivait, Charles s'en allait au club. La cour de lord Bromford, la préparation du bal et le flot continu des visiteurs avaient amené beaucoup d'excitation et d'amusement à Berkeley Square. Lord Ombersley lui-même s'en était aperçu.

— Tudieu, je ne sais pas ce qui vous prend, mais les choses ont changé. Cette maison avait coutume d'être aussi froide qu'une tombe. Je me demande, dit-il à sa femme, si ce ne serait pas une idée que d'inviter le duc d'York à votre réception. Oh ! rien d'officiel : une toute petite apparition. Il est à Stableyard en ce moment et cela peut l'amuser de passer une demi-heure au milieu de tout ce jeune monde.

— Vous voulez demander au duc d'York de venir à ma réception ! balbutia lady Ombersley, absolument stupéfaite. Mon cher ami, vous devez avoir perdu la tête. Il y aura dix ou douze couples qui danseront dans le salon et deux ou trois tables de jeu. Ce n'est pas une réception digne d'un duc.

— Comment, dix ou douze couples ! s'exclama le comte. Dassett ne se préoccuperait pas d'un tapis rouge et de tout le saint-frusquin pour une aussi maigre affaire !

À ces mots, la comtesse se sentit frissonner. Jusqu'ici tout ce qu'elle avait fait au sujet de la réception se bornait à avoir fixé la date de la soirée et à avoir recommandé à Cecilia d'envoyer une invitation à une jeune fille assez quelconque dont elle était la marraine. Elle ne put s'empêcher d'aller tout de suite demander à Sophy le nombre exact des personnes invitées. Quand elle apprit le chiffre, elle faillit s'évanouir. Il fallut lui faire boire quelques gouttes de brandy et lui humecter les mains pour qu'elle pût reprendre ses esprits. Alors, elle se mit à gémir à l'idée de ce que dirait Charles et s'enfouit le visage dans un flacon de sels. Sophy mit vingt minutes à essayer de lui faire comprendre que puisque Charles n'était pas celui qui payait, cette affaire ne le regardait pas. Mais l'argument, aussi frappant qu'il fût, ne parvint pas à la rassurer tout à fait, et chaque fois que son fils entrait dans la pièce elle ne pouvait s'empêcher de sursauter.

Heureusement pour le succès de l'expédition, Charles n'était pas encore averti de la chose quand ils s'embarquèrent pour Merton. L'expédition semblait être placée sous les meilleurs auspices, au contraire. La marquise avait écrit une charmante lettre à lady Ombersley en lui exprimant le plaisir qu'elle aurait à la voir et à connaître ses enfants. Il faisait soleil et aucune averse ne menaçait le temps. Miss Wraxton, qui était rentrée à Londres juste à temps pour cette randonnée, se trouvait de si bonne humeur que Sophy elle-même bénéficia de ses bonnes grâces. Au tout dernier moment, Hubert annonça son intention de se joindre au petit groupe, disant que lui aussi voulait connaître la girafe. Sophy lui fit aussitôt les gros yeux, mais heureusement sa mère, tout à la joie de l'emmener, ne chercha pas à comprendre et sa remarque passa inaperçue. Mr Rivenhale salua sir Vincent Talgarth avec une parfaite politesse et échangea quelques mots avec lui tandis que les trois dames, qui devaient voyager en landau, s'installaient à l'intérieur de la voiture, Miss Wraxton insistant pour occuper le siège arrière et Cecilia insistant pour qu'elle n'en fît rien. Tout s'annonçait donc pour le mieux lorsque Mr Fawnhope déboucha au coin du square, aperçut l'équipage et se précipita vers lui.

Les traits de Mr Rivenhale se durcirent. Il lança vers Sophy un regard accusateur, mais elle secoua la tête en signe de dénégation. Tout en serrant la main de la comtesse, Mr Fawnhope lui demanda où elle se rendait ainsi. Elle lui nomma le lieu de Merton et il reprit aussitôt :

— *Statutas, nolumus leges Angliae mutari.*

— Sans doute, dit lady Ombersley, qui n'avait rien compris.

Miss Wraxton, qui ne perdait pas une occasion de faire valoir son érudition, sourit d'un air entendu au jeune homme et lui dit :

— Vos paroles sont tout à fait justes. Le roi Jean est supposé avoir dormi au prieuré la veille du jour où il signa la Grande Charte. Merton est un lieu historique. On dit que c'est dans ses murs que Cenulph, le roi de Wessex, aurait été assassiné. Mais le village est lié à d'autres souvenirs encore, beaucoup plus récents…

Miss Wraxton s'arrêta brusquement, car les fameux souvenirs dont elle parlait étaient liés à une femme dont ses chastes lèvres n'auraient su prononcer le nom.

— Nelson ! s'écria Mr Fawnhope. Quel lieu romantique, ce Merton ! Je vous en prie, laissez-moi vous accompagner !

Ce disant, il se hissa dans la voiture aux côtés de Cecilia. Puis, adressant un sourire d'ange à la comtesse, il lui dit :

— En me levant ce matin, je ne savais pas ce que j'allais faire et je me sentais inquiet au fond de l'âme. Maintenant, je sais ce que je désire : je veux connaître Merton.

— Mais c'est une affaire impossible ! s'écria lady Ombersley, aux cent coups, en espérant de toutes ses forces que Charles allait intervenir et l'empêcher d'adresser une parole désobligeante à cet encombrant jeune homme.

— Oh ! oui, reprit Mr Fawnhope. Se plonger dans la nature, voilà ce dont se meurt mon âme. *Avec la douce Cecilia, vers Merton je vais m'embarquer ; cueillir des fleurs s'il y en a, et sur le rêve naviguer...* Pourquoi me regardez-vous ainsi ? Quoi, vous ne voulez pas de moi ?

Ce brusque passage de l'extase poétique à la crainte d'être rejeté fit perdre son assurance à lady Ombersley et c'est d'une voix faible qu'elle dit :

— Je serais ravie de vous emmener, mon cher Auguste, mais nous allons rendre visite à la marquise de Villacañas, qui ne s'attend pas à vous voir.

— La marquise de Villacañas ! s'exclama Mr Fawnhope. Quel nom poétique, merveilleux ! *Une Espagnole ardente et folle...*, récita-t-il.

— Qu'est-ce que vous dites là ! dit lady Ombersley d'un ton mécontent.

Sophy, qui s'amusait beaucoup des extravagances du jeune homme, dit en riant :

— Folle, savez-vous qu'elle l'est au point de s'être éprise d'un Anglais, mon père ?

— Splendide ! s'écria le poète. Comme je suis content d'être venu !

À moins de lui demander carrément de descendre de la voiture, il n'y avait pas d'autre moyen de se débarrasser de Fawnhope. Lady Ombersley jeta à son fils un regard désespéré et Cecilia, un regard implorant. Miss Wraxton sourit d'une façon tendant à prouver sa grande compréhension et sa ferme intention d'avoir l'œil sur Cecilia.

— Qui est cet Adonis ? demanda sir Vincent à Mr Rivenhale. Le voir assis à côté de votre sœur est vraiment réjouissant.

— Auguste Fawnhope, répondit Charles sèchement. (Puis, se tournant vers Sophy.) Mademoiselle, êtes-vous prête ?

Estimant qu'elle était tacitement autorisée à supporter le jeune Fawnhope, lady Ombersley donna à son cocher le signal du départ. Sir Vincent et Hubert s'écartèrent de la voiture et Mr Rivenhale dit alors à Sophy :

— Si c'est vous qui avez mijoté cette affaire…

— Je vous jure que non ! assura la jeune fille en riant. Mais aux innocents les mains pleines.

— En fait d'innocent, c'en est un ; mais pas comme vous l'entendez. Je me demande comment vous pouvez le supporter !

— Si vous saviez ce que j'en pense, dit Sophy, vous seriez un peu rassuré. Mais cela suffit ; ne parlons plus de lui. Aujourd'hui, je me suis promis de ne pas me quereller avec vous.

— Vraiment ? Pourquoi ?

— Ne faites pas l'idiot. Vous savez que j'ai envie de conduire votre attelage.

Il prit place derrière elle et fit signe au valet de s'écarter du cheval.

— C'est promis, dit-il à Sophy ; mais quand nous serons sortis de Londres.

— Voilà un retard bien calculé pour me faire sortir de mes gonds. Mais je n'en ferai rien.

— Ce n'est pas que je doute de votre adresse, dit-il.

— Un tel aveu doit vous coûter cher. Mais les routes sont si bonnes en Angleterre que c'est à la portée de n'importe qui de conduire à la campagne. Si vous voyiez les routes d'Espagne !

— C'est ce que j'appelle une provocation !

Elle rit de bon cœur et, changeant de sujet, l'interrogea sur ses chasses. Une fois qu'ils eurent franchi les rues plus étroites, il laissa ses chevaux allonger le pas et dépassa le landau de sa mère. En passant, ils s'aperçurent que Miss Wraxton était en grande conversation avec Mr Fawnhope et que Cecilia avait l'air ennuyé. L'explication de cet état de choses fut fournie par Hubert qui durant un instant roula près de la voiture et rapporta qu'Eugenia s'entretenait avec le poète au sujet de *L'Enfer* de Dante.

— Il faut avouer, ajouta-t-il, que Fawnhope a l'air de connaître l'italien autrement mieux que Miss Wraxton ; et, par-dessus le marché, il y a un autre type appelé Uberti ou quelque chose dans ce genre à qui il a l'air d'être aussi très familier. Talgarth prétend qu'il est diablement érudit. Ce serait assez drôle qu'Eugenia coupe l'herbe sous le pied de Cecilia dans une joute avec son poète !

Ne recevant pas d'encouragements de son frère pour s'étendre sur le sujet, il se rejeta dans la voiture aux côtés de sir Vincent. Mr Rivenhale passa les rênes à Sophy, tout en se félicitant de sa chance de ne pas être dans le landau.

Elle se garda de relever sa réflexion et le reste de la promenade se passa agréablement.

La maison que sir Horace avait louée pour la marquise était une spacieuse villa, agréablement située au milieu de beaux jardins et tout près d'un petit bois, auquel on accédait par des grilles en fer forgé que l'ancien propriétaire avait ramenées d'Italie. Quelques marches menaient à la porte d'entrée devant laquelle un homme de petite taille tout de noir vêtu accueillit les visiteurs.

Sophy le salua cordialement et demanda tout de suite si Mr Rivenhale pouvait abriter ses chevaux. Le petit homme fit claquer ses doigts à la façon d'un prestidigitateur et un valet surgit, qui courut s'occuper de l'attelage.

— Je vais jeter un coup d'œil à l'écurie, dit Charles à la jeune fille, et je vous rejoins tout de suite auprès de ma mère.

Sophy acquiesça de la tête, monta les marches du perron et annonça :

— Nous sommes deux de plus que nous ne pensions, Gaston. J'espère que cela ne vous dérange pas.

— Pas du tout, répliqua-t-il. Madame la marquise vous attend dans le grand salon.

La marquise était allongée sur un canapé, face à la fenêtre du jardin.

Le soleil n'était guère violent, mais les stores étaient baissés jusqu'à la mi-hauteur des baies et seule une lumière diffuse était répandue dans la pièce.

Sophy se précipita vers les stores qu'elle releva en s'écriant :

— Sancia, il est temps de vous réveiller ! Vos visiteurs arrivent !

— Sophy ! protesta mollement la marquise, mon teint ! Vous n'y pensez pas. Rien n'est aussi mauvais que le soleil.

Sophy s'approcha d'elle et l'embrassa.

— Sans doute, ma chère Sancia. Mais que va dire ma tante s'il faut qu'elle vous cherche à tâtons, comme à colin-maillard ? Levez-vous vite.

— Mais je compte bien me lever quand elle sera là, dit la marquise. Dites-moi si elle est à la porte.

Tout en prononçant ces mots, elle déplia un châle magnifique qui enveloppait ses pieds et qu'elle répandit sur lc sol, tandis que Sophy l'aidait à se mettre debout.

C'était une brune assez boulotte, habillée au goût de Paris et dont les splendides boucles noires étaient recouvertes d'une mantille drapée sur un énorme peigne. Elle portait une robe de tulle sur un fourreau de satin qui dessinait ses formes dissimulées d'autre part sous un flot d'écharpes et de châles aux plus chatoyantes couleurs. Sa mantille s'agrafait sur son corsage à l'aide d'une broche ornée d'une émeraude magnifique. D'autres émeraudes pendaient à ses oreilles. Elle portait autour du cou son fameux collier de perles fines qui lui retombait jusqu'à la taille. Elle était extrêmement belle, avec ses grands yeux de velours noir et son teint mat, délicatement teinté d'une couleur cendre de roses. Elle avait trente-cinq ans, mais, à cause de son embonpoint, elle en paraissait davantage. Elle n'avait en tout cas pas l'air d'une veuve – ce fut la première impression de lady Ombersley quand elle lui tendit la main.

— *Com'està*? demanda la marquise, de sa belle voix de contralto.

Hubert, à qui l'on avait dit qu'elle parlait parfaitement l'anglais, se sentit fort impressionné. Il lança vers Sophy un regard brûlant de reproche, mais elle intervint tout de suite pour sauver la situation.

La marquise sourit placidement et reprit :

— *De Seguro* ! Je parle l'anglais et le français aussi couramment que l'espagnol.

Puis, se tournant vers la comtesse :

— Je suis ravie de connaître la sœur de sir Horace, bien que, *señora*, je trouve que vous ne lui ressemblez guère. *Valgamé*! Sont-ce là tous vos enfants ?

Lady Ombersley s'empressa de la rassurer et de lui faire les présentations. La marquise oublia sur-le-champ tout ce qu'elle venait de lui dire et répandit son sourire à la ronde en priant tout le monde de s'asseoir. Sophy lui rappela que sir Vincent était une vieille connaissance ; alors elle lui tendit la main en prétendant qu'elle se le rappelait fort bien. Personne ne la crut, et surtout pas sir Vincent. Mais quand celui-ci évoqua certaine soirée au Prado, la marquise se mit à rire et dit que, pardi oui, elle se le rappelait très bien à présent en *pechero*. Entre-temps, elle avait pu observer la grâce de Cecilia et complimenta sa mère, en lui faisant remarquer que c'était là une beauté typiquement anglaise et que l'on appréciait beaucoup sur le continent. Puis, sentant qu'elle devait une parole à Miss Wraxton, elle se tourna vers elle, lui sourit et lui dit qu'elle aussi lui semblait très typiquement anglaise. Miss Wraxton (qui n'eût pas disputé sa beauté à Cecilia, car pour elle c'était là un attrait tout superficiel) répliqua modestement qu'elle n'était rien de plus que les autres et que la mode anglaise, à l'heure actuelle, était en faveur des brunes.

Le sujet ayant été retourné un peu sous toutes ses coutures, un silence survint. La marquise adossée à ses coussins, lady Ombersley se demandait quel sujet de conversation pourrait intéresser cette femme léthargique. Mr Fawnhope, qui était debout dans l'embrasure d'une fenêtre capitonnée de brocart, contemplait le jardin. Hubert semblait fasciné par l'apparence de son hôtesse et Mr Rivenhale, toujours semblable à lui-même, prit un magazine sur une table où il avait le coude appuyé et se mit à en tourner les pages, distraitement. Chacun pensait que c'était l'affaire de Miss Wraxton, experte en mondanités, de reprendre la conversation – ce qu'elle fit, comme on s'y attendait, en confiant à la marquise qu'elle était une grande admiratrice de Don Quichotte.

— Comme tous les Anglais, dit Sancia ; et cependant, aucun d'eux ne peut prononcer son nom correctement. À Madrid, au temps où l'armée anglaise était là, tous les officiers me disaient qu'ils adoraient Cervantès, bien que la plupart du temps ce ne fût pas vrai. Mais nous n'avons pas que Cervantès en Espagne ! Nous avons aussi Quevedo, Espinel, Montalban, pour n'en nommer que quelques-uns… Et en poésie nous avons…

— *El Fenix de España*, intervint Mr Fawnhope, intervenant subitement dans la conversation.

— C'est juste. Vous connaissez Lope de Vega ? Sophy, continua-t-elle en reprenant sa langue maternelle, ce jeune garçon beau comme un ange lit l'espagnol ? Nous bavarderons ensemble, reprit-elle, s'adressant cette fois à Auguste.

Heureusement, Gaston arriva et annonça que les rafraîchissements étaient servis dans la salle à manger. On eut alors tôt fait de s'apercevoir que si la marquise était indolente, son maître d'hôtel, lui, était actif. Une profusion de mets succulents attendaient les visiteurs : consommés, aspics de foie gras, crèmes renversées, gelées de fruits, dates fourrées à la pâte d'amande, massepains, petits fours délicats... le tout couronné de vins excellents. La marquise déclara que ce goûter n'était qu'une légère *merienda*. À la façon dont Miss Wraxton goûtait les choses du bout des lèvres, on voyait qu'elle n'approuvait pas cette façon excessive de dépenser l'argent, mais Hubert, qui se régalait, songeait que la marquise était vraiment quelqu'un de bien et quand il vit combien elle-même faisait honneur aux friandises sans avoir l'air d'y toucher, son attitude envers la maîtresse de maison se nuança d'un respect qui frisait la terreur.

Le repas terminé, Gaston se pencha à l'oreille de la marquise et lui rappela que l'on avait ouvert la grille du bois.

— Ah ! oui, le bois aux clochettes. C'est si joli en cette saison. J'imagine, *señora*, que ces jeunes gens seront contents d'y faire un tour tandis que nous nous reposerons un peu.

Jamais lady Ombersley n'aurait eu l'idée de proposer à un visiteur de faire la sieste, mais comme elle avait l'habitude de somnoler chaque jour après le déjeuner, elle approuva silencieusement ce programme et suivit la marquise au salon. Là, elle essaya d'amener son hôtesse à lui parler de son frère, mais sans grand succès. La marquise dit cependant :

— Ce n'est pas drôle d'être veuve ; et, par ailleurs, j'aime mieux l'Angleterre que l'Espagne. Il règne là-bas une telle misère. Mais pour ce qui est d'être une *madrastra* pour Sophy, cela, non, jamais !

— C'est une chère enfant, dit lady Ombersley, prête à défendre sa nièce ; et nous l'aimons beaucoup.

— Moi aussi, mais elle est très fatigante. On ne sait jamais ce qu'elle va inventer, ou, ce qui est pire, on ne sait jamais ce qu'elle va vous obliger à faire qu'on n'a pas envie de faire du tout.

Lady Ombersley ne put s'empêcher d'affirmer, d'un ton légèrement malicieux :

— Je suis bien persuadée, chère madame, que ma nièce ne vous poussera jamais à vous remuer plus que vous ne le voulez.

— Mais si ! s'exclama la marquise. Je vois que vous ne la connaissez pas ! C'est encore bien plus fatigant de lui résister que de lui obéir…

Pendant ce temps, l'objet de cette conversation était en train de piquer une fleur à la boutonnière d'Hubert. Charles était allé voir les chevaux et les quatre autres jeunes gens traversaient le jardin de la villa dans la direction du petit bois. Mr Fawnhope sentait monter l'inspiration. Il n'en était encore qu'au premier vers, mais le reste viendrait sûrement : *Lorsque ma Cecilia, sur un tapis d'herbe fraîche...*

— On dirait du Lamartine, déclara Miss Wraxton.

Encore que ses vers ne fussent que de plates imitations, tantôt de l'un, tantôt de l'autre, Mr Fawnhope n'aimait guère qu'on le comparât à quelque autre poète, aussi, prenant la main de Cecilia, il essaya d'entraîner la jeune fille ; mais Miss Wraxton veillait à ce que rien de ce genre n'arrivât. Elle suivit les amoureux et, par une ingénieuse citation de Cowper, réussit à retenir l'attention de Mr Fawnhope et à le détourner de Cecilia. Celle-ci, incapable de prendre part à cette haute discussion au sujet du progrès moderne (car elle aimait peu lire et était peu savante) s'éloigna d'Auguste et d'Eugenia et se trouva bientôt aux côtés de sir Vincent, qui se mit en devoir de la divertir et de l'éloigner du bois.

Il dit que malgré tout le respect que lui inspirait Miss Wraxton, il la trouvait fatigante avec son érudition. Les arbres et les bas-bleus, déclara-t-il, avaient le don de le rendre triste. D'ailleurs, il trouvait la forêt humide et les sentiers peu faits pour les souliers délicats de la jeune fille. Il la fit donc obliquer du côté du pigeonnier et comme il connaissait mieux que quiconque l'art de flirter et que Cecilia se gardait bien de le prendre au sérieux, tous deux passèrent un bon moment ensemble.

Durant ce temps, Sophy était dans le jardin avec Hubert. Au cours des jours derniers, elle avait remarqué que le jeune homme passait sans transition de la joie la plus manifeste à l'humeur la plus sombre. Elle en avait parlé à Cecilia, mais celle-ci avait répondu qu'Hubert était très changeant et n'avait pas paru encline à y faire la moindre attention. Mais Sophy ne pouvait voir qui que ce soit dans l'embarras sans essayer de remédier à cet état de choses. Aujourd'hui, elle trouvait l'occasion excellente d'essayer de se renseigner. Elle attaqua donc le sujet et constata pour commencer qu'Hubert ne se cabrait pas à l'idée de lui répondre. Il avoua, au contraire, avoir quelques soucis, mais, dit-il, sans importance et qui, sans doute, s'éclairciraient d'ici peu.

Sophy qui, tout en parlant, l'avait conduit vers un banc, l'obligea alors à s'asseoir. Tout en dessinant sur le sable avec le bout de son ombrelle quelques figures géométriques, elle lui dit :

— Si c'est une question d'argent – car c'est presque toujours ces maudites espèces sonnantes qui vous embêtent – et si vous ne voulez rien demander à votre père, n'oubliez pas que je suis là.

— Je ne vois pas à quoi cela m'avancerait de demander de l'argent à papa ! dit Hubert. Il n'a pas un penny à lui ; et, ce qui est plus injuste, la seule fois où je me suis risqué à lui demander quelque chose, il s'est mis dans une colère noire... pire encore qu'une colère de Charles.

— Est-ce qu'une question de ce genre pourrait mettre Charles en colère ?

— Non, pas une question d'argent... enfin, pas exactement. J'aimerais d'ailleurs beaucoup mieux qu'il s'emporte.

Elle acquiesça d'un petit signe de tête.

— Alors, vous ne voulez pas lui demander quoi que ce soit ; dans ce cas, je vous l'ai dit, n'hésitez pas à me demander ce dont vous avez besoin.

— Pour rien au monde ! s'exclama Hubert se drapant dans sa fierté. C'est rudement chic à vous, Sophy, de me faire cette proposition ; mais, Dieu merci, je n'en suis pas encore là.

— Encore où ? demanda-t-elle.

— À emprunter de l'argent aux femmes. D'ailleurs, pas besoin de ça... J'espère bien m'en tirer. Il faut que je m'en tire avant de retourner à Oxford.

— Mais comment ferez-vous ?

— Je ne sais pas... Peu importe. Je ne peux pas manquer à ma parole. Si j'y manquais... mais non, ce n'est pas possible. J'ai beau avoir un père qui... oh ! à quoi bon parler de lui. Et un frère plus pingre qu'un Écossais... heureusement j'ai quand même un ou deux bons amis, quoi qu'en pense Charles !

— Oh ! dit Sophy. Est-ce qu'il condamne également vos amis ?

Hubert sourit :

— Plutôt, oui ! Et uniquement parce que ce sont de joyeux garçons... pas des puritains comme lui.

Oh ! mais Sophy, surtout ne lui répétez pas ce que je vous dis.

— Bien sûr que non ! s'écria-t-elle, foncièrement indignée. Pour qui me prenez-vous ?

— Non, excusez-moi, ce n'est pas ce que je voulais dire… c'est seulement que… Bon sang ! ce que je voudrais être dans huit jours. Et alors, je peux vous jurer que je ne me remettrai plus dans un pétrin pareil.

Elle dut se contenter de cette affirmation. Hubert n'avait pas envie de lui en confier davantage. Elle fit un petit tour dans le jardin et trouva Mr Rivenhale assis sous un orme, au bord de la grande pelouse, Tina à ses pieds.

— Si vous voulez voir quelque chose d'original, Sophy, lui dit-il, jetez un coup d'œil je vous en prie, par la fenêtre du salon. Ma mère dort sur l'un des sofas et la marquise sur l'autre.

— Si c'est comme cela qu'elles s'amusent, dit Sophy, gardons-nous bien de les déranger. Ce n'est pas du tout mon genre, mais je connais des gens qui aiment passer leur temps à ne rien faire.

Il lui fit une place auprès de lui.

— Je pense en effet que l'oisiveté n'est pas votre vice, dit-il. Parfois même je me demande s'il ne vaudrait pas mieux pour nous qu'il en fût ainsi. Comme nous nous sommes mis d'accord pour ne pas nous disputer aujourd'hui, je n'en dirai pas davantage sur ce sujet, mais, Sophy, à quoi pense mon oncle de vouloir épouser cette femme ?

Sophy plissa le front. Très manifestement, cette question ne lui plaisait guère.

— Elle est très douce, très bonne, finit-elle par répondre, et sir Horace dit qu'il aime les femmes silencieuses.

— Je m'étonne que vous ayez donné votre agrément à une union qui me paraît si bizarre.

— Quelle idée ! s'exclama Sophy. Je me demande ce que j'ai à y voir !

— Vous avez tout à y voir, répliqua-t-il à son tour. Ne prenez pas vos airs innocents avec moi, ma chère. Je commence à vous connaître assez pour deviner que vous menez mon oncle à la baguette et que vous l'avez sans doute empêché d'épouser une bonne demi-douzaine d'autres femmes.

Sophy éclata de rire.

— C'est possible, mais pour l'unique raison que ni l'une ni l'autre ne me semblait apte à le rendre heureux comme je crois que Sancia peut le faire.

— Vous allez me dire maintenant que c'est vous qui avez manigancé ce mariage.

— Oh ! non. Sir Horace n'a pas besoin que l'on intervienne pour lui sur ce chapitre-là. Il n'est que trop sensible au charme féminin et, ce qui est pire, s'il sent une femme qui pleure sur son épaule, il ne sait plus rien lui refuser.

Charles ne répondit pas. Ses yeux étaient fixés sur Cecilia et sir Vincent qui revenaient du fond du jardin. Comme il fronçait les sourcils, Sophy ne put s'empêcher de lui demander :

— Vous n'allez pas vous mettre en colère, Charles, parce que Cecy flirte un peu avec sir Vincent ! Vous devriez vous féliciter au contraire de la voir s'intéresser à quelqu'un d'autre que Mr Fawnhope. Vous n'êtes jamais content !

— Je n'approuve pas ce genre de relations pour ma sœur.

— Oh ! vous n'avez rien à craindre. Sir Vincent ne s'intéresse qu'aux riches héritières. Il n'a aucune intention de courtiser vraiment Cecy.

Il n'eut pas le temps de répondre car le couple en question arrivait à leur hauteur. Cecilia, plus jolie que jamais, leur raconta que sir Vincent avait eu la bonté d'obtenir d'un domestique quelques grains pour les pigeons. Elle s'était amusée à les voir becqueter dans ses mains et Sophy se disait qu'elle semblait plus heureuse de cette expérience amusante que des compliments de son cavalier.

Bientôt, Hubert rejoignit le petit groupe. Il cligna de l'œil vers Sophy d'un air si content et si malicieux qu'elle se demanda ce qu'il avait pu faire et lui trouva, en dépit de sa cravate excentrique et de sa veste à la dernière mode, l'air d'un très jeune écolier.

À cet instant, Sancia se pencha à la fenêtre et leur fit signe de rentrer. Le sens de la courtoisie contraignit Mr Rivenhale à imiter ses compagnons. Lady Ombersley s'était réveillée de son somme en prononçant les mots mystiques de *Lotion des Dames du Danemark*. Ceci impressionna à tel point son hôtesse qu'elle s'exclama aussitôt :

— Mais non ! Le jus distillé de l'ananas est bien meilleur, je vous assure.

Au moment où les jeunes gens pénétrèrent dans le salon, les deux femmes avaient parcouru toute la gamme des produits de beauté et si leurs goûts différaient quant à l'emploi des côtelettes de veau appliquées à même la peau, comme moyen infaillible de faire disparaître les rides, du moins tombèrent-elles d'accord sur l'emploi du jus de fraises et de l'eau de rose.

Comme cela faisait deux heures que l'on avait dégusté la *merienda*, la marquise se sentait de nouveau affamée et pria ses invités de prendre une tasse de thé avec quelques gâteaux. C'est alors que lady Ombersley remarqua l'absence de Miss Wraxton et de Mr Fawnhope, et demanda si l'on savait où ils étaient passés. Cecilia répondit en haussant les épaules qu'ils étaient fort probablement en train de se bombarder de citations littéraires quelque part dans un coin du bois. Mais quand vingt minutes se furent écoulées sans qu'on les vît reparaître, non seulement la comtesse mais aussi son fils aîné commencèrent à se montrer inquiets. Sophy se rappela alors le regard malicieux qu'Hubert lui avait lancé : il avait dû faire une blague. Elle le chercha des yeux et lui trouva un air si dégagé de la préoccupation générale qu'elle s'approcha de lui et lui glissa à l'oreille :

— Je vous soupçonne de leur avoir joué un tour ?

— Je les ai enfermés dans le bois, répliqua-t-il. Ça leur apprendra à faire les malins.

Sophy eut beaucoup de mal à se retenir de rire mais s'arrangea pour l'admonester avec sévérité :

— Ce n'est pas une chose à faire ! Si vous avez la clé, donnez-la-moi… mais par en dessous, sans qu'on s'en aperçoive.

Il dit :

— Alors, il n'y a pas de jeu !

Mais il lâcha la clé dans le giron de Sophy, car bien que son idée lui eût paru sur le moment fort drôle, il commençait à se douter qu'elle était en fait assez grave.

— Tout cela ressemble si peu à Eugenia, dit lady Ombersley. Je ne comprends pas ce qu'ils peuvent faire.

— *En verdad*, dit la marquise, ce n'est pas difficile à imaginer. Ce garçon est si beau et le décor si romantique…

— Je vais aller les chercher, dit Mr Rivenhale en se levant.

Hubert commençait à trembler, mais Sophy s'exclama soudain :

— Qui sait si l'un des jardiniers n'a pas fermé la grille à clé, pensant que nous étions tous ici ? Excusez-moi, Sancia !

Elle rattrapa Mr Rivenhale dans le jardin et lui cria :

— C'est tellement bête ! Sancia a une peur enfantine des voleurs et a entraîné ses gens à tout fermer à clé. C'est ce qui vient d'arriver. Le jardinier a cru qu'il n'y avait plus personne dans le bois. Heureusement que Gaston avait une autre clé. La voici.

Ils franchirent un tournant de l'allée et la grille principale du bois apparut alors à leurs yeux. Miss Wraxton se tenait debout derrière elle et il était facile de voir qu'elle n'était pas de bonne humeur. Quant à Mr Fawnhope, il était assis sur un banc et si bien absorbé dans la rédaction d'un poème qu'il semblait retranché du monde d'ici-bas.

Quand Mr Rivenhale tourna la clé dans la serrure, Sophy dit :

— Je regrette vivement ce contretemps, Miss Wraxton. C'est de la faute de Sancia qui a une peur bleue des brigands. J'espère que vous n'avez pas pris froid ?

Miss Wraxton venait de vivre une demi-heure des plus pénibles. Quand elle avait compris qu'elle était enfermée dans le bois, elle avait demandé à Auguste d'escalader la grille, et quand il s'y était refusé, disant qu'il en était tout à fait incapable, elle l'avait prié d'appeler au secours. Mais l'ode à Cecilia qui bourgeonnait dans sa cervelle avait alors si bien pris possession de lui qu'il se prétendit fort heureux d'être immobilisé au milieu de la nature et refusa de sortir de sa prison sylvestre. Sur ce, il s'assit sur le banc et chaque fois qu'elle voulut l'inciter à faire quelque chose pour la sortir de cette affreuse situation, tout ce qu'elle put en tirer fut une série de « Chut… chut… » Elle en vint finalement à être dans un de ces états où l'on pourrait tuer père et mère, et quand ses sauveteurs arrivèrent elle éclata d'indignation :

— C'est vous qui l'avez fait ! lança-t-elle à Sophy.

Sophy, qui la plaignait le plus sincèrement du monde de cette ridicule aventure, lui répondit calmement :

— Non, c'est un idiot de jardinier qui nous croyait tous rentrés. Mais cela ne fait rien ; nous étions seulement inquiets. Venez vite prendre une bonne tasse de thé.

— Je ne vous crois pas, reprit Eugenia. Vous êtes une femme vulgaire et sans morale...

— Eugenia ! l'interrompit sèchement Mr Rivenhale.

Elle eut un soupir de colère mais ne dit rien d'autre. Sophy alla tirer de sa méditation Mr Fawnhope et Charles reprit :

— C'est un simple accident ; il n'y a pas de quoi vous mettre en rage.

— Je suis sûre que votre cousine l'a fait exprès pour me rendre ridicule, s'entêta Miss Wraxton à voix basse.

— Ce que vous dites est stupide, dit Mr Rivenhale.

Elle vit que son fiancé n'était pas de son côté et poursuivit :

— Vous vous doutez, je pense, que je m'étais sacrifiée pour empêcher votre sœur de passer tout l'après-midi en compagnie de ce garçon.

— Avec le résultat de l'abandonner à Talgarth, répondit-il. Vous n'aviez pas à vous occuper d'elle à ce point, Eugenia. La présence de ma mère et la mienne rendaient votre surveillance… inutile, pour ne pas dire plus.

On aurait pu croire que ces mots combleraient la coupe amère où s'abreuvait Miss Wraxton depuis sa mésaventure, mais quand elle entra dans le salon elle eut à endurer les commentaires de la marquise. Celle-ci dit à ses invités qu'elle préférait de beaucoup les manières libres des jeunes filles anglaises à celles des Espagnoles qu'on flanquait toujours d'une duègne. À l'exception de Mr Rivenhale, qui ne desserra pas les lèvres, chacun compatit sincèrement aux malheurs de la pauvre Eugenia et Sophy alla jusqu'à lui céder sa place dans le tilbury de Charles quand ils rentrèrent à Berkeley Square. Ceci radoucit quelque peu Miss Wraxton, mais quand elle voulut de nouveau expliquer sa conduite à son compagnon, celui-ci l'interrompit en lui disant qu'il était inutile de faire toute une histoire d'un aussi trivial incident.

— Je ne peux pas croire que c'est un jardinier qui a fermé la grille, insista-t-elle.

— Je vous conseille de faire comme si vous le croyiez, dit-il.

— Dans ce cas, c'est que vous n'y croyez pas vous-même ! s'écria-t-elle.

— Non, je pense que c'est Hubert le coupable, répliqua-t-il froidement. Et si je ne me trompe pas, vous devez beaucoup de reconnaissance à ma cousine pour vous avoir délivrée.

— Hubert ! Mais pourquoi aurait-il fait une chose aussi peu courtoise ?

Il secoua les épaules.

— Par simple jeu, sans doute ; ou pour marquer sa désapprobation de vous voir vous mêler des affaires de Cilly. Il aime beaucoup sa sœur.

Elle parut mortifiée et dit d'une voix sévère :

— J'espère du moins que vous saurez le corriger !

— Je n'en ferai rien, dit-il, car je n'en vois pas l'utilité.

Et son ton était sans réplique.

Chapitre 9

Peu de temps après cette sortie (qui après tout n'avait pas été des plus réussies), Mr Rivenhale annonça son intention de se rendre à Ombersley. La comtesse n'avait aucune objection sérieuse à faire à ce projet, mais, estimant le moment venu de faire son affreuse révélation, elle déclara avec une assurance qu'elle était loin de ressentir qu'elle espérait le voir rentrer pour la réception de Sophy.

— Est-ce si important ? demanda-t-il. Je n'aime guère danser, maman, et ce genre de cérémonies me semble des plus insipides.

— C'est assez important, confessa-t-elle alors. On trouverait curieux, mon enfant, que vous n'y assistiez pas.

— Mon Dieu, maman, j'ai toujours été absent de ces mondanités.

— Cette fois, c'est un peu différent, reprit lady Ombersley. Nous aurons plus de monde que je ne le pensais.

Il la regarda de ses yeux froids si troublants.

— Comment ! Vous m'aviez annoncé une vingtaine de personnes.

— Il y en aura… un peu plus, balbutia-t-elle.

— Combien de plus ?

Lady Ombersley baissa les yeux sur le bras de son fauteuil et répondit :

— Eh bien !… voyez-vous, Charles, comme c'est la première soirée que nous donnons pour votre cousine, et comme sir Horace tient beaucoup à ce que Sophy se lance dans la bonne société, nous nous sommes dit… enfin, nous avons pensé qu'il serait bon de donner un grand bal et votre père a promis qu'il y amènerait le duc d'York, ne fût-ce que pour une demi-heure… C'est un très grand honneur quc le duc nous fait là…

— J'ai demandé : combien de personnes avez-vous invitées, maman ? reprit Mr Rivenhale, qui semblait très peu se soucier de l'honneur que le duc lui faisait.

— Oh ! pas plus de quatre cents, lâcha la comtesse. Et il est bien certain que beaucoup ne viendront pas, Charles.

— Quatre cents ! s'écria celui-ci. Inutile de demander qui a eu cette brillante idée. Et qui, je vous prie, devra régler la note ?

— Sophy… enfin, je veux dire votre oncle, naturellement, Je vous jure, Charles, que vous n'aurez rien à payer.

Ces derniers mots ne furent pas pour calmer Mr Rivenhale. Tout au contraire, il s'exclama :

— Comment pouvez-vous croire que j'autoriserai cette gamine à payer les soirées qu'elle offre sous mon toit ?

Cette fois, la pauvre comtesse se sentit complètement perdue, et se réfugia prudemment dans les larmes. Son fils parut alors très ennuyé et finit par lui dire :

— Je vous en prie, maman, ne pleurez pas. Je sais fort bien à qui je dois m'en prendre ; et ce n'est pas à vous.

À ce moment, fort heureusement, Selina bondit dans la pièce en criant :

— Oh ! maman, quand nous avions donné le bal pour Cecilia, est-ce que nous avions…

Apercevant son frère, elle n'acheva pas sa phrase, mais il lui dit :

— Continuez, je vous prie.

— Je pense, reprit sa sœur, que vous êtes au courant du bal de Sophy ? Et puis, au courant ou pas, cela n'a plus aucune importance maintenant que les invitations sont parties et que trois cent quatre-vingts personnes ont déjà renvoyé leur confirmation !

Elle continua, se retournant vers sa mère :

— Maman, Sophy dit que, quand sir Horace donnait une réception à Vienne, il avertissait la police pour qu'elle s'occupe de la circulation dans les environs de la maison. Est-ce que nous l'avons fait aussi pour Cecilia ?

— Oui, répondit la comtesse en sortant le nez de son mouchoir, mais en l'y replongeant aussitôt.

— Bon, et, maman, le champagne, doit-on le commander chez Gunther ou vaut-il mieux faire comme le reste ?

— Vous pouvez informer notre cousine, l'interrompit son frère, que le champagne sortira de nos caves. Puis il ajouta aussitôt :

— Comment se fait-il qu'Eugenia ne m'ait pas parlé de cette affaire ? N'a-t-elle pas été invitée ?

La comtesse jeta un coup d'œil terrifié par-dessus son mouchoir, cherchant secours du côté de Selina.

— Mon Dieu, Charles ! s'écria la jeune fille d'un air profondément scandalisé, avez-vous donc oublié qu'il y a un deuil dans sa famille et qu'Eugenia ne peut assister qu'aux petites réunions privées où la jeunesse ne s'amuse pas ?

— Là encore, je reconnais l'intervention de ma cousine, marmonna Charles en serrant les dents. Mais si vous soutenez cette folie, madame, du moins aurais-je pu m'attendre à ce que vous invitiez celle qui sera bientôt ma femme.

— Bien sûr, bien sûr, se hâta de dire lady Ombersley. C'est un oubli stupide, tout simplement. Même si Eugenia m'a dit elle-même que tant qu'elle aurait des gants noirs…

— Oh ! maman, non, s'écria Selina. Vous savez aussi bien que nous que si on ne l'a pas invitée c'est parce qu'avec sa figure de carême elle refroidirait tout le monde.

— Comment osez-vous ! interrompit Mr Rivenhale, fou de rage.

Selina rougit et baissa les yeux. Charles se tourna vers sa mère et reprit :

— Madame, ayez la bonté de m'expliquer comment l'affaire est arrangée entre vous et ma cousine. Compte-t-elle vous donner un chèque tiré sur le compte de mon oncle ?

— Je… je ne sais pas exactement, balbutia lady Ombersley. Je veux dire… nous n'avons rien discuté en détail. À vrai dire, Charles, j'ignorais moi-même combien d'invités nous aurions. Je ne l'ai appris que l'autre jour.

— Maman, intervint Selina, je peux vous dire que toutes les notes sont faites au nom de Sophy et c'est elle qui les règle. Vous n'avez pas à vous tourmenter le moins du monde.

— Merci ! dit Charles.

Et il sortit furieux en claquant la porte derrière lui. Il trouva sa cousine installée dans le petit salon, celui qu'on appelait « le salon des jeunes filles ». Elle était occupée à vérifier une liste, mais quand la porte s'ouvrit, elle releva la tête et sourit gentiment à Charles.

— Est-ce que vous cherchez Cecilia ? Elle est allée faire des emplettes avec Miss Adderbury.

— Non, je ne cherche pas Cecilia, répliqua-t-il. C'est vous que je cherche. J'ai un mot à vous dire, mais ce ne sera pas long. Je viens d'apprendre que ma mère donne, mardi prochain, un bal en votre honneur. Par je ne sais quelle erreur d'administration, il paraît qu'on vous a remis toutes les factures. Voulez-vous avoir l'obligeance de les chercher et de me les donner tout de suite ?

— Encore sur vos grands chevaux, Charles ! Ce bal, c'est sir Horace qui le donne et non ma tante. Il n'y a pas, comme vous le croyez, d'erreur d'administration.

— Sir Horace fait ce qu'il veut dans sa propre maison – encore que j'en doute – mais en tout cas, il n'est pas le maître ici ! Si ma mère a envie de donner un bal, c'est son affaire ; mais sous aucun prétexte je ne tolérerai que les frais en reviennent à mon oncle ! Il est vraiment regrettable que vous ayez amené ma mère à seconder votre caprice. Je vous en prie encore une fois : donnez-moi les notes que vous avez reçues.

— Non, dit simplement Sophy. Ni sir Horace ni vous, mon cher cousin, n'êtes les maîtres ici. J'ai le consentement d'oncle Ombersley pour agir comme je le fais, et je pense que cela suffit.

Voyant que Charles paraissait suffoqué, elle ajouta :

— Si j'étais à votre place, j'irais prendre un peu l'air. Rien de tel pour se reposer quand on a les nerfs tendus.

Il fit un grand effort pour se dominer et lui dit :

— Sophy, je parle sérieusement. Je ne tolérerai jamais un pareil état de choses.

— Mais personne ne vous demande de tolérer quoi que ce soit, rétorqua la jeune fille. Si mon oncle et ma tante se déclarent satisfaits, qu'avez-vous à y voir ?

— Je crois vous avoir déjà dit, ma chère, que tout allait très bien ici avant que vous ne mettiez les pieds dans cette maison, lâcha-t-il sans desserrer les dents.

— En effet, vous me l'avez déjà dit. Mais si je comprends bien, cela signifie tout simplement qu'avant mon arrivée personne n'avait osé vous tenir tête. Vous devriez m'être reconnaissant, du moins Miss Wraxton devrait l'être. Je suis sûre que sans moi vous auriez été un mari odieux… un despote !

Ces mots lui rappelant autre chose qu'il avait sur le cœur, il reprit d'une voix cassante :

— Puisque c'est vous qui parlez de Miss Wraxton, je vous serais obligé de cesser de dire devant mes sœurs qu'elle a une figure de carême.

— Charles, ne vous fâchez pas pour si peu. Rien ne peut atteindre Miss Wraxton ; et je vous assure que cela aussi je n'ai pas manqué de le leur dire.

— J'estime que Miss Wraxton est une jeune fille fort bien élevée.

— Bien sûr, riposta Sophy. Mais vous ne me comprenez pas : c'est d'une figure de carême bien élevée qu'il s'agit.

— Je sais très bien que vous essayez de la diminuer à mes yeux.

— À Dieu ne plaise ! Les faces de carême ont leur charme, dit Sophy d'un air innocent.

Il ne put s'empêcher de déclarer :

— Je ne crois pas que Selina, qui me l'a répété, attache le moindre charme à l'expression…

Il s'arrêta brusquement, se rendant soudain compte qu'il était parfaitement stupide de discuter une telle question sur ce ton-là.

— Il en sera sûrement autrement, reprit Sophy imperturbablement, quand Selina la verra tous les jours installée dans votre maison.

Mr Rivenhale ressentit une violente envie de frapper sa cousine, mais il jugea plus indiqué de s'éloigner – ce qu'il fit en claquant la porte du salon.

Au pied de l'escalier, il butta contre lord Bromford en train de remettre à un valet son chapeau et ses gants. Voyant tout à coup un moyen de se venger de Sophy, Charles le salua avec amabilité et lui demanda s'il avait l'intention d'honorer de sa présence le bal du mardi suivant. Quand celui-ci eut répondu qu'il attendait avec la plus grande impatience de voir ce grand jour arriver, Charles reprit :

— Avez-vous retenu ma cousine pour danser le cotillon ? Vous feriez bien de vous y prendre à l'avance, car elle sera sûrement très demandée. Dassett ! Miss Stanton-Lacy est dans le petit salon. Voulez-vous y conduire le baron !

— Est-ce vraiment une chose à faire ? s'enquit lord Bromford avec une certaine anxiété. On ne dansait pas le cotillon à la Jamaïque et je ne connais qu'un ou deux pas. Et croyez-vous que l'on valsera ? Moi, je ne valse pas ; je vous le demande pour elle. Je n'aime pas voir une jeune fille valser.

— De nos jours, tout le monde valse, répondit Mr Rivenhale. Il faut que vous appreniez, Bromford. Autrement, c'est moi qui vous le dis : on vous coupera l'herbe sous le pied.

— Je ne crois pas, reprit alors le jeune homme le plus sérieusement du monde, qu'il faille renoncer aux bons vieux principes pour un simple caprice féminin. Je ne reproche rien au quadrille, encore que je sois averti que dans certains milieux cette danse n'est pas autorisée. Pour ce qui est des danses populaires, la ronde et la contredanse par exemple, là je sais tenir ma place. Il s'en dégage une joie pure. Je ne sais si vous vous souvenez : Platon lui-même disait que tous les enfants devraient savoir danser et de nombreux auteurs classiques ont considéré la danse comme un excellent exercice !

Il parlait encore quand Mr Rivenhale s'éclipsa, prétextant un rendez-vous pour lequel il était en retard. Lord Bromford suivit le majordome qui le conduisit dans le grand salon, Dassett étant d'avis qu'un jeune homme seul n'avait pas à être introduit dans le salon des jeunes filles. Quand Sophy alla le rejoindre, accompagnée de Selina, il s'empressa de lui demander de lui réserver le cotillon. Sophy, pensant que l'un de ses vieux amis viendrait certainement à son secours, lui exprima tout l'ennui qu'elle avait de devoir lui refuser cette danse. Malheureusement, elle se trouvait retenue. Le jeune homme parut fort déconfit et même légèrement offensé. Après un court silence, il dit :

— Comment, quelqu'un vous a-t-il déjà retenue ? Votre cousin vient de me dire qu'en me dépêchant, je serais certainement le premier.

— Mon cousin Charles ? interrogea Sophy. Ah ! oui, vraiment ! Eh bien ! c'est qu'il ignore que depuis trois jours déjà on n'a cessé de m'assiéger. Mais ne vous inquiétez pas ; je pourrai sans doute m'arranger pour que nous dansions ensemble une contredanse.

Il s'inclina et dit :

— Je viens justement d'en parler à votre cousin. Je trouve que ces danses populaires sont celles que nous devons le plus encourager. Ce sont les plus inoffensives. Par contre, je n'approuve pas du tout la valse.

— Oh ! vous ne valsez pas ? Tant mieux !… (Elle se reprit aussitôt.) J'aurais été surprise de voir que vous vous adonniez à un plaisir aussi frivole.

Ces mots parurent lui faire plaisir. Il se cala dans son fauteuil et se lança :

— Vous soulevez là, madame, une question importante. Tout le monde connaît le vieux proverbe : dis-moi qui tu fréquentes, je te dirai qui tu es. Moi, je préfère : dis-moi ce que tu danses…

Étant donné qu'aucune des deux jeunes filles n'avait d'idées précises à émettre sur la question, lord Bromford développa le sujet en long et en large. Seule l'arrivée de Mr Wychbold l'interrompit. Mr Wychbold venait chercher Sophy qu'il désirait accompagner à une exposition de bêtes sauvages et qu'il voulait, d'ores et déjà, retenir pour le cotillon. En présence de lord Bromford, Sophy dut décliner son offre – non sans quelque dépit, car le jeune homme était un danseur excellent.

Quoi qu'il en fût, au matin du fameux mardi, elle avait inscrit sur son petit carnet, comme cavalier pour le cotillon, le nom de sir Francis Walvey, ce qui n'était déjà pas si mal.

Tout semblait annoncer que ce bal serait l'un des plus grands succès de la saison. Le temps même était de la partie. De l'aube à la tombée du jour, la maison des Ombersley connut la plus fiévreuse activité, tandis qu'autour de Berkeley Square, les rues étaient encombrées par les voitures des livreurs. Charles rentra de la campagne juste au moment où deux hommes en manches de chemise étaient en train d'élever un dais allant jusqu'au bord du trottoir. Un autre, sous l'œil attentif de Dassett, déroulait un large tapis rouge. Dans le hall de la maison, il faillit être renversé par un valet qui portait une énorme plante verte, et ne lui échappa que pour tomber sur une servante aux bras chargés des plus belles nappes de damas blanc qu'il y eût dans la maison. Cette dernière l'informa qu'un dîner de trente couverts serait servi à 20 heures dans la grande salle à manger.

Elle ajouta que la comtesse était en train de se reposer et que le comte choisissait les vins. Mr Rivenhale, qui semblait plus résigné qu'enthousiaste, hocha cependant la tête en signe d'approbation et demanda à Dassett s'il y avait du courrier pour lui.

— Non, monsieur, répondit Dassett. Et j'ai oublié de dire à Monsieur que la musique d'un régiment écossais jouera pendant le dîner. Miss Sophy connaît le colonel qui sera parmi les invités. On peut dire que

Miss Sophy est une vraie jeune fille du monde ! Elle connaît l'art de recevoir et est au courant de toute chose. C'est un plaisir de travailler pour elle.

Mr Rivenhale répondit par un léger grognement et se retira chez lui. Il ne réapparut que pour se joindre aux siens, dans le grand salon, quelques minutes avant 20 heures. Quand il descendit l'escalier, il trouva ses deux plus jeunes sœurs, fébrilement penchées sur la rampe pour voir ce qui se passait en bas. Elles lui glissèrent à l'oreille qu'il était si beau ce soir-là qu'aucun autre gentleman ne serait en mesure de rivaliser avec lui. Il les regarda en riant, car même s'il était élégant et fort bien habillé d'une culotte courte en satin noir, d'un gilet blanc et d'un habit à queue, il savait qu'en matière de costume, il serait certainement éclipsé par la moitié de ses invités masculins. Cependant, l'admiration spontanée de ses sœurs eut le don de le mettre de bonne humeur et, après s'être promis de leur faire envoyer des glaces, il se rendit au salon où il complimenta le plus aisément du monde Cecilia et sa cousine sur leurs robes.

Sophy avait revêtu sa toilette favorite, faite d'un léger crêpe vert d'eau qu'elle portait sur un fourreau de satin blanc et dont l'ourlet était brodé de petites perles. Deux gros diamants pendaient à ses oreilles. Jane Storridge avait brossé et brillantiné avec soin ses anglaises qui lui encadraient le visage et qui, à la lumière des lustres et des bougies, brillaient comme de l'écorce de châtaignes. Ses souliers étaient de satin vert. De longs gants de peau et un éventail monté sur ivoire complétaient sa toilette. Même si lady Ombersley approuvait cette tenue assez excentrique, son regard empreint de fierté maternelle se posait sur sa fille. Toute la jeunesse dorée de la ville serait réunie chez elle dans quelques instants, mais elle savait qu'aucune jeune fille ne serait plus belle que Cecilia, qui avait l'air d'une princesse de rêve dans sa robe de gaze blanche ornée de rubans argentés. Ses boucles semblaient d'or ; ses yeux d'un bleu clair, transparent, étaient étrangement lumineux, et l'arc de ses lèvres parfait. À côté de Sophy, elle avait un air éthéré. Son père, que sa vue réjouissait, disait qu'elle lui évoquait une fée : la reine Mab ou Tatiana, il ne savait plus très bien. Seule, Miss Wraxton aurait pu lui fournir une référence exacte.

Il alla donc la lui demander. Après avoir longuement réfléchi à la chose, Miss Wraxton avait décidé d'assister au bal de Sophy, sa chère maman y ayant consenti, à condition toutefois qu'elle n'y dansât pas. Parmi les invités du dîner, elle arriva la première, accompagnée d'Alfred, qui loucha aussitôt d'admiration en contemplant Sophy et sa cousine. Il fit même à Cecilia un compliment déplacé qui fit rougir la jeune fille et alluma une étincelle fort malicieuse dans la prunelle de Miss Stanton-Lacy. Eugenia, qui portait une robe couleur lavande, très simple, mais qui était bien décidée à ne déplaire à personne, complimenta, elle aussi, les deux jeunes filles sur leurs toilettes. Son compliment était de bon goût et fit le bonheur de Charles. Dès que possible, il alla s'asseoir auprès d'elle.

— Je ne croyais pas avoir le plaisir de vous voir, lui dit-il. Merci !

Elle sourit et pressa rapidement sa main dans la sienne.

— Maman n'était pas très contente, mais elle a fini par céder, à condition, bien entendu, que je ne danse pas.

— Je suis ravi de l'entendre, lui dit-il. Vous me donnez là une excellente excuse pour ne pas danser moi-même.

Elle parut flattée de ses paroles, mais n'en protesta pas moins.

— Non, non, Charles, je vous en prie ; ne vous croyez pas obligé de faire comme moi.

— La marquise de Villacañas ! annonça alors Dassett.

— Seigneur ! murmura Charles, à demi suffoqué.

La marquise apparut dans toute sa splendeur exotique. Sa robe, taillée dans du satin doré, était ornée de rubis et d'émeraudes, de broches et de colliers. Elle portait dans ses cheveux un grand peigne espagnol recouvert d'une mantille. Un parfum pénétrant flottait tout autour d'elle. Quand il eut repris son souffle, lord Ombersley s'élança au-devant de son invitée. Mr Rivenhale, oubliant qu'il était en froid avec sa cousine, lui murmura à l'oreille :

— Comment diable avez-vous fait pour l'amener jusqu'ici ?

Elle rit.

— Oh ! je n'ai pas eu beaucoup de mal. De toute façon, elle avait l'intention de passer quelques jours à Londres. Je lui ai donc retenu un appartement à l'hôtel et j'ai demandé à Pépita, sa femme de chambre, de nous l'expédier ce soir.

— Je m'étonne, reprit Charles, qu'elle ait eu le courage de se laisser porter.

— Oh ! elle sait bien que je serais allée moi-même la chercher si elle n'était pas venue.

D'autres invités arrivaient. Mr Rivenhale s'éloigna pour aider ses parents à les recevoir. Le grand salon commençait à se remplir, et juste trois minutes après 20 heures, Dassett vint annoncer que la comtesse était servie.

Les gens qui se trouvaient assemblés pouvaient flatter l'orgueil d'une maîtresse de maison ; on comptait parmi eux deux ministres en charge ainsi que plusieurs membres du corps diplomatique accompagnés de leur épouse. Il était facile à lady Ombersley d'assembler chez elle toute l'aristocratie anglaise, mais comme son mari ne s'intéressait en rien à la politique, les milieux gouvernementaux lui restaient d'ordinaire assez fermés. Sophy, tout au contraire, connaissait peu les représentants de la vieille *gentry*, mais depuis le jour de son premier chignon elle était habituée à rencontrer les gens les plus célèbres du monde politique avec qui elle entretenait des relations amicales. Ses propres connaissances, ou plus exactement celles de son père, dominaient ce soir-là, mais personne, pas même l'acerbe Miss Wraxton, n'aurait pu blâmer sa conduite. Comme Sophy était responsable des préparatifs de la fête, on aurait pu s'attendre à ce qu'elle prît des airs importants, mais il n'en fut rien. Tout au long du dîner, elle se montra fort modeste et se contenta de converser, le plus correctement du monde, avec les deux convives immédiatement à ses côtés.

Le bal, qui commença vers les 22 heures, eut lieu dans une sorte de salle des fêtes, immense pièce réservée à cet usage dans la partie arrière de la maison. Elle était éclairée par quatre lustres de cristal qu'on avait astiqués la veille et dont les mille facettes resplendissaient d'une manière féerique. De rutilants massifs de fleurs ornaient chaque extrémité de la pièce et l'orchestre qui jouait était excellent, car Sophy l'avait engagé (pensa Mr Rivenhale, avec une pointe d'amertume) sans tenir compte de la dépense.

Malgré ses dimensions, la salle se trouva vite pleine à craquer. Quelques invités de plus, ç'en eût été trop. La comtesse pouvait s'estimer satisfaite.

Le bal commença par une contredanse que l'étiquette obligeait Charles à danser avec sa cousine. Il s'en tira avec beaucoup d'adresse et de courtoisie et Sophy avec beaucoup de grâce. Miss Wraxton, assise sur l'une des chaises rangées le long du mur, suivit leurs évolutions avec un sourire indulgent. Mr Fawnhope, qui dansait admirablement bien, fut le cavalier de Cecilia, ce qui ne manqua pas d'ennuyer Mr Rivenhale. Il songeait que sa sœur aurait dû réserver cette première danse à un invité plus important que ce jeune et stupide poète, et les paroles admiratives qu'il entendait autour de lui célébrer la beauté de ce couple vraiment unique ne le firent pas changer d'opinion. Nulle part ailleurs Mr Fawnhope n'était autant à son avantage que dans une salle de bal, et la jeune fille qui dansait avec lui se sentait privilégiée. Des regards d'envie suivaient la blonde Cecilia et plus d'une brune enragea ce soir-là de n'avoir pas séduit le jeune homme autant qu'elle.

Une valse ayant fait suite à la contredanse, il fallut quelque temps au pauvre lord Bromford (l'un des premiers arrivés) avant qu'il pût rejoindre Sophy. Pendant que les danseurs valsaient, il s'approcha de Miss Wraxton et l'entretint de ses vues sur cette danse. D'une façon générale, Miss Wraxton était de son avis, mais avec plus de modération. Si elle-même se gardait de valser (bien entendu), elle ne condamnait pas absolument cette danse dès lors qu'elle était agréée au fameux bal des Missions.

Sur ce, il y eut un silence. Puis, Miss Wraxton s'exclama :

— La Jamaïque ! Vous êtes allé là-bas, n'est-ce pas ? Combien je vous envie ! Je lis beaucoup de livres de voyages. J'imagine que cette île doit être des plus romantiques.

Encouragé par tant de compréhension prévenante, lord Bromford entama une longue description des eaux médicinales de cette île enchantée et des différentes variétés de marbre que l'on trouvait dans ses montagnes – toutes choses que Miss Wraxton écouta avec la plus grande attention et qui lui firent confier à Charles, un peu plus tard, que lord Bromford était un homme instruit.

La soirée battait son plein quand Sophy, à bout de souffle après une valse tourbillonnante dansée avec Mr Wychbold, se retira dans un coin de la pièce, s'éventant avec énergie en attendant que son partenaire lui apporte un rafraîchissement. Soudain, un garçon fort charmant s'inclina devant elle et lui dit :

— Mon ami, le commandant Quinton, avait promis de me présenter ce soir à l'illustre Sophy-canon, mais il n'arrête pas de danser et ne pense plus à tenir sa promesse ! Comment allez-vous, Miss Stanton-Lacy ? Excusez mon sans-gêne car je n'étais pas invité, mais Charles vient de me dire que cela tient uniquement au fait que l'on me croyait malade ; sans quoi j'aurais reçu, moi aussi, une invitation.

Elle le regarda de sa manière si franche et si directe, jaugeant l'homme au premier regard. Il lui plut. Il avait environ trente ans, n'était pas précisément beau mais ne manquait pas d'élégance et ses yeux gris et rieurs étaient des plus sympathiques.

— Le commandant Quinton manque à tous ses devoirs, dit Sophy en lui souriant. Mais il s'amuse tant, qu'il faut lui pardonner ! Aurions-nous dû vous envoyer une carte ? Excusez-nous !… J'espère que votre maladie n'avait rien de bien sérieux ?

— Hélas ! c'était une maladie sans gravité, mais humiliante, répliqua-t-il. Croyez-vous qu'un homme de mon âge puisse avoir l'idée saugrenue d'attraper… les oreillons !

Sophy laissa tomber son éventail.

— Quoi ? Que dites-vous ? Les oreillons ?

— Les oreillons ! répéta-t-il en ramassant l'éventail. Je ne suis pas surpris de votre étonnement.

— Ainsi, dit Sophy, vous êtes lord Charlbury !

Il s'inclina.

— Je vois, dit-il, que je suis précédé d'une mauvaise réputation. Je le regrette. J'aurais aimé vous apparaître sous un autre jour que celui de l'homme-aux-oreillons.

— Asseyons-nous, dit Sophy.

Il parut amusé et accompagna la jeune fille vers un vaste canapé.

— Puis-je aller vous chercher une limonade ? lui demanda-t-il dès qu'elle fut assise.

— Mr Wychbold, que vous connaissez sans doute, est en train de s'en occuper. Restez ici ; j'aimerais bavarder avec vous. Car on m'a beaucoup parlé de vous.

— J'en dirais autant en ce qui vous concerne, madame ; et tout ce que j'ai entendu raconter m'a inspiré le plus grand désir de vous connaître.

— Le commandant Quinton n'est pas un homme sérieux, trancha Sophy. Il a dû vous donner une bien fausse idée de moi.

— Nous sommes tous les deux dans le même cas, répliqua-t-il. Vous ne me connaissez qu'à travers ma sotte maladie, et cela aussi a dû vous donner une fausse opinion de moi.

— C'est juste, reconnut Sophy, redevenue sérieuse.

Ses yeux suivaient Cecilia et Mr Fawnhope qui continuaient de danser à cœur joie. Elle poussa un soupir et dit :

— Cela n'ira pas tout seul.

— Je le crains bien, reprit lord Charlbury, dont le regard avait suivi celui de la jeune fille. C'est ce que je me disais, justement.

— Je n'arrive pas à comprendre, dit Sophy avec une certaine véhémence, comment un homme comme vous a pu avoir les oreillons !

— Je ne l'ai pas fait exprès, répondit-il humblement.

— Rien ne pouvait être plus…

— Infortuné ! acheva-t-il.

À cet instant, Mr Wychbold revint, apportant à Sophy sa limonade.

— Bonsoir ! Evrard, dit-il. Je ne savais pas que vous étiez déjà remis ! Comment ça va ?

— Mal, Cyprien, mal ! Ce que j'ai souffert dans les oreilles n'est rien auprès de ce que mon cœur endure. Pourrai-je jamais y survivre ?

— On survit à tout, sauf à la mort, répliqua joyeusement Wychbold. Et tout s'oublie. Vous rappelez-vous quand le pauvre Bolton a piqué du nez dans le Serpentine, brusquement désarçonné par son cheval ? Pendant toute une semaine, Londres n'a fait qu'en parler. Le malheureux a dû se retirer quelque temps à la campagne. Puis tout s'est oublié très vite.

— Dois-je faire retraite moi aussi ? demanda lord Charlbury à la jeune fille.

— Absolument pas ! dit Sophy d'un air décidé.

Elle attendit que Mr Wychbold s'écartât d'eux, attiré par une dame vêtue de satin puce, et se tournant vers son compagnon elle reprit :

— Êtes-vous bon danseur, monsieur ?

— Un bon danseur moyen, j'imagine ; mais rien de comparable à celui que vous et moi regardions tout à l'heure.

— Dans ce cas, dit-elle, n'invitez pas Cecilia à valser !

— C'est malheureusement déjà fait, mais toutes ses valses sont retenues, de même que le quadrille. Le mieux que je puisse espérer est une malheureuse contredanse.

— Renoncez-y ! le pressa Sophy. Essayer de s'expliquer tout en faisant attention à ses pas est toujours une mauvaise affaire. Croyez-moi !

Il se tourna vers elle et la regarda aussi franchement qu'elle l'avait regardé. Puis il dit :

— Vous êtes au courant de ce qui m'intéresse. Puis-je vous demander quelles sont maintenant mes chances et qui est ce jeune Adonis en train de monopoliser les grâces de Miss Rivenhale ?

— C'est Auguste Fawnhope… un poète, dit Sophy.

— Voilà qui sonne bien, dit-il légèrement. Je connais la famille, mais je ne crois pas avoir rencontré ce jeune homme.

— C'est fort possible, car durant ces dernières années il était attaché à sir Charles Stuart, à Bruxelles.

Lord Charlbury, ajouta-t-elle, vous m'avez l'air d'un homme qui a la tête sur les épaules!…

— Je vous assure que je préférerais qu'on la vît sur des médailles, répliqua-t-il.

Sophy négligea cette boutade et reprit:

— Il faut vous dire qu'à Londres, la moitié des jeunes filles sont amoureuses de ce garçon.

— Je le crois aisément, et en somme je ne lui prends que l'une de ses conquêtes.

Elle était sur le point de répondre quand elle fut interrompue. Lord Ombersley, qui était sorti après le dîner, venait de réapparaître en compagnie d'une sorte de géant en qui chacun pouvait reconnaître un membre de la famille royale. C'était, en fait, le duc d'York, celui des fils du roi Georges qui ressemblait le plus à son père. Il avait les mêmes yeux bleus protubérants, le même nez d'aigle, les mêmes joues écarlates et la même bouche charnue que lui. Il donnait l'impression qu'il allait tout à coup faire éclater son pantalon collant et semblait respirer avec peine, mais c'était un bon prince d'une grande simplicité et qui avait un mot aimable pour tous ceux qu'on lui présentait. Cecilia et Sophy retinrent son attention. Il adressa à la première un compliment si direct sur sa beauté qu'il ne faisait aucun doute qu'il l'eût tout aussitôt prise par la taille s'il l'avait rencontrée dans un lieu moins fréquenté. Sophy n'éveilla pas en lui de tels sentiments amoureux, mais il eut grand plaisir à parler avec elle. Il lui demanda comment se portait sir Horace et, apprenant qu'il était au Brésil, dit qu'il était certainement la coqueluche de toutes les beautés brésiliennes... le veinard! Après quoi, il salua quelques-uns de ses amis, circula un peu dans la salle, et se retira dans la bibliothèque avec le maître de maison et deux de ses intimes pour y faire une partie de whist.

Cecilia, échappant à Son Altesse Royale les joues en feu (car elle détestait être l'objet de compliments trop précis), fut happée par Mr Fawnhope qui lui dit le plus candidement du monde :

— Vous êtes plus belle ce soir qu'il n'est permis de l'être !

— Oh ! assez, cria-t-elle malgré elle. Mon Dieu, comme il fait chaud ici !

— C'est parce que vous avez piqué un fard, dit-il. Mais cela vous va adorablement bien. Venez sur le balcon.

Elle ne se fit pas prier. Mr Fawnhope écarta les doubles rideaux de l'une des grandes fenêtres du fond de la salle et Cecilia se glissa dans l'embrasure. Après avoir lutté un instant avec la poignée, Auguste réussit à ouvrir les battants et la jeune fille put se tenir sur l'étroite margelle de pierre que limitait une rampe en fer forgé. Là, elle se détendit ; une légère brise fit passer sa rougeur.

— Mon Dieu, quelle nuit ! Quelles étoiles !

— *Belle étoile du soir, messagère d'amour...*, soupira Auguste Fawnhope, les yeux tournés vers le ciel.

L'idylle fut brusquement interrompue. Ayant vu les jeunes gens se retirer sur le balcon, Mr Rivenhale s'était empressé de les suivre et d'ouvrir à son tour les rideaux de brocart. Puis, s'adressant à sa sœur d'une voix peu aimable :

— Cecilia, avez-vous donc perdu le sens des convenances ? Je vous prie de rentrer tout de suite !

La jeune fille sursauta et se retourna vivement. Le fait d'avoir revu lord Charlbury à l'improviste avait déjà été une épreuve pour ses nerfs. Elle ne sut pas se maîtriser et lança d'une voix furieuse :

— Comment osez-vous, Charles ?

Puis elle reprit d'une voix tremblante :

— En quoi est-ce manquer aux convenances que de prendre un peu d'air frais en compagnie de mon futur mari ?

Tout en parlant, elle avait pris la main de son compagnon et faisait face à son frère, le front haut et l'œil en feu. Lord Charlbury, qui se tenait lui aussi dans l'embrasure de la fenêtre, la regardait fixement, aussi pâle qu'elle était rouge.

— Oh ! cria Cecilia, lâchant la main de son soi-disant fiancé pour porter la sienne à ses joues.

— Puis-je savoir, Cecilia, si ce que vous venez d'annoncer est la vérité ? demanda lord Charlbury.

— Oui ! cria-t-elle de nouveau.

— Absolument pas ! dit Mr Rivenhale.

— Laissez-moi vous féliciter, reprit lord Charlbury en s'inclinant devant la jeune fille.

Puis il laissa retomber le rideau qu'il avait tenu écarté et traversa la salle de bal vers la porte.

Sophy, qui prenait place auprès du commandant Quinton pour une figure de danse en train de se former, s'excusa rapidement auprès de son cavalier et disparut dans l'antichambre.

— Lord Charlbury ! appela-t-elle.

Il se retourna.

— Miss Stanton-Lacy ! Voulez-vous, je vous prie, m'excuser auprès de votre tante de partir sans la saluer.

— Ne vous souciez pas de cela. Mais, dites-moi, qu'est-il arrivé pour que vous repartiez si vite ?

— Je ne suis venu qu'avec une seule idée en tête. Dès lors que votre cousine est fiancée à Mr Fawnhope, je n'ai plus qu'à m'en aller.

— Quelle idiotie ! Je l'ai vue disparaître avec Auguste. C'est de sa faute à lui ! J'aimerais lui tirer les oreilles. Est-ce que vous montez quelquefois dans le parc ?

— Est-ce que je… quoi ? demanda-t-il, étonné.

— Montez-vous à cheval dans le parc ?

— Naturellement, mais…

— Alors, tâchez de m'y retrouver demain matin. Pas trop tôt, car je ne me coucherai pas avant quatre heures. Mais vers 10 heures. C'est entendu. Et surtout, soyez là !

Elle n'attendit pas sa réponse et courut vers la salle de bal, laissant lord Charlbury sidéré derrière elle. En toute autre circonstance, il eût souri de ses manières si vives, si garçonnières, mais c'était un homme épris qui venait de subir un coup très dur, et s'il avait encore la force de se maîtriser, il n'avait plus celle de sourire.

Chapitre 10

C'était sans grand espoir de rencontrer Sophy que lord Charlbury fit seller son cheval. Il lui semblait qu'une jeune fille qui avait dansé toute la nuit pouvait difficilement se montrer dans Hyde Park, à 10 heures, le lendemain matin. Mais à peine débouchait-il dans la grande allée centrale qu'il vit apparaître un cheval noir qu'on ne pouvait pas ne pas remarquer, et Sophy campée sur son dos. Il freina l'élan de sa monture, salua la jeune fille et lui dit :

— J'étais sûr que vous ne viendriez pas ! Êtes-vous faite de fer, Miss Stanton-Lacy ?

Sophy, tout en faisant caracoler son cheval, lui répondit :

— Peuh ! Si vous croyez qu'un bal suffit à me fatiguer !

Il aligna son cheval auprès de celui de la jeune fille. John Potton les suivait à une distance respectable. Lord Charlbury complimenta Sophy sur Salamanque, mais bien vite elle l'interrompit.

— C'est vrai, c'est une bête magnifique, mais nous ne sommes pas ici pour parler chevaux ! Quelle comédie, hier soir, à Berkeley Square ! Car, vous savez, il faut en rire. Tout cela c'est de la faute de Charles… toujours Charles ! Et le plus drôle, c'est que lorsque Cecilia lui a fait cette déclaration, le pauvre Auguste Fawnhope n'en fut pas moins surpris que vous !

— Voulez-vous dire qu'il n'a pas exprimé le vœu d'épouser Cecilia ? demanda lord Charlbury.

— Peut-être l'a-t-il fait, mais très vaguement, pour un avenir lointain…, répondit Sophy. Il est bien trop poète pour ne pas préférer aux réalités du mariage un grand amour désespéré !

— L'imbécile !

— Si vous voulez. J'ai dansé une valse avec lui, hier soir, après votre départ, et j'en ai profité pour lui faire miroiter un poste de secrétaire auprès d'un homme important. Je lui ai dit que j'allais m'en occuper.

— J'espère qu'il s'est montré reconnaissant, dit simplement Charlbury.

— Pas du tout ! Et c'est là le point intéressant. Il m'a dit qu'il se sentait très au-dessus de ces soucis d'argent qui poussaient les gens ordinaires à se créer une situation. Je lui ai alors dépeint quel avenir il pourrait avoir : une femme aimante et une douzaine d'enfants qu'il ferait sauter sur ses genoux.

— Vous êtes unique ! s'exclama lord Charlbury, que Sophy amusait malgré lui. A-t-il été séduit par votre peinture idyllique ?

— Bien sûr, répondit-elle, et comme tout noble chevalier il est en train de faire des plans pour se marier le plus tôt possible. Il a même, si je l'ai bien compris, l'intention d'enlever ma cousine.

— Quoi ? cria lord Charlbury.

— Oh ! ne vous effrayez pas. Cecilia est trop bien élevée pour consentir jamais à une chose aussi scandaleuse ! Piquons un galop, voulez-vous ? Je sais que ce n'est pas une chose à faire, mais on dirait qu'il n'y a que des nourrices ce matin dans le parc, c'est le moment d'en profiter ! Oh ! j'ai parlé trop vite. j'aperçois lord Bromford sur sa vieille Rossinante. Il faut vous dire qu'il a quitté le bal à minuit, sous prétexte qu'il n'est pas bon pour la santé de se coucher tard ! Galopons, je vous en prie, sans quoi il va nous rejoindre et nous parler de la Jamaïque !

Les deux chevaux prirent leur élan, Salamanque toujours en tête, et bientôt lord Charlbury ne put cacher son enthousiasme.

— Vous avez là un cheval remarquable, dit-il. Mais comment pouvez-vous le tenir ? N'est-il pas trop fort pour vous ?

— Peut-être, dit Sophy, mais il a de si gentilles manières qu'en fin de compte nous nous entendons. Est-ce indiscret de vous demander si vous voulez toujours épouser ma cousine ? Rien ne vous force à me répondre.

Il répondit, mais assez brusquement :

— Me trouverez-vous lâche, si je vous dis que oui ?

— Pas du tout. Ce serait de la folie que de tirer des conclusions hâtives de ce qui s'est passé hier soir. Seulement, écoutez-moi ! Là où vous avez eu tort, c'est quand vous avez demandé à mon oncle la permission de courtiser Cecilia au lieu de vous adresser directement à elle.

— Mais c'est l'usage ! protesta-t-il.

— C'est peut-être l'usage, reprit Sophy, mais c'est aussi de la plus grande maladresse, surtout quand on s'offre les oreillons juste au moment de commencer sa cour !

— Naturellement, inutile de vous dire que je n'ai pas fait exprès d'attraper les oreillons ! Et j'avais quelque raison de croire que ma demande lui serait agréable.

— Je crois sincèrement, dit Sophy, qu'elle était le mieux du monde disposée envers vous. Mais à ce moment-là, elle ne connaissait pas Fawnhope. Du moins, si elle le connaissait, elle n'avait jusqu'ici remarqué que ses taches de rousseur et personne ne pouvait s'attendre à ce qu'elle s'éprenne de ce garçon.

— Tout ce que vous dites n'est guère réconfortant, Miss Stanton-Lacy.

— Appelez-moi Sophy ! Tout le monde m'appelle Sophy et je crois que nous sommes en train de devenir de grands amis, vous et moi.

— Vraiment ?... Je suis ravi de vous l'entendre dire !

Elle rit.

— Et je peux réellement vous aider, si toutefois vous avez toujours envie d'épouser ma cousine.

Il ne put s'empêcher de sourire et reprit :

— Je vous en suis très reconnaissant, mais si elle aime ce jeune Fawnhope...

— Non, non, protesta Sophy. Il faut que vous sachiez exactement ce qui s'est passé. D'abord, vous vous adressez à mon oncle, puis tout de suite après vous tombez malade – et d'une maladie ridicule. On l'informe, vous entendez bien : on l'informe que vous avez sollicité l'honneur de lui faire la cour ; rien n'est moins romantique, moins exaltant pour l'imagination. Sur ces entrefaites réapparaît le jeune Fawnhope qui, vous en conviendrez, a tout du Prince Charmant, et lui, que pouvait-il faire en face d'une beauté comme celle de Cecilia, sinon d'oublier auprès d'elle toutes les autres jeunes filles qui se cramponnent à ses basques. Mon cher, il lui écrit de ces poèmes !… Il la compare à rien moins que Vénus, lui dit qu'elle a des yeux comme des étoiles, etc., etc.

— Seigneur ! soupira Charlbury.

— Voilà ! Vous comprenez que la pauvre Cecilia s'est sentie transportée. Jamais vous n'auriez eu l'idée de lui écrire qu'elle était Vénus !

— Miss Stanton… Non, Sophy, je veux dire. Même pour l'amour de Cecilia, je ne peux pas devenir un poète, et d'ailleurs, si j'en étais un, je ne pourrais pas écrire de pareils… Je n'y puis rien ; ce n'est pas mon genre.

— Oh ! mais ne vous alarmez pas. Ce n'est pas sur ce plan-là que vous devez battre le jeune Auguste ! Votre atout, c'est d'être l'homme qui peut procurer un fauteuil abrité quand il commence à pleuvoir.

Il la regarda, l'œil interrogateur :

— Vous dites ? Je n'ai pas bien compris.

— Ce n'est pas vrai ? dit-elle à son tour.

— Si, sans doute… mais…

— Croyez-moi, c'est plus important que de savoir écrire des vers ! Et ça, c'est un domaine où le jeune Fawnhope est nul. Vous pouvez me croire, car j'en parle par expérience. L'autre jour, il nous a conduites aux courses, ma cousine et moi. Nous avions des robes de mousseline et tout à coup il s'est mis à pleuvoir à verse ! Nous étions complètement trempées, et ça n'est pas grâce à lui que nous n'avons pas eu de fluxion de poitrine. Il n'a jamais été capable de nous procurer un siège à l'abri ! Pauvre Cecy ! Elle était presque en colère contre lui.

Charlbury éclata de rire.

— Quinton n'a rien exagéré quand il m'a parlé de vous. À vrai dire, vous me faites peur !

Elle sourit.

— Et pourquoi ? Il n'y a pas à avoir peur puisque je cherche à vous aider.

— C'est justement cela, reprit-il.

— Ne vous moquez pas de moi. Déjà, il y a un premier point d'acquis : en cas d'alerte, vous pouvez procurer un siège. Secundo : tout me porte à croire que si vous invitez une personne à dîner, vous vous arrangez de telle façon que la table que vous choisissez ne soit pas dans un courant d'air. Est-ce que je me trompe ?

— Non, dit-il, fasciné malgré lui par l'aplomb de la jeune fille.

— Naturellement, Auguste ne nous a jamais invitées dans quelque grand restaurant, ma tante ne le permettrait pas ; mais il lui est arrivé de nous offrir le thé, ici, dans le parc, et j'ai eu vite fait de m'apercevoir qu'il est de ce type d'hommes que les garçons n'aiment pas servir ou qu'ils servent les derniers. Je suis sûre que si vous invitiez ma cousine et moi au théâtre, et à souper à la sortie, tout marcherait comme sur des roulettes. Bien entendu, en pareil cas, il conviendrait d'inviter également ma tante, mais…

— Pour l'amour du ciel ! l'interrompit-il. Comment pouvez-vous imaginer que dans la situation où je me trouve, je puisse inviter Cecilia, même avec d'autres personnes !

— Je suis sûre qu'elle y consentirait, rétorqua simplement Sophy. Mais je vous conseillerais d'inviter aussi le jeune Auguste…

— Ah ! cela non !

— Alors, vous êtes un grand serin ! C'est pourtant facile de comprendre ce qui a amené ma cousine à annoncer son intention d'épouser Auguste Fawnhope. D'abord, vous n'étiez pas là pour faire naître son affection. Auguste, pendant ce temps, lui murmurait des vers à lui tourner la tête et, pour corser cette idylle, mon cousin Charles s'est conduit d'une façon abominable. Il n'a rien trouvé de mieux que de lui interdire de voir son cher poète, et c'est tout juste s'il n'a pas voulu l'obliger à vous épouser ! C'était évidemment le meilleur moyen de la pousser à se rebeller et déclarer péremptoirement qu'elle en épouserait un autre !

Il y eut un silence, et finalement lord Charlbury reprit :

— Je vois… enfin, quoi qu'il en soit, vous me conseillez de ne pas désespérer !

— Comment peut-on conseiller le contraire ? dit simplement Sophy. Le désespoir est un état d'esprit que je n'arrive pas à comprendre.

— Et en fait, d'après vous, que devrais-je faire ? lui demanda-t-il. J'ai l'impression d'être tout entier entre vos mains !

— Retirez votre demande !

Il la regarda, l'air angoissé.

— Non, je veux dire : comment augmenter mes chances ?

— Venez à Berkeley Square cet après-midi même, dit Sophy, et demandez la faveur d'un entretien très court avec ma cousine Cecilia. Lorsque vous la verrez…

— Je ne la verrai pas. Elle refusera de venir ! dit-il avec amertume.

— Elle vous verra, car je lui aurai parlé d'ici là. Vous seriez gentil de ne pas m'interrompre !

Il s'excusa humblement et elle continua :

— Lorsque vous la verrez, vous lui direz que vous n'avez nullement l'intention de la contrarier et qu'il ne sera plus question de mariage entre vous. Vous serez très noble, très calme, et elle pensera que vous sympathisez avec elle. Si, par ailleurs, vous êtes assez malin pour lui laisser, malgré tout, percevoir que vous avez le cœur brisé… alors l'avenir est à vous.

— À présent, j'ai l'impression que le commandant Quinton vous a sous-estimée ! dit Charlbury.

— Fort probablement. Les hommes sont souvent maladroits. Nul doute que si je vous laissais faire, vous vous fâcheriez avec ma cousine jusqu'à vous voir interdire un beau jour l'entrée même de la maison. Tandis que si elle vous croit sans rancune, elle consentira à vous revoir… ce qui est bien le principal.

— Comment pourrais-je la voir à Berkeley Square alors qu'elle est fiancée à un autre homme ? Si vous croyez que je vais jouer le rôle de l'amoureux éperdu qui implore une petite aumône, vous vous trompez !

— Tant mieux ! trancha Sophy. Mais d'abord, ce n'est pas Cecilia que vous viendrez voir chez elle, mais moi ! Naturellement, vous ne pouvez pas tout de suite avoir l'air de reporter votre intérêt sur ma personne ; mais ce serait déjà très adroit si vous lui disiez aujourd'hui que vous m'avez trouvée amusante.

— Vous êtes la femme la plus extraordinaire que j'aie jamais rencontrée. Je ne dirais pas que c'est pour mon bien ou pour mon mal – je n'en sais rien ; mais le fait est là.

Elle rit.

— Est-ce que vous ferez ce que je vous dis ?

— Oui, répliqua-t-il. Et je ferai de mon mieux pour suivre vos instructions à la lettre. Mais j'avoue que j'aimerais savoir quel est, au fond, le plan que vous avez en tête.

Elle se tourna vers lui et le regarda dans les yeux.

— Je vous l'ai dit !

— J'ai l'impression que vous ne m'avez pas tout révélé ?

Ses yeux pétillèrent de malice, mais elle se contenta de secouer négativement la tête. Ils étaient arrivés à

Stanhope Gate ; elle tira sur les rênes et lui tendit la main.

— À présent, il faut que je vous quitte. Mais, je vous en prie, n'ayez pas peur de moi ! Je ne fais jamais de mal à personne... vraiment, jamais ! Et à 16 heures, ce soir ; n'oubliez pas !

Quand elle arriva chez sa tante, la maison était sens dessus dessous. Lord Ombersley ayant été averti par sa femme de la déclaration de Cecilia était dans une colère noire et vitupérait sans arrêt contre l'ingratitude et l'égoïsme des enfants. De leur côté, Hubert et Théodore avaient laissé Jacko s'échapper de la nursery et nul ne savait où était le singe. Dès le vestibule, Sophy trouva des gens énervés qui s'empressèrent de lui déverser tous leurs ennuis et malheurs dans l'oreille. Cecilia, qui venait de subir un sermon de son père, voulait l'entraîner dans sa chambre pour lui faire ses confidences. Miss Adderbury la cherchait pour lui dire qu'elle avait mis Hubert en garde contre les facéties du singe. Théodore avait hâte d'assurer qu'il n'y était pour rien et que c'était la faute de son frère. Ce dernier voulait que Sophy l'aidât à retrouver la bête avant que Charles n'eût vent de l'escapade, et Dassett, sur les dents, ainsi que les autres valets à la recherche de l'animal, ne se priva pas pour dire que les « bêtes sauvages » n'étaient pas faites pour habiter les maisons des aristocrates. C'était plus, prétendait-il, qu'il n'en pouvait tolérer. Sophy jugea que l'effet de sa colère serait d'informer immédiatement son maître de ce qui venait de se passer, aussi commença-t-elle par calmer le pauvre Dassett. Cecilia n'était pas contente. Comme non seulement son père venait de la tancer, mais également son frère Charles, elle estimait son cas plus important que celui de Jacko et en voulait à sa cousine de ne pas commencer par s'occuper d'elle. Selina, que tant de drames amusaient, montra tout à coup une porte entrouverte et dit à mi-voix :

— Chuuut ! Charles est dans la bibliothèque !

Mais Cecilia était trop énervée pour faire attention à ce détail. Elle déclara que ça lui était égal et grimpa l'escalier en faisant beaucoup de bruit.

— Quelle pagaille ! constata Sophy, amusée.

À travers la porte entrouverte, sa voix parvint à l'oreille de Tina, qui pendant son absence n'avait pas quitté les talons de son cher Mr Rivenhale. Quand elle entendit sa maîtresse, Tina insista pour la rejoindre et Charles dut se lever pour ouvrir complètement la porte. Apercevant un grand nombre de gens réunis dans l'antichambre, il en demanda la raison. Avant que quiconque eût pu lui répondre, Amabel poussa un cri et l'on vit surgir du sous-sol un Jacko à l'air effrayé, qui fit un bond en l'air à la vue de Tina et se réfugia derrière le rideau d'une fenêtre dont il entreprit l'ascension. Amabel émergea à son tour du sous-sol, suivie de l'une des servantes qui s'empressa de protester de son innocence auprès de Mr Rivenhale. Elle ajouta que l'horrible bête avait déchiré deux torchons et répandu de la pâte à crêpes sur le pavé de la cuisine.

— S'il n'y a pas moyen de le domestiquer, s'écria Mr Rivenhale, alors, qu'on s'en débarrasse !

Aussitôt Théodore, Gertrude et Amabel éclatèrent en imprécations contre Hubert, qui avait excité Jacko. Hubert, qui craignait que cette histoire ne lui coûtât au moins trois mois d'argent de poche, s'éclipsa prudemment. Mr Rivenhale, l'air complètement calmé, s'approcha de la fenêtre et ordonna au singe de descendre, tout en agitant doucement le rideau.

Aussi invraisemblable que cela puisse paraître, Jacko obéit sur-le-champ. Mais Tina, tout à fait d'accord avec Dassett et les servantes sur le fait qu'un singe était un animal indésirable dans une maison de Berkeley Square, se mit à aboyer furieusement, et Jacko, de nouveau, regrimpa vers le plafond. Sophy prit Tina dans ses bras et lui intima de se taire. Mr Rivenhale demanda à toute l'assistance de s'abstenir de dire un mot et de nouveau appela Jacko. Le singe, l'œil fixé sur la chienne et satisfait de voir Sophy lui museler la gueule, se laissa glisser lentement. Quand Charles l'eut saisi, le singe entoura son cou de ses deux bras maigres. Sans paraître touché par une telle marque d'affection, il détacha la bête qu'il remit à Gertrude en la priant de faire davantage attention une autre fois. Les jeunes enfants se retirèrent alors discrètement, n'en croyant pas leurs yeux d'avoir retrouvé leur ami, et Sophy, en souriant, dit à Mr Rivenhale :

— Merci ! Vous êtes un magicien. Il y a quelque chose en vous qui fait que tous les animaux vous aiment. Quand je serai en colère contre vous, il faudra que je m'en souvienne !

— La seule magie, ma chère, consiste à ne pas affoler davantage une bête déjà effrayée.

Sur ce, il retourna dans la bibliothèque dont il ferma la porte derrière lui.

— Sophy ! regardez ce que ce maudit animal vient de me faire, dit Hubert. Il a déchiré ma veste.

— Donnez-la-moi, je vous la raccommoderai. Mais pour l'amour du ciel, assez de bêtises comme ça pour aujourd'hui !

Le jeunc garçon lui sourit, enleva sa veste, la lui donna et lui murmura à mi-voix :

— Qu'est-ce qu'il y a eu hier soir ? Jamais mon père ne s'était mis dans un état pareil ! Est-ce vrai que Cecilia veut épouser Fawnhope ?

— Vous n'avez qu'à le lui demander ! Je vais raccommoder votre veste ; elle sera prête dans vingt minutes. Venez la chercher dans ma chambre.

Elle monta l'escalier quatre à quatre et, sans même prendre le temps d'enlever son costume de cheval, se mit à repriser le vêtement de son cousin. Elle était habile en couture et avait réparé le méfait de Jacko plus qu'à moitié quand Cecilia vint la rejoindre. Cecilia était d'avis que son frère aurait pu s'adresser ailleurs pour faire raccommoder sa veste :

— Ce n'est pas à vous de vous en occuper.

Ce à quoi Sophy répliqua :

— Je peux travailler tout en vous écoutant. Quelle sotte, Cecy, vous avez été hier soir !

Cecilia, légèrement blessée, releva la tête :

— Maintenant, je me considère comme fiancée à Auguste. Et si je ne peux pas l'épouser, je n'épouserai jamais personne !

— Bon, mais pourquoi annoncer cela de but en blanc et juste au milieu du bal ?

— Sophy, j'aurais pu croire que vous, au moins, me soutiendriez !

Sophy songea tout à coup que moins Cecilia trouverait de sympathie autour d'elle, mieux cela vaudrait, aussi reprit-elle, tout en gardant la tête penchée sur son ouvrage :

— Si l'on veut, mais je trouve ridicule de l'avoir annoncé à ce moment-là.

Cecilia lui raconta comment Charles l'avait provoquée en la heurtant de front et en la poursuivant sur le balcon comme si elle était en faute. Sophy semblait plus absorbée par sa reprise que par ce que l'autre lui disait. Elle écoutait sa cousine d'une oreille vraiment distraite. Quand elle eut fini son raccommodage, elle passa la main sur la reprise, secoua la veste pour faire tomber les fils, et comme, juste à ce moment-là, Hubert rentrait reprendre son vêtement, elle se précipita vers lui. Le résultat de cette attitude fut que quand lord Charlbury se présenta quelques instants plus tard, demandant à voir la jeune fille, celle-ci trouva en lui le seul être capable de sympathiser avec elle. Sa pâleur, son visage défait eurent tôt fait de le convaincre qu'elle ne jouait pas la comédie. Il s'avança vers elle d'un pas alerte, prit la main qu'elle lui tendait et lui dit aussitôt d'une voix profonde :

— Vous avez l'air si malheureuse ! Mais croyez-moi, je ne suis pas venu ici pour vous faire de la peine.

Ses yeux s'emplirent de larmes et durant quelques secondes sa main s'abandonna dans celle de son ex-fiancé. D'une voix basse et émue, elle le remercia de sa bonté. Il l'accompagna vers une chaise, s'assit auprès d'elle et lui confia :

— Mes sentiments n'ont pas changé à votre égard. Je crois qu'ils ne changeront jamais ! Mais j'ai compris – ou l'on m'a fait comprendre – qu'il n'en va pas de même pour vous. Croyez-moi bien ; si votre cœur n'a pour moi aucune attention, je vous estime d'avoir le courage de me le dire ! Il me semblerait répugnant de vous faire la moindre cour si vous en aimez un autre. Excusez-moi... Je crois que l'on a dû vous dire sur ce sujet beaucoup de choses auxquelles je n'aurais pas pensé et que je n'aurais pas voulues... Mais j'ai déjà trop parlé. Laissez-moi vous assurer que je ferai tout en mon pouvoir pour ne plus vous importuner, et pour que personne ne vous importune en ce qui me concerne.

— Vous êtes toute noblesse... toute bonté ! s'écria Cecilia. Je regrette... je regrette sincèrement que des événements indépendants de ma volonté soient survenus. Si ma reconnaissance pour l'extrême gentillesse avec laquelle...

Elle ne put achever sa phrase ; elle était trop émue. Elle détourna seulement la tête pour lui dissimuler ses larmes.

Charlbury prit sa main et la porta à ses lèvres.

— Ne parlez plus ! J'ai sans doute fait un trop beau rêve. Puis-je vous demander de rester mon amie même si je dois renoncer à lui ? Et si je peux vous servir en quoi que ce soit, n'importe quand, voulez-vous me promettre de vous adresser à moi ? Je vous en serais reconnaissant.

— Oh ! ne dites pas cela. Vous êtes trop bon !

La porte du salon s'ouvrit. Mr Rivenhale resta un instant sur le seuil, interdit de voir Charlbury, et fit un pas en arrière, comme pour se retirer de la pièce. Mais lord Charlbury se leva, s'avança vers lui et lui dit :

— Charles, je suis heureux de vous voir, car je viens d'arranger quelque chose avec votre sœur pour la plus grande satisfaction de chacun. Nous venons de décider de rompre nos fiançailles.

— Je ne vois rien d'autre à dire sinon que j'en suis navré, répliqua Charles d'un ton sec. Je pense que vous désirez que j'en avertisse mon père.

— Lord Charlbury vient de faire preuve de la plus grande bonté, murmura Cecilia.

— On pouvait s'y attendre, fit remarquer Mr Rivenhale.

— N'en parlons plus, dit Charlbury, prenant la main de la jeune fille. Maintenant, je vais vous laisser et j'espère pouvoir revenir dans cette maison comme un ami. Votre amitié me sera toujours précieuse. Je ne danserai sans doute pas le jour de votre mariage, mais mon cœur vous souhaitera tout le bonheur possible ; je vous en donne ma parole !

Il laissa retomber sa main et sortit du salon, suivi de Mr Rivenhale qui lui dit dans le vestibule :

— C'est une histoire absurde, mon pauvre ami. Elle a nettement perdu la tête. Mais pour ce qui est d'épouser ce dandy... je vous jure que ça ne se passera pas comme ça !

— Votre cousine dit que c'est ma faute. Ou plus exactement celle de mes oreillons, expliqua Charlbury d'un air sinistre.

— Ma cousine ! s'écria Charles d'un ton nettement furieux. Depuis que cette fille a mis les pieds ici, nous n'avons plus jamais la paix !

— Ce que vous dites ne m'étonne pas, reprit lord Charlbury d'un air pensif. C'est une curieuse créature ; mais j'avoue qu'elle me plaît beaucoup. Et vous ?

— Moi pas ! dit Mr Rivenhale.

Il ferma la porte sur son visiteur et buta contre Hubert qui descendait l'escalier quatre à quatre.

— Où allez-vous ? lui demanda Charles.

— Oh ! dehors, c'est tout..., répondit Hubert.

— Quand retournez-vous à Oxford ?

— La semaine prochaine... Pourquoi ?

— Cela vous plairait-il de m'accompagner demain à la campagne ? Il faut que j'aille à Thorpe Grange et j'y passerai la nuit.

Hubert secoua la tête et dit :

— Ce n'est pas possible demain ; Harpenden m'a invité à passer quelques jours chez lui.

— À Newmarket ?

Hubert rougit.

— Et pourquoi pas ? Qu'est-ce qui m'empêche d'aller à Newmarket si j'en ai envie ?

— Je n'ai pas d'objection à y faire. J'aimerais seulement que vous choisissiez un peu mieux vos compagnons. Et pourquoi ne pas venir à Thorpe avec moi ? De là, rien ne vous empêche d'aller directement à Newmarket.

— Non, cela m'est difficile. J'ai promis à Harpenden de partir demain matin.

— Bon, concéda Charles. Mais tâchez d'être raisonnable.

— Je savais que vous alliez dire ça.

— Et je vous dirai également que je n'ai pas l'intention de rembourser vos dettes de jeu. Si vous allez aux courses, ne jouez pas au-dessus de vos moyens.

Sans attendre une réponse de la part de son frère, Charles fit volte-face et monta au salon, où il retrouva Cecilia le nez toujours plongé dans son mouchoir. Il lança le sien dans son giron en lui disant :

— S'il vous en faut un autre, prenez aussi celui-là ! Mais je ne comprends pas pourquoi vous pleurez : il n'est pas donné à beaucoup de jeunes filles de repousser un homme comme Charlbury.

— Si c'est un honneur, je m'en moque ! s'écria Cecilia. Je me moque des titres et de l'argent. Si mon cœur...

— Vous pourriez en tout cas ne pas vous moquer de la valeur des êtres. Je crois qu'il faudrait aller loin pour trouver un autre homme de cette qualité-là – ce qu'on ne saurait dire de votre cher poète. Je souhaite,

Cecilia, que vous n'ayez pas à regretter un jour ce qui vient de se passer.

— Je suis bien persuadée que lord Charlbury est ce qu'on appelle un parfait gentleman, dit la jeune fille d'une voix rassérénée. Et si je pleure en ce moment, c'est de lui avoir fait de la peine.

Charles s'approcha de la fenêtre et regarda dans le square. Puis il dit à sa sœur :

— Que comptez-vous faire à présent ? Après votre déclaration d'hier soir, vous ne pouvez plus revenir en arrière et vous savez que notre père ne vous laissera jamais épouser Auguste Fawnhope.

— Parce que vous ferez en sorte qu'il le refuse ! s'exclama Cecilia. N'est-ce pas assez pour vous de faire un mariage de convenance sans obliger les autres à faire la même sottise !

Charles se raidit.

— Je reconnais à travers vos mots les paroles de Miss Sophy. Avant qu'elle n'arrive à Londres, jamais vous n'auriez songé à me parler de cette façon-là. Mon respect pour Eugenia...

— Si vous l'aimiez, vous ne parleriez pas de respect !

À cet instant délicat, Dassett ouvrit la porte du salon et introduisit Miss Wraxton. Cecilia s'empressa de cacher le mouchoir de son frère et se sentit rougir jusqu'aux oreilles.

Charles marcha vers la jeune fille et dit avec une feinte désinvolture :

— Eugenia ! Quel bon vent vous amène ? Comment allez-vous ?

Elle lui tendit la main négligemment et son regard se porta sur-le-champ vers sa sœur à laquelle elle dit :

— Cecilia ! Je ne peux pas y croire ! Est-ce vrai ce qu'Alfred m'a raconté à propos d'hier soir ?

Cecilia et son frère se rapprochèrent instinctivement.

— Alfred ? demanda Mr Rivenhale.

— Quand nous sommes rentrés il m'a dit qu'il n'avait pas pu faire autrement que d'entendre ce que Cecilia vous avait déclaré, à vous et à lord Charlbury ! À lord Charlbury, est-ce possible !

L'esprit de famille fit que Mr Rivenhale se rangea du côté de sa sœur, mais il était très ennuyé d'être dans cette situation. Il dit à Miss Wraxton :

— Si vous entendez par là que Cecilia et lord Charlbury ont décidé de ne pas donner suite à leur projet de fiançailles, alors, oui, c'est la vérité. Mais je ne vois pas en quoi cela intéresse Alfred et quel besoin il a de courir vous raconter ce qu'il... se trouve à entendre.

— Mon cher ami, dit Miss Wraxton, il sait que ce qui concerne votre famille me concerne également.

— C'est très aimable à vous, répliqua Charles, mais je n'ai aucune envie de pousser la discussion.

— Excusez-moi, balbutia Cecilia ; j'ai besoin d'aller voir maman.

Elle disparut de la pièce. Miss Wraxton lança vers son fiancé un regard de connivence :

— Je ne m'étonne pas que vous soyez vexé ; c'est une bien triste histoire, et je crois qu'il ne faut pas chercher bien loin pour trouver à qui on la doit. Sans l'influence de quelqu'un d'autre, Cecilia n'aurait pas agi de cette façon.

— Je ne vois pas du tout ce que vous sous-entendez, répondit-il froidement.

Son ton lui fit comprendre qu'il valait mieux ne pas insister, mais elle en était arrivée à tellement détester Sophy qu'elle eut l'imprudence d'ajouter :

— Vous devez avoir remarqué, Charles, que la chère petite Cecilia se laisse mener par sa cousine ; tout cela, un jour ou l'autre, tournera au désastre. Miss Stanton-Lacy a sans doute quelques qualités, mais je pense qu'elle manque vraiment de délicatesse, comme vous me l'avez dit vous-même, je ne sais plus quand.

Mr Rivenhale, qui savait bien que Sophy était l'instigatrice de la conduite de Cecilia, n'hésita pas une seconde à répondre :

— Vous vous trompez ; je n'ai jamais dit une chose pareille.

— Comment ! Je vous jure que si ! Mais cela n'a pas grande importance. L'ennui c'est que votre chère maman ait dû l'accueillir chez elle. Chaque fois que j'entre ici, je sens qu'il y a quelque chose de changé. Même les enfants…

— La maison est sûrement beaucoup plus gaie, l'interrompit-il.

Elle eut un petit rire sec et répliqua :

— Et certes beaucoup moins paisible ! (Elle lissa son gant sur sa main.) Voyez-vous, Charles, j'ai toujours tant admiré le ton de cette maison. Je sais qu'il vous est dû et je vous en félicite. Et je ne peux que me sentir triste en constatant que ce calme ordonné, que cette dignité, ont laissé place à une sorte d'agitation et d'esprit de rébellion. La pauvre petite Amabel est devenue très dure à tenir, et naturellement, Miss Stanton-Lacy l'encourage dans cette nouvelle voie. Je sais que l'on peut dire d'elle-même qu'elle n'a malheureusement reçu aucune éducation…

— Ma cousine, reprit Charles, est très aimée des enfants et de ma mère. J'avoue que je suis heureux de voir celle-ci se porter beaucoup mieux depuis l'arrivée de Sophy. Avez-vous des emplettes à faire en ville ? Je pourrais vous accompagner. Je dois être à Bond Street dans vingt minutes.

Face à une telle rebuffade, Miss Wraxton jugea préférable de ne plus rien ajouter. Ses joues se colorèrent légèrement, ses lèvres se serrèrent, mais elle s'arrangea cependant pour ne pas prononcer la méchanceté qu'elle avait sur le bord des lèvres. Elle répliqua simplement :

— Merci, je dois passer à la bibliothèque chercher un livre pour maman. J'ai ma voiture ; si vous voulez, je peux vous déposer quelque part.

Pendant ce temps, Cecilia était allée retrouver, non pas sa mère, mais sa cousine qu'elle découvrit assise devant une table, en train de tourner entre ses doigts un curieux morceau de papier. Jane Storridge était là, mais quand elle vit la jeune fille arriver, elle s'éclipsa discrètement.

— Qu'est-ce que vous pensez de ça, Cecy ? demanda sa cousine. Jane dit qu'elle l'a trouvé sur le bord de la fenêtre et que cela doit me concerner. Quel drôle de nom ! Goldhanger, Bear Alley, Fleet Lane. Je ne reconnais pas l'écriture et je n'arrive pas à comprendre... Oh ! c'est idiot. Je pense qu'Hubert a dû laisser tomber ce papier de sa poche.

— Sophy ! s'écria Cecilia, lord Charlbury et moi avons eu l'entretien le plus abominable !

Sophy posa le papier sur la table, interdite.

— Comment cela ?

— J'en suis toute bouleversée, reprit la jeune fille en se laissant tomber sur une chaise. Personne, personne n'aurait pu se conduire comme il l'a fait, avec tant d'exquise sensibilité. Pourquoi m'avoir poussée à le voir ? Rien ne pouvait m'être plus pénible !

— Oh ! n'y pensez plus, dit Sophy. Voyons plutôt comment procurer à Auguste une bonne situation.

— Comment pouvez-vous manquer de cœur à ce point ? reprit Cecilia. Lui qui est si bon ! Et pourtant je voyais que je le faisais souffrir.

— Il s'en remettra. Je vous parie qu'avant la fin du mois il aimera une autre jeune fille.

Cecilia n'eut pas l'air de trouver cette prophétie tout à fait réconfortante, mais elle reprit cependant :

— Je le souhaite pour lui... sincèrement, car ce n'est pas drôle de penser que l'on a brisé le cœur d'un homme.

— Vous croyez qu'il va pleuvoir ? Je me demande si je ferais bien de mettre mon chapeau neuf ? J'ai presque envie de flirter avec lord Charlbury. Au fond, je crois que je l'aime beaucoup.

— Je vous souhaite de réussir, dit Cecilia d'une voix mal assurée. Quoique je ne pense pas du tout que ce soit un homme qui aime flirter. Il est trop délicat et trop noble pour ça.

Sophy ne put s'empêcher de rire.

— On verra ! En attendant, dites-moi quel chapeau mettre ! J'adore celui en paille, mais je ne voudrais justement pas…

— Mettez ce que vous voudrez ; je m'en moque ! dit Cecilia.

Chapitre 11

Le reste de la journée s'écoula sans histoire. Sophy emmena Cecilia dans Hyde Park où elles rencontrèrent – comme prévu – Mr Auguste Fawnhope. Cecilia descendit alors du phaéton pour faire quelques pas avec son poète, tandis que sir Vincent Talgarth prenait sa place auprès de sa cousine… qu'il quitta brusquement quand il aperçut, au tournant d'une allée, le landau de la marquise de Villacañas. La marquise, qui ne pouvait guère passer inaperçue avec les nombreuses plumes d'autruche ornant son couvre-chef, adressa au jeune homme un sourire langoureux et se plaignit à Sophy du fait que les boutiques de Londres étaient loin de valoir celles de Paris. Rien de ce qu'elle avait vu ce jour-là dans Bond Street ne lui avait donné la moindre envie de faire quelque folle dépense. Sir Vincent s'empressa de déclarer qu'il connaissait dans Bruton Street une modiste extraordinaire et offrit à la marquise de l'y conduire sur-le-champ.

Sophy fronça légèrement les sourcils, mais avant qu'elle n'ait eu le temps de réfléchir à la chose, son attention fut attirée par l'apparition de lord Bromford.

Par politesse, elle l'invita à monter dans sa voiture et à lui faire faire un petit tour. Le jeune homme ne se fit pas prier. Sitôt qu'il fut assis auprès de Sophy, il s'empressa de lui confier tout le plaisir qu'il avait pris au bal de la veille au soir et, de but en blanc, lui demanda sa main. C'est sans le moindre embarras et sans la moindre hésitation que Sophy déclina son offre. Lord Bromford, désarçonné sur le moment, s'accusa après un instant d'avoir précipité les choses en raison de l'ardeur de son sentiment et dit qu'il ne perdait pas tout espoir.

— Quand monsieur votre père reviendra dans notre pays, dit-il, je lui demanderai officiellement la permission de vous courtiser. Vous avez tout à fait raison de vouloir observer les convenances et je vous demande pardon d'avoir manqué à l'étiquette. Veuillez n'y voir que la preuve d'une passion que même les représentations d'une mère, que j'entoure cependant du plus profond respect, ne sont pas parvenues à diminuer. Comme je vous le dis, c'est cette ferveur que j'attache à votre personne qui...

— Avez-vous jamais essayé d'entrer au Parlement ? lui demanda Sophy. Je crois que vous y auriez un bel avenir.

— C'est étrange, dit le jeune homme, que vous me posiez cette question, car je pense justement à me présenter devant la Chambre. J'y serai patronné par un homme éminent, que je ne peux vous nommer, mais dont la distinction...

— Pour moi, cela ne fait pas de doute que vous serez un jour un grand homme, reprit Sophy. Aussi longues et sinueuses que soient vos phrases, vous n'en perdez jamais le fil. Oh ! regardez cet arbre comme il est joli. Le bouleau est vraiment l'arbre le plus romantique !

— C'est certes un arbre très gracieux, concéda lord Bromford. Et cependant je lui préfère l'acajou qu'on rencontre dans les Antilles. Je me demande, Miss Stanton-Lacy, si les gens se rendent compte des différents emplois de l'acajou. Mais le chêne vert est aussi très utile.

— On le trouve à profusion dans le sud de l'Espagne, dit Sophy.

— Une autre espèce d'arbre très intéressante qui pousse à la Jamaïque…

— Tiens, voici lord Francis ! l'interrompit Sophy. Il va falloir que je vous laisse, lord Bromford.

Cela ne plaisait guère au jeune homme, mais sir Francis faisait de grands signes à Sophy avec l'air de quelqu'un qui voulait lui parler. Le phaéton s'arrêta donc et lord Bromford céda sa place. Dès qu'il fut auprès de la jeune fille, lord Francis dit allégrement :

— Ma chère Sophy, quel bal, hier soir ! Votre cousine est ravissante !

Sophy remit la voiture en marche et demanda :

— Savez-vous si les chênes verts poussent dans le sud de l'Espagne ?

— Mon Dieu, Sophy, que me demandez-vous là ? Vous avez vécu à Cadix ; vous devez le savoir mieux que moi. Et qui est-ce qui s'occupe des chênes verts ?

— J'espère, reprit Sophy, que quand vous en aurez fini de flirter avec toutes les jeunes filles d'Europe, vous trouverez une très jolie femme à votre goût. Vous savez, vous, à quoi sert l'acajou ?

— Mon Dieu, oui, on en fait des meubles. Mais, Sophy, qu'est-ce qui vous prend ? Vous commencez à m'ennuyer avec vos arbres. C'est une idée fixe ?

— Non, c'est lord Bromford.

— Quoi, le garçon qui vient de descendre ? Hier soir, il a fait un discours à la pauvre Sally Jersey sur les différentes espèces d'herbes dont on nourrit les chevaux en Amérique du Sud. Elle qui est si bavarde ne trouvait plus un mot à dire.

— C'est bien dommage qu'elle n'ait pas su lui river son clou. Mon cher ami, il va falloir que je vous dépose quand nous arriverons au manège parce que Cecilia m'y attend.

Cecilia en effet était là, avec son chevalier servant, mais, plongé qu'il était dans la contemplation d'une touffe de jonquilles, il oublia de prêter la main à la jeune fille pour qu'elle puisse monter dans le phaéton. C'est lord Francis qui s'empressa de le faire, tandis qu'Auguste murmurait :

Jonquilles pâles, annonciatrices du printemps…

Cette promenade avec son poète n'avait pas mis Cecilia de bonne humeur. Leurs plans d'avenir demeuraient vagues, le seul espoir d'Auguste de gagner quelque argent reposant sur le succès d'un long poème épique qu'il avait composé. En attendant, il était prêt à assumer un emploi de bibliothécaire ; mais Cecilia étant bien persuadée que ses parents ne consentiraient jamais à lui voir épouser un garçon bibliothécaire, elle était assez déprimée. Dans une suprême tentative pour l'amener à la raison, elle avait alors suggéré une charge dans la politique; mais Auguste avait dit: « Pouah! » d'un air si franchement dégoûté qu'elle comprit que de ce côté-là il n'y aurait jamais rien à faire.

— Ça ne fait rien, déclara Sophy. On trouvera bien un jour ou l'autre quelque très grand personnage flatté de devenir son patron.

Quand Sophy revit Hubert, elle lui rendit le morceau de papier qu'avait trouvé sa femme de chambre. Elle n'y avait plus repensé, mais l'étrange attitude du jeune homme au moment où elle le lui remit éveilla son attention. Il avait saisi le papier avec un empressement curieux, en lui demandant tout de suite:

— Où l'avez-vous trouvé?

Sophy lui dit qu'il avait dû glisser de la poche de son veston quand elle l'avait raccommodé.

— Oui, c'est à moi, dit-il alors. Je ne croyais pas que je l'avais laissé dans ma poche. Surtout, n'en parlez à personne!

La recommandation était bien inutile, mais Sophy se sentit troublée et quand Hubert revint de Newmarket, il avait l'air si abattu qu'elle ne put s'empêcher de lui demander ce qui se passait. Elle insista sur le fait qu'en l'absence de son frère aîné, il devait se confesser à elle.

— S'il était là, répondit Hubert, cela ne changerait rien à l'affaire. Il m'a affirmé assez clairement qu'il n'avait pas l'intention de... oh ! et puis, peu importe...

— Parlez-moi franchement, le pressa Sophy. J'ai l'impression que vous avez joué et perdu de l'argent aux courses.

— S'il n'y avait que ça !

— S'il n'y a pas que cela, racontez-moi le reste, dit Sophy ; et je vous assure que vous pouvez avoir confiance en moi. Sir Horace m'a appris qu'il n'y avait rien de plus odieux que de trahir les secrets des autres. Je sais que vous avez des ennuis et, au lieu de s'alléger, ils vont aller en augmentant si vous ne trouvez personne pour vous conseiller, vous conduire. Si vous ne voulez pas m'en parler, je serai bien obligée de glisser un mot à Charles...

Hubert pâlit et dit :

— Sophy... vous ne feriez pas cela !

La jeune fille lui sourit.

— Non, je ne le ferai pas, mais vous me rendez la partie difficile parce que vous manquez de confiance. S'agirait-il... disons d'un flirt ?

— Oh ! non. Rien de ce genre.

— Alors, quoi... d'argent ?

Il ne répondit pas. Elle le fit asseoir auprès d'elle et lui dit :

— Je parie que vous en faites une montagne et qu'il s'agit de quatre sous !

Il eut un petit rire nerveux, enfouit sa tête dans ses mains et murmura :

— Même en mettant les choses au pire, il y a toujours un moyen de s'en tirer. Un homme peut toujours s'engager !

— C'est vrai. Mais je connais assez bien l'armée et je ne vous crois pas fait pour la vie militaire. Et puis, ma pauvre tante en concevrait beaucoup de peine.

Sophy eut beaucoup de mal à découvrir la vérité. Un garçon de cet âge ne se confie pas facilement à une femme, surtout quand cette femme est plus jeune que lui, ce qui était le cas. Elle parvint cependant à comprendre ce qui suit :

Au cours de l'année précédente, Hubert avait déjà contracté quelques dettes auprès de ses camarades d'école. Charles en avait remboursé une partie mais non la totalité, dont Hubert avait caché le chiffre. Avec l'optimisme des jeunes, celui-ci pensait s'acquitter du reste, d'une manière ou d'une autre. Sur ces entrefaites, quelques camarades l'initièrent aux jeux de hasard et à la roulette. Durant les vacances de Pâques, Hubert crut récupérer de cette façon l'argent qu'il avait perdu, mais, par une suite de malchances, il perdit encore davantage. Il ne pouvait s'empêcher de trembler en évoquant ces tristes soirs, et Sophy en conclut que l'amour du jeu n'était pas ce qui comptait pour lui. Dans une telle situation, incapable de demander le moindre sou à son frère, que pouvait-il faire, sinon s'adresser à un usurier ?

— Mais je ne serais pas allé le voir si je n'avais pas été sûr de le rembourser le mois suivant, ajouta Hubert.

— Comment cela ?

Le jeune homme expliqua alors qu'un camarade à lui, Gil Morton, lui avait dit qu'en jouant un certain cheval, aux courses, il était sûr de pouvoir rembourser Goldhanger. Mais le cheval avait perdu… Il n'était pas même placé.

Sophy reconnut le nom de l'usurier pour être celui figurant sur le papier. Elle en prit note mentalement et dit à son cousin :

— Sir Horace m'a dit trente-six fois qu'on ne gagnait de l'argent que lorsqu'on en avait en poche. Mais l'important n'est pas là, poursuivit-elle. Vous êtes encore mineur, Hubert ; il est parfaitement illégal de vous consentir un prêt. Saviez-vous cela ?

— Oui, dit le jeune homme. Évidemment, je n'ai pas dit mon âge à Goldhanger, mais il savait parfaitement que j'étais à sa merci. Il en a profité…

— Combien avez-vous emprunté ? demanda Sophy.

— Cinq cents, murmura-t-il.

— Seigneur, aviez-vous perdu autant que ça ?

— Non, répondit Hubert. Mais à quoi bon emprunter juste pour rembourser mes dettes ; il fallait que je prévoie aussi les intérêts de ce vieux grippe-sou.

Sophy ne put s'empêcher de sourire de cette curieuse façon de traiter les problèmes financiers, mais comme Hubert en paraissait vexé, elle s'empressa de dire :

— En somme, ce Goldhanger est un type infâme !

— Oui, approuva Hubert. J'ai été fou de me mettre entre ses mains… D'ailleurs, aussitôt que je l'ai vu… Mais quoi, il est trop tard pour revenir en arrière.

— C'est certain. Mais, par ailleurs, il est bien inutile de tant vous tracasser. Malgré toutes ses menaces, il ne pourra rien contre vous. Vous êtes mineur et il est trop malin pour essayer de vous poursuivre ; il sait ce que ça lui coûterait.

— Sophy, de toute façon, il faut que je lui paie ce que je lui dois. C'est un engagement que j'ai pris. Il a beaucoup insisté pour que je lui donne un gage, et je l'ai fait !

Il parlait d'un ton si sincère que Sophy, tout à coup, eut peur.

— Hubert ! Vous n'avez pas juré de le rembourser sur le bien de votre famille ou un héritage quelconque !

— Non ! protesta vivement le jeune homme. Je n'en suis quand même pas là ! Je n'engage pas le bien des autres. Cette chose m'appartenait. Vous comprenez, Sophy, Goldhanger m'a demandé de lui donner un objet. Mais je ne suis pas un voleur. Cette bague, c'est un bijou que grand-père Stanton-Lacy m'avait légué, à moi personnellement. Une bague ridicule avec une pierre énorme. C'est maman qui la gardait parce qu'elle disait qu'elle lui rappelait grand-père mieux que n'importe quoi. Et puis les hommes ne portent plus ces machins-là. Mais je savais où elle était et comme c'est le seul objet de valeur que je possède… mais ne dites pas que je l'ai volée…

— Non, non, s'empressa de le rassurer Sophy. Seulement, si votre mère s'en aperçoit, elle sera sûrement très ennuyée ; il faut que nous la récupérions tout de suite.

— Mais comment faire, avec ce cheval qui m'a joué le tour de ne pas se placer ! Sur le moment, j'ai cru que j'allais me faire sauter la cervelle.

— Ne faites jamais ça, dit Sophy. On croit que cela arrange les choses et ça les complique, au contraire. Je suis bien contente que vous m'ayez tout raconté. Maintenant, il faut que de A à Z vous le répétiez à Charles. Il vous grondera, c'est sûr, mais il réparera cette affaire.

— Me gronder ! On voit que vous ne le connaissez pas. Il m'enlèvera d'Oxford pour me faire entrer dans l'armée. J'essaierai tout avant de recourir à lui !

— Dans ce cas, je vais vous prêter les cinq cents livres, affirma Sophy.

Il rougit jusqu'aux oreilles.

— Vous êtes une chouette fille, Sophy. Non, je veux dire... vous êtes une femme pas ordinaire. Mais ça, alors, pour rien au monde... je ne veux pas que vous me prêtiez d'argent. Et puis, la question n'est pas là. Ce vieux dégoûtant de Goldhanger m'a fait signer un papier comme quoi je lui devais quinze pour cent d'intérêt par mois.

— Vous n'avez pas signé une chose pareille !

— Et comment pouvais-je faire ? J'avais des dettes de jeu à rembourser.

— Hubert, écoutez-moi. Je suis sûre qu'il n'a aucun droit de vous réclamer le moindre intérêt. La loi ne lui accorderait même pas le remboursement du capital ! Laissez-moi simplement vous prêter les cinq cents livres ; vous les lui rapporterez en insistant pour qu'il vous rende le papier que vous avez signé et la bague. Dites-lui que si ça ne lui suffit pas et que s'il n'accepte pas votre proposition, il pourrait lui en cuire !

— Si je faisais ça, il irait me moucharder dans Londres. Et à Oxford ! Je crois que ce n'est pas seulement un usurier, mais vraiment un très sale type ; un receleur ou quelque chose de ce genre.

Sophy eut beau user de tous les moyens de persuasion, rien ne put ébranler Hubert. Goldhanger lui inspirait visiblement une peur atroce. À tel point que la jeune fille en vint à supposer qu'il y avait encore quelque chose que le garçon lui cachait. Elle décida pourtant de ne pas chercher à le savoir tout de suite. Hubert, de son côté, lui dit de ne pas se tracasser, qu'il avait encore un mois devant lui et qu'il trouverait le moyen de s'arranger. Mais quand il la quitta, Sophy était songeuse et réfléchit longuement à la solution du problème. Consulter l'avocat de sir Horace, il n'y fallait pas songer. Sophy était sûre d'avance qu'il lui déconseillerait de prêter les cinq cents livres et de rembourser l'usurier. Elle n'aboutirait donc qu'à ébruiter la chose, ce qu'il fallait éviter. Finalement, elle conclut que la seule solution était d'affronter seule, elle-même, l'horrible Mr Goldhanger. Elle ne prit pas cette décision à la légère, sachant qu'il était peu correct qu'une jeune fille de son rang aille trouver un usurier. Mais comme personne, à part Hubert, ne viendrait jamais à le savoir, elle écarta tout vain scrupule comme indigne, en un tel cas, d'une fille de sir Horace Stanton-Lacy.

Une fois sa résolution prise, elle passa sans tarder à son exécution. Car telle était Sophy : l'action, chez elle, suivait toujours immédiatement la pensée. Elle ne perdit pas de temps non plus à se demander si elle devait tirer l'argent pour solder cette maudite dette sur le compte de sir Horace. Elle savait que son père ne l'eût pas approuvée. Dépenser cinq cents livres pour offrir un grand bal, c'était une chose ; dépenser la même somme pour réparer les erreurs de jeunesse d'un neveu dont sir Horace avait probablement oublié l'existence en était une autre. Par contre, ouvrant son écrin à bijoux, elle en examina le contenu et en retira une paire de boucles d'oreilles en diamants que son père lui avait offerte l'année précédente. C'étaient de très jolies pierres, et la jeune fille avait le cœur gros à l'idée de s'en séparer. Mais le reste de ses bijoux lui avait été légué par sa mère et même si elle n'en avait pas le moindre souvenir, se défaire de ceux-ci lui eût été insupportable.

Le lendemain, elle trouva une excuse pour échapper à la promenade avec lady Ombersley et se rendit seule chez Rundell et Bridge, les joailliers qui avaient vendu à son père les fameux pendants d'oreilles. Il n'y avait aucun client quand elle entra dans le magasin et à la vue de cette jeune fille peu ordinaire, par son allure et par sa taille, et par-dessus le marché habillée avec élégance, le premier vendeur se précipita vers elle, le sourire aux lèvres. C'était un homme qui connaissait bien son métier et qui se rappela tout de suite qui était la jeune fille. Il lui avança une chaise et lui demanda ce qui lui valait l'honneur de sa visite. Quand Sophy se fut expliquée, il resta interloqué, mais cacha sa surprise et adressa à l'un de ses subalternes un coup d'œil de connivence, afin d'alerter Mr Bridge lui-même. Celui-ci s'inclina poliment devant Sophy, dont le père avait acheté beaucoup de bijoux chez lui – destinés, il faut le dire, à des femmes de différentes classes – et l'invita à le suivre dans son bureau particulier. Là, il fit sa petite enquête au sujet de sir Horace. Ayant appris qu'il se trouvait au Brésil, il crut comprendre ce qui poussait la jeune fille à se défaire de ses diamants. Au lieu de les reprendre à un très bas prix, comme c'était sa première intention – en lui faisant valoir que les diamants avaient beaucoup baissé – il changea complètement de tactique. Il fit le raisonnement suivant : il ne pouvait s'agir pour la jeune fille que d'une gêne d'argent provisoire ; s'il lui reprenait ses pierres à un prix raisonnable en promettant de ne pas les revendre, du moins pendant un certain temps, il serait plus que probable qu'à son retour sir Horace les rachèterait et acquerrait dans la foulée un grand nombre de colifichets, en reconnaissance de sa délicatesse. La tractation se fit donc le plus facilement du monde. Sans sourciller, Mr Bridge paya à Sophy les cinq cents livres que la jeune fille avait demandées. Sans sourciller, il déposa lui-même les billets devant elle et, avec le plus grand respect, la raccompagna à la porte.

Les billets de banque roulés dans son manchon, Sophy arrêta un fiacre et demanda au cocher de la mener à Bear Alley. L'homme qui conduisait la voiture était une créature d'un certain âge, à la face rubiconde et propre à inspirer confiance. Après avoir jeté un regard étonné sur Sophy, il se caressa le menton et finalement informa la jeune fille qu'elle avait dû se tromper de direction, Bear Alley n'étant pas un endroit où il convenait de voir une femme de son âge et de sa condition.

— Quoi, c'est un quartier de taudis ? demanda Sophy.

— Ce n'est pas un endroit pour une demoiselle, dit le cocher. Moi aussi, j'ai des filles, ajouta-t-il.

— Il faut que j'y aille quoi qu'il en soit. Je dois voir là-bas un certain Mr Goldhanger qui est un vrai bandit, et vous m'avez l'air d'être l'homme qui me conduira jusqu'à sa porte et m'attendra pour me ramener.

Sur ce, elle s'installa dans la voiture ; le cocher referma la porte, prit place à son tour sur son siège et mit ses chevaux en marche, tout en jurant que jamais on ne lui ferait le coup une deuxième fois.

Bear Alley, qui se trouvait à l'est de Fleet Market, était une rue tortueuse et malodorante. L'ombre de la grande prison qui s'élevait à cet endroit-là semblait s'étendre sur tout le voisinage et même les gens que l'on rencontrait dans ce quartier avaient l'air déprimé et misérable. Le cocher demanda à un homme vêtu d'un veston dégoûtant s'il connaissait l'habitation de Goldhanger. Après avoir hésité pour répondre, l'homme ainsi interpellé indiqua une maison à l'extrémité de l'allée.

Personne n'avait fait attention au vieux fiacre qui amenait Sophy, mais quand celle-ci descendit de la voiture, retenant ses jupes pour éviter de les salir, plusieurs flâneurs se groupèrent autour d'elle, parmi lesquels deux gosses vêtus de haillons. Les commentaires allaient bon train, mais heureusement ils étaient formulés dans une langue que Sophy ne pouvait pas comprendre ; par ailleurs, la jeune fille n'était pas le moins du monde embarrassée de se trouver au milieu d'un pareil entourage. En Espagne ou au Portugal, elle s'était souvent trouvée seule au milieu d'un village et était habituée à être un centre d'attraction. Après avoir jeté un regard à la ronde, elle s'adressa à l'un des jeunes garçons et lui dit avec un sourire :

— Je cherche un homme qu'on appelle Goldhanger. Tu sais où il habite ?

Le gosse resta muet comme une carpe, mais lorsqu'il vit que la jeune fille sortait un shilling de sa bourse, alors il dit tout en tendant la main :

— Au premier !

Puis, la pièce dans sa main fermée, il prit la poudre d'escampette. À la vue d'une telle largesse, le cercle des admirateurs se resserra autour de la jeune fille, mais le cocher, descendant de son siège, eut l'idée de les inviter à faire une partie de fouet : à qui le ferait le mieux claquer. Personne ne se rendit à son invitation et Sophy lui dit :

— Je vous en prie, pas d'attroupement. Tout ce que je vous demande, c'est de m'attendre bien patiemment.

— Si j'étais vous, répondit le cocher, je me garderais bien d'entrer dans cette maison. Vous ne savez pas ce qui peut vous arriver !

— S'il m'arrive quelque chose, dit Sophy d'un ton joyeux, je pousserai un grand cri et vous n'aurez qu'à voler à mon secours. Mais j'espère bien ne pas rester trop longtemps.

Elle pénétra dans la maison qu'on lui avait indiquée. La porte était entrouverte et un escalier délabré s'élevait au fond d'un étroit corridor. Au premier étage, elle trouva deux portes et frappa à l'une et à l'autre pour être sûre de ne pas se tromper. Pendant le silence qui suivit, elle eut l'impression déplaisante que quelqu'un l'observait. Elle regarda autour d'elle et ne vit personne ; mais, comme elle se retournait de nouveau vers la porte, elle eut l'impression qu'un œil la considérait à travers un trou dans celle-ci. L'œil disparut aussitôt ; une clé grinça dans la serrure et la porte s'ouvrit, révélant derrière elle un petit homme maigre, au nez busqué et aux boucles brunes et huileuses. Il portait une sorte de redingote noire verdie par l'usage et rien ne révélait, dans toute sa personne, qu'il pût prêter plus de cinq sous à qui que ce fût. De ses yeux d'aigle, il inspecta la tenue de la jeune fille.

— Bonjour, dit Sophy. Vous êtes Mr Goldhanger ?

Il se tenait légèrement incliné devant elle, frottant ses mains l'une contre l'autre.

— Qu'y a-t-il pour votre service ? répondit-il.

— J'ai besoin de vous parler, déclara Sophy. Aussi, je vous en prie, fermez cette porte qui fait courant d'air et ne me laissez pas plus longtemps dans la saleté de ce corridor. Je me demande ce que vous attendez pour y donner un coup de balai !

Mr Goldhanger se sentit désemparé ; c'était la première fois que cela lui arrivait depuis longtemps. Il était habitué à recevoir des visiteurs de tous les genres : des gens qui se glissaient chez lui à la nuit tombante et sous des vêtements d'emprunt, des jeunes gens du grand monde dans une mauvaise passe, mais jamais encore il ne lui était arrivé de se trouver en face d'une jeune fille à l'air aussi assuré que celle-ci, et qui poussait l'audace jusqu'à lui faire le reproche de ne pas balayer son parquet.

— Cessez de me regarder comme vous le faites, dit Sophy. Vous m'avez assez observée par le trou de votre porte pour savoir que je ne suis pas un agent de police déguisé.

Mr Goldhanger protesta. L'insinuation qu'il n'aurait pas ouvert à un représentant de la police le blessait. Quoi qu'il en fût, il s'effaça pour laisser entrer Sophy et l'invita à s'asseoir sur une chaise auprès d'un bureau qui occupait la moitié de la pièce.

— Merci, dit Sophy, mais je vous serais obligée de bien vouloir d'abord l'épousseter.

Mr Goldhanger s'acquitta de la besogne avec un pan de sa redingote. Il entendit la clé tourner dans la serrure, leva la tête et vit que la jeune fille avait la clé dans la main.

— Vous permettez ? dit Sophy. Je n'ai pas envie d'être dérangée par l'une de vos connaissances. Et qui plus est, je n'ai pas non plus envie que l'on nous espionne. Tout en parlant, elle tira de son manchon un léger mouchoir en batiste qu'elle enfonça dans le judas.

Goldhanger eut alors l'étrange impression que le monde tournait à l'envers. Jusqu'ici, quand on venait le voir, c'était lui le maître de la situation. Les gens étaient plus habitués à l'implorer qu'à prendre sur eux de verrouiller la porte. Le fait que Sophy détenait la clé n'était pas pour l'alarmer. Même si la jeune fille était grande et forte, si besoin en était, il savait qu'il pourrait la reprendre. Quoi qu'il en fût, l'instinct de son rang le portant à ruser plutôt qu'à se battre, il sourit à la jeune fille et l'assura qu'elle pouvait faire ce qu'elle voulait dans son humble logis. Puis à son tour, il s'installa sur l'autre chaise et lui demanda ce qui lui valait l'honneur de sa visite.

— C'est très simple, dit Sophy. Je viens récupérer le papier que vous a signé Mr Hubert Rivenhale et la bague qu'il vous a donnée.

— C'est en effet très simple, dit Goldhanger, souriant encore plus largement qu'avant. Je serais ravi de vous faire ce plaisir. Et je pense que, naturellement, vous avez apporté les fonds qui me sont dus en échange. Je ne doute pas qu'une jeune fille aussi avertie que vous en affaires…

— Parfait ! l'interrompit Sophy d'un ton cordial. Je suis heureuse que vous vous rendiez compte à qui vous avez affaire. Cela évitera toute discussion et par conséquent toute perte de temps. Je dois vous dire tout de suite que le prêt que vous avez fait à Mr Rivenhale est un prêt fait à un mineur. Vous savez ce que cela signifie ?

Tout en parlant, elle souriait au vieil usurier le plus gentiment du monde. Il lui rendit son sourire au centuple et dit :

— Vous êtes une jeune personne fort au courant des choses ! Si, en effet, je poursuivais Mr Rivenhale pour récupérer mon argent, je ne retrouverais pas celui-ci ; mais je pense que Mr Rivenhale ne m'obligera pas à le poursuivre.

— Je ne crois pas, acquiesça Sophy. Mais par ailleurs, même si vous avez commis une faute très grave en lui prêtant cet argent, il serait certainement injuste qu'on ne vous rembourse pas le principal.

— Très injuste ! approuva Goldhanger. Mais il n'y a pas que le principal ; il y a aussi les intérêts.

Sophy secoua la tête.

— Non, je ne vous paierai pas un seul sou d'intérêt ; d'ailleurs ce sera une bonne leçon pour vous et un moyen de vous apprendre à être un peu plus prudent à l'avenir. J'ai cinq cents livres à vous donner en billets de banque quand vous m'aurez rendu le papier et la bague.

Mr Goldhanger ne put s'empêcher de rire à cette déclaration ; non pas qu'il eût le moindre sens de l'humour, mais l'idée qu'il pût obéir, contre ses intérêts, aux intimidations d'une jeune fille, était franchement assez plaisante.

— Je crois que je préfère garder le papier et la bague, déclara-t-il simplement.

— Je m'y attendais, dit Sophy.

— Vous n'ignorez pas que, si je le veux, je peux faire beaucoup de tort à Mr Rivenhale. Il est à Oxford, n'est-ce pas ? Je ne crois pas que l'on serait très charmé d'y apprendre qu'il a fait affaire avec moi, ou que…

— On ne serait pas charmé du tout, dit Sophy ; mais ce ne serait pas très drôle pour vous non plus, vous ne croyez pas ? Évidemment, vous pourriez toujours prétendre que vous estimiez Mr Rivenhale plus âgé.

— Quelle jeune personne intelligente vous faites ! s'exclama Mr Goldhanger.

— Non, mais j'ai beaucoup de bon sens et je suis en train de songer que si vous ne voulez pas me rendre le papier et la bague, le mieux est d'en finir en allant remettre l'affaire entre les mains d'un magistrat.

Goldhanger cessa de sourire.

— Je ne crois pas que ce serait très sage de votre part, dit-il.

— Je ne suis pas de cet avis. Je crois même que la police serait fort heureuse de cette bonne occasion de s'entretenir avec vous.

Cela, Goldhanger n'en doutait pas, mais il pensait d'autre part que Sophy ne mettrait jamais sa menace à exécution. D'une façon générale, ses clients n'aimaient pas que l'on ébruitât leurs affaires.

— Je crois que lord Ombersley préférera me régler ce qu'il me doit.

— Je n'en doute absolument pas, dit Sophy ; mais moi, personnellement, je pense que c'est idiot d'être victime d'un chantage par simple manque de courage.

Décidément, le ton de Sophy ne plaisait pas à Goldhanger ; il l'aimait de moins en moins. Avec les femmes, on n'était jamais sûr de rien. Il se pencha en avant et essaya de lui expliquer que si Mr Rivenhale répudiait une partie de sa dette, les conséquences, pour lui, pourraient être assez graves. Il parlait bien, et ce petit discours qu'il avait tant de fois répété ne manquait jamais son effet. Il le manqua pourtant cette fois.

— Tout cela, conclut Sophy, c'est parler pour ne rien dire. Tout ce qui pourrait en résulter pour Mr Rivenhale, ce serait d'être durement grondé et châtié par son père ; quant à être renvoyé d'Oxford, il n'y a rien à craindre, car jamais vous n'irez jusque-là. J'ai dans l'idée que votre activité ne se borne pas à prêter de l'argent à un taux d'usure aux jeunes gens qui en ont besoin, et je crois que la police, une fois que vous serez entre ses mains, vous condamnera pour des méfaits encore plus graves ! Par ailleurs, personne ne vous reconnaîtra le droit de toucher le moindre intérêt sur de l'argent prêté à un mineur. Donc, inutile de parler dans l'absurde ! Toutes vos menaces ne m'impressionnent pas le moins du monde.

— J'admire votre courage, affirma Mr Goldhanger, ainsi que votre bon sens. Mais je n'en manque pas moi non plus. Et j'en ai assez pour me dire que vous êtes venue me voir sans le consentement de vos parents, ni même de votre gouvernante ou de Mr Hubert

Rivenhale. Il se peut que vous ayez l'intention de me dénoncer à la police – je ne sais, mais encore faudrait-il que vous puissiez le faire. Évidemment, cela me répugnerait de me conduire en goujat auprès d'une si jolie jeune fille, mais enfin nous pourrions peut-être convenir d'un petit arrangement ? Vous pourriez me donner les cinq cents livres en billets de banque et les deux jolies perles que vous portez à vos oreilles ; moi, de mon côté, je vous remettrais le papier et la bague, et nous serions tous les deux contents.

Sophy éclata de rire.

— Je pense même que vous seriez plus que content ! Je vous donnerai les cinq cents livres, un point c'est tout !

— Sans doute avez-vous des parents qui me donneraient beaucoup, beaucoup plus pour vous revoir... vivante et intacte ?

Tout en parlant, il s'était levé. Mais sans en faire autant et sans paraître autrement alarmée, Sophy tira de son manchon un petit pistolet qu'elle tenait dans sa main droite et dit d'une voix très calme :

— Je vous prie de vous rasseoir, Mr Goldhanger.

Il se rassit. Il ne croyait pas une femme capable de tirer froidement, mais cette jeune fille troublait les idées qu'il avait sur ce sexe. Il se contenta de lui conseiller de ne pas jouer avec son arme.

— Vous devez penser, lui dit Sophy, que je ne saurais pas m'en servir ; mais vous vous trompez grandement. Je fais mouche à chaque coup. Il faut vous dire que j'ai vécu en Espagne, où il y a beaucoup de bandits. Mon père m'a appris à me défendre et je ne serais pas le moins du monde embarrassée de vous loger une balle dans la peau.

— Vous essayez de me faire peur, dit Mr Goldhanger, cette fois légèrement en colère, mais je parie que votre arme n'est même pas chargée.

— Si vous bougez de votre chaise, reprit Sophy, vous apprendrez qu'elle l'est. Il sera seulement trop tard pour qu'une telle conviction vous ramène à la vie.

— Et vous ? Qu'adviendra-t-il de vous, chère mademoiselle ? s'enquit Goldhanger en riant.

— Étant donné ce que vous êtes, je ne crois pas que ce serait très grave, et en tout cas je comprends difficilement ce que cela pourra vous faire quand vous serez mort. Mais si cela vous intéresse, je peux dire tout de suite comme je raconterai cette histoire.

Mr Goldhanger protesta. Il n'avait aucun désir de l'entendre.

— Vous savez, dit Sophy, je crois que je ferais bien de vous loger une balle dans la peau, de toute façon. Ce n'était pas mon intention quand je suis entrée, car je n'approuve pas le meurtre ; mais je me rends compte que vous êtes vraiment répugnant et je me demande si je ne ferais pas le bien de beaucoup de gens en vous supprimant de ce monde.

— Rangez votre arme, lui intima Mr Goldhanger, et parlons raisonnablement.

— Il n'y a plus rien à discuter, et je me sens plus à mon aise avec cette arme dans la main. Comptez-vous faire ce que je vous ai demandé ou dois-je aller tout de suite prévenir la police que vous avez voulu me kidnapper ?

— Je ne suis qu'un pauvre homme…, commença alors Mr Goldhanger.

— Dans ce cas, dites-vous que vous serez riche quand je vous aurai donné les cinq cents livres, conclut Sophy.

— Bon, dit Goldhanger, obligé de battre en retraite. Comme je ne veux pas de complication, je vais vous redonner le papier ; mais je ne peux pas vous redonner la bague : on me l'a volée.

— Je ne le crois pas, et la police non plus ne le croira pas. Si vous n'avez plus cette bague, c'est que vous l'avez vendue. Raison de plus pour vous poursuivre. Je me suis justement informée ce matin auprès d'un grand joaillier des sanctions que prévoyait la loi au sujet des objets laissés en gage.

Révolté de se trouver en face d'un si fort adversaire, Goldhanger s'écria avec rage :

— Je ne l'ai pas vendue !

— Et on ne l'a pas volée non plus. Elle est sûrement dans l'un des tiroirs de ce bureau, à côté du papier. Maintenant, je vous informe que si vous tenez une arme cachée dans ce tiroir, ce qui me paraît vraisemblable et si vous arrivez à tirer plus vite que moi – ce qui m'étonnerait un peu – j'ai laissé une lettre adressée à mes parents qui les informera de la visite que je vous ai faite, et dans quel but je suis venue.

— J'aurais honte, dit Goldhanger, d'avoir une fille de votre espèce !

— Pensez-vous ! Vous en seriez rudement fier. Et si vous aviez une fille comme moi, il y a longtemps qu'elle aurait balayé le plancher et savonné votre chemise ; et en étant moins sale physiquement, vous le seriez moins moralement. Mais cela suffit, dans l'ensemble, je suis déçue : je ne vous trouve pas drôle du tout. Alors, finissons-en vite !

Au cours de sa vie, Mr Goldhanger avait reçu toutes sortes d'injures, mais aucune ne l'avait touché autant que l'attitude de Sophy. L'envie lui vint de lui tordre le cou et de la voir expirer entre ses mains. Mais Sophy était armée. Il sentit qu'il n'y avait plus rien à faire que d'ouvrir le tiroir et lui donner ce qu'elle voulait. D'une voix sourde de fureur, il murmura :

— L'argent ! Donnez-moi l'argent !

— D'abord le papier et la bague !

Il les lui jeta.

Elle lut attentivement le papier et sortit les billets qu'elle aligna sur la table.

Il se mit à les compter. Elle se leva.

— Et à présent, je vous prie de tourner votre chaise, le dos contre la porte !

Goldhanger grogna mais s'exécuta. L'instant d'après il lui disait, la tête tournée par-dessus l'épaule :

— Vous n'avez rien à craindre. Je suis trop content de vous voir décamper.

Il murmura plus bas : « punaise ! » et Sophy eut envie de rire. Elle mit la clé dans la serrure en disant :

— Sans rancune, Mr Goldhanger !

Celui-ci poussa un soupir.

Chapitre 12

Hubert montait dans sa chambre quand il rencontra sa cousine qui sortait de la nursery. Elle s'écria aussitôt :

— Hubert ! Je vous cherchais ! Attendez-moi, j'ai quelque chose pour vous !

Elle disparut durant quelques secondes, puis revint vers le jeune homme et lui dit d'un air malicieux :

— Fermez les yeux et ouvrez la main !

— Ce n'est pas une vilaine bête que vous allez y mettre ?

— Non, non, ne craignez rien !

Hubert s'exécuta. Sophy plaça la bague dans sa main ouverte et lui dit de rouvrir les yeux. Le choc fut tel que le garçon laissa tomber l'anneau.

— Sophy !

— Dieu ! que vous êtes imprudent, dit-elle. Maintenant, dépêchez-vous de brûler ce papier ! J'ai bien failli le faire moi-même, de crainte que vous ne l'oubliiez dans quelque poche, mais j'ai pensé que cela vous ferait plaisir de le revoir.

Il se pencha pour ramasser la bague.

— Mais… mais, Sophy… Comment, je ne comprends pas… comment avez-vous pu les reprendre ?

— C'est le vieux Goldhanger qui me les a donnés.

— Quoi ? Vous n'êtes pas allée chez lui ? Sophy, ce n'est pas possible !

— Et pourquoi pas ?

— Seigneur ! (Il saisit le poignet de sa cousine.) Comment avez-vous fait ? Vous lui avez redonné l'argent ?

— Bien sûr ! Qu'y a-t-il là de si extraordinaire ? Je me trouvais justement à disposer de cinq cents livres… D'ailleurs, je suppose que vous me les rendrez un jour ou l'autre. Et puis, assez de cette histoire ; cela ne vaut pas la peine d'y penser.

La gorge serrée, la bouche sèche, Hubert dit à sa cousine :

— Jamais, Sophy, je ne pourrai supporter cela ! D'ailleurs, il y a aussi les intérêts et je connais assez ce vieux grigou pour savoir qu'il ne vous a pas fait grâce d'un penny. Je vous en supplie, dites-moi la vérité !

— Je vous jure, Hubert, que je ne lui ai donné que les cinq cents livres. Il a protesté, bien sûr ; mais alors je l'ai menacé de livrer l'affaire à la police et je crois que vous avez raison, il doit être en rapport avec tous les escrocs de Londres, car l'idée de se trouver face à la magistrature a eu l'air de le faire trembler.

— Goldhanger a pu trembler au point de vous rendre ces objets ! Goldhanger ! reprit Hubert, qui n'arrivait pas à le croire.

— Que pouvait-il faire d'autre ? J'avais l'air assez résolu pour qu'il puisse me croire sur parole !

— Vous, chez cet homme infect ! Vous n'aviez pas peur, Sophy ?

— Absolument pas ! (Elle poursuivit, comme pour s'excuser.) Vous savez, je manque de sensibilité. Je sais que c'est même choquant, surtout pour une femme. Mais ce vieux Goldhanger, je le trouvais surtout ridicule. J'avais eu bien plus peur d'El Moro, en Espagne – un guérillero farouche. Lui et sa bande avaient fait irruption un soir dans notre maison, pendant l'absence de sir Horace… mais inutile de parler de ça : il n'y a rien de plus assommant que les gens qui vous racontent leurs aventures.

— Sophy, il aurait pu vous faire du mal !

— Pardi ! Aussi m'étais-je munie d'un pistolet dont il a tout de suite compris le langage.

— Sophy, Sophy, que dois-je faire maintenant ? s'écria le garçon, désemparé.

— Rien, car tout est fini. Il faut que je file, sans quoi je serai en retard pour le dîner. Surtout, n'oubliez pas de brûler le papier !

Elle se sauva dans sa chambre, coupant court à ses remerciements, et comme ils ne se retrouvèrent plus en tête-à-tête ce soir-là, il ne put les réitérer. Il avait rendez-vous avec des camarades, mais ceux-ci le trouvèrent d'une humeur étrange. En effet, si Hubert se sentait heureux d'être soulagé de sa dette, il éprouvait par contre un remords profond de devoir ce soulagement entièrement à sa cousine. Que Sophy, une femme (et plus jeune que lui, encore!) ait, non seulement remboursé l'argent qu'il devait, mais soit allée elle-même chez ce vieil usurier, c'était là une idée qu'il avait du mal à admettre. Quand il rentra chez lui, au petit matin, il était aussi tourmenté qu'il l'avait été la veille, car dans sa tête tournait la même pensée : « Comment trouver cinq cents livres ? » Cette fois, pour rembourser Sophy.

Mr Rivenhale rentra de la campagne le lendemain et trouva la maison sens dessus dessous. Jane Storridge s'était non seulement aperçue de la disparition des boucles d'oreilles en brillants de l'écrin à bijoux de Sophy, mais en avait partout répandu la nouvelle. À tel point que Mme Ludstock, l'intendante de la maison, en avait référé à la comtesse en lui disant qu'elle se portait garante de l'honnêteté du personnel. De son côté, Dassett se sentit offensé et la pauvre lady Ombersley, très ennuyée, finit par redouter un désastre domestique. Elle fit mander Jane Storridge, et Mr Rivenhale arriva juste à point pour entendre une partie de la discussion qui lui parut assez grave. Avant qu'il n'ait eu le temps de demander une explication, Sophy survint, vêtue d'un costume de ville, et demanda à sa tante si elle avait des commissions à faire. Lady Ombersley fut heureuse de cette diversion et demanda à sa nièce pourquoi elle n'avait pas parlé plus tôt de la disparition de ses bijoux.

Sophy ne sursauta pas, mais une légère rougeur lui monta au visage. Elle dit d'un air très naturel :

— Mais je n'ai pas perdu de bijoux. Qu'est-ce que c'est que cette histoire ?

— Oh ! ma chérie, votre femme de chambre prétend que vos pendants d'oreilles en diamant ont disparu de votre écrin et je suis au désespoir qu'une chose pareille arrive dans ma maison !

Sophy embrassa sa tante.

— Chère petite tante Lizzie, ne vous inquiétez pas. Et surtout pardonnez-moi. Je suis une idiote de ne pas avoir prévenu Jane. Mes brillants ne sont pas perdus. Je les ai rapportés chez le joaillier pour les faire nettoyer et resserrer une agrafe qui ne tenait plus très bien. Jane, à quoi pensiez-vous d'avoir alerté ma tante avant de m'en avoir parlé !

— Comment, les faire nettoyer ! s'exclama Miss Storridge. Je les ai portés moi-même chez Rundell et Bridge quand nous sommes arrivées à Londres.

— Oui, mais l'autre soir, pendant le bal, j'ai trouvé qu'ils avaient l'air ternes, dit Sophy. Jane, allez vous reposer maintenant et laissez la comtesse tranquille. Vous l'avez assez tracassée !

Les yeux de Sophy croisèrent ceux de son cousin, dont l'expression lui fit comprendre qu'il trouvait ses explications un peu tirées par les cheveux. Cependant, il garda le silence et Sophy sortit faire ses courses, priant Dieu intérieurement que ni sa tante ni Mr Rivenhale ne s'aperçoivent jamais que ses diamants avaient disparu pour toujours.

Mais le lendemain, tandis qu'elle s'asseyait pour déjeuner avec la comtesse et ses filles, Charles entra et remit à Sophy un petit paquet soigneusement enveloppé.

— Ce sont vos boucles d'oreilles, ma chère, dit-il simplement. J'espère que vous trouverez qu'on vous les a bien nettoyées.

Ce fut la première fois de sa vie que Sophy manqua de repartie. Fort heureusement, Charles n'avait l'air de s'attendre à aucune réponse ; il s'assit au milieu de ses sœurs, se servit une tranche de jambon et demanda à sa mère si elle avait l'intention de passer quelques mois à Brighton, comme les autres années. Lady Ombersley interrogea Sophy à ce sujet. Brighton, à vrai dire, ne lui convenait pas très bien, mais le Régent avait rendu cette ville si à la mode que la meilleure société de Londres s'y précipitait dès le mois de juin, et si Sophy était de cet avis, elle pourrait y louer une villa pour une partie de la saison.

Cecilia, qui avait ses raisons pour désirer rester à Londres, dit à sa mère :

— Oh ! maman, vous savez que vous vous portez toujours mal à Brighton. À quoi bon aller là-bas ? Il fait si chaud dans ces maisons et la chaleur vous fatigue.

Sophy déclina, de son côté, toute envie de connaître cette ville et la conversation tourna sur le charme d'Ombersley, de Thorpe Grange et même de Ramsgate, une station fort charmante avant que le Régent n'eût lancé Brighton.

Quand ils se levèrent de table, Hubert qui avait essayé en vain d'accaparer sa cousine, lui dit :

— Êtes-vous occupée, Sophy ? J'aimerais faire quelques pas avec vous dans le jardin.

— Merci ! Tout à l'heure, si vous voulez bien. Charles ! Je peux vous voir un instant ?

Il la regarda sans sourire.

— Tout de suite, si vous voulez.

Lady Ombersley avait l'air surprise. Selina s'écria :

— Oh ! on a des secrets. Contre qui complotez-vous ?

— Rassurez-vous, dit Sophy en riant. Il s'agit simplement d'une commission que j'avais confiée à Charles.

Les deux jeunes gens allèrent dans la bibliothèque. Sophy n'avait pas l'habitude de tourner autour du pot. Aussi, dit-elle tout de suite à son cousin :

— Je vous demande une explication. Comment diable avez-vous su que j'avais vendu mes diamants, et pourquoi êtes-vous allé les racheter ?

— Je les ai rachetés, déclara Charles, parce que je suppose que deux raisons seulement ont pu vous les faire vendre.

— Vraiment ! Et quelles sont-elles ?

— Je n'ai jamais pu voir les notes concernant votre bal, mais j'ai quelque expérience en cette matière et j'en imagine à peu près le total. Si là est la raison qui vous a fait agir, vous connaissez la mienne. Vous savez que nous n'étions pas d'accord sur ce sujet.

— Mon cher cousin, je m'empresse de vous dire que je fais beaucoup d'autres dépenses que vous ignorez totalement. Vous êtes parfaitement ridicule !

— Je ne crois pas que vous fassiez des dépenses qui n'aient été prévues par sir Horace.

Il y eut un court silence, puis elle reprit :

— Vous ne m'avez toujours pas dit quelle est la deuxième raison.

Charles fronça les sourcils.

— Je crains que vous n'ayez prêté de l'argent à Hubert.

— Quelle idée ! s'écria-t-elle en riant. Je me demande bien pourquoi je lui aurais prêté de l'argent ?

— J'espère qu'il ne s'agit pas de cela. Il était l'autre jour à Newmarket avec quelques garçons que je voudrais voir au diable. A-t-il perdu une grosse somme ?

— Je pense que c'est à vous qu'il le dirait, plutôt qu'à moi, reprit Sophy.

Charles marcha vers le bureau et se mit en devoir de trier des papiers. Puis, les yeux baissés, il dit :

— Il se pourrait qu'il ait eu peur de moi.

Sophy ne disant rien, il releva les yeux et ajouta :

— Ai-je deviné juste ?

— J'avais besoin d'argent pour des raisons que je ne tiens pas à vous exposer, répondit la jeune fille. Mais je ne sais toujours pas comment vous avez pu deviner que j'avais vendu mes brillants ?

— Je n'ai pas eu à le deviner. Je le savais.

— Mais comment est-ce possible ? Vous n'étiez tout de même pas caché dans la boutique ?

— Non, mais hier, en rentrant à la maison, je suis passé par Brook Street et j'ai vu Miss Wraxton… (Il hésita quelques secondes avant de poursuivre, les yeux fixés sur sa cousine.) Vous comprendrez, je pense, que Miss Wraxton ait jugé de son devoir de me faire part de son inquiétude. Elle était justement chez Rundell et Bridge avec lady Brinklow quand vous avez fait votre transaction. Bridge n'avait pas très bien fermé la porte de son bureau. Miss Wraxton a reconnu votre voix et a, bien malgré elle, entendu quelques mots qui ont suffi à lui faire craindre que vous ne soyez dans l'embarras.

La main de Sophy se crispa sur la chaise qui était devant elle, mais elle eut soin de cacher son émotion et dit :

— Miss Wraxton est vraiment d'une bonté infinie. Comme c'est aimable à elle de tant s'intéresser à moi ! Je pense que c'est par pure délicatesse qu'elle a jugé préférable de vous en parler plutôt que de s'adresser à moi directement.

Charles rougit.

— Vous ne devez pas oublier que je suis fiancé à Miss Wraxton. Si elle m'en a parlé, à moi plutôt qu'à vous, c'est que votre attitude envers elle ne pouvait guère l'encourager à faire une pareille démarche.

— Là, je la comprends. Mais, vous et moi, nous ne sommes pas dans les meilleurs termes non plus, et si vous vous imaginez que j'ai à vous expliquer mes faits et gestes, vous vous trompez et je vous prie de me ficher la paix !

— Je vois que Miss Wraxton a bien fait de ne pas s'adresser à vous ; elle eût été très choquée de vous entendre lui dire de vous ficher la paix ! Employez-vous toujours ce langage peu châtié, Sophy, quand vous vous mettez en colère ?

— Non, pas forcément. Je vous prie de m'excuser. Mais aussi, c'est intolérable !

— Je le conçois ; mais je n'avais pas la moindre envie de vous demander cet entretien.

— Vous n'auriez pas dû écouter ce que vous a dit Miss Wraxton ! Et d'une ! Quant à racheter mes brillants… vous ne savez pas dans quelle difficulté vous allez me mettre !

Comme elle parlait, Hubert entra dans la pièce. Il était affreusement pâle, mais parfaitement résolu et dit d'une voix très ferme :

— Toute la journée, j'ai voulu vous parler, Sophy… et à vous aussi, Charles ! Alors me voilà.

Charles lança vers son frère un de ses regards pénétrants, mais Sophy s'avança vers lui et dit d'une voix très naturelle :

— Entrez, Hubert. Entrez !

Il prit la main que lui tendait la jeune fille et la serra convulsivement.

— Cecilia vient de me raconter l'histoire de vos boucles d'oreilles. Sophy… si c'est moi qui en suis la cause, j'aime encore mieux tout dire à Charles !

Sophy répondit calmement :

— Vous savez, Hubert, j'ai toujours pensé que vous commettiez une grande faute en ne prévenant pas votre frère. Mr Wychbold m'a dit un jour que c'était justement l'ami auquel il s'adresserait s'il était un jour dans l'ennui. Et vous êtes non seulement son ami, mais son frère ! Je suis certaine que vous vous arrangerez mieux tous les deux… Je vous laisse !

Elle s'abstint de regarder Charles et de voir quel effet ses paroles avaient fait sur lui, et sortit sans tourner la tête.

Ses paroles avaient fait de l'effet ! Charles dit tranquillement :

— Je crois que je devine juste ; mais dites-moi, c'est Newmarket ?

— Pas seulement, dit Hubert. Oui, j'ai perdu de l'argent aux courses, mais ce n'est pas là le pire.

Charles fit signe à son frère de s'asseoir.

— Quel est le pire ?

Hubert resta debout et dit avec beaucoup de courage :

— Je vous avais caché une partie de mes dettes, l'an dernier.

— C'est idiot, commenta son frère, mais sans le moindre emportement.

— Je sais ; mais déjà vous disiez… Oh ! puis, tant pis ; à quoi bon en parler maintenant ?

— Il m'arrive parfois de m'emporter ; vous devriez savoir que dans ces moments-là ma parole dépasse ma pensée. Continuez.

— Je sais que j'aurais dû tout vous dire, continua Hubert. Et si seulement je l'avais fait… je n'aurais jamais été dans un pareil pétrin et je n'aurais pas… Vous n'allez pas être content, et je comprends cela ; je sais que j'ai eu tort, mais mes camarades me disaient…

— Racontez-moi tout ; j'aime mieux savoir et pour l'instant je n'y comprends rien.

— J'ai été… voir un homme… qu'on m'avait indiqué dans Pall Mall et un autre à Saint James Place. On y jouait à la roulette, mais j'y ai perdu une grosse somme.

— Seigneur ! s'exclama Mr Rivenhale. Nous avions pourtant eu assez d'histoires de ce genre dans la famille !

L'amertume de sa voix fit qu'Hubert se replia un instant sur lui-même. Après un court instant, il dit :

— Je savais que vous alliez vous fâcher. Mais après tout, qu'est-ce qu'il y a de mal : tout le monde joue. C'est seulement que je n'ai pas eu de chance.

Au lieu de prononcer les mots qu'il avait sur la langue, Charles s'approcha de la fenêtre. Après un temps, il demanda d'une voix brutale :

— Savez-vous à combien se montent les dettes de jeu de notre père ?

Hubert fut surpris de ces paroles, car la question n'avait jamais été discutée entre eux deux. Il répondit :

— Non. Je me doute qu'elles doivent être importantes ; mais je n'ai jamais su la somme exacte.

Son frère la lui donna.

Il y eut un profond silence. Hubert, finalement, le rompit.

— Charles, dit-il d'une voix tremblante, ce… ce n'est vraiment pas possible !

Charles eut un petit rire sans joie.

— Vous avez tout payé ? reprit son frère.

— Pas tout, mais une grande part. Le domaine est cependant encore hypothéqué. N'en parlons plus ; maintenant que j'ai les droits de gérance, j'espère bien sauver la famille. Mais j'avoue que je suis un peu las d'avoir à composer avec des créanciers et à discuter sans arrêt avec notre homme d'affaires.

— Je le comprends ! Et, oh ! Charles, quel remords j'ai d'avoir fait l'imbécile et d'avoir augmenté vos charges !

Charles revint vers son bureau.

— Ce n'est pas tellement le montant qui m'inquiète, c'est l'idée que vous avez l'amour du jeu dans le sang, dit-il.

— Mais non, mais non ! protesta vivement Hubert. Ne vous faites pas de souci pour ça. Ce n'est pas que j'aime le jeu ; je ne prends vraiment aucun plaisir à fréquenter ces maudits clubs !

Il arpentait la pièce de long en large et s'écria tout à coup :

— Aussi, pourquoi ne m'avoir rien dit au sujet de papa ! Je ne suis plus un enfant. Je suis sûr que si j'avais su…

— Peut-être, en effet, aurais-je dû…, dit alors Mr Rivenhale, mais moins nous sommes à le savoir et mieux cela vaut. Même notre mère ne connaît pas le montant exact.

— Maman, je le comprends ! Mais moi, j'avais le droit de le savoir. C'est bien de vous, Charles, de prendre tout sur vos épaules et de penser que vous seul pouvez faire quelque chose ! Si je l'avais su, je serais revenu d'Oxford tout de suite ; j'aurais pris un poste quelconque ou je serais entré dans l'armée. C'est ce que je vais faire ! Pas dans l'armée parce qu'il faudrait payer ma charge, même si j'entrais dans un régiment de cavalerie, mais...

— Non, non, l'interrompit son frère, amusé et assez ému. Vous m'obligerez en restant où vous êtes ! Nous n'en sommes pas encore là ! Ne voyez-vous pas que je fais justement tout ce que je peux pour que ni vous, ni Théodore, ni nos jeunes sœurs n'ayez à souffrir des folies de papa ? Si vous voulez m'aider à gérer le domaine, alors là, je ne demande pas mieux, car Eckington commence à baisser sérieusement. J'hésite à le renvoyer ; il est depuis si longtemps au service de notre maison que le pauvre homme en serait malade, mais il ne sert plus à grand-chose et je n'ai pas confiance en Badsey. Avez-vous la bosse des affaires ?

— Je ne sais, répondit Hubert. Mais je m'y mettrai sûrement ! Quand je reviendrai cet été, vous commencerez mon instruction. Et plus question de me tenir à l'écart !

— C'est entendu. Mais je ne sais toujours pas où vous avez perdu tout cet argent. C'est récent ?

— Cela date de Noël. Oh ! je crois qu'il vaut mieux que je vous raconte tout ! J'ai eu recours à un prêteur ; je lui ai emprunté cinq cents livres remboursables en six mois. Je pensais regagner tout cet argent à Newmarket. Mais ce canasson de malheur n'est pas même arrivé placé !

Il vit l'expression de son frère et s'empressa d'ajouter :

— Ce n'est pas la peine de me regarder comme ça ! Je vous ai promis que je ne recommencerai plus ! Évidemment, j'aurais d'abord dû m'adresser à vous...

— Vous auriez dû vous adresser à moi, mais le fait que vous n'y ayez pas songé est plus ma faute que la vôtre...

— Oh ! je ne sais pas, dit Hubert. Je suppose que si je vous avais mieux connu, je n'aurais pas hésité. Sophy m'avait conseillé de vous parler. Si je m'étais douté le moins du monde de ce qu'elle allait faire, je vous jure qu'il y a belle lurette que je vous aurais tout raconté.

— Pourquoi ne vous êtes-vous pas adressé à elle pour l'argent ?

— Charles ! Comment pouvez-vous penser que j'emprunterais de l'argent à une femme !

— Je ne le pense pas, mais je n'arrive pas à comprendre comment elle a été au courant de vos affaires ; et si vous ne lui avez rien emprunté, pourquoi est-elle allée vendre ses bijoux chez Rundell ?

— Elle a deviné que j'avais des ennuis et m'a amené à me confesser à elle. Et quand je lui ai dit que je ne voulais pas vous en parler, elle m'a offert de m'avancer l'argent. Naturellement, j'ai refusé. Mais elle avait l'adresse de Goldhanger et, hier, sans me prévenir, elle est allée le voir et a repris le papier et la bague. Je ne sais pas comment elle a fait pour obtenir de ce vieux renard qu'il renonce aux intérêts. Sophy n'a pas sa pareille ! Mais, comme vous le comprenez, je ne pouvais pas supporter cela…

— Sophy est allée chez cet usurier ? répéta Mr Rivenhale qui n'en croyait pas ses oreilles. Vous plaisantez. Ce n'est pas possible !

— C'est elle-même qui me l'a raconté, et Sophy n'est pas une menteuse.

Quelques minutes plus tard, Sophy qui était en train de lire dans le petit salon jaune vit la porte s'ouvrir et Charles Rivenhale apparaître.

— Je vous suis très obligé, chère Sophy, dit-il sans préambule. Hubert m'a tout raconté. Je ne sais comment m'acquitter de notre dette envers vous.

— Il ne peut être question de dette, dit Sophy. Vous m'avez rapporté mes pierres ! Et puis, assez de cette histoire. N'en parlons plus ! Je vous informe que Miss Wraxton est dans le grand salon avec ma tante et lord Bromford. C'est pourquoi je me suis réfugiée ici.

— Il faut que nous en parlions, au contraire, répondit Mr Rivenhale, sans prendre garde à la nouvelle que lui apprenait la jeune fille. Si seulement vous m'aviez dit ce que vous aviez l'intention de faire !

— C'eût été trahir Hubert. Mais, par ailleurs, ne croyez pas que je l'aie encouragé à agir dans votre dos. Je l'ai au contraire engagé à tout vous raconter lui-même. Mais cette idée semblait l'effrayer à tel point que j'ai finalement résolu de trancher la question toute seule. (Elle vit que son cousin se raidissait et poursuivit.) Je crois que c'est souvent ce qui arrive entre frères quand il y a une certaine différence d'âge. Il faut avouer, Charles, que vous n'êtes pas toujours facile !

— Il faut croire, dit le jeune homme, d'une voix assez triste. Mais soyez assurée, Sophy, que je vous suis très reconnaissant ! Ce que je me demande, c'est comment vous avez deviné qu'Hubert était tourmenté ?

— Oh ! ce n'était pas difficile ! Depuis mon arrivée à Londres, j'avais remarqué ses sautes d'humeur, et à son retour de Newmarket il était bien facile de voir qu'il venait de subir un coup dur. Il ne m'a pas confié ses peines facilement ; il n'aimait guère l'idée de me faire des confidences, mais quand je l'ai menacé de vous en parler moi-même, alors il m'a tout raconté.

Charles regarda sa cousine dans les yeux et lui dit :

— Je sais que c'est moi qui aurais dû m'apercevoir qu'Hubert était dans l'embarras.

Sophy sentit que son cousin était profondément vexé, et elle reprit :

— Comment auriez-vous pu vous en apercevoir ? Vous devez penser à tant de choses. Et puis, les femmes ont un flair pour cela que les hommes n'ont pas. Je suis contente que l'affaire soit réglée. Et je suis sûre qu'Hubert profitera de la leçon et ne recommencera pas.

— Je crois que vous avez raison. Je l'ai toujours jugé comme un garçon léger, mais j'espère aujourd'hui que je me suis trompé. Seulement, Sophy, je voudrais savoir qui en dehors de vous est au courant de ses dettes. À qui avez-vous eu recours pour les régler ?

— À qui ? Mais à personne ! Sur l'honneur, je vous le jure ! J'ai bien réfléchi à la chose et j'ai compris que ce serait désastreux d'en parler à un homme de loi ou à toute autre personne. C'est pourquoi je me suis décidée à régler l'affaire moi-même.

— Sophy, ce n'est quand même pas vous qui êtes allée chez l'usurier ?

— Mais si, pardi ! Je sais que ce n'était pas une chose à faire pour une jeune fille, mais je ne pensais pas qu'on le saurait. Et puis, je me disais toujours que vous détesteriez que cette histoire parvienne aux oreilles de quelqu'un.

Elle vit qu'il la regardait d'un air légèrement incrédule.

— Hubert m'a très bien fait comprendre quel genre d'homme était Goldhanger. Ne me dites pas qu'il vous a rendu le gage contre le seul remboursement du capital !

Elle rit.

— Ah ! ça n'a pas été facile ! Mais il était en mauvaise position. Il avait consenti un prêt à un mineur. Quand je l'ai menacé de prévenir la police, il a parfaitement compris où était son avantage. À vrai dire, je ne vois pas ce qu'Hubert pouvait lui trouver de si terrible. Ce n'est qu'un pauvre épouvantail. Un épouvantail à moineaux !

Charles scrutait sa cousine, les sourcils levés.

— Tout cela me semble relever de la pure fantaisie, dit-il. Goldhanger n'est pas seulement un prêteur, mais un escroc, un très vilain bonhomme. Il a dû tenter par tous les moyens de vous extorquer l'intérêt de son argent.

— Il a essayé de m'effrayer en parlant de prendre les perles qu'imprudemment je portais aux oreilles ; mais comme j'étais avertie par Hubert du genre d'individu que j'allais voir, je n'avais pas oublié de prendre un pistolet avec moi.

— Quoi ?

Sophy, surprise de la réaction de son cousin, répéta :

— Un pistolet, j'ai dit !

Il crut de nouveau à un mensonge et en parut mortifié.

— Sophy, je vous enjoins de me dire la vérité. Vous n'allez pas me faire croire que vous êtes sortie dans Londres avec un pistolet sur vous ? Je ne peux pas croire que vous ayez une arme !

— Ah ! non ? Vous ne me croyez pas ? Attendez une seconde !

L'œil étincelant, elle se précipita hors de la pièce et revint trois minutes plus tard, un pistolet au manche en argent dans la main.

— Vous ne me croyez toujours pas, Charles !

— Vous ? balbutia le jeune homme, la voix tremblante.

Il allongea le bras comme pour lui prendre l'arme.

— Attention ! Il est chargé, s'écria-t-elle.

— Laissez-moi le regarder, fit-il avec impatience.

— Sir Horace m'a bien recommandé de ne pas le laisser manipuler par des gens dont je n'étais pas sûre. Il y a tant de maladroits !

Sur le moment, Charles pâlit. C'était un tireur émérite. Quand le premier choc fut passé, il se précipita vers la cheminée, prit un carton d'invitation glissé dans le coin de la glace, le remit à Sophy et lui dit :

— Tenez-le vous-même et donnez-moi ce pistolet. Vous allez voir.

Sophy rit et lui obéit, le dos tourné vers le jeune homme, un coin de la carte entre les doigts.

— Il porte légèrement à gauche, dit-elle froidement en détournant la tête.

Charles était pâle de rage, mais comme il allait viser il eut assez de sang-froid pour rabaisser subitement l'arme et dire :

— Non, je ne peux pas ; pas avec une arme que je ne connais pas.

— Ce que c'est que d'avoir le cœur sensible ! dit Sophy, moqueuse.

Il lui jeta un regard féroce, lui prit le carton des mains et le glissa dans l'encoignure d'un cadre. Sophy le regarda s'éloigner en silence à l'autre bout de la pièce, allonger le bras, viser et tirer. Le coup ébranla l'atmosphère et la balle, à travers un coin du carton, alla se planter dans le mur.

— Je vous avais prévenu qu'il portait légèrement à gauche ; commenta Sophy en examinant le carton. Voulez-vous qu'on le recharge et que je vous montre ce que je peux faire ?

Leurs yeux se rencontrèrent. L'énormité de sa conduite apparut tout à coup aux yeux de Mr Rivenhale.

— Sophy ! dit-il. Ce que vous me faites faire !

Ils éclatèrent de rire ensemble. Quand, deux minutes plus tard, toute la maisonnée se précipita vers la porte, ils n'étaient pas encore calmés. Lady Ombersley, Cecilia, Miss Wraxton, lord Bromford, Hubert, l'un des valets et deux servantes se tenaient sur le seuil, attendant des deux jeunes gens l'explication de ce que Miss Wraxton eût qualifié d'« incident regrettable ».

— J'aurais pu vous tuer, voyons ! dit à cet instant Mr Rivenhale.

— Ce n'est pas vrai ! Vous avais-je donné le signal ? dit Sophy. (Elle se tourna vers sa tante.) Chère tante Lizzie, ne faites pas cette figure-là, Charles voulait simplement voir si mon pistolet marchait bien.

La comtesse, s'appuyant sur le bras d'Hubert, balbutia d'une voix à peine perceptible :

— Charles, êtes-vous fou ?

Celui-ci parut ennuyé du trou qu'il avait fait dans le mur et dont les yeux de la comtesse ne pouvaient plus se détacher. Il dit :

— Sans doute ; mais c'est facile à réparer. Quoi qu'il en soit, Sophy, vous avez certainement raison : il tire un peu à gauche. Je donnerais cher pour faire un carton avec vous !

— Est-ce que c'est le pistolet de Sophy ? demanda Hubert profondément intéressé. Pardieu, Sophy, vous vous y connaissez en tout ! Mais, Charles, qu'est-ce qui vous a pris de tirer ici, dans une pièce… Vous avez dû perdre la tête !

— Il s'agit certainement d'un moment d'égarement, dit lord Bromford. Nous savons que Mr Rivenhale est un homme de bon sens, et quel homme de bon sens s'amuserait à tirer en présence d'une femme ? Chère Miss Stanton-Lacy, quelle épreuve pour vos nerfs ! Laissez-moi insister pour que vous vous reposiez un instant.

— Pour qui me prenez-vous ? répliqua Sophy, les yeux étincelants de malice. Charles est là pour vous dire que je n'ai ni eu peur, ni crié. Depuis ma tendre enfance, sir Horace m'a appris à savoir me conduire dans le monde !

— Vous êtes certainement un exemple à suivre ! intervint alors Miss Wraxton. On ne peut que vous envier votre sang-froid. J'avoue que moi qui suis plus femme, j'ai assez mal supporté le bruit de cette détonation. Je ne comprends rien à votre attitude, Charles. Ou faut-il croire que c'est vraiment le pistolet de Miss Stanton-Lacy et qu'elle était en train de vous éblouir de son adresse ?

— Tout au contraire, c'est moi qui ai voulu montrer la mienne et m'en suis assez mal tiré ! Sophy, vous voulez que je le nettoie ? Je vous le rendrai tout à l'heure.

Sophy secoua la tête et allongea la main pour reprendre son arme.

— Non, non ! dit-elle. C'est toujours moi qui le nettoie et le recharge.

— C'est vous qui le rechargez ? Sophy, que dites-vous là ? reprit alors la comtesse. Ce n'est pas Dieu possible !

Hubert ne put s'empêcher de rire.

— Je vous ai dit que c'était une fille dangereuse, Charles ! Vous le gardez toujours chargé ? demanda-t-il à sa cousine.

— Bien sûr ! On ne sait jamais quand on peut en avoir besoin. Et à quoi sert une arme non chargée ? D'autant que ça n'est pas une petite affaire. Charles s'en tire en un clin d'œil, mais pas moi !

Mr Rivenhale rendit le pistolet à Sophy.

— Si nous allons à Ombersley cet été, nous y organiserons un match, dit-il.

Leurs mains se rencontrèrent. Charles saisit le poignet de la jeune fille et lui dit d'une voix sourde :

— J'ai honte de ce que je viens de faire. Pardonnez-moi et… merci !

Chapitre 13

Naturellement, cet incident ne plut guère à Miss Wraxton. Entre Mr Rivenhale et Sophy, elle devinait une entente qui n'était guère à son goût. Car, même si elle n'était pas vraiment amoureuse du jeunc homme – jugeant d'ailleurs un sentiment de ce genre indigne d'une jeune fille de son rang –, elle avait jeté son dévolu sur lui et ressentait à sa façon l'intérêt qu'il portait à sa cousine.

La vie n'avait pas gâté Miss Wraxton au point de vue mariage. Elle était encore écolière quand un gentleman de noble lignage avait demandé sa main. Mais avant qu'elle ne fût en âge de l'épouser, celui-ci était mort d'une maladie soudaine. Plusieurs autres prétendants s'étaient alors mis sur les rangs après l'année de sa présentation, car elle était jolie et possédait une belle fortune, mais pour une raison ou une autre rien n'avait abouti. Quand Mr Rivenhale avait demandé sa main, c'était à un moment où elle craignait vraiment de rester vieille fille, et elle en fut très heureuse. Comme son éducation avait été parfaite dans le sens du respect des convenances, elle n'avait jamais eu la moindre amourette romantique. Lord Brinklow, le père d'Eugenia, méprisait lord Ombersley et n'eût jamais admis la demande de Mr Rivenhale si l'héritage de Matthew Rivenhale n'était venu changer les choses. Quant à sa femme, plus guindée et plus puritaine encore que son époux, elle n'avait pas manqué de signaler à sa fille que son devoir consistait à détacher son fiancé de son impossible famille. Ce à quoi Eugenia apportait tous ses soins, bien persuadée, du reste, qu'elle agissait dans l'intérêt de Charles. Comme elle entra dans la vie du jeune homme à un moment où celui-ci se trouvait excédé des dettes et de la légèreté de son père, ses paroles portèrent leurs fruits. D'une nature terne et triste, Eugenia trouva déplorable le goût naturel du plaisir qui régnait chez les Ombersley. Charles, qui se débattait parmi les notes et les factures, fut enclin à trouver que sa fiancée avait raison. Ce n'est qu'après l'arrivée de Sophy qu'il se mit à changer. Miss Wraxton jugea aussitôt que sa cousine avait sur lui la plus néfaste influence et s'employa à la contrecarrer. Quand elle demanda à Charles s'il était informé de la raison qui avait conduit sa cousine à revendre ses diamants, Charles ne put faire autrement que de lui raconter, en gros, l'affaire d'Hubert. Elle en profita aussitôt pour faire ressortir devant lui les tristes défauts de son frère, qu'elle jugeait le portrait de son père ; bref, un garçon qui ne ferait jamais rien dans la vie. Naturellement, elle blâma également Sophy. Mais Mr Rivenhale s'était déjà dégagé de son emprise, aussi lui répondit-il :

— Je ne peux m'en prendre qu'à moi-même. Si je n'avais pas toujours parlé si durement à Hubert, il aurait eu confiance en moi et cela lui aurait évité d'accumuler les méfaits. Je dois remercier ma cousine de m'avoir montré mes erreurs. Je compte prendre un autre chemin et j'espère bien convaincre Théodore, quand il sera un peu plus grand, qu'au lieu d'avoir peur de son frère aîné, il doit le considérer comme un ami.

— Mon cher Charles, dit Miss Wraxton, je considère que vous faites preuve d'un excès de sensibilité. Vous n'êtes pas responsable des méfaits de votre frère !

— Vous vous trompez, Eugenia. J'ai six ans de plus qu'Hubert et comme je sais, par ma propre expérience, que nous avons tous souffert d'avoir un père qui ne s'est jamais soucié de nous, je pense que c'est à moi de me préoccuper des plus jeunes. Je n'ai aucun scrupule à vous le dire haut et fort, étant donné les liens qui nous unissent !

Elle s'empressa de répondre :

— Je suis certaine que vous avez toujours accompli votre devoir. Dans cette maison désordonnée, je sais que vous avez fait tout ce que vous pouviez pour introduire un peu de discipline. Hubert savait à quoi s'en tenir sur vous, et le soutenir dans cette aventure – que je trouve des plus inconvenantes –, c'est lui rendre un mauvais service. Quant à Miss Stanton-Lacy, je veux bien croire qu'elle ait agi avec les meilleures intentions du monde, mais je trouve qu'elle a étrangement manqué à son premier devoir. Celui-ci était de vous avertir, et de le faire tout de suite. Elle aurait dû réfléchir davantage ; malheureusement, sa nature est si indisciplinée qu'elle n'agit que sur ses impulsions – ce qui est fort regrettable.

Charles regarda son interlocutrice d'un air que cette dernière préféra ne pas interpréter.

— Admettons, Eugenia, que ce soit à vous qu'Hubert ait fait ses confidences. Me les auriez-vous rapportées ? demanda-t-il.

— Indubitablement ! répliqua-t-elle. Et sans la moindre hésitation !

— Sans la moindre hésitation ? répéta-t-il. Même s'il vous les avait faites, certain que vous n'en parleriez pas ?

Elle eut un sourire indulgent.

— Mon pauvre ami, où irions-nous s'il nous fallait tenir compte de telles choses. Je vous assure que mon souci de l'avenir de votre frère aurait passé avant tout. Étant donné qu'il a les mêmes tendances que votre père, j'aurais considéré de mon devoir...

Sans s'excuser, il l'interrompit brusquement :

— Ce que vous dites fait peut-être honneur à votre esprit, mais certes pas à votre cœur, Eugenia ! Vous êtes une femme : sans doute ne comprenez-vous pas qu'un secret qui vous est confié ne doit pas être trahi. C'est un dépôt sacré !

Ces mots, qu'il prononça sur un ton assez vif, exaspérèrent à tel point Miss Wraxton qu'elle ne put s'empêcher de rougir et répliqua :

— Miss Stanton-Lacy a de la chance d'être assez peu féminine pour comprendre ce genre de choses !

— Elle l'est plus que quiconque ! dit Charles. Et j'admire la façon dont son père l'a élevée. Peut-être est-ce simplement par générosité, et sans se soucier de son avenir, qu'elle a volé au secours d'Hubert. Je ne sais ! Je ne le lui ai pas demandé. Mais ce qui est certain, c'est qu'elle n'aurait pu mieux faire. Tout eût beaucoup plus mal tourné si elle m'en avait parlé. Et, par ailleurs, Hubert est un garçon trop propre pour s'abriter derrière Sophy, lui-même m'a tout confessé.

Eugenia souriait toujours.

— Je crains que votre partialité ne vous aveugle, Charles ! À partir du moment où vous connaissiez l'histoire des bijoux, personne ne pouvait plus rien vous cacher.

Charles reprit d'un air sombre :

— Je n'aime pas vous entendre parler ainsi, Eugenia. Vous êtes injuste envers Hubert et vous vous acharnez à le diminuer à mes yeux. Par votre faute, je l'ai mésestimé et m'en repens. Je l'ai traité comme si c'était un gosse et comme si j'étais son mentor. Si je n'avais pas écouté vos conseils, rien de tout cela ne serait arrivé. Quand je pense que dans une telle épreuve, il n'a pas pu se dire qu'il avait un frère aîné auquel se confier !… Il n'y a pas de coup droit de Jackson qui puisse me mettre plus K.-O !

— Vous usez là d'un langage que j'ai du mal à comprendre, dit Miss Wraxton d'une voix de miel. Mais je ne doute pas que votre cousine, qui est tout à fait… « à la page », ne vous comprenne mieux que moi !

— J'en suis convaincu, dit-il simplement.

À son corps défendant, Miss Wraxton insinua :

— Vous semblez nourrir pour elle un sentiment des plus tendres.

— Moi ? dit-il, abasourdi par les paroles de sa fiancée. Seigneur ! Je crois pourtant que mes sentiments à son égard ne font de doute pour personne ! Je souhaite qu'elle s'en aille au plus vite, mais je n'ai aucune raison de nier ses qualités.

Ces mots radoucirent Eugenia.

— Je ne les nie pas moi-même ; mais quel dommage qu'elle ne favorise pas la cour que lui fait lord Bromford ! C'est un homme fort bien élevé et qui a de solides principes ; j'apprécie beaucoup son jugement et je pense que son bon sens peut avoir une bonne influence sur une jeune fille qui semble si bien en manquer.

Elle s'aperçut qu'il la regardait avec un air amusé, et elle ajouta aussitôt :

— Je croyais que vous étiez prêt, vous-même, à encourager ce mariage.

— Je n'ai pas à m'occuper de qui Sophy épousera ! Mais ce ne sera certainement pas Bromford. Il pourra dire qu'il l'a échappé belle !

— C'est l'opinion de lady Bromford, déclara Eugenia. Vous savez qu'elle connaît ma mère et je la vois de temps en temps à la maison. Elle m'a confié dernièrement que son fils avait une santé délicate ; il est certain que votre cousine n'est pas la femme qu'il lui faut.

— Ah ! fichtre non ! s'exclama Charles en riant. On se demande comment ce garçon a pu s'éprendre de Sophy ! Cecilia et Hubert en font des gorges chaudes. Quant à ses histoires sur la Jamaïque… il est même arrivé à donner le fou rire à ma mère. Il est parfaitement ridicule !

— Je ne suis pas de votre avis, dit-elle d'un air pincé. Et même si je l'étais, je me garderais bien de me moquer de la sensibilité de ce pauvre garçon.

Ce reproche n'eut d'autre effet que de rappeler à Mr Rivenhale qu'il avait un rendez-vous et qu'il devait s'excuser. Jamais encore il ne s'était senti si en désaccord avec sa fiancée.

En revanche, jamais encore il ne s'était senti si plein d'indulgence envers sa cousine. Cet heureux état d'esprit se prolongea plus d'une semaine et lui inspira l'envie de l'emmener voir John Philip Kemble, un grand acteur couru par toute la ville. Charles ne l'aimait guère ; il le trouvait affecté et doué d'une très mauvaise prononciation. Mais il était à la mode, et sans rien dire de ce qu'il pensait, le jeune homme retint une loge et, un beau soir, emmena Sophy, Cecilia et Mr Wychbold au fameux théâtre de Covent Garden. Sophy fut un peu déçue par le jeu du comédien, mais la soirée se passa très agréablement, et les jeunes gens soupèrent dans un hôtel d'Henrietta Street. Mr Rivenhale avait fort bien fait les choses, ayant retenu un petit salon particulier, et le dîner fut des plus charmants. Charles était de si bonne humeur qu'il oublia de critiquer l'acteur. Mr Wychbold se montra loquace et empressé. Cecilia était radieuse et Sophy, comme toujours, pleine d'esprit et de vivacité.

En fait, lorsque plus tard Cecilia dit bonsoir à son frère, elle ajouta qu'elle n'avait pas passé une telle soirée depuis longtemps.

— Moi non plus, répondit Charles. Au fond, Cilly, nous devrions sortir ensemble plus souvent. Croyez-vous que Sophy aimerait aussi voir Edmund Kean ? Il va jouer prochainement.

Cecilia se réjouissait déjà de cette deuxième sortie en perspective quand Charles et sa cousine eurent un nouveau différend. Lord Charlbury, obéissant aux consignes de cette dernière, invita un soir la comtesse, sa fille aînée et sa nièce à l'accompagner au théâtre. Jusque-là, Mr Rivenhale n'y trouva rien à redire ; mais lorsqu'il apprit par la suite que le jeune Mr Fawnhope avait été invité lui aussi, il prit la chose assez mal, d'autant qu'aux dires de tous, ce fut une soirée très réussie. La comtesse avait pris plaisir aux attentions de son hôte et du vieux général Retford qu'il avait invité pour elle. La pièce, *Bertram*, avait été très bien jouée et tous les invités avaient soupé joyeusement au *Piazza*. Voilà ce que sa mère confia à Mr Rivenhale. Cecilia, de son côté, lui raconta que Sophy s'était montrée endiablée ce soir-là, tout en se gardant bien de lui dire qu'elle était même allée jusqu'à flirter assez ouvertement avec leur hôte. Cecilia était contente de voir que son ex-fiancé n'avait pas l'air de trop souffrir, mais elle condamnait malgré elle l'attitude risquée de sa cousine. À un moment, lord Charlbury voulut expliquer à Sophy comment s'y prenait son père – un libertin d'assez mauvaise réputation – pour prendre sa prise de tabac dans le creux du poignet des dames, et Sophy, instantanément, offrit sa main pour une démonstration – ce qui dépassait un peu les bornes, même aux yeux de Cecilia. Celle-ci se félicita que Mr Auguste Fawnhope n'eût pas de ces manières audacieuses : elle n'aurait pas aimé cela. Du reste, elle n'avait rien à craindre : enflammé par la tragédie qu'il venait d'entendre au théâtre, Mr Fawnhope ne rêvait plus que d'écrire un drame en cinq actes.

Charles n'était pas content de ce que lui avait dit sa sœur au sujet de sa cousine, mais son dépit fut à son comble quand il s'aperçut que Charlbury devenait son chevalier servant, ou plus exactement son *sigisbée*, comme il disait avec un méchant petit sourire. Partout, on le rencontrait avec Sophy. À cheval ou dans son phaéton. Il l'accompagna même un jour chez la marquise, à Merton. Charlbury se vanta partout du plaisir qu'il avait pris à cette petite expédition. La marquise lui était extrêmement sympathique. Il jugeait irrésistible une femme qui trouvait naturel de s'endormir devant ses visiteurs. Sophy, elle, avait eu un choc en trouvant sir Vincent Talgarth assis à côté de Sancia. Depuis son séjour à Londres, la marquise recevait beaucoup. Le commandant Quinton et lord Francis Wolvey étaient allés la voir, ainsi que Mr Fawnhope, qui avait commencé un roman sur Don Juan et posait mille questions à la marquise sur l'Espagne. Pour aller la voir plus souvent et aussi plus facilement, le jeune homme avait loué un cheval que Sophy n'eût pas dédaigné et sur lequel le poète avait assez noble allure. Ceci amena Sophy à confier à Charlbury qu'il vaudrait mieux pour lui que Cecilia ne vît jamais Auguste à cheval.

Lord Charlbury poussa alors un grand soupir.

— Ne croyez pas, ma chère Sophy, que je ne sois pas heureux de vous voir très souvent, mais je me demande parfois à quoi tout cela nous mène ?

— Cela dépend de vous, dit-elle très sérieusement. Mais soyez sûr que Cecilia n'est pas du tout contente que vous me fassiez la cour.

Cecilia n'était pas contente, mais Mr Rivenhale non plus. Et de même pour lord Bromford, qui se mit à tant détester son rival qu'il cessa de lui manifester la plus élémentaire des politesses.

— Je n'arrive pas à comprendre, dit-il un jour à Miss Wraxton, que quelques semaines après avoir demandé la main d'une femme, un homme puisse se tourner vers une autre créature. Si je ne connaissais le monde aussi bien que je le connais et si je n'étais averti de la fragilité du cœur humain, je m'arracherais les cheveux de désespoir à la vue de tant de légèreté. D'ailleurs, inutile de vous dire que je n'ai jamais beaucoup aimé ce Charlbury. Sa conduite ne m'étonne guère ; mais je souffre de voir que Miss Stanton-Lacy s'y est laissé prendre.

— C'est le résultat de son éducation, dit Miss Wraxton. Je crois que sur le continent les femmes pratiquent le flirt comme une simple distraction.

— Vous confierais-je, madame, que je n'ai jamais été partisan de faire voyager les jeunes filles ?

L'éducation du sexe faible doit se faire à la maison, au contraire de celle des hommes. Je ne serais pas étonné d'apprendre que Charlbury n'a jamais quitté Londres. L'intérêt que lui témoigne Miss Stanton-Lacy me surprend.

Charlbury était averti de l'hostilité dont il était l'objet. Un jour qu'il chevauchait aux côtés de Sophy, il lui dit :

— Si je sors sain et sauf de cette comédie, je pourrai m'estimer heureux. Avez-vous décidé de me voir assassiné, monstre que vous êtes ?

Elle rit et lui demanda :

— C'est à Bromford que vous pensez ?

— À Bromford et à Charles. Je ne sais lequel des deux aura ma peau. Le premier est mauvais tireur, mais Charles ne ratera pas son coup !

Elle tourna la tête vers son compagnon.

— Charles ? Vraiment ? Qu'est-ce qui vous le fait penser ?

— Ne faites pas l'innocente, Sophy ! Si Charles m'en veut à mort, ce n'est pas à cause de sa sœur ; vous le savez aussi bien que moi…

Elle n'eut pas le temps de répondre. Mr Rivenhale et Cecilia venaient justement au-devant d'eux. Sophy salua son cousin avec un plaisir sincère et s'abstint de marquer sa surprise à la vue de Cecilia qui n'aimait guère monter à cheval. Lord Charlbury et la jeune fille firent demi-tour pour accompagner leurs amis et, au bout d'une centaine de mètres, Charles amena sa cousine à ralentir le pas et à se laisser distancer par les autres.

— J'aime vraiment beaucoup votre bai, dit Sophy.

— Tant mieux, répliqua Mr Rivenhale d'une voix assez sèche. Mais je vous préviens tout de suite que vous ne le monterez pas !

Sophy lui jeta un regard de côté.

— Et pourquoi, Charles ?

— Sophy ! reprit Mr Rivenhale, absolument hors de lui. Si vous avez l'audace de monter mon Tonnerre, je vous étrangle et je jette votre corps à l'eau !

Elle eut ce rire franc, éclatant, qui avait le don de le calmer instantanément.

— Oh ! Charles, vous ne feriez pas cela ? Et puis après tout, vous auriez raison. Mais gare à vous si je vous trouve un jour à cheval sur mon Salamanque ! Moi non plus je ne vous raterai pas... et je n'oublierai surtout pas que mon pistolet dérive à gauche !

— Tâchez de vous en souvenir ! Voyez-vous, ma chère, reprit Charles, apaisé, quand nous serons à Ombersley, j'aurai beaucoup de plaisir à vous mettre à l'épreuve. J'ai hâte de voir ce que vous pourrez faire avec mes pistolets de duel. Je vous assure que ces deux-là ne portent ni à droite ni à gauche. Je sais choisir mes armes.

— Des pistolets de duel, dit Sophy, très impressionnée. Je n'aurais jamais cru cela de vous, Charles ! Combien de fois vous êtes-vous battu ? Et tuez-vous toujours l'adversaire ?

— Rarement. Le duel a disparu de nos mœurs, et c'est dommage. Je suis navré de vous décevoir, ma chère cousine.

— J'aurais été bien plus déçue de découvrir que vous étiez cruel !

— Touché ! fit-il.

— Est-ce que vous faites de l'escrime ?

— Quelquefois. Pourquoi ?

— Rien. C'est un sport que je n'ai pas appris.

— Je m'étonne que sir Horace ne vous ait pas montré à manier une épée !

— C'est comme ça ! dit Sophy. Il ne m'a pas appris à boxer, non plus. Vous voyez, Charles, il y a deux choses que vous faites certainement mieux que moi !

— Mais vous me damez le pion dans l'art du badinage !

— Du badinage ? Qu'est-ce que vous voulez dire ? Est-ce que vous m'accusez de flirter ?

— Si c'est immérité, éclairez-moi, je vous prie, sur la nature de vos rapports avec lord Charlbury !

Elle tourna vers son cousin le visage le plus innocent.

— Mais, Charles, lui dit-elle, quel mal peut-il y avoir à cela, puisque lord Charlbury a rompu avec votre sœur ? Je n'aurais jamais encouragé sa cour s'il n'avait pas été entièrement libre !

Le cheval bai fit un écart, et Charles répondit, furieux :

— N'essayez pas de m'en faire accroire ! Charlbury et vous, Sophy ! Me prenez-vous pour un imbécile ?

— Oh ! non, s'exclama Sophy de l'air le plus convaincu. Mais il n'y a rien que je ne saurais faire pour obliger sir Horace et je préfère de beaucoup épouser Charlbury plutôt que lord Bromford !

— J'ai parfois l'impression, dit Mr Rivenhale, que la délicatesse est une vertu que vous ignorez complètement.

— C'est juste, mais expliquez-vous, dit-elle avec cordialité.

Il déclina l'invitation et se contenta de répondre :

— Je dois vous avertir que les assiduités de lord Charlbury ont alimenté les rumeurs qui circulent en ville. Que vous vous en moquiez ou non n'a pas la moindre importance, mais dès lors que ma mère est responsable de vous, je vous serais obligé d'observer plus de discrétion.

— Seulement un peu plus de discrétion ? s'enquit Sophy.

Il répondit d'un ton sec :

— Vous êtes bien résolue à ce que je vous déteste. Vous avez fait tout ce que vous avez pu pour cela dès le premier jour !

— Oh ! pas du tout. Je crois que vous n'avez pas eu besoin du moindre encouragement de ma part !

Ils chevauchèrent en silence un instant, et Mr Rivenhale reprit :

— Vous vous trompez. Je ne vous déteste pas. Souvent vous m'avez hérissé. Mais je n'oublierai jamais ce que je vous dois.

Elle s'empressa de l'interrompre.

— Vous ne me devez rien du tout. Et assez parlé de cette histoire, je vous en prie ! Parlez-moi plutôt d'Hubert. Comment va-t-il ? Je crois que vous avez reçu de ses nouvelles hier ?

— Il va bien, j'imagine. Il m'a seulement écrit de lui envoyer un livre qu'il avait oublié. (Il poursuivit en souriant malgré lui.) Et pour me dire qu'il avait l'intention de ne pas manquer un cours ! Si je n'étais pas certain qu'il n'en fera rien, je m'embarquerais aujourd'hui même pour Oxford ! Un tel excès de vertu me paraît inquiétant ! Permettez-moi de vous dire une chose, Sophy, que je n'ai jamais eu le temps de vous exprimer : quoi qu'il advienne, je vous serai toujours reconnaissant de m'avoir fait comprendre combien j'ai mal agi envers Hubert.

— Si vous le voulez, dit simplement Sophy, je pourrais également vous montrer que vous avez tort de vous conduire comme vous le faites avec Cecilia.

Sa figure se durcit.

— Merci, dit-il. Sur ce sujet, nous ne sommes pas du même avis.

Elle ne répondit pas, mais pressa un peu Salamanque pour rejoindre lord Charlbury.

Celui-ci conversait plaisamment avec Cecilia. Au début, la jeune fille, s'était sentie mal à l'aise de rester seule avec lui ; mais Charlbury ne dit pas un mot qui pût rappeler leur entretien et lui parla d'un ton tout à fait détaché – encore que très amical – de choses qu'il savait susceptibles de l'intéresser. C'était un contraste agréable avec la compagnie d'Auguste, qui ne parlait que de ses poèmes et des mérites du vers blanc. La beauté de Mr Fawnhope et le charme de son sourire pouvaient éblouir des yeux féminins, mais il lui manquait l'art de suggérer à une jeune fille qu'elle était une frêle créature qu'un homme aimerait chérir. Les dix années que lord Charlbury comptait de plus que Cecilia marquaient là un grand avantage.

Évidemment, il n'était pas encore question que la jeune fille regrettât d'avoir décliné l'offre de son actuel compagnon, mais quand Charles et Sophy les rejoignirent, elle éprouva cependant un très léger dépit de voir interrompre leur tête-à-tête.

Plus tard, elle essaya de discuter de la chose avec Sophy, mais trouva difficile d'en exprimer la nuance exacte. Finalement, le nez penché sur un ouvrage de broderie, elle demanda à sa cousine si lord Charlbury lui avait demandé sa main.

Sophy éclata de rire.

— Sotte que vous êtes, pensez-vous ? Lord Charlbury n'a pas de réels sentiments pour moi.

Cecilia évita de relever les yeux.

— Vraiment ? dit-elle. Pourtant, son attitude le laisserait croire.

— Ma chère Cecy, je ne voudrais pas vous taquiner sur ce sujet, mais je crois que ce n'est pas le cœur de lord Charlbury que ma personne intéresse. Je crois que son cœur est fermé à jamais et qu'il finira vieux garçon.

— Je ne suis pas de votre avis, Sophy. Je crois qu'il vous demandera votre main… et… et j'espère que vous direz « oui », car à moins qu'on aime quelqu'un d'autre, je ne vois pas quel gentleman on pourrait lui préférer.

— On verra ! dit Sophy.

Chapitre 14

L'idée d'écrire une tragédie ayant vraiment pris possession de l'esprit de Mr Fawnhope, il renonça à se procurer un emploi rémunérateur. On ne l'en vit pas moins souvent à Berkeley Square où il venait, le manuscrit en poche, lire à Sophy et Cecilia la scène qu'il venait d'écrire. Parfois, lady Ombersley assistait elle-même aux lectures, mais déclarait ensuite n'y avoir rien compris. Le reste de son temps se passait à Merton auprès de la marquise. Mais quand Sophy l'interrogeait sur les autres jeunes gens qu'il rencontrait là-bas, il était incapable de se rappeler qui il avait vu. Sophy apprit cependant par sir Vincent lui-même qu'il voyait très souvent Sancia, et la jeune fille ne manqua pas de lui rappeler d'une façon nette que la belle Espagnole était fiancée à sir Horace.

Sir Vincent ne put s'empêcher de rire. Il pinça le menton de Sophy, et, le tenant dans sa main quelques minutes de trop, lui répliqua, le visage tout près du sien :

— Ma chère Junon, rappelez-vous que quand je vous ai offert de me mettre en votre pouvoir vous m'avez durement repoussé. Vous n'avez plus de droit sur moi.

Elle lui saisit le poignet et dit :

— Sir Vincent, j'espère que vous n'allez pas jouer un mauvais tour à sir Horace ?

— Pourquoi pas ? dit-il froidement. N'est-il pas capable de m'en faire autant ? Vous êtes d'une belle innocence !

Étant donné que Mr Rivenhale choisit cet instant peu propice pour entrer dans le salon, Sophy n'eut pas le temps de répondre. Sir Vincent s'inclina devant elle et fit quelques pas pour saluer son hôte. Il fut reçu assez fraîchement et nullement encouragée à prolonger sa visite. Charles, après son départ, reprocha vivement à Sophy d'encourager les familiarités de ce libertin notoire. Sophy l'écouta patiemment et dit :

— Vous êtes de première force, Charles, pour ce qui est de faire la morale. Mais là, dites-moi, en toute conscience… trouvez-vous vraiment que je flirte ?

— Certainement ! dit-il. Il n'y a pas une tunique rouge que vous n'ayez encouragée. On ne voit qu'eux à la maison. Toute la ville bavarde à votre sujet. Charlbury ne vous quitte pas et Talgarth se conduit avec vous comme avec une servante d'auberge !

Sophy ouvrit des yeux ronds.

— Charles ! C'est donc cela que vous faites aux servantes ? Vous leur pincez le menton ? Je n'aurais jamais cru cela de vous !

— Prenez garde, Sophy. Vous avez une façon de m'exaspérer qui peut être dangereuse. Si vous saviez l'envie que j'ai de vous boxer !

— Mais vous ne le ferez pas ! Vous savez que je manque d'entraînement pour ce sport et que ce ne serait pas *fair-play* ! Et puis, qu'est-ce que cela peut vous faire que je flirte ou non ? Je ne suis pas votre sœur.

— Dieu merci !

— Comme vous dites ! Car on ne peut pas imaginer un frère plus odieux que vous. Cessez de vous monter la tête. Sir Vincent est un être vraiment peu intéressant, mais il ne me touchera pas ; vous pouvez en être certain. Cela n'entre pas dans ses vues ; d'abord parce qu'il me connaît depuis le temps où j'étais gamine et parce qu'il connaît sir Horace. Mais c'est un homme dangereux pour les autres. Et je pense à Sancia. Il n'a pas l'air de la considérer avec le respect nécessaire. Là, il me fait très peur. Je me demande si je ne devrais pas l'épouser pour éviter un désastre ?

— Quoi ! s'écria Charles. Épouser cet homme ? Pas tant que vous serez sous mon toit !

— C'est peut-être la seule chose à faire pour le bonheur de sir Horace. Évidemment, pour moi ce serait un sacrifice ; mais je crois que je le lui dois. Il compte sur moi pour lui garder Sancia, et je ne sais pas comment je pourrais faire autrement pour empêcher sir Vincent de lui voler son affection. Il est malin, vous savez, et sait s'y prendre avec les femmes…

— Je pense que vous perdez la tête, répliqua Charles avec une nuance de mépris. Je ne peux pas croire que vous considériez le projet d'épouser un homme pareil !

— Mais Charles, c'est vous qui n'êtes pas raisonnable. Il n'y a pas seulement une semaine, vous disiez que plus tôt je quitterais la maison, mieux cela vaudrait ; mais pour peu qu'il soit question que j'épouse ou Charlbury ou sir Vincent, vous vous mettez en colère !

Charles ne releva pas ces mots. Après un regard noir pour elle, il se contenta de dire :

— La seule chose qui me surprendrait, c'est que Talgarth vous demande en mariage !

— Dans ce cas, soyez surpris, dit Sophy tranquillement, car il l'a fait. Et plus d'une fois. Mais je sais ce que vous voulez dire : il serait sans doute bien attrapé si je le prenais au mot. Quoi qu'il en soit, je pourrais toujours me fiancer pour l'éloigner de Sancia et rompre avec lui au retour de sir Horace ; mais ce n'est pas très chic, qu'en dites-vous ?

— Je pense comme vous !

— Et par-dessus le marché, il est tellement malin qu'il comprendrait sûrement de quoi il retourne. Je pourrais, évidemment, aller vivre à Merton, et cela le gênerait pour ses visites ; mais je crois que cela ne plairait guère à Sancia.

— Je la comprends !

Sophy le regarda, et Charles vit dans les yeux de la jeune fille deux larmes voiler ses prunelles et couler le long de ses joues. Elle ne renifla pas, ni ne soupira, ni ne s'empressa de sortir son mouchoir : elle laissa ses larmes couler.

— Sophy ! s'écria Mr Rivenhale, visiblement touché.

Il fit un pas vers elle, s'arrêta et lui dit :

— Sophy, non, ne pleurez pas ! Excusez-moi... je ne voulais pas... Vous savez comment je suis... Pour l'amour du ciel, Sophy, ne pleurez pas !

— Oh ! ne m'arrêtez pas, dit-elle. Sir Horace prétend que c'est mon seul charme.

— Quoi ? balbutia-t-il, tout décontenancé.

— Il y a très peu de femmes qui peuvent pleurer à volonté, reprit-elle. Sir Horace affirme que c'est un art et que je dois le cultiver.

— Oh ! vous, balbutia Charles, qui manquait de mots pour exprimer ce qu'il ressentait.

— Vous voyez, c'est fini, dit Sophy en essuyant les dernières larmes suspendues au bord de ses cils. Pour continuer il me faudrait des pensées tristes, comme quand vous me dites des choses méchantes...

— Vous n'avez pas pleuré pour ce que je vous ai dit, mais exprès pour me voir à mon désavantage. Vous êtes la plus horrible créature... Ne recommencez pas !

Elle rit.

— Si je suis si horrible, pourquoi ne m'encouragez-vous pas à aller vivre à Merton ?

— Essayez de comprendre ceci : c'est à ma mère que sir Horace vous a confiée. Tant que vous serez en Angleterre, vous habiterez chez nous ! Quant à ce que vous racontez au sujet de la marquise, ce n'est pas à vous de vous occuper d'elle !

— Quand le bonheur d'une personne à laquelle on tient est en jeu, dit Sophy, on a raison d'intervenir. Encore que, dans ce cas, je ne sache vraiment pas quoi faire. Il aurait mieux valu que Sancia habite la maison de sir Horace.

— À Ashtead ? Et pourquoi ?

— Parce que c'est plus loin de Londres.

— Une quinzaine de kilomètres, je crois.

— Dix-sept, exactement. Deux fois plus loin que Merton. Mais c'est inutile d'y penser. Sir Horace dit que la maison est pour l'instant inhabitable. Elle a besoin de réparations qu'il compte faire exécuter à son retour. Pourvu qu'il n'arrive pas trop tard !

— Pourquoi serait-il trop tard ? demanda Mr Rivenhale, faisant exprès de ne pas comprendre sa cousine. Lacy Manor n'est pas complètement vide, j'imagine. Mon oncle a dû y laisser des gardiens ?

— Oui, les Clavering, et je suppose, aussi, un fermier. Mais vous savez parfaitement que ce n'est pas ce que je veux dire !

— Si j'ai un conseil à vous donner, reprit-il, ne vous occupez pas des affaires de Sancia. (Il poursuivit d'un air caustique.) Ni de qui que ce soit… et ne prenez pas la peine de me dire que vous n'avez pas besoin de mes conseils, car il y a longtemps que je m'en doute.

Sophy croisa ses mains dans son giron et se mit à se tourner les pouces d'un air si stupidement docile que Charles sourit malgré lui.

Mais à mesure que les jours s'écoulaient, Charles eut de moins en moins l'occasion de sourire. Comme Sophy n'avait pas été présentée à la Cour, elle ne put assister à la fête du Régent ; néanmoins elle ne manqua aucune autre fête. Au cours de ces réunions, où il se trouvait obligé d'accompagner sa mère et Cecilia, Charles passait la plus grande partie de son temps à surveiller sa sœur et le jeune Mr Fawnhope et à regarder sa cousine flirter outrageusement avec lord Charlbury. Si bien qu'il souhaita vite, de tout son cœur, voir arriver le mois de juillet et envoyer toute sa famille à la campagne. Il désirait aussi vivement que Sophy se marie avant leur retour à Londres. Miss Wraxton, de son côté, espérait voit bientôt revenir sir Horace, mais celui-ci n'écrivait guère.

— Si, dit un jour Eugenia, baissant les yeux comme il convenait, votre cousine était encore chez votre mère en septembre, je pense qu'il serait correct de lui demander d'être une de mes demoiselles d'honneur.

Charles fut de cet avis, mais déclara :

— J'espère revoir mon oncle avant. Dieu sait ce qu'elle inventera encore à Ombersley !

Or, quand arriva le mois de juillet, il ne fut plus question d'Ombersley Court. Pour l'anniversaire de Gertrude, Mr Rivenhale emmena ses trois jeunes sœurs au cirque et, environ une semaine plus tard, le vieux docteur Baillie, le médecin de la famille, fut appelé en consultation auprès de la petite Amabel.

Depuis plusieurs jours, elle se sentait mal. Les premiers malaises l'avaient prise le lendemain même de la petite fête et Charles s'en voulut de l'avoir emmenée au cirque. Très vite, la fièvre monta ; l'enfant avait de violentes douleurs de tête et le spectre du typhus se dressa devant la comtesse. Immédiatement,

Selina et Gertrude furent envoyées à Ombersley, ainsi que la gouvernante. Hubert, qui se trouvait alors en vacances dans le Yorkshire auprès d'un membre de la famille, reçut l'ordre d'y rester. Lady Ombersley aurait bien volontiers éloigné également Cecilia et Sophy, mais les deux jeunes filles refusèrent de la laisser seule à Londres. Sophy dit qu'elle avait connu d'autres épidémies que celle-là et que les microbes n'avaient aucun amour pour elle. Quant à la pauvre Cecilia, elle était si malheureuse de voir souffrir sa mère qu'elle la suivait comme son ombre. La comtesse pleurait beaucoup. Elle était trop faible elle-même pour supporter vaillamment la maladie d'un des siens. Sa sensibilité dépassait son courage. La vue des joues empourprées d'Amabel lui donnait des palpitations et plus d'une fois elle quitta la malade, sur le point d'avoir une syncope. Elle ne pouvait s'empêcher de penser qu'elle avait déjà perdu un enfant dans les mêmes conditions et était persuadée qu'Amabel ne guérirait pas.

Charles se trouvait avec Hubert chez sa tante dans le Yorkshire et sa présence eût été nécessaire à la maison. Amabel le réclamait. En son absence, lord Ombersley s'approcha de la malade, le docteur l'ayant persuadé qu'il était rare qu'un adulte attrapât la fièvre typhoïde, mais à la vue de sa fille il se mit à pleurer et ne fut d'aucun réconfort pour elle.

La vieille nurse des enfants qui s'était mise à soigner Amabel ne pouvait assurer la tâche, et le docteur Baillie la remplaça par une nouvelle infirmière répondant au nom de Mrs Pebworth. C'était une grosse femme, dont un œil pleurait toujours et qui portait un bonnet très volumineux. Elle sourit aux deux jeunes filles qui l'accueillirent dans la maison et leur demanda de la laisser faire : elle savait soigner les malades. Mais peu de jours s'écoulèrent avant que Sophy ne s'aperçût qu'elle passait son temps assise au coin du feu et avalant toutes les demi-heures quelques bonnes lampées de whisky. La nuit, elle dormait tranquillement tandis que gémissait la malade. Sophy pria le docteur Baillie de « rembarquer » son infirmière. Si bien que lorsque son cousin arriva à Berkeley Square (aussitôt alerté, il s'était mis en route), il trouva sa mère alitée, son père constamment dans les clubs afin d'oublier son chagrin, sa sœur prenant une heure de repos sur son lit et Sophy seule, commandant la manœuvre, dans la chambre de la malade.

La joie de lady Ombersley, quand elle revit son fils, fut immense. Elle avait oublié toutes ses paroles désagréables.

Elle retrouvait en lui son seul soutien. Sitôt qu'il entra dans la chambre, elle s'assit sur son séant et le prit dans ses bras en s'exclamant :

— Charles ! Oh ! mon cher fils. Quelle joie de vous revoir ! C'est si terrible, et je sais que le Seigneur va me la prendre, comme ma pauvre petite Clara !

Sur ce, elle éclata en sanglots et Charles commença par essayer de la calmer. Quand elle fut apaisée, il lui demanda ce qu'avait au juste Amabel. Les explications de la comtesse n'étaient pas des plus précises, mais

Charles en comprit assez pour se convaincre tout de suite que le cas était désespéré et qu'il s'agissait là d'une maladie fort probablement contractée le soir du cirque. Il en fut si profondément touché que sur l'instant il ne put rien dire. Il se releva de sa chaise, ouvrit la fenêtre et laissa son regard errer sur les jardins.

Sa mère, tout en s'essuyant les yeux, lui dit :

— Si seulement je n'étais pas si faible ! Vous savez, Charles, combien je voudrais être auprès d'elle ! Mais chaque fois que je la vois, je sens mon cœur qui se brise et je suis obligée de m'en aller.

— Ce n'est pas à vous de la soigner, dit-il. Qui est auprès d'elle ? Addy est toujours là ?

— Non, non ! le docteur Baillie a jugé préférable de l'envoyer à Ombersley avec Gertrude et Selina. Il nous a procuré une infirmière, mais c'était une horrible créature… Moi, je ne l'ai jamais vue ; mais Cecilia dit qu'elle buvait et qu'elle soignait mal Amabel…, alors Sophy l'a renvoyée. C'est Nanny qui la garde ; vous savez qu'elle, on peut lui faire confiance. Cecilia et Sophy l'aident autant qu'elles peuvent. Le docteur dit que Sophy est de première force comme infirmière et que la maladie suit son cours, mais, Charles, je ne peux pas croire que Dieu me la sauvera !

De nouveau, il courut au chevet de sa mère pour la calmer – ce qu'il fit avec une douceur dont on ne l'aurait pas cru capable. Puis il monta trouver sa sœur, qu'il rencontra sur le palier. Elle était pâle et avait les traits fatigués, mais sa face s'éclaira à la vue de son frère. Elle murmura à voix basse :

— Charles ! Je savais que vous viendriez tout de suite ! Avez-vous vu maman ? Elle a tant besoin de vous !

— Je sors de sa chambre. Cilly, maman me dit qu'Amabel a commencé à se plaindre peu de jours après notre soirée au cirque !

— Chut ! Venez dans ma chambre. Ne parlez pas si fort ! Nous aussi nous pensions comme vous, mais le docteur Baillie prétend que la maladie couve depuis bien plus longtemps que ça. D'ailleurs, les deux autres n'ont rien. Addy nous a écrit hier qu'ils étaient en parfaite santé.

Elle referma la porte de la chambre et ajouta :

— Je ne peux pas rester très longtemps. Maman va avoir besoin de moi.

— Ma pauvre enfant, vous avez l'air si fatiguée !

— Non, non ! Je ne suis pas fatiguée du tout. D'ailleurs, je ne fais presque rien ; c'est ce qui me vexe quand je vois Sophy et sa si gentille femme de chambre porter tout le poids sur leurs épaules. Car Nanny est trop vieille pour nous rendre service, et trop malheureuse quand elle voit dans quel état est sa pauvre petite Amabel ! Mais il faut aussi que l'une de nous soit toujours auprès de maman. Sans quoi, elle a des suffocations... Vous savez comme elle est. Heureusement que vous êtes là. Vous pourrez rester auprès d'elle. (Elle sourit et pressa la main de son frère dans la sienne.) Jamais je n'ai été si heureuse de voir quelqu'un arriver ! Et Amabel ! Elle vous a beaucoup appelé, nous demandant où vous pouviez être. Vous n'avez pas peur de la contagion ? (Il fit un geste impatient.) Non, je le pensais bien. Sophy est dans le jardin en train de respirer. Le docteur a beaucoup insisté pour l'exercice au grand air. Il dit que c'est indispensable et nous lui obéissons. Nanny garde Amabel l'après-midi.

— Puis-je la voir ? Ou croyez-vous que cela lui fasse du mal ?

— Au contraire ! Je pense qu'elle doit être éveillée. Vous allez la trouver changée, Charles !

Cecilia le conduisit à la chambre de la malade. Amabel était agitée ; les joues en feu, elle rejetait avec véhémence toute suggestion pour amoindrir sa peine ; mais quand elle vit son frère aîné, un pâle sourire apparut sur ses lèvres. Elle tendit une main vers lui ; il la prit et se mit à lui parler d'un ton doux qui semblait faire du bien à la fillette. Elle ne voulait plus le lâcher, mais, sur un signe de Cecilia, il dégagea sa main de la sienne en lui promettant de revenir si elle se montrait docile et avalait la potion que Nanny était en train de lui présenter.

Sa vue lui avait causé un grand choc. Il avait du mal à croire sa sœur, qui prétendait que l'enfant aurait vite fait de reprendre son poids, une fois que la fièvre serait passée. Par ailleurs, la vieille Nanny ne lui semblait pas tout à fait à la hauteur de sa tâche. Cecilia était de cet avis, mais elle s'empressa de lui dire que ce n'était pas elle, mais Sophy qui en fait soignait Amabel.

— Le docteur dit qu'on ne pourrait pas rêver d'une meilleure infirmière, ajouta Cecilia. Et je voudrais que vous la voyiez, Charles ! Elle est si ferme, et cependant jamais brutale. Naturellement, Nanny déteste obliger Amabel à avaler ceci ou cela, et elle cède à tous ses caprices. Mais pas Sophy ! Le docteur reconnaît qu'il peut avoir confiance en elle, et Amabel s'est attachée à sa cousine, elle n'aime pas la voir s'éloigner. On ne pourrait plus la remplacer maintenant.

— Nous sommes très redevables à Sophy, dit-il. Mais il n'y a pas de raison pour qu'elle assume une pareille charge ! Le danger d'infection mis à part, elle n'est pas venue chez nous pour nous servir de garde-malade !

— Non, bien sûr…, reconnut Cecilia. Mais je ne sais pas… elle fait tellement partie de la famille à présent que ça n'a rien d'extraordinaire.

Charles ne répondit pas et elle le quitta pour aller retrouver leur mère. Quand, plus tard, il vit Sophy et essaya de lui exposer ses vues, celle-ci l'interrompit :

— Je suis ravie que vous soyez de retour, Charles ! Votre présence fera beaucoup de bien à Amabel et à votre chère maman. Mais si vous répétez ce que vous venez de me dire, je ne serai pas longue à désirer vous voir loin d'ici !

— Vous avez votre propre vie, ma chère, insista-t-il. J'ai vu plus d'une douzaine d'invitations pour vous sur le manteau de la cheminée. Vous n'allez pas manquer toutes ces sorties pour rester ici à soigner ma sœur.

— En effet ! dit Sophy. Quel scandale que je manque trois ou quatre bals ! Comment puis-je survivre à la chose ! Comment n'ai-je pas le courage de demander à ma tante de m'accompagner dans le monde ! Je vous en prie, Charles, assez de ces idioties. Occupez-vous de votre mère. Elle a besoin de votre appui. Vous savez comme elle est nerveuse. Jusqu'ici la pauvre Cecy a été seule à la tâche ; je ne vous étonnerai pas en vous disant que votre père n'est absolument d'aucun secours.

— Je sais, dit-il. Je vais faire tout ce que je peux. La pauvre Cecilia paraît bien fatiguée ! (Après un temps, et l'air un peu gêné, il poursuivit.) Ce serait peut-être une idée que de demander à Miss Wraxton de nous rendre quelques services. Je ne dis pas de la laisser entrer dans la chambre de la malade ; mais elle pourrait de temps en temps tenir compagnie à ma mère...

Voyant l'expression de sa cousine, il reprit avec une certaine âpreté :

— Je sais que vous détestez Eugenia, mais elle est calme et pleine de bon sens et son influence pourrait être bonne.

— Si c'est là votre avis, dit Sophy, mon cher cousin, ne vous gênez pas. Invitez Miss Wraxton à venir dans cette maison, vous verrez le résultat !

Elle n'ajouta rien de plus, mais Mr Rivenhale eut tôt fait de s'apercevoir que si sa fiancée et les siens se disaient « fort affligés » de ce qui se passait à Berkeley Square, Eugenia n'avait pas la moindre intention de s'exposer à la contagion. Prenant les mains de Charles entre les siennes, elle lui raconta que sa mère lui avait interdit – formellement – de franchir le seuil de sa maison tant qu'Amabel ne serait pas remise. C'était d'ailleurs la vérité. Lady Brinklow elle-même le confirma à Mr Rivenhale en lui disant qu'elle regrettait qu'il soit venu la voir car il était porteur de germes, et en le priant de s'abstenir de renouveler sa visite.

— Je vous conseillerais même, ajouta Eugenia, de vous éloigner de chez vous. D'ailleurs, les hommes ne sont d'aucune utilité dans la maison d'un malade.

— Avez-vous peur, demanda Charles, que j'attrape la maladie et que je vous contamine ? Très bien ! Dans ce cas, vous ne me verrez plus avant que ma sœur ne soit remise !

Lady Brinklow approuva cette résolution, mais Eugenia prit soudain peur et dit à son fiancé qu'il serait toujours le bienvenu. Il la remercia de ces bonnes paroles et se retira immédiatement.

La piètre opinion qu'il eut de sa fiancée ce jour-là ne s'amenda guère à son retour à la maison. Il y trouva en effet Charlbury assis aux côtés de sa mère. Quelles que fussent les intentions du visiteur, il ne put s'empêcher d'apprécier son dédain de la contagion.

Fawnhope, aussi, continuait ses visites. Mais c'était plus fort que Charles : il ne pouvait pas l'admirer. Cependant, comme Cecilia semblait très fatiguée et déprimée, il s'abstint de dire quoi que ce soit. Il eût été bien rassuré s'il avait su combien sa sœur tirait peu de plaisir de ces visites.

Amabel en était à sa deuxième semaine de maladie ; le vieux docteur Baillie ne cachait pas la gravité de son état à ses nurses, et Cecilia ne pouvait plus supporter d'entendre son fiancé parler de tragédie ou de poésie.

En revanche, un jour, lord Charlbury lui apporta une magnifique grappe de raisins qu'il avait fait venir tout exprès de sa propriété pour flatter l'appétit de la pauvre Amabel, et c'est le cœur fort ému de cette bonté que Cecilia remit le présent entre les mains de sa cousine.

— Quelle délicate attention ! s'écria Sophy. Je ne savais pas que Charlbury était là ; je croyais que c'était Auguste.

— Ils sont venus tous les deux, répondit Cecilia. Auguste voulait me montrer un poème qu'il vient d'écrire, dédié « à un enfant malade ».

— Charmant ! commenta Sophy. Il est joli, ce poème ?

— Je l'ignore, déclara sa cousine. Je n'ai pas le goût, en ce moment, de lire de la poésie.

Sophy ne dit rien, mais après un instant, Cecilia reprit :

— Il m'est très difficile d'exprimer à lord Charlbury toute la gratitude que j'éprouve pour ses gentilles attentions. Et pourtant, j'en suis très touchée… Sophy, voulez-vous lui dire de ma part combien je le remercie ? Vous êtes toujours en haut et vous ne le voyez guère, mais il passe des heures et des heures à distraire ma pauvre maman et à jouer aux cartes avec elle. J'ai beau me dire que c'est pour vous qu'il fait tout cela, et pour vous soulager un peu…

Sophy l'interrompit en souriant :

— Ce n'est pas pour me soulager, Cecy. Il sait que ce n'est pas moi qui m'occupe de votre mère. S'il le fait, c'est pour vous, et pour vous uniquement.

— Non, non ! C'est simplement parce qu'il est tellement bon ! s'écria Cecilia. Il ne faut pas croire qu'il ait d'autres motifs. (Elle poursuivit avec un peu de malice.) Si seulement votre autre flirt avait autant de gentillesse !

— Qui ? Bromford ? Ne me dites pas qu'il a osé mettre les pieds dans cette maison. Je serais incapable de vous croire.

— Vous pensez bien que non ! Charles m'a dit d'ailleurs qu'il l'évitait quand il le rencontrait, par peur de la contagion. Charles en parle sans détour, mais il ne mentionne jamais l'attitude de Miss Wraxton.

— Ce serait beaucoup lui demander, dit Sophy.

Amabel, en s'agitant, mit fin à leur conversation. La maladie atteignait son point culminant et rien d'autre ne comptait que de s'occuper de l'enfant. Elle avait passé de si mauvais jours que la vieille Nanny s'était effrayée et avait stupidement alarmé sa maîtresse. Il avait fallu rien moins que les efforts combinés de Charles, Cecilia et Sophy pour remettre celle-ci d'aplomb. Quant à lord Ombersley, averti par sa femme du mauvais état de sa fille, il avait redoublé d'assiduité au club ; deux nuits de suite, ses compagnons avaient dû le ramener chez lui et il était à présent alité avec une attaque de goutte.

Tout allait au plus mal, lorsque Amabel commença à remonter le courant. La fièvre diminua et même si l'enfant était encore pâle et amaigrie, le docteur prévint la comtesse qu'on pouvait espérer un complet rétablissement. Il rendit un sincère hommage au dévouement de Sophy, et lady Ombersley, la voix noyée de larmes, affirma qu'elle ne savait pas ce qu'ils seraient tous devenus sans la présence et l'énergie de sa nièce.

— C'est une jeune fille remarquable, appuya le docteur ; de même que Miss Rivenhale. Tant qu'elles sont auprès de Miss Amabel, vous n'avez rien à craindre, madame !

Quelques minutes plus tard, Mr Fawnhope entrait dans le salon. On lui fit tout de suite part de l'heureuse nouvelle et, instantanément, il écrivit un court poème en l'honneur de la jeune malade et de son retour à la vie. La comtesse en fut très émue et lui en demanda une copie pour la montrer à Cecilia. Mais celle-ci ne l'apprécia guère, car le poète s'y répandait surtout en descriptions flatteuses de sa fiancée penchée sur le lit d'Amabel. Elle montra plus de gratitude quand on lui remit, de la part de lord Charlbury, un bouquet de fleurs pour la malade. Elle descendit le remercier, et il n'insista pas pour rester en sa compagnie. Il lui dit au contraire :

— Je n'espérais pas vous voir ! Je m'en voudrais de vous voler du temps quand vous avez si grand besoin de vous reposer. Mais c'est gentil à vous d'être descendue me dire bonjour. Je vous reconnais bien là !

— Non, non ! protesta-t-elle, masquant difficilement l'émotion qu'elle ressentait. Quand on a apporté vos fleurs, je n'ai pas pu faire autrement que de courir vous en remercier. C'est si gentil ! Si délicat ! Excusez-moi, il faut que je me sauve !

On avait espéré qu'à mesure qu'elle irait mieux, la malade laisserait plus de temps à Cecilia et sa cousine pour se reposer. Mais il n'en fut rien. Même la nuit, elle ne pouvait rester plus de deux heures seulement avec Nanny ou Jane Storridge et réclamait constamment ou Sophy ou sa sœur.

Un soir où Mr Rivenhale, rentrant chez lui près de minuit, entra doucement dans la chambre, il fut surpris d'y trouver installée, non pas la nurse, mais Sophy, qui cousait tranquillement à la lueur d'une bougie. Quand la porte s'ouvrit, elle releva la tête, sourit et, un doigt sur les lèvres, fit signe à son cousin de ne pas faire de bruit.

Un écran abritait de la lumière le lit de la malade. Charles vit que celle-ci dormait et, sur la pointe des pieds, vint s'asseoir près de Sophy à qui il murmura :

— Je croyais que c'était Nanny qui assurait la garde de nuit. Ce n'est pas à vous d'être ici !

Sophy regarda la pendule et commença à ranger son ouvrage. Puis elle désigna du menton la porte communiquant avec le cabinet de toilette et dit :

— Nanny se repose un peu sur un divan. La pauvre, elle n'en peut plus ! Amabel devient capricieuse. Restez là ; il faut que je fasse chauffer du lait pour son réveil. Vous m'aiderez à le lui faire boire !

— Vous ne devez plus tenir sur vos jambes, fit-il remarquer.

— Ça va ! Je dormirai cet après-midi. (Tout en parlant, elle versait le lait dans une casserole.) Je suis comme Wellington : je dors quand je veux. Mais Cecy est incapable de dormir dans la journée. Aussi ai-je décidé de l'exempter des veilles de nuit.

— Vous avez décidé ? reprit-il.

Elle sourit et hocha la tête. Il la regarda s'agenouiller près du feu et surveiller l'ébullition du lait. La malade s'étira et au milieu de ses gémissements murmura faiblement : « Sophy ». Tout de suite, la jeune fille posa la casserole et s'approcha du lit. Amabel avait chaud, avait soif et gémissait sans arrêt. La soulever légèrement pour retaper ses oreillers faisait redoubler ses plaintes. Elle voulait que sa cousine lui passât de l'eau sur le front, mais quand Sophy fit ce qu'elle demandait, elle se plaignit que l'eau de Cologne lui piquait les yeux.

— Attention ! dit Sophy. Ne vous conduisez pas comme un bébé. Savez-vous qu'un gentleman est venu vous rendre visite ?

Elle écarta le voile et fit signe à son cousin de venir s'asseoir près du lit. Il prit la main d'Amabel dans la sienne et se mit à lui parler gaiement et familièrement, tandis que Sophy approchait, la tasse de lait en main. La seule vue du breuvage rendit Amabel de mauvaise humeur. Elle ne voulait rien prendre ; elle était sûre que cela lui ferait du mal. Sophy devait la laisser tranquille.

— Vous n'allez pas raconter de telles histoires quand je suis venu exprès pour vous faire boire, dit Charles, prenant la tasse des mains de sa cousine. Et une tasse avec des fleurs ! Mais je ne la connaissais pas ! Qui a trouvé cette jolie tasse ?

— C'est Cecilia qui me l'a donnée pour moi toute seule ! déclara Amabel. Mais je n'en veux pas pour boire du lait ; surtout au milieu de la nuit !

— J'espère, reprit alors Sophy, que Charles a vu les jolies roses que quelqu'un vous a apportées ! Vous savez, Charles, nous sommes jalouses, Cecy et moi ! Amabel a un amoureux qui maintenant nous dédaigne !

— Charlbury ? dit Charles en souriant.

— J'aime mieux les fleurs que m'a apportées Charles, dit la fillette.

— Bien entendu, approuva Sophy. Et c'est pourquoi vous allez boire le lait qu'il est venu vous donner lui-même… tout exprès ! Sans quoi, il aurait beaucoup de peine…

— C'est vrai, dit le jeune homme. J'imaginerai que vous me préférez Charlbury…

En la forçant et en la distrayant, la jeune malade finit par boire son lait. Quand Sophy l'allongea de nouveau, elle supplia les deux jeunes gens de rester auprès de son lit.

— Bon, dit Sophy, mais défense de parler. Je vais vous raconter une histoire… encore une de mes aventures ; mais si vous m'interrompez, cela me fait perdre le fil.

— Oh ! oui. Racontez-moi quand vous passiez les Pyrénées, quémanda Amabel d'une voix ensommeillée.

Sophy commença son histoire et les paupières de la malade ne tardèrent pas à se fermer. Charles était silencieux au pied du lit et observait sa sœur. Un profond soupir d'Amabel leur fit comprendre qu'elle dormait. Sophy arrêta de parler et leva les yeux sur lui. Il la regarda fixement comme si une idée étrange et nouvelle venait de s'imposer à lui et l'aveuglait soudain de sa clarté. Elle ne fléchit pas sous son regard, mais silencieusement le questionna. Il se leva brusquement, fit le geste de lui tendre la main, mais laissa retomber son bras et sortit vivement de la chambre.

Chapitre 15

Le lendemain, Sophy ne revit pas Charles. Il alla voir Amabel à une heure où il savait sa cousine en train de se reposer et n'assista pas au repas du soir. Lady Ombersley craignait que quelque chose ne l'eût vexé, car bien qu'il se montrât toujours aussi gentil et patient avec elle, son front semblait soucieux et ses propos indiquaient une distraction inhabituelle. Il consentit cependant à faire, après le dîner, une partie de cartes avec sa mère, et quand le jeu fut interrompu par l'arrivée de Mr Fawnhope, qui apportait à la comtesse une copie de son dernier poème et un bouquet de roses pompons pour Cecilia, il fut assez maître de lui-même pour saluer le visiteur sinon avec enthousiasme, du moins avec politesse.

Mr Fawnhope de son côté, qui venait d'achever une scène de sa grande tragédie, était d'excellente humeur, n'ayant ni à chasser la rime ni à chercher un adjectif récalcitrant comme il lui arrivait souvent de le faire, même en compagnie des autres. Il s'enquit pour commencer de l'état de santé de la malade et, une fois rassuré, conversa sur divers sujets de la façon la plus raisonnable, si bien que Charles le trouva moins antipathique qu'auparavant. Mais quand le jeune homme proposa de lire son poème sur Amabel, alors Charles se retira.

Les jours suivants, il évita de rendre visite à sa sœur quand il savait que Sophy était au chevet de la malade et s'ils se rencontraient, à la faveur d'un repas, Charles lui parlait sèchement. Cecilia, qui savait à quel point il était reconnaissant à Sophy de son dévouement pour Amabel, s'étonnait de cette attitude et se demandait s'ils s'étaient querellés. Un jour, elle alla même jusqu'à poser la question à Sophy, qui nia la chose d'un signe de tête avec un regard malicieux.

Amabel allait mieux, mais progressait lentement, avec ces hauts et ces bas qui sont le fait de toute convalescence. Elle avait de curieux caprices. Certains jours elle insistait pour que Jacko soit amené dans sa chambre. Il fallait toute l'autorité de Sophy pour empêcher que Mr Rivenhale ne fasse venir le singe d'Ombersley Court. Heureusement, Tina était là, qu'on avait si longtemps séparée de sa maîtresse et qui était bien trop contente de se substituer à Jacko et de dormir sur les couvertures douillettes d'Amabel.

Lorsque la quatrième semaine de cette longue maladie fut entamée, le docteur dit à la comtesse que l'air de la campagne ferait le plus grand bien à la fillette. Mais là, et contre toute attente, il se heurta à un refus catégorique. Il avait si souvent parlé d'une possibilité de rechute que lady Ombersley ne voulait rien entendre pour éloigner sa fille de ses soins. Elle craignait par ailleurs l'activité bruyante de ses autres enfants, qui risquaient d'entraîner Amabel un peu trop tôt dans leurs jeux. Non, non, la chère enfant se remettrait mieux à Londres, sous l'œil vigilant de sa mère ; car, à présent que tout danger était passé, la comtesse donnait libre cours à son instinct maternel. Elle voulait être la seule à assumer la charge de cette convalescence. Amabel étant de cet avis, ainsi que Cecilia et Sophy, la question fut enterrée.

Beaucoup de gens avaient quitté Londres, mais la chaleur était tout à fait supportable et plus d'une famille avait résolu d'attendre le mois d'août pour partir. On rencontrait encore, en ville, lord Charlbury et Mr Fawnhope. Malgré les conseils de sa mère, lord Bromford avait refusé de se retirer dans le Kent, et les Brinklow avaient trouvé diverses excuses pour ne pas quitter leur maison. Quand tout danger de contagion fut écarté, on vit réapparaître Miss Wraxton à Berkeley Square, plus mielleuse que jamais et pleine de projets quant à son mariage. Charles était souvent absent, mais Eugenia attribuait cela au fait qu'il avait tant à faire pour préparer leur union.

Cecilia, moins robuste que sa cousine, avait du mal à retrouver ses forces après cette longue réclusion. Elle semblait très abattue et avait perdu de son éclat. Elle était plus silencieuse, également, ce qui n'échappa point à son frère. Un jour, il lui en fit la remarque, et sur sa réponse évasive, il lui demanda tout de go :

— Est-ce que vous êtes malheureuse ?

La jeune fille rougit malgré elle et ses lèvres se mirent à trembler. Elle fit mine de protester et essaya de s'écarter de son frère, pensant qu'il lui serait impossible d'exprimer son agitation.

Mais à sa grande surprise, Charles lui prit la main et lui dit d'une voix douce :

— Je ne veux pas, Cilly, que vous soyez malheureuse. Vous êtes une si gentille fille… Si votre poète s'engage à prendre un emploi sérieux, je vous promets que je ne m'opposerai plus à votre union.

La surprise la cloua sur place, et elle se trouva incapable de prononcer un mot. Il laissa retomber sa main et détourna la tête comme pour éviter de rencontrer son regard.

— Vous avez dû me trouver sévère et peu compréhensif… mais c'est parce que je voulais votre bonheur. Je ne peux pas dire que je me réjouisse de votre choix, mais si vous désirez vraiment de tout votre cœur épouser Fawnhope, je ne veux plus vous en empêcher…

— Charles ! murmura Cecilia.

Il ajouta, avec quelque difficulté :

— Je comprends aujourd'hui qu'on ne devrait pas épouser quelqu'un que l'on n'aime pas. Vous, au moins, devez échapper à toute une vie de regret. Je parlerai à notre père, mais cette fois en votre faveur.

En toute autre circonstance, Cecilia l'eût interrogé sur le sens mystérieux de ses paroles, mais le choc était si grand pour elle qu'elle ne sut pas comment réagir. Elle avait une envie folle d'éclater en sanglots et beaucoup de mal à s'empêcher de le faire.

Charles reprit en souriant gentiment :

— Quel ogre j'ai dû vous paraître, Cilly ! Vous me regardez comme si vous ne pouviez pas me croire ! Mais je vous le promets : vous épouserez votre poète.

Elle remercia Charles machinalement, et se sauva pour se réfugier dans sa chambre.

Son agitation était aussi grande que sa victoire inutile ! Au cours des dernières semaines, et presque à son insu, ses sentiments avaient changé. À présent que son frère lui permettait d'épouser l'homme de son choix, elle comprenait que son penchant pour Auguste n'était qu'un enfantillage. Et seul le fait qu'on s'opposait à lui l'avait amenée à déclarer qu'elle le souhaitait pour mari. Lord Charlbury, qui avait accepté de rompre d'une façon si chevaleresque, avait maintenant tourné son attention vers quelqu'un d'autre. Et cependant, quel homme supérieur il était. Mais comment avouer à Charles qu'il avait raison et qu'elle s'était trompée ? C'était impossible. Elle était allée trop loin. Elle n'avait plus qu'à accepter son triste sort et à sourire devant les autres.

C'est devant Sophy qu'elle sourit la première, en l'invitant à la féliciter. Sophy fut stupéfaite.

— Comment ! s'écria-t-elle. Charles approuve cette union !

— Il ne veut pas que je sois malheureuse. Il ne l'a jamais voulu, et à présent il est prêt à en parler à papa. Papa fait tout ce que Charles veut, c'est donc une affaire décidée.

Voyant que sa cousine la regardait fixement, elle s'empressa d'ajouter :

— Jamais je n'avais vu Charles parler avec autant de bonté ! Il m'a dit que c'était triste de se marier contre son cœur et que moi, au moins, je ne devais pas passer ma vie à le regretter. Oh ! Sophy, croyez-vous qu'il n'aime plus Eugenia ? Je ne sais pourquoi, mais c'est l'impression que j'ai eue.

— Il n'a jamais eu le moindre amour pour elle, dit Sophy. Et ce n'est pas parce qu'il le découvre un peu tard qu'il doit...

Elle n'acheva pas sa phrase, voyant que sa cousine semblait en comprendre plus long qu'elle n'aurait voulu. D'un air désinvolte, elle reprit :

— C'est vraiment le jour des miracles. Naturellement, je vous félicite de tout mon cœur, ma chère Cecy ! Quand vos fiançailles seront-elles officielles ?

— Oh ! pas avant qu'Auguste ait trouvé une situation, répondit Cecilia. Mais cela ne saurait tarder. À moins qu'il puisse faire jouer sa tragédie...

Sophy ne sourcilla pas et écouta la jeune fille lui exposer ses projets – notant, avec quelque plaisir, qu'elle le faisait d'un ton mélancolique contrastant avec ses paroles. Elle savait parfaitement ce qui se passait chez elle, et en voulait à Charles d'être encore une fois intervenu maladroitement. Charlbury était sur le point de gagner la partie, et c'est le moment qu'il choisissait pour soutenir Auguste Fawnhope ! Sophy aurait pu le gifler ! Naturellement, les bavardages d'Alfred Wraxton avaient répandu dans la ville le bruit des fiançailles de Miss Rivenhale. Elle-même, d'ailleurs, ne s'était pas privée d'en parler à droite et à gauche. Il ne serait pas facile de ramener une jeune fille respectueuse des conventions comme l'était Cecilia à reprendre sa parole. Si Charles était d'accord, les fiançailles officielles ne tarderaient pas à avoir lieu et une fois l'annonce parue dans la presse, il serait pratiquement impossible de faire échec au projet. D'autant que Cecilia hésiterait à faire la moindre peine à un garçon aussi irresponsable et fidèle que Fawnhope.

Quant à ce qui concernait Charles lui-même, Sophy ne pouvait pas croire qu'il avait l'intention de renoncer à Miss Wraxton. Il était trop à cheval sur les principes pour faire cet affront à une femme, et d'autre part, même si elle était persuadée que Charles ne l'aimait guère, Eugenia préférait certainement l'épouser que de rester vieille fille.

Sophy resta un long moment immobile, le menton dans ses mains, à examiner la situation. « C'est la surprise qui fait la réussite de l'attaque », songea-t-elle, se rappelant soudain les mots qu'un général avait prononcés devant elle. À cet instant, quiconque connaissant la jeune fille eût éprouvé un peu d'appréhension, car elle était de celles qui, une fois leur décision prise, ne tiennent compte d'aucun obstacle au moment de la réaliser.

Pour commencer, elle résolut d'avoir une entrevue avec son oncle et le happa au passage quand il revint d'Ombersley pour assister aux courses. Pressentant une discussion dangereuse ou désagréable, il essaya d'échapper à sa nièce en prétextant un rendez-vous urgent.

— Vous pouvez arriver en retard, cela n'a aucune importance, dit Sophy. Avez-vous déjà vu Charles ?

— Bien sûr, que j'ai vu Charles ! Je l'ai vu ce matin.

— Mais pas depuis ? Il ne vous a rien dit au sujet de Cecilia ?

— Non, il ne m'a rien dit ! Mais je vous préviens, Sophy. Je ne veux plus entendre parler de Cecilia et de son mariage. Ma décision est prise : jamais elle n'épousera son jeune idiot de poète !

— Bravo ! fit Sophy en applaudissant. Surtout, mon oncle, ne bougez pas de cette position ! Charles a l'intention, à présent, de faciliter ce mariage !

— Quoi ! rugit lord Ombersley. Vous déraisonnez, Sophy ! Charles est le premier à ne pas vouloir en entendre parler. Et il a parfaitement raison ! Il faut être une triple buse pour refuser un homme comme Charlbury... et avec sa fortune !

Sa nièce le força à s'asseoir.

— Mon oncle, commença-t-elle. Si seulement vous faites ce que je vous dis, je vous jure que Cecilia épousera lord Charlbury ! Mais il faut que vous me promettiez de ne pas écouter Charles !

— Mais, Sophy, puisque je vous dis...

— Charles a affirmé à Cecilia qu'elle avait son consentement !

— Il est donc devenu fou, lui aussi ? Vous devez vous tromper, mon enfant.

— Sur l'honneur, je vous le jure. Et c'est tellement idiot ! Mais, mon cher oncle, ne parlons plus de Charles. Faites seulement ce que je vous demande – et je vous le demande instamment ! Charles va vous reparler du mariage de sa sœur, dans le sens que je viens de vous annoncer. Restez alors très ferme. Dites-lui que vous n'avez pas changé d'opinion et qu'elle n'épousera que lord Charlbury.

Le comte objecta tout de suite :

— Mais puisque Charlbury a retiré sa proposition ?

— Cela ne fait rien. Il m'a confié qu'il désirait toujours épouser Cecilia, et si Cecilia vous le demande, vous n'avez qu'à lui dire qu'il vous l'a révélé à vous. Elle-même ne désire plus épouser son poète que parce qu'elle s'y croit obligée. Vous n'avez qu'à vous emporter, crier encore plus fort que Charles. Ce qu'il faut, c'est que vous ne lui cédiez pas. Le reste, c'est moi qui m'en charge !

Il la regarda d'un air dubitatif.

— Sophy, c'est de l'enfantillage. Charles m'a dit que Cecilia était folle de son poète ; et par votre faute encore ! Parce que c'est vous qui l'avez obligée à le voir presque tous les jours.

— Avec le résultat que vous pouvez constater, dit Sophy, triomphante, À présent, elle n'a plus la moindre envie d'épouser le jeune Auguste. Elle trouve que Charlbury lui est vingt fois supérieur. Et tout aurait marché sur des roulettes si Charles n'était pas intervenu, encore une fois mal à propos.

— Si j'y comprends quelque chose ! soupira lord Ombersley.

— La maladie d'Amabel a beaucoup aidé au revirement.

— Mais enfin, persista son oncle, si à présent elle veut épouser Charlbury, pourquoi ne reprend-il pas sa cour ?

— Il n'attend qu'un signe pour le faire ; mais c'est encore prématuré. Rendez-vous compte, mon cher oncle, dans quelle situation se trouve Cecilia ! Elle a juré qu'elle ne serait qu'à Auguste. Mais il faut à toute force empêcher qu'il y ait des fiançailles officielles. Et tout repose sur vous. Ce qu'il faut, c'est que vous teniez tête à Charles. Et soyez aussi dur pour Cecilia que vous l'avez été après le bal !

Il pinça la joue de sa nièce :

— C'est du joli ce que vous me conseillez là ! Mais si Charles a changé d'idée… Vous savez, ma petite Sophy, que je ne suis pas de première force en matière de discussion.

— Dans ce cas, ne discutez pas ! Mettez-vous en colère, c'est tout. Là, vous êtes de première force !

Il sourit, car pour lui c'était un compliment.

— Mais s'ils me harcèlent…

— Vous n'aurez qu'à courir au club ! Si vous jouez votre rôle, moi je saurai jouer le mien, je vous l'assure ! Je n'ai qu'une chose à ajouter : personne ne doit savoir que nous complotons ensemble. C'est promis ? Vous n'en parlerez pas ?

— Promis ! assura lord Ombersley. Mais entre nous, Sophy, j'aimerais encore mieux voir cet innocent poète entrer dans ma famille que l'odieuse créature que Charles prétend y amener !

— Vous avez raison, dit Sophy. Cela, c'est nettement une catastrophe. Je l'ai senti tout de suite ; mais là aussi j'ai quelque espoir de mener les choses à bien. Faites seulement ce que je vous ai dit de faire !

— Sophy ! s'écria son oncle. Qu'est-ce que c'est que cette nouvelle histoire ?

La jeune fille éclata de rire et disparut en coup de vent.

Le résultat de l'entrevue entre Charles et son père bouleversa la maison. Pour la première fois depuis longtemps, Charles trouva son père plus fort que lui. Suivant les conseils de Sophy, lord Ombersley affirma catégoriquement qu'il n'avait pas cessé de considérer sa fille comme fiancée à lord Charlbury et ne consentirait pas à ce qu'elle en épousât un autre.

— Malheureusement, monsieur, dit Charles d'un ton sec, lord Charlbury ne montre plus le moindre intérêt pour Cecilia. Ses yeux sont tournés d'un autre côté.

— Baliverne ! On ne voit que lui ici !

— Justement, monsieur. Encouragé par ma cousine !

— Je n'en crois rien, dit le comte. Sophy ne pense pas à lui. (Charles eut un petit rire grinçant. Son père poursuivit.) Et même s'il la demandait en mariage, j'empêcherais toujours Cecilia d'épouser son cornichon. Vous pouvez le lui dire !

Charles le lui dit en effet ; mais comme il se vanta devant elle de ranger son père à son avis un peu plus tard, il ne s'étonna pas du calme de sa sœur en apprenant la nouvelle.

Quant à Mr Fawnhope, quand on lui fit savoir qu'il ne serait pas possible d'annoncer les fiançailles immédiatement, tout ce qu'il trouva à répondre fut :

— Il en était donc question ? Excusez-moi ; quand on en a parlé, j'étais sans doute distrait. Je suis si ennuyé au sujet de Lépante. Il est assez difficile d'écrire une scène de bataille, et pourtant comment l'éviter ? Toute la nuit, j'ai arpenté ma chambre en essayant de trouver une solution.

— Je dois vous dire, Auguste, qu'il est désormais peu probable que nous puissions nous marier cette année, reprit Cecilia.

— Vous croyez ? s'enquit le jeune homme. Oh ! je pense, de toute façon, qu'il vaut mieux que je finisse ma tragédie avant.

— Charles prétend qu'il vaudrait mieux que vous ayez un emploi stable avant d'annoncer nos fiançailles.

— Dans ce cas, n'en discutons plus. La grande question est de savoir quelle méthode employaient les tragédiens grecs.

— Auguste ! cria Cecilia d'une voix désespérée. J'ai l'impression que vous tenez plus à votre pièce qu'à moi !

Il la regarda comme s'il tombait de la lune et, voyant son air bouleversé, lui prit la main, la baisa et lui dit :

— Vous êtes stupide, mon ange ! Qu'est-ce qui pourrait compter pour moi plus que ma sainte Cecilia ! C'est pour vous que j'écris cette pièce. Cela vous déplairait-il que j'introduise un chœur, comme dans le théâtre grec ?

Lord Charlbury, voyant que le jeune poète continuait ses assiduités même s'il n'avait plus l'excuse de s'enquérir de l'état de santé de la jeune Amabel, demanda à Sophy de lui fournir des explications. Ils roulaient tous les deux dans le tilbury du jeune homme, en route pour Merton, quand il lui posa la question. Sophy lui raconta tout ce qui s'était passé. Sur le moment, lord Charlbury se contenta de contempler la route, puis au bout d'un instant, il dit :

— Quand verrons-nous paraître l'annonce des fiançailles ?

— Jamais ! répliqua Sophy. Et inutile de faire cette tête-là, mon ami ; personne n'est plus persuadé que Cecy de l'erreur qu'elle a commise.

Il se tourna vers elle pour la regarder dans les yeux.

— Est-ce vrai, Sophy ? Il ne faut pas plaisanter avec moi. Vous m'aviez donné un espoir…

— Qui va bientôt se réaliser ; mais essayez de comprendre dans quelle situation la pauvre Cecilia se trouve.

— Mais… si elle n'aime plus Fawnhope… et si elle regrette de m'avoir refusé…

— Évidemment, les choses paraissent très simples ; mais quand on réfléchit un peu, on s'aperçoit qu'elles ne le sont pas. Si c'était le contraire, oui ! Si c'était vous le pauvre poète et si Fawnhope était le riche gentleman, il en irait autrement… Par ailleurs, elle a déclaré, ouvertement, devant sa famille, qu'elle n'épouserait jamais que lui – et il faut bien avouer qu'il lui a fait une cour fidèle…

— Lui, fidèle ! Je parie ce qu'on voudra qu'il ne pense qu'à sa poésie et que rien d'autre ne l'intéresse.

— Sans doute. Mais comment voulez-vous que ma cousine s'en rende compte ? Il est toujours sur ses talons. Vous, mon pauvre Charlbury, vous avez contre vous le rang et la fortune. Se tourner à présent vers vous en abandonnant un poète prend l'air d'une mauvaise action. Cecy est toute délicatesse et toute féminité. Elle a horreur de faire souffrir quelqu'un qui l'aime – du moins le croit-elle – de tout son cœur. Maintenant, c'est sur ce tableau-là qu'il vous faut jouer.

— Sophy, me direz-vous ce que vous avez derrière la tête ?

— C'est à vous de la persuader que vous êtes plus malheureux que lui !

— Seigneur ! Mais comment ?

— Je vous l'expliquerai le moment venu.

— Sophy, écoutez-moi !

— Pourquoi vous écouterais-je ? Vous n'avez rien à dire. Et puis, nous arrivons ; il est trop tard pour discuter. Il faut seulement continuer à me faire confiance !

Le tilbury était en train de pénétrer dans la cour quand lord Charlbury répliqua :

— Je n'ai aucune confiance en vous !

Ils trouvèrent la marquise seule et, chose curieuse, complètement réveillée. Elle accueillit la jeune fille avec beaucoup d'amitié, bien qu'avec une certaine réserve, et s'empressa de lui faire savoir qu'elle était rentrée de Brighton à peine deux jours plus tôt.

— Brighton ! s'exclama Sophy. Vous ne m'en aviez rien dit, Sancia !

— Sophy ! Comment pouvais-je vous dire quoi que ce soit pendant que vous étiez enfermée dans la chambre d'une malade ? Ce n'est pas bon de rester enfermé… *Majadero !*

— C'est juste ; mais j'avais compris que jusqu'à l'arrivée de mon père, vous comptiez vivre tranquillement, sans sortir de la villa… Sans doute lui-même vous a-t-il conseillé…

— Mais non, je vous assure. Il ne m'a pas écrit un mot !

— Oh ! dit Sophy, déconcertée, je sais que tout s'est bien passé. Il compte revenir bientôt. Est-ce que le duc d'York était avec son frère ?

La marquise ouvrit de grands yeux :

— Sophy, comment puis-je le savoir ? Tous ces princes, pour moi, sont pareils. Tous gros… comment dit-on… *embotados*. Je ne les distingue jamais l'un de l'autre.

Sophy ne put en tirer rien d'autre. Sur le chemin du retour, Charlbury lui demanda :

— Pourquoi aviez-vous l'air tellement surprise ? Est-ce que la marquise n'a pas le droit d'aller à Brighton, comme tout le monde ?

Sophy soupira :

— Pas en même temps que lord Talgarth. Je n'ai jamais vu Sancia si surexcitée.

— C'est décevant ! Cette femme m'avait séduit par son art de dormir debout.

Sophy ne put s'empêcher de rire, mais le reste de la promenade s'écoula en silence.

En rentrant à Berkeley Square, elle se heurta à son cousin qui l'attendait, de fort méchante humeur. Il lui demanda où elle était allée et elle s'empressa de le lui dire.

— Vous n'y êtes pas allée seule ! reprit-il.

— Bien sûr que non ! C'est Charlbury qui m'y a conduite.

— Parfait ! Vous trouvez bon de flirter d'abord avec Talgarth et ensuite avec Charlbury ! Très bien, très bien !

— Je ne vous comprends pas, déclara Sophy, prenant l'air innocent de qui réclame un éclaircissement. Je croyais que vous faisiez objection à sir Vincent parce que c'était un libertin notoire ; mais je ne vois pas ce que vous pouvez reprocher à Charlbury. N'avez-vous pas songé à lui faire épouser Cecy ?

— Je ne tiens pas à ce que ma cousine s'acquière la réputation d'une jeune fille trop émancipée !

— Et pour quelle raison ne le voulez-vous pas ? demanda Sophy en le regardant dans les yeux.

Il ne répondit pas et, après un temps, elle reprit :

— Quel droit avez-vous sur moi ?

— Si la façon dont vous avez été élevée vous…

— Quel droit, Charles ?

— Aucun ! cria-t-il. Faites ce que vous voulez ! Après tout, je m'en moque. Vous avez eu vite fait de conquérir Evrard ! Je ne le croyais pas si changeant… Mais prenez garde que votre autre prétendant ne se fatigue de vous voir flirter d'une façon aussi scandaleuse. D'ailleurs, je crois que c'est ce qui arrive…

— Vous voulez parler de Bromford ? Vous faites bien de m'avertir. Charlbury vit dans la crainte d'être un jour provoqué par lui.

— J'aurais dû me douter, dit Charles, qu'on ne peut jamais vous parler sérieusement.

— Si vous-même vous montrez absurde, comment puis-je vous prendre au sérieux ? Mais je ne suis pas toujours comme ça…

— Sophy ! (Il fit un pas vers elle et était sur le point de lui tendre la main quand il se ravisa.) Maudit soit le jour où vous êtes arrivée ici ! dit-il, et, le coude appuyé sur le manteau de la cheminée, il observa les charbons dans l'âtre.

— Ce n'est pas gentil de me dire cela, Charles.

Il resta silencieux. Elle reprit :

— De toute façon, vous allez bientôt être débarrassé de moi. Sir Horace ne va pas tarder à rentrer. Vous pouvez vous réjouir.

— Je devrais me réjouir ! murmura-t-il, les dents serrées.

Il ne releva pas la tête et ne fit rien pour retenir Sophy quand celle-ci sortit de la pièce.

Cet entretien avait eu lieu dans la bibliothèque et Sophy traversa le hall juste au moment où Dassett introduisait Mr Wychbold, drapé dans une ample cape, un œillet à la boutonnière. Il était sur le point de poser son chapeau sur la commode en marbre quand il aperçut la jeune fille devant laquelle il s'inclina en faisant un gracieux salut :

— Miss Stanton-Lacy ! Votre humble serviteur, madame !

Elle fut surprise de le voir car il avait été absent de la ville. Tout en lui serrant la main, elle lui dit :

— Je ne savais pas que vous étiez de retour !

— Je suis arrivé ce matin. Charlbury m'a raconté que vous aviez eu de gros soucis : vous m'en voyez navré et je viens tout de suite aux nouvelles !

— C'est aimable à vous, lui dit-elle. Mais à présent, Amabel est sauvée, bien qu'elle soit encore amaigrie et très faible. Mr Wychbold, vous êtes la personne qu'il me faut. Vous avez votre voiture ? Est-ce que vous tenez à voir tout de suite ma jeune cousine, ou bien puis-je vous demander de m'emmener faire un petit tour ?

Naturellement, il la fit monter dans son phaéton, tout en l'avertissant qu'à cette période de l'année il n'y avait plus de gens chic dans Hyde Park.

— Et, monsieur, que dois-je dire à Mr Rivenhale ? interrogea Dassett qui désapprouvait cet enlèvement.

— Oh ! dites-lui que je suis navré de ne pas le trouver à la maison, répondit Mr Wychbold avec une insouciance que le valet jugea déplacée.

— Comment se comportent vos chevaux ? demanda le jeune homme à Sophy en l'aidant à monter dans son phaéton.

— Très bien, mais je ne les ai pas sortis aujourd'hui. Lord Charlbury m'a emmenée à Merton.

— Oh !... Ah ! dit-il en toussant légèrement comme pour s'éclaircir la gorge.

— Je vois que vous êtes au courant de tous les potins de Londres, dit Sophy. Qui vous a parlé de moi ? Le clan ennemi ?

— Au beau milieu de Bond Street, j'ai rencontré Miss Wraxton. Je n'ai rien pu faire pour l'éviter et elle m'a vidé son panier.

— Elle épouse Charles le mois prochain, déclara Sophy, pour qui Wychbold était un véritable ami.

— Ne vous l'avais-je pas dit ? répliqua celui-ci.

— Et ne vous avais-je pas dit, reprit la jeune fille à son tour, qu'il pourrait se faire que j'aie recours à vos bons offices ? Êtes-vous à Londres pour longtemps ou seulement pour quelques jours ?

— Jusqu'à la fin de la semaine prochaine ; mais il n'y a rien à faire, et vous le savez aussi bien que moi. C'est dommage, c'est tout ce qu'on peut dire !

— On verra bien ! Que risquez-vous de prévenir Charles que vous m'avez vue un jour seule avec Charlbury dans une chaise de poste roulant au triple galop ?

— Je risque au moins une paire de gifles ! répondit Mr Wychbold sans la moindre hésitation. Et je ne l'aurais pas volée !

— Oh ! dit Sophy, je ne voudrais pas qu'il en vienne là. Mais si c'était vrai, cependant ?

— Il refuserait de me croire. D'ailleurs, cela ne tient pas debout. Charlbury n'est pas un homme à se prêter à un tel caprice.

— Je sais, mais on peut l'y forcer. Croyez-vous que Charles vous donnerait une gifle si vous lui demandiez pourquoi vous m'avez vue quitter la ville en compagnie de Charlbury ?

Après avoir réfléchi un instant, Mr Wychbold admit qu'en présentant la chose de cette façon, il avait une chance d'éviter un coup.

— Alors, vous le feriez ? insista Sophy. Si je vous envoie un mot le moment venu, me promettez-vous de prévenir mon cousin le jour même, dans l'après-midi ? N'est-on pas toujours sûr de le rencontrer chez *White* ?

— En général, oui, il est toujours là, acquiesça Mr Wychbold prudemment, mais certains jours il peut ne pas y venir. Et par-dessus le marché, je n'admets pas que vous vous fassiez enlever !

— Si ce n'était pas trop vous demander, vous pourriez le prévenir chez lui. Quand vous recevrez mon mot, vous pourrez être sûr que la chose est faite, que je suis partie ; mais il faut, par tous les moyens, que Charles soit prévenu assez tôt, sans quoi tout mon projet serait par terre ! Non, pas tout, mais enfin…

c'est mon avis que tant qu'on le peut il faut faire d'une pierre deux coups !

Après avoir retourné dans sa tête tout ce que venait de lui confier la jeune fille, Mr Wychbold lui demanda :

— Vous savez ce que je pense ?

— Non, dites-moi !

— Je n'ai pas envie de mettre le feu aux poudres. Je ne connais guère lord Charlbury, mais je crois que c'est un honnête homme…

— Et alors ? enchaîna Sophy. Je ne vois pas ce que vous voulez dire ?

— Charles peut très bien le provoquer. Voilà ce à quoi je pense. Et Charles ne rate jamais son coup. Vous voyez dans quel pétrin vous allez nous mettre tous !

— Vous faites bien de me le signaler, dit Sophy. On ne saurait penser à tout. Mais je vous donne ma parole que Charles n'aura aucune raison d'en venir à cette extrémité.

— J'aime mieux ça ! dit Mr Wychbold en poussant un profond soupir. Il peut toujours, si cela lui plaît, lui aligner quelques directs. Depuis le temps qu'il en parle…

— Quoi ? balbutia Sophy.

— La dernière fois que j'ai vu Charles, il était complètement monté contre votre cher ami et ne parlait que de se battre. Charles est terrible, sans en avoir l'air ! (Il poursuivit avec enthousiasme.) C'est un boxeur émérite ; il ne fait pas de fioritures, va droit au but avec une science qu'ont rarement les amateurs…

— Merci de m'avoir avertie. Je ne voudrais pas que lord Charlbury ait à souffrir de mes projets. Tout ce que je désire, c'est parvenir à mettre Charles en colère…

— Pour cela, vous n'aurez aucun mal ! l'interrompit Mr Wychbold. Charles est si prompt à s'emporter !

Elle acquiesça d'un signe de tête :

— Et il ne serait que trop heureux de profiter de l'occasion pour pouvoir frapper quelqu'un. Il faut que je fasse très attention, dit-elle. Mais c'est tout. Je vous remercie, Mr Wychbold ! Maintenant, je vois clairement ce que je dois faire et je ne doute pas que mes plans ne servent deux causes à la fois !

Chapitre 16

Quand elle apprit que Mr Rivenhale avait donné son consentement au mariage de sa sœur avec Mr Fawnhope, Miss Wraxton fut si choquée qu'elle ne put s'empêcher de lui en faire reproche. Avec tout le bon sens qui la caractérisait, elle s'efforça de mettre en évidence tout le mal qui ne manquerait pas d'en résulter pour Cecilia s'il la soutenait dans sa folie. Il l'écouta d'abord silencieusement, puis quand elle eut fini, il lui dit d'un ton assez rude :

— Quoi qu'il en soit, j'ai donné ma parole. Sur bien des points, je suis de votre avis. Je ne veux pas dire que cette union m'enchante, mais, d'autre part, je sens que je n'ai pas le droit d'obliger Cecilia à épouser un homme qu'elle n'aimerait pas. Je pensais qu'elle aurait eu vite fait de se rendre compte de l'absence de valeur d'Auguste et de se guérir de ce que je pensais n'être qu'une amourette. Les choses ont tourné autrement. Je crois qu'elle aime vraiment ce garçon.

Miss Wraxton leva les sourcils avec une expression surprise et dédaigneuse.

— Mon cher Charles, je ne vous reconnais plus ! Naturellement, je devine tout de suite qui vous a influencé. Mais je n'arrive pas à croire que vous puissiez sincèrement exprimer une façon de voir si éloignée de votre propre caractère et… il faut bien l'avouer, de votre éducation.

— Vraiment ! Dans ce cas, je vous prierais de vous expliquer, Eugenia, car je ne vois pas où vous voulez en venir !

Elle dit d'une voix radoucie :

— Vous devez me comprendre, Charles, car ce n'est pas la première fois que nous discutons de cette chose. N'avez-vous pas toujours été d'avis qu'une jeune fille bien élevée devait, en matière de mariage, accepter le choix de ses parents ?

— Oui, d'une façon générale…

— Et d'une façon particulière, Charles ! Les parents sont les meilleurs juges de ce qui convient aux enfants. Par ailleurs, il y a quelque chose de quelque peu… inconvenant dans le fait de voir une jeune fille tomber amoureuse – comme on dit. C'est une attitude qui convient au peuple, mais pas aux gens de notre monde.

Il coupa court à son discours.

— Dites-moi, Eugenia, si je vous avais demandé votre main sans le consentement de votre père, auriez-vous accepté ma demande ?

Elle sourit.

— Inutile de discuter une question qui ne se pose pas. Vous, surtout, Charles, comment auriez-vous jamais pu faire une chose pareille !

— Mais à supposer que je l'aie faite ?

— Certainement pas ! dit-elle d'un air hautain.

— Merci ! répondit-il d'une voix pleine d'ironie.

— Je pense que vous n'auriez pas voulu qu'une future lady Ombersley soit une femme dépourvue de tout respect filial !

Les yeux de Charles étincelaient.

— Je commence à vous comprendre ! dit-il.

— Rien d'étonnant à cela, reprit-elle. Je vous ai toujours tenu pour un être de bon sens. Le mariage doit être fondé sur une estime réciproque. Sans quoi, il n'en sort rien de bon. Évidemment, si Cecilia déteste vraiment Charlbury, il ne saurait être question de l'obliger à l'épouser.

— Très généreux de votre part !

— Comment ne pourrais-je être généreuse envers votre jeune sœur... comme envers toute votre famille ! C'est mon premier devoir que de penser à son bien-être, et je m'en soucie, croyez-moi !

— Je vous crois sans mal ! lui dit-il.

Elle fit tourner un bracelet sur son poignet et dit en baissant les yeux :

— Je sais que vous êtes enclin à avoir beaucoup d'indulgence envers Miss Stanton-Lacy, mais vous conviendrez cependant que son influence dans votre maison a été vraiment désastreuse. Sans ses encouragements, Cecilia n'aurait pas agi comme elle l'a fait.

— Vous ne diriez pas que son influence a été désastreuse si vous l'aviez vue soigner Amabel. Durant cette rude épreuve, elle a été le seul soutien de ma mère et de ma sœur, et cela, je ne suis pas près de l'oublier !

— Personne ne vous demande de le faire ! Je me réjouis moi-même de cette unique occasion de pouvoir la complimenter.

— C'est aussi grâce à elle qu'Hubert et moi nous sommes réconciliés ; cela aussi c'est quelque chose !

— Sur ce sujet-là, nous ne sommes pas tout à fait du même avis, dit-elle avec un sourire lourd de sous-entendus. Enfin, je souhaite qu'Hubert ne vous déçoive pas trop !

— Il n'en prend pas le chemin. Il est pris tout à coup d'une telle rage de travail qu'il vient de se faire inscrire pour un cours de vacances ! Ma seule peur est qu'après un tel excès de zèle il ne commette quelque énorme sottise, ajouta-t-il en riant.

Miss Wraxton reprit du ton le plus sérieux :

— Il y a là en effet quelque chose d'inquiétant… une sorte d'instabilité que je trouve de mauvais aloi.

Charles s'apprêtait à répondre quand Dassett ouvrit la porte et introduisit lord Bromford. Il s'avança au-devant du visiteur, le salua cordialement et lui dit d'une voix plus aimable qu'à l'ordinaire :

— Je suis navré : ma cousine est sortie il y a quelques minutes.

— C'est ce que l'on vient de me dire, acquiesça lord Bromford… Comment allez-vous, madame ?… Je voulais vous saluer et vous féliciter pour le rétablissement de mademoiselle votre sœur. J'ai eu récemment l'occasion d'aller voir le docteur Baillie – quel excellent homme ! –, qui m'a juré sur l'honneur qu'il n'y avait plus chez vous aucun danger d'infection.

Jugeant par le sourire qui se dessinait sur les lèvres de Charles qu'il allait répliquer avec quelque ironie, Miss Wraxton s'empressa d'intervenir et demanda :

— Étiez-vous donc souffrant, cher lord Bromford ? Je suis navrée d'apprendre cette mauvaise nouvelle. J'espère que ce n'était rien de grave ?

— Non, Baillie m'a rassuré. Le temps est si incertain. Il pense que la saison a été très mauvaise pour beaucoup de gens, surtout pour ceux qui, comme moi, sont fragiles de la gorge. Comme vous l'imaginez, ma mère s'est fait beaucoup de mauvais sang ; elle sait que je suis d'une constitution délicate, et j'ai dû garder la chambre près d'une semaine !

Mr Rivenhale, les épaules contre la cheminée et les mains dans ses poches, avait tout l'air d'un homme qui s'amuse aux dépens d'un autre. Si la chose échappa à lord Bromford, Miss Wraxton, elle, ne manqua pas de la remarquer et se mit à trembler à l'idée de ce qui allait suivre. Pour empêcher son fiancé de parler, elle reprit hâtivement le fil de la conversation.

— En effet, il y a eu beaucoup de maux de gorge cette année. Je comprends lady Bromford de s'être inquiétée pour vous. Mais je ne doute pas que l'on vous ait bien soigné !

— Oh ! pour cela oui, dit-il. D'ailleurs, mon cas n'était pas aussi grave que… Même maman a admiré le dévouement de Miss Stanton-Lacy au chevet de sa jeune cousine !

En prononçant ces derniers mots, il s'inclina devant Mr Rivenhale qui lui rendit son salut d'une inclination de la tête… et un sourire dissimulé des plus railleurs.

— Cela m'a rappelé quelques vers de Marmion, reprit lord Bromford.

Miss Wraxton, qui en avait assez d'entendre chanter les louanges de Sophy, intervint pour dire :

— Oui, oui, nous les connaissons !

À cet instant, Dassett entra pour annoncer que la voiture de lady Brinklow était devant la porte. Eugenia, qui avait fait un saut à Berkeley Square pendant que sa mère continuait ses emplettes en ville, dut se retirer sur-le-champ. Lord Bromford déclara alors que puisque ni lady Ombersley ni sa nièce ne se trouvaient à la maison, il ne voulait pas abuser des instants de Mr Rivenhale… et sortit avec Miss Wraxton, qu'il accompagna jusqu'à sa voiture.

Bien que Charles ait résolu de tenir sa cousine à distance, il ne put s'empêcher de lui raconter cette entrevue. Comme il s'y attendait, elle s'en amusa beaucoup. Mais Charles finit par rire jaune quand elle lui dit à brûle-pourpoint :

— Il faut avouer que lui et Miss Wraxton font un couple parfait ! Comment se fait-il que je n'y aie pas songé plus tôt ?

Charles dit alors froidement :

— Sans doute pour cette raison qu'elle était ma fiancée – ce que vous avez l'air d'oublier !

— Je ne crois pas, dit Sophy, que cela ait pu être la raison ! (Elle dévisagea son cousin.) Je vous ai offensé, Charles ?

— Oui ! dit Mr Rivenhale.

— Oh ! Charles, s'écria Sophy en riant, comme vous savez mentir !

Puis elle disparut du salon.

Il dit aussitôt à sa mère que la conduite de Sophy semblait empirer de jour en jour. Et pourtant la mesure n'était pas encore comble. Quand il ordonna au cocher de la maison d'atteler son tilbury avec un cheval qu'il avait acheté récemment et que le cocher lui dit que Miss Stanton-Lacy venait de sortir avec cet équipage, il n'en crut ni ses yeux ni ses oreilles.

— Elle a pris mon tilbury ! dit-il d'une voix qui avait de la peine à sortir tant sa gorge était sèche. Et quel cheval ? ajouta-t-il ?

Le cocher se mit à trembler.

— Le… le jeune cheval, monsieur !

— Et c'est vous qui l'avez attelé ?

Les mots étaient lourds de menace.

— Mademoiselle a dit… Elle était sûre que… vous ne feriez aucune objection ! articula le malheureux. Étant donné la façon dont elle avait conduit les autres et n'ayant pas d'ordres contraires… j'ai cru que vous lui aviez donné la permission…

En quelques mots tranchants, Charles lui enleva cette illusion. Le cocher, la tête basse, attendait son renvoi ; mais il ne vint pas. Mr Rivenhale était un maître sévère, mais un maître juste et, même s'il était dans une colère noire, il gardait encore assez de lucidité pour se dire que sa cousine avait dû employer des arguments auxquels le pauvre homme n'avait rien pu opposer. Quand il se fut ressaisi, il interrogea :

— Où est-elle allée ? À Richmond ? Répondez !

Comme aucun son ne sortait de la gorge du coupable, un groom intervint et dit d'une voix obséquieuse :

— Oh ! non, monsieur ; non, non ! Milady et Miss Cecilia sont parties avec le landau, il y a une heure, pour Richmond, avec Miss Amabel, c'est tout.

Charles, qui savait que Sophy devait se joindre à sa mère et à ses sœurs pour aller voir une cousine, se demanda ce qui avait pu faire changer d'idée à la jeune fille. Mais c'était là le moindre de ses tourments. Il redoutait avant tout quelque accident toujours possible avec un jeune et fougueux animal comme celui qu'avait pris Sophy, et qui n'était pas encore habitué au trafic d'une grande ville comme Londres. Cette considération mit le comble à sa colère qui tourna en une rage froide d'une terrible intensité.

Quand il revit Sophy, il déchargea sur elle toute l'exaspération qui l'avait consumé ces deux dernières semaines. Il lui reprocha son caractère, condamna ses manières, son absence de morale et sa mauvaise éducation, lui exprima de nouveau son désir de la voir déguerpir au plus tôt et lui dit en même temps, et d'un air sarcastique, qu'il plaignait l'homme qui l'épouserait – si jamais il y en avait un qui fût assez fou pour le faire !

Sentant qu'elle aurait beaucoup de mal à tarir une telle éloquence, Sophy s'abstint de toute interruption et garda les yeux baissés devant son accusateur. Voyant que ses paroles n'avaient aucun effet sur la jeune fille, Charles sortit, livide, en claquant la porte.

Quand Sophy se fut assurée qu'il avait quitté la maison, elle fit appeler un valet qu'elle expédia, chargé d'une commission, aux écuries les plus proches. Puis elle monta dans sa chambre et écrivit plusieurs billets. Vers 14 heures, surpris mais loin d'imaginer ce qu'il en était, John Potton trottait vers Merton, l'un de ces billets dans sa poche. S'il avait su ce qu'il contenait, il aurait trotté moins gaiement.

« Ma chère Sancia, avait écrit Sophy, je me trouve dans un pétrin sans nom et vous demande le plus instamment du monde de me rejoindre immédiatement, chez mon père, à Lacy Manor. Surtout, ne manquez pas de venir. Tout mon avenir en dépend ! Ashtead n'est qu'à dix kilomètres de Merton ; cela ne vous fatiguera pas beaucoup. Je quitte Londres dans une heure et m'en remets complètement à vous.

Affectueusement,

Sophy. »

Quand John Potton revint auprès de sa maîtresse, elle le gratifia d'une guinée et le chargea d'aller porter deux autres plis cachetés, l'un à Mr Wychbold et l'autre à lord Charlbury. Ce dernier, appelé par son valet de chambre pour recevoir la lettre de ses propres mains, prit connaissance du contenu avec la plus grande surprise mais n'en chargea pas moins le messager d'assurer à sa maîtresse qu'il était tout entier à sa disposition.

Pendant ce temps, Miss Stanton-Lacy, qui avait fort à propos donné congé à sa femme de chambre, ordonna à l'une des servantes d'emballer ses affaires de nuit dans une petite valise légère et s'assit un instant pour écrire de nouveaux billets. Elle n'avait pas fini ceux-ci quand lord Charlbury arriva. Elle le regarda, souriante, et lui dit :

— Bravo ! On peut compter sur vous ! Merci ! Permettez-moi de finir la lettre que je suis en train d'écrire.

Il attendit que Dassett eût refermé la porte et lui demanda :

— Sophy, pour l'amour du ciel, dites-moi ce que vous combinez ! Pourquoi faut-il que vous alliez ce soir même à Lacy Manor ?

— C'est ma maison !

— Mais qu'est-ce qui vous oblige à partir si brusquement ? Votre tante n'est pas au courant ?

— Je vous expliquerai tout en route, trancha-t-elle, si vous êtes toujours prêt à m'y accompagner. Ce n'est pas loin. Nous pouvons y aller d'une seule traite.

— Bien sûr, je vous accompagnerai, dit-il. Votre cousin est-il absent ?

— Peu importe ; il n'est pas question que j'aille à Ashtead avec lui ! Mais je vous en prie, laissez-moi finir cette lettre que j'écris pour Cecilia.

Il s'excusa et fit quelques pas vers la fenêtre. Les bonnes manières lui défendaient de la presser de questions si elle ne désirait rien dire, mais il se sentait très inquiet. Cependant, Sophy avait perdu son expression malicieuse et son visage était plus grave qu'à l'ordinaire. C'est ce qui, en fin de compte, décida Charlbury à ne pas lui refuser ses services.

Quand Sophy eut fini sa lettre, Charlbury lui demanda s'il devait prendre son tilbury pour la conduire à Ashtead.

— Non, non ! fit-elle, j'ai loué une chaise de poste. Elle sera là dans quelques minutes. Vous n'êtes pas venu en voiture ?

— Non, je suis venu directement de chez Brooks. Vous comptez faire un long séjour à la campagne ?

— Je l'ignore. Une seconde, je vous prie, pendant que je m'habille.

Elle se retira et revint quelques minutes plus tard, Tina trottant sur ses talons dans l'espoir de faire une promenade. La voiture était devant la porte et Dassett, complètement mystifié, y avait fait porter la valise de Sophy. Celle-ci lui donna deux enveloppes en lui demandant de les remettre, aussitôt qu'ils seraient de retour, à Mr et Miss Rivenhale. L'instant d'après, assise à côté de lord Charlbury, elle exprima l'espoir que l'orage qui menaçait aurait le bon sens d'attendre leur arrivée pour éclater. Tina s'était blottie dans le giron de sa maîtresse et la jeune fille raconta à son compagnon que le matin même, dans Green Park, elle avait rencontré un autre lévrier anglais qui n'avait pas caché son admiration pour sa chienne. Tina, de son côté, s'était montrée d'une coquetterie abominable. Sophy raconta ensuite l'histoire de la jalousie d'un chien de Mr Rivenhale et de fil en aiguille la conversation s'orienta sur les histoires de chasse qui les conduisirent jusqu'à Kennington. Après quoi, Charlbury s'avisa que Sophy avait de nouveau l'air malicieux. Il lui demanda tout à coup :

— Sophy ! Je ne suis pas en train de vous enlever, que je sache ?

La jeune fille éclata de rire.

— Non, non, rassurez-vous ; ce n'est rien d'aussi grave !

— Vous me ferez damner ! Dites-moi tout de suite ce que vous avez en tête !

Elle lui lança un long regard de côté et lui dit :

— La vérité, mon cher, c'est que je vous ai kidnappé.

Lord Charlbury ne put s'empêcher de rire. Sophy en fit autant, et au bout de quelques secondes son compagnon reprit :

— J'aurais dû me douter que l'absence de Potton n'était pas du tout rassurante. Mais Sophy, pourquoi me kidnapper ? Quel but poursuivez-vous ?

— Celui d'être si compromise qu'il vous faudra m'épouser ! C'est clair comme le jour, dit Sophy.

Lord Charlebury se redressa.

— Sophy ! s'écria-t-il.

— Rassurez-vous, dit la jeune fille. J'ai fait demander à Sancia de nous rejoindre à Lacy Manor.

— Seigneur ! Comment pouvez-vous croire qu'elle va se déplacer !

— Je suis certaine qu'elle le fera. Elle a très bon cœur, vous savez, et je sais que je peux compter sur elle, si je le lui demande instamment.

Il parut rassuré, mais ajouta cependant :

— Je ne sais pas ce que vous méritez ! Mais je ne comprends toujours pas pourquoi vous avez fait cela ?

— Comment, vous ne comprenez pas ? Je viens d'écrire une lettre à Cecilia lui annonçant que j'ai résolu de me sacrifier…

— Je vous remercie ! s'exclama Charlbury.

— … Et moi de même, reprit Sophy.

Puis, aussitôt, elle enchaîna :

— … Afin que mon oncle ne fasse plus d'objection à son mariage. Maintenant, si je connais bien Cecy, son premier soin va être de courir à Ashtead pour nous sauver tous les deux. Et là, mon cher Charlbury, si vous ne trouvez pas le moyen de vous débrouiller par vous-même, j'avoue que moi je m'en lave les mains !

— S'il y a une chose que je regrette, c'est que vous ne l'ayez pas fait plus tôt ! répondit lord Charlbury. C'est inconcevable, Sophy, inconcevable ! Qu'allons-nous faire si elle ni la marquise ne viennent à notre secours ? Je vous préviens qu'il ne faut pas compter sur moi pour essayer de vous compromettre.

— Il ne manquerait plus que ça ! s'exclama Sophy. Si mes invités ne venaient pas, il vous faudrait passer la nuit à Leatherhead. Ce n'est pas très loin de Lacy Manor et je crois que l'*hôtel du Cygne* est relativement confortable ; ou vous pourrez louer une voiture qui vous ramènera à Londres. Mais Sancia viendra ; j'en suis sûre !

— Avez-vous dit à Cecilia que vous comptiez m'enlever ?

Elle acquiesça et il reprit :

— Je pourrais vous étrangler ! Comme si c'était une chose à faire. Et de quoi ai-je l'air, moi, là-dedans ?

— Cecilia ne pensera pas à cela. Ne vous rappelez-vous pas ce que je vous ai dit l'autre jour ? Il faut qu'elle vous prenne en pitié. Et, par ailleurs, qu'elle soit en même temps jalouse. Elle sera servie ! Je me demandais ce que j'allais faire et tout à coup je me suis rappelé une phrase qu'un jour un soldat avait prononcée : « C'est la surprise qui fait la réussite de l'attaque ! » Quelle chance que j'y aie pensé !

— Comme vous dites ! fit-il d'un air sarcastique. J'ai grande envie de vous lâcher au prochain tournant !

— C'est le meilleur moyen de rendre tout le monde malheureux, fit remarquer Sophy.

— Mais c'est abominable, ce que vous me faites faire !

— Oui, mais c'est pour la bonne cause !

Ils restèrent tous les deux silencieux quelques minutes. Puis lord Charlbury reprit :

— Maintenant, il vaut mieux que vous me disiez tout. Je suis sûr que vous ne m'en avez pas confié le quart. Où intervient Charles dans votre histoire ?

Elle croisa les mains sur le dos de Tina et répondit :

— Hélas ! Je me suis tellement querellée avec lui que j'ai dû me réfugier dans la maison de mon père !

— En lui laissant un mot pour le lui faire savoir, j'imagine.

— Naturellement !

— La rencontre ne manquera pas d'être des plus agréables, dit-il.

— C'est là où il faudra bien ouvrir l'œil, reprit Sophy sans se départir de son calme. Mais je vous promets, Charlbury, que vous en sortirez sain et sauf ; sinon complètement… presque…

— Je vous remercie de ces bonnes paroles. Encore que je ne sois pas de la force de Rivenhale, quoi qu'il advienne, je ne refuserai pas de me mesurer avec lui !

— Fort bien ! Mais je ne vois pas en quoi cela puisse avancer Charles de vous étendre sur le carreau. C'est bien comme cela qu'on dit, n'est-ce pas ?

— C'est exact. Mais qu'avez-vous donc fait à Charles pour le mettre si en colère ?

— Il me fallait une excuse pour quitter Berkeley Square. Vous comprenez cela sans peine ! Sur le moment, je n'ai rien trouvé de mieux que de faire atteler son dernier cheval, une bête magnifique, et de le conduire moi-même faire un petit tour en ville.

— Je connais le cheval dont vous voulez parler ; c'est sa dernière acquisition, mais vous n'allez pas me dire, Sophy, que vous avez conduit une bête pareille ?

— Je vous donne ma parole. Et je vous jure aussi que je m'en souviendrai ! La bête était rien moins que facile à mener. Quoi qu'il en soit, cette petite aventure a eu l'effet voulu. Si vous aviez entendu ce qu'il m'a dit ! Jamais encore je ne l'avais vu dans un état pareil ! Il m'a réellement insultée. J'écoutais patiemment, tout cela me donnant de solides raisons pour me réfugier sous un autre toit.

— Et sous ma haute protection, ajouta Charlbury. Je pense que vous avez pris soin qu'il soit averti de cela aussi ?

— C'est Cecy qui le lui dira.

— Réjouissons-nous donc ! s'écria-t-il d'un air sarcastique. J'espère que je peux compter sur une couronne funéraire de votre part ?

— Sûrement ! répliqua Sophy. Il est en effet naturel que vous me précédiez dans la tombe.

— Pas si je survis à cette aventure. Car vous n'en réchapperez pas ! Charles vous étranglera. Je ne comprends d'ailleurs guère pourquoi il ne l'a pas encore fait.

— Comme c'est curieux ! dit la jeune fille. Je me rappelle que mon cousin m'a dit un jour la même chose, ou presque.

— Il n'y a rien de curieux à cela : c'est la première pensée qui doit venir à l'esprit de quiconque a du bon sens.

Elle rit :

— Vous êtes injuste ! Je n'ai jamais fait de mal à personne ! Il peut se faire qu'en ce qui concerne Charles mes plans ne réussissent pas ; mais en ce qui vous concerne, vous, ils doivent fatalement réussir. Pauvre Cecy ! Quand on pense que sans moi elle serait obligée d'épouser Auguste Fawnhope et d'écouter toute sa vie les poèmes de son mari !

Cet aspect de la situation eut pour effet de réduire lord Charlbury au silence. Il ne fut plus question d'abandonner Sophy au premier tournant.

Lacy Manor était une belle demeure de l'époque élisabéthaine, remaniée dans son ensemble par plusieurs générations, mais encore fort élégante. On y accédait par une large avenue coupant un grand jardin plutôt mal entretenu. Comme sir Horace était resté plusieurs années sans y revenir, les fleurs y étaient abondantes et les plates-bandes désordonnées. Tandis que les jeunes gens approchaient, un rai de soleil perça les nuages et révéla le mauvais état des vitres des fenêtres qui avaient grand besoin d'être nettoyées. Un léger panache de fumée sortant de l'une des cheminées était la seule indication que la maison était habitée. Ayant prestement sauté de la voiture, Sophy jeta autour d'elle un regard critique tandis que Charlbury frappait le marteau de bronze contre la porte.

À l'intérieur, Sophy nota que tout paraissait en désordre. *Il faut que je prévienne sir Horace,* pensa-t-elle. *On ne peut pas laisser une maison comme celle-ci à l'abandon !* Elle dit à son compagnon :

— Je n'ai jamais aimé cette demeure. Je me demande si c'est parce que ma mère est morte ici.

Charlbury essaya d'exprimer sa sympathie par un grognement du fond de la gorge, mais Sophy continua gaiement :

— C'est parce que le garde est paresseux et entretient mal le manoir. Frappez encore plus fort !

Après un temps assez long, ils entendirent un bruit de pas à l'intérieur, puis celui d'une barre de fer et d'une chaîne que l'on décroche.

— Je ne vous en veux plus, Sophy ! annonça Charlbury. Je n'espérais pas me trouver un jour dans un décor si romantique ! Croyez-vous qu'il y aura des toiles d'araignée dans les coins et un revenant dans le grenier ?

— Hélas ! j'ai bien peur que non, soupira Sophy. Ce serait trop beau ! (Elle s'adressa alors à l'homme qui venait d'apparaître.) Bonjour, Clavering ! Mais oui, c'est moi ! Je suis venue voir comment vous alliez, vous et Mathilda.

L'homme qui avait ouvert, un individu d'un certain âge aux cheveux gris et au dos courbé, dévisagea la jeune fille. Au bout d'un temps, il murmura :

— Miss Sophy ! Si je m'attendais à vous voir !... Chaque fois que j'entends frapper, ça me retourne le sang ! Matty ! Matty ! Viens ! C'est Miss Sophy qui est là !

Une femme, aussi puissante que l'homme était maigre et chétif, apparut au fond du hall en murmurant toutes sortes de choses et en essayant de dénouer les cordons de son tablier. Très émue, Mrs Clavering invita sa jeune maîtresse à pénétrer dans la maison et à excuser le désordre. Personne ne les avait prévenus de son arrivée : elle ne savait même pas s'il y avait du thé !

Si seulement Miss Sophy les avait avertis, elle aurait fait ramoner les cheminées et nettoyer le grand salon !

Sophy la calma en lui expliquant qu'elle s'attendait à trouver la maison dans l'état où elle était. Tous les meubles étaient recouverts d'une épaisse couche de poussière ; l'air sentait le moisi et sur les murs il y avait de larges plaques d'humidité.

— Il faut ouvrir toutes les fenêtres et allumer du feu partout, déclara Sophy aussitôt. Est-ce que la marquise... est-ce qu'une dame espagnole est déjà arrivée ?

Les Clavering lui dirent que non.

— Bon ! dit Sophy. Elle sera là dans quelques instants ; faites ce que vous pouvez pour rendre l'atmosphère un peu plus accueillante. Clavering, allez chercher des bûches et du petit bois, et vous, Matty, enlevez toutes les housses des fauteuils. S'il n'y a pas de thé dans la maison, il doit y avoir de la bière ! Apportez-en tout de suite. Charlbury, je m'excuse de vous inviter dans une aussi pauvre demeure ! Attendez, Clavering ! Dans quel état est l'écurie ? Peut-on y abriter des chevaux, les étriller et les laisser reposer pour un moment ? Veillez aussi à ce que le cocher et le garçon puissent se rafraîchir.

Lord Charlbury, abandonnant ses scrupules pour se réjouir de la situation, intervint :

— Laissez-moi m'occuper de cela. Clavering, voulez-vous me montrer le chemin de l'écurie ?

— Vous êtes gentil, dit Sophy en souriant. Il faut que je voie dans quelles pièces on peut vivre. Et avant qu'elles ne soient chauffées, vous n'avez rien à faire ici.

Lord Charlbury comprit qu'il embarrasserait la jeune fille s'il restait dans la maison et accompagna le gardien, ainsi que le cocher et le garçon jusqu'aux bâtiments de l'écurie. Là, ils trouvèrent un vieux palefrenier perclus de rhumatismes, qui se réjouit de voir de nouveaux pensionnaires. Les seuls occupants de l'écurie étaient deux chevaux de trait qui servaient pour la ferme, mais le vieillard assura qu'il y avait du foin pour quatre et emmena le cocher et le garçon se rafraîchir dans son propre cottage.

Lord Charlbury erra ensuite dans le jardin, mais quand la pluie commença de tomber, il rentra à la maison qu'il trouva toute transformée : les housses avaient disparu, les meubles n'avaient plus de poussière et des bûches flambaient dans l'âtre.

— Ce n'est pas qu'il fasse tellement froid, dit Sophy, mais cela fait tout de suite plus gai.

Charlbury, dont les yeux suivaient les paquets de fumée qui refluaient vers l'intérieur, acquiesça sans trop d'enthousiasme et fit semblant de se chauffer les mains avec plaisir. Mais une nouvelle rafale grise le fit reculer et il fut pris d'une quinte de toux. Sophy remua les bûches et dit, toujours très calme :

— Je parie qu'il y a un nid dans la cheminée ! Mais, de toute façon, Mathilda dit que cela fume toujours durant un petit moment quand il y a longtemps que l'on n'a pas fait de feu. On verra bien ! J'ai trouvé un paquet de thé. Mathilda est en train d'en faire. Je me demande depuis combien de temps ce paquet était là !

— Je me le demande ? répéta docilement lord Charlbury.

— Heureusement que le thé ne se gâte pas, poursuivit Sophy. Ou croyez-vous qu'il se gâte ?

— Je n'en sais rien, répondit le jeune homme. Mais pour cela aussi... nous verrons !

Il se mit à marcher de long en large, s'arrêtant devant une toile ou quelque objet précieux.

— Quelle honte, déclara-t-il tout à coup, de laisser une maison dans un état pareil. Vous avez là des bibelots ravissants. Je me demande pourquoi votre père ne loue pas cette maison pendant qu'il est à l'étranger. Cela vaudrait mieux que de la voir tomber en ruines.

— Pendant plusieurs années il l'a laissée à tante Clara, expliqua Sophy. Mais c'était une femme excentrique ; elle avait une douzaine de chats et est morte il y a deux ans.

— Je ne crois pas qu'elle ait pris un soin particulier de la maison, elle non plus, fit remarquer Charlbury en mettant son monocle pour observer de plus près un tableau.

— Je le crains bien, mais peu importe. Sir Horace va bientôt rentrer et remettra tout en place. En attendant, Mathilda va ranger la petite salle à manger et nous pourrons nous y asseoir jusqu'à ce que les autres arrivent. (Elle fronça les sourcils.) La seule chose qui m'inquiète, c'est la question du dîner. Matty ne m'a pas l'air de savoir cuisiner, et j'avoue que moi non plus. C'est quand même assez ennuyeux…

— Pourquoi ? interrompit lord Charlbury. Nous ne sommes pas obligés de dîner ici.

— Oh ! si, répliqua Sophy. Je ne sais pas au juste à quelle heure Cecilia peut arriver, mais je ne crois pas que ce soit avant 19 heures. Dites-moi si la peinture vous intéresse. Dans ce cas, je vous montrerai la grande galerie. Il y a d'assez jolies choses…

— Merci ; j'aurai plaisir à les voir. Croyez-vous que Rivenhale accompagnera sa sœur ?

— Je pense que oui. Après tout, Cecilia ne peut guère faire la route toute seule et personne d'autre que Charles ne sera là pour l'accompagner. De toute façon, s'il ne vient pas avec elle, je crois qu'il la suivra de près. Montons voir les tableaux en attendant que le thé soit prêt.

Elle lui montra le chemin à travers l'escalier, son sac de voyage à la main. La galerie qui s'étendait dans l'aile nord de la maison était pour l'instant plongée dans une obscurité totale, tous les doubles rideaux étant tirés devant les fenêtres. Tandis qu'il les écartait, Sophy dit à son compagnon :

— Il y a deux Van Dyck et une toile que je crois attribuée à Holbein, même si sir Horace doute un peu de son origine. Ceci est un portrait de ma mère, peint par Hoppner. Je ne me la rappelle pas assez pour juger de la ressemblance, mais sir Horace ne l'aime guère. Il dit que le peintre lui a donné un air angélique qu'elle n'a jamais eu.

— En tout cas, vous ne lui ressemblez pas vraiment, commenta lord Charlbury en se penchant vers la toile pour l'examiner de plus près.

— Oh ! non, dit Sophy. Elle était très belle !

Ils regardèrent le reste des tableaux ; puis quand Sophy pensa que le thé était prêt, elle voulut avant de descendre refermer les doubles rideaux. Charlbury s'empressa de le faire pour elle et deux fenêtres étaient déjà closes quand Sophy, qui se trouvait derrière son compagnon, arrêta le bras de celui-ci qui allait fermer la troisième.

— Ne bougez pas, lui dit-elle. Est-ce que vous pouvez voir le pavillon d'été d'où vous êtes ?

Le bras toujours en l'air, Charlbury dit :

— Oui, je crois que je distingue un toit parmi les arbres...

Un bruit ébranla la maison et le jeune homme sursauta avec la sensation d'une brûlure sur son avant-bras. Le choc fut tel que durant quelques secondes il ne parvint pas à rassembler ses esprits. Puis il s'aperçut tout à coup que sa veste était teintée de rouge, le sang ruisselant sur ses doigts, et que Sophy tenait dans la main un charmant petit pistolet.

Elle était un peu pâle, mais lui sourit d'une façon rassurante :

— Je vous demande sincèrement pardon ; mais j'ai pensé que ce serait pire pour vous si je vous prévenais.

— Sophy, mais vous êtes folle ! s'écria-t-il, furieux, tout en épongeant le sang, de son mieux, avec son mouchoir. Qu'est-ce que cela signifie ?

— Venez dans une chambre. Je vais vous faire une ligature. J'ai tout ce qu'il faut dans mon sac. J'ai dû vous faire mal et c'est ennuyeux. Il m'a fallu le plus grand courage avant que je me résigne à tirer.

Tout en parlant, elle l'entraînait vers la porte.

— Mais, pourquoi, pourquoi ? insista Charlbury. Que vous ai-je donc fait qui vous autorise à me loger une balle dans la peau ?

— Rien du tout ! Tenez, par ici… Je vous demanderai d'enlever votre manteau. J'avais si peur de briser un os. Mais je crois que j'ai bien calculé…

— C'est une chance ! dit Charlbury d'un ton amer. Je dois sans doute m'estimer heureux de ne pas être passé dans l'autre monde !

Elle rit.

— Pour qui me prenez-vous ? À cette distance, et le bras levé ? Je n'ai même pas de quoi être fière. (Sophy l'aida à enlever son manteau.) À présent, asseyez-vous. Je crois que ce n'est qu'une égratignure ; ma seule peur était de trembler à l'idée de vous faire du mal. Attendez ; il faut d'abord que je lave la blessure. Sir Horace serait fier moi !

— On comprend la fierté d'un père devant un pareil exploit ! dit Charlbury sarcastique. Je vois aussi que n'êtes pas de celles qui s'évanouissent à la vue du sang.

— Je ne suis pas une femmelette !

— Vous êtes la Grande Sophy !

— Vous bougez sans arrêt, répliqua-t-elle d'un air sévère. Essayez de rester tranquille ! À présent, cela ne saigne presque plus. J'ai de la poudre désinfectante ; je vais vous en mettre un peu, vous faire un solide pansement, et il n'y paraîtra plus.

— C'est vous qui le dites ! Je sens déjà la fièvre me gagner. Mais j'insiste, Sophy. Pourquoi avez-vous fait cette chose idiote ?

— Mr Wychbold m'a assuré que Charles vous provoquerait sans aucun doute pour la seule raison de cette escapade. Pour rien au monde je ne voudrais qu'il vous arrive un ennui !

Charlbury se mit en colère. Saisissant le poignet de la jeune fille, il lui demanda :

— C'est vrai, ce que vous dites ? J'ai une de ces envies de vous boxer ! Croyez-vous que j'aie peur de Charles Rivenhale ?

— Je ne pense pas le moins du monde que vous ayez peur de lui. Mais enfin, supposez qu'il vous donne un coup mortel… et cela par ma faute !

Il dit en haussant les épaules :

— Pourquoi voudriez-vous que nous en arrivions là ? Nous ne sommes fous ni l'un ni l'autre.

— Vous, non ; mais lui, je n'en réponds pas.

— Et puis, qui vous dit que ce n'est pas moi qui lui aurais réglé son compte !

Sophy éclata de rire.

— Charmante perspective, croyez-moi ! Je pense que dans ce cas-là il vous faudrait renoncer à Cecy ! Et si vous croyez qu'un simple coquart plaiderait votre cause auprès d'elle !

— Vous m'avez dit vous-même d'exciter sa pitié !

— Certainement, et c'est pour cela que j'ai tiré sur vous.

Il renonça à la comprendre et se contenta de lui faire remarquer que son bandage était si épais qu'il était incapable de rabaisser la manche de sa veste.

— Cela ne fait rien, dit Sophy. D'ailleurs, votre manche est tout abîmée. Boutonnez votre veste sans l'enfiler. Je vais vous fabriquer un brassard pour tenir votre bras en l'air, sans quoi, encore que la blessure ne soit que superficielle, elle recommencera à saigner. Là ! Allons voir maintenant si le thé est prêt !

Non seulement Mrs Clavering avait préparé la table, mais elle avait envoyé au village l'un des fils du jardinier en le priant de ramener sa nièce, une grande et forte fille aux joues très rouges qu'elle présenta à Sophy comme répondant au nom de Clémentine. Sophy la félicita vivement de cette heureuse initiative et ordonna à la jeune fille de sortir des draps et des couvertures des armoires et de les mettre un peu devant le feu. Ceci dit, les deux jeunes gens s'attablèrent pour prendre le thé. Même si celui-ci avait perdu de sa saveur, il leur sembla excellent et ils se régalèrent du pain beurré et des tranches de plum-cake que Mathilda leur avait préparées. Dehors, il pleuvait à verse et le ciel était si bas que la lumière du jour pénétrait à peine dans le manoir. Et les bougies étaient rares. Mais Mrs Clavering apporta une lampe à pétrole ; le feu se mit à pétiller et finalement Sophy trouva « qu'on était rudement bien chez soi ».

Bientôt, un bruit lui fit dresser l'oreille. C'était certainement une voiture qui approchait de la maison. Sophy fut tout de suite debout.

— Sancia ! dit-elle à son compagnon. Maintenant, vous voilà tranquille !

Elle prit la lampe qu'elle tint levée sur le seuil de la porte, essayant d'éclairer les voyageurs le mieux possible. Le landau de la marquise s'arrêta devant le perron et sir Vincent Talgarth sauta de la voiture pour aider Sancia à descendre. L'instant d'après, apparut Mr Fawnhope qui resta transfiguré à la vue de la maison et de Sophy, la lampe à la main.

— Sophy, Sophy ! Que se passe-t-il ? gémit la marquise en se réfugiant sous le porche. Cette pluie atroce... Mon dîner... C'est abominable, Sophy, de me jouer un tour pareil !

Sans relever ses plaintes, Sophy se tourna vers sir Vincent :

— Vous, qu'est-ce que vous faites là ? Et pourquoi diable avoir amené aussi le jeune Auguste ?

Il eut un rire bas.

— Ma chère Junon, laissez-moi me mettre à l'abri ! Vous devez savoir aussi bien que moi que l'on n'amène pas Mr Fawnhope ! Il se joint à vous et c'est tout ! Lorsque Sancia a reçu votre message, il se trouvait à la maison ; il était même en train de lui lire le premier acte de sa pièce. Il a continué tout le long du chemin !

Se tournant vers celui dont il était question, il lui cria :

— Par ici, mon cher poète ! Vous allez être trempé si vous restez sous la pluie !

Fawnhope fit un effort pour s'arracher à sa contemplation et marcha vers la maison.

— Tant pis ! dit alors Sophy. On ne peut pas le réexpédier, mais il dérange un peu mes plans.

— C'est vous ! s'écria Auguste quand il vit de près la jeune fille. Un instant, j'ai cru voir une déesse ! Une déesse ou une vestale…

— En attendant d'avoir trouvé laquelle des deux, décréta sir Vincent, entrez vous mettre à l'abri.

Chapitre 17

Lady Ombersley et ses filles revinrent en fin d'après-midi à Berkeley Square, où elles trouvèrent Miss Wraxton. Après les embrassades habituelles, elle expliqua à la comtesse qu'elle avait décidé de l'attendre, ayant un message à lui remettre de la part de sa chère maman. Lady Ombersley, qui était légèrement inquiète au sujet d'Amabel, parce qu'elle s'était plainte durant la promenade d'un fort mal de tête, lui répondit distraitement.

— Remerciez votre mère pour moi ! Amabel, venez dans mon cabinet de toilette ; je vais vous baigner le front avec un peu d'eau de Cologne. Vous vous sentirez tout de suite mieux !

— Pauvre cher ange ! soupira Miss Wraxton. Elle n'a pas encore très bonne mine ! Savez-vous, chère madame, que nous avons renoncé aux gants noirs ? Maman a l'intention de donner une petite réception en l'honneur du grand événement – oh ! une réception restreinte, il y a si peu de monde à Londres en ce moment – mais elle ne voudrait pas fixer le jour sans savoir s'il vous convient. Je suis le messager qu'elle vous envoie !

— C'est vraiment très gentil à elle, répliqua la comtesse. Nous serons charmés de cette petite fête... Qu'elle choisisse n'importe quel jour. Pour le moment, nous sortons peu. Excusez-moi, Amabel m'attend là-haut... la pauvre enfant est fatiguée ! Demandez à Cecilia de s'entendre avec vous !

Lady Ombersley disparut sans prendre garde que Cecilia, à qui Dassett venait de remettre le billet de Sophy, n'avait pas écouté un mot de la conversation. Sous l'œil alarmé du valet, Cecilia était devenue affreusement pâle en lisant la lettre. Quand elle arriva à la fin, l'œil fixe et la bouche entrouverte, elle s'élança comme pour retenir sa mère et lui parler ; mais bien vite elle se domina et n'en fit rien. Elle replia le papier avec des mains tremblantes et resta sur place, pétrifiée. Miss Wraxton, qui l'observait, s'approcha d'elle et lui dit :

— J'ai l'impression que cela ne va pas ! Avez-vous reçu de mauvaises nouvelles ?

Dassett, qui avait eu une belle envie d'ouvrir le pli cacheté que Sophy lui avait laissé, toussa pour s'éclaircir la gorge et s'enquit d'un air parfaitement désintéressé :

— Est-ce que Miss Stanton-Lacy doit rentrer à Londres ce soir ? Sa femme de chambre est un peu alarmée, n'ayant pas été prévenue de son départ.

Cecilia eut du mal à répondre :

— Je pense que oui ! Oh ! oui, très certainement elle rentrera ce soir.

Dassett ne fut pas satisfait, et Miss Wraxton dressa l'oreille. Prenant Cecilia par le bras, elle la poussa vers la bibliothèque tout en disant :

— Cette promenade vous a fatiguée. Dassett ! Ayez, je vous prie, la bonté d'apporter un verre d'eau et des sels. Miss Rivenhale ne se sent pas très bien.

Cecilia, en effet, était sur le point de s'évanouir et fut heureuse de s'allonger un instant sur le canapé. Miss Wraxton s'empressa de lui enlever son bonnet et de lui frotter les mains ; ce faisant, elle eut soin de soustraire à la jeune fille le billet qu'elle ne tenait plus que faiblement. Lorsque Dassett entra, elle prit elle-même le plateau et congédia le majordome. La syncope passa très vite et Cecilia se rassit pour boire un peu d'eau fraîche et respirer des sels. Pendant ce temps, sans la moindre gêne, Eugenia dégustait la lettre :

> « Vous vous êtes demandé, ma chère Cecy, pour quelle raison j'avais refusé de vous accompagner à Richmond. Ce billet sera ma réponse ! J'ai beaucoup réfléchi à la triste situation dans laquelle vous vous trouvez et je ne vois qu'une solution pour mettre fin à la souffrance que vous avez endurée, du fait du refus implacable de la part de mon oncle de vous laisser épouser F… Je crois que sa résolution est le résultat d'une pression que C… aurait faite sur lui. Mais je ne veux pas augmenter votre peine en m'étendant sur le sujet. Que C… ne soit plus

disponible, c'est le seul moyen d'amener mon oncle à vous donner son consentement.

Charles vous racontera que nous nous sommes querellés. Bien qu'au départ ce soit de ma faute, son attitude envers moi et le langage qu'il m'a tenu – si violent, si brutal font que je ne peux plus rester sous votre toit. Je pars m'installer à Lacy Manor et j'ai demandé à Charlbury de m'accompagner là-bas. Vous pouvez être assurée que je ne le laisserai pas repartir ! C'est un gentleman, et même si je sais que je n'aurai jamais son cœur, du moins m'arrangerai-je pour qu'il m'offre sa main. Et ainsi, ma chère Cecy, vous vous trouverez délivrée ! Ne vous faites pas de souci pour moi ! Vous savez que de toute façon, je suis heureuse de me marier. Même si je ne suis pas plus attachée à C… qu'il ne l'est à moi – et j'ai honte des moyens que son indifférence m'oblige à employer –, nous essaierons de nous tirer d'affaire ensemble. Si ce faisant je vous rends service, ma chère Cecy, j'en suis vraiment très heureuse.

Affectueusement,
Sophy. »

— Seigneur ! s'exclama Miss Wraxton. Est-ce possible ? Je n'ai jamais approuvé sa conduite, mais cette fois cela dépasse les bornes ! La malheureuse. Et pas un mot de contrition ! Pas le moindre remords !

Ma pauvre Cecilia, quel choc pour vous ; je vous comprends... Comme elle vous a trompée.

— Qu'est-ce que vous racontez ? s'écria Cecilia en se remettant debout. Eugenia ! Vous n'aviez pas le droit de lire cette lettre. Donnez-la-moi tout de suite et gare à vous si vous en soufflez mot à qui que ce soit !

Miss Wraxton lui rendit la lettre et lui dit :

— Demain, tout le monde en parlera dans Londres. Je n'ai jamais rien vu d'aussi scandaleux !

— Tout le monde en parlera ? Ah ! non, s'écria Cecilia. Sophy et Charlbury ! Non, non, c'est impossible. Il faut empêcher cela ! Je vais tout de suite aller la rejoindre. Comment a-t-elle pu faire une chose pareille ! Comment a-t-elle pu y penser ? Naturellement, c'est par bonté, et pour m'aider, mais partir de cette façon... et avec Charlbury !

Elle voulut relire la lettre une seconde fois, mais n'en eut pas la patience et la froissa dans ses mains. Puis elle reprit :

— Elle dit qu'elle s'est querellée avec Charles, mais elle devait savoir que quand il est en colère il dit n'importe quoi... des choses qu'il est loin de penser. Elle devrait pourtant le connaître ! Il faut qu'il vienne avec moi et nous la ramènerons ici. Où est-il ? Sans doute chez *White*. Vite ! Que quelqu'un aille le chercher !

Miss Wraxton posa la main sur le bras de la jeune fille.

— Calmez-vous, Cecilia ! Réfléchissez un peu ! Si votre malheureuse cousine s'est disputée avec

Charles, vous n'arrangerez rien en l'emmenant là-bas ! Par contre, je crois que vous avez raison de vous empresser d'intervenir. Un scandale tel peut résulter de cette histoire que j'en frémis à l'avance ! Et je le redoute surtout pour votre mère. Il faut sauver cette misérable fille malgré elle !

— Et Charlbury aussi, il faut le sauver ! murmura Cecilia. C'est de ma faute ; je suis très coupable. Il faut que je parte tout de suite !

— Je vais vous accompagner, dit Miss Wraxton. Permettez-moi seulement d'écrire un mot pour ma mère pendant que vous ferez atteler la voiture. L'un de vos valets ira la porter à Brook Street. Je dirai simplement que je suis retenue chez vous pour passer la soirée ; elle n'y trouvera rien d'extraordinaire.

— Vous ? fit Cecilia. Oh ! non. Je veux dire : vous êtes très gentille, Eugenia, mais je préférerais vraiment que vous ne veniez pas.

— Vous ne pouvez pas aller là-bas toute seule, fit valoir Miss Wraxton.

— Jane Storridge m'accompagnera. Et je vous en supplie : pas un mot de cela à qui que ce soit !

— Ma chère Cecilia, vous n'allez pas confier une chose pareille à une servante ? Autant la crier sur les toits. Si vous refusez que je vous accompagne, je me verrai dans l'obligation d'en prévenir tout de suite la comtesse. Je considère comme de mon devoir d'aller avec vous à Ashtead, et je suis sûre que Charles serait de mon avis. Ma présence à Lacy Manor remettra toute chose en place, car une jeune fille fiancée est mieux considérée qu'une jeune fille qui ne l'est pas.

— Oh ! je ne sais plus quoi dire. Quel besoin aviez-vous, aussi, de lire cette lettre !

— J'ai été fort bien inspirée, dit Miss Wraxton en tentant un sourire. Laissez-moi vous dire, Cecilia, que vous manquez un peu de sang-froid pour conduire une affaire aussi délicate que celle-ci. Que décidez-vous en fin de compte ? Est-ce que je vous accompagne ou est-ce que je monte raconter cette histoire à lady Ombersley ?

— Bon, venez, alors ! céda Cecilia. Encore que je me demande pourquoi vous désirez y aller puisque je sais que vous n'aimez pas Sophy !

— Quels que soient mes sentiments envers votre cousine, répliqua Miss Wraxton en prenant un air de martyr, j'espère ne jamais oublier que je dois agir en chrétienne !

Les joues de Cecilia s'empourprèrent. C'était une gentille enfant, mais l'hypocrisie de Miss Wraxton la mettait tellement en colère qu'elle ne put s'empêcher de lui dire avec dureté :

— Je suis sûre qu'il vous en cuira ! Une fois de plus, Sophy s'arrangera pour vous rendre ridicule. Et vous ne l'aurez pas volé, avec votre besoin de vous mêler des affaires des autres quand ils ne vous demandent rien !

Mais Miss Wraxton, sentant que son heure de gloire avait sonné, se contenta de sourire d'une façon irritante et de demander à la jeune fille ce qu'elle devait annoncer à la comtesse.

Cecilia répondit avec beaucoup de dignité qu'elle savait ce qu'elle avait à faire et marcha vers la porte. Comme elle ouvrait celle-ci, elle buta contre Dassett qui venait l'informer que lord Bromford désirait lui dire un mot.

— Vous auriez dû lui dire que je n'étais pas là ! fit Cecilia. Je ne peux pas le voir en ce moment !

— Lord Bromford a insisté. Il veut vous parler, à vous ou à madame la comtesse, et milady ne veut pas qu'on la dérange. J'ajouterai que lord Bromford est au courant du départ de Miss Sophy et qu'il tient à savoir de quel côté elle est allée.

— Mais qui a pu lui dire que Miss Sophy était partie ? demanda Cecilia d'un ton sec.

— Je ne saurais vous le dire, mademoiselle ; mais n'ayant pas reçu d'ordres à cet effet, je n'ai pas cru devoir nier le fait quand lord Bromford m'a demandé si c'était vrai ou non.

Cecilia se tourna vers Eugenia pour implorer son secours et celle-ci prit l'affaire en main.

— Introduisez lord Bromford, dit-elle au majordome.

Dassett s'inclina et se retira.

— Eugenia, soyez prudente, je vous en supplie ! la pria Cecilia. Que comptez-vous lui dire ?

Miss Wraxton prit un air grave pour répondre :

— Tout dépendra des circonstances. Voyons d'abord ce qu'il sait et, d'autre part, n'oublions pas qu'il s'intéresse beaucoup, lui aussi, à votre cousine.

— Peu importe ! Sophy ne l'épousera jamais !

— Elle n'est certes pas digne de lui, dit Eugenia. J'espère qu'elle ne se sera pas mise dans des conditions telles qu'il lui faille épouser n'importe quel homme respectable pour pouvoir sauver la face.

Lord Bromford entrant sur ces entrefaites, Cecilia n'eut pas à répondre.

Le jeune homme semblait très inquiet, mais nul désarroi ne l'eût empêché de se répandre en salutations. C'est ce qu'il commença par faire, sans oublier de demander comment allait Amabel. Après quoi il s'excusa de solliciter une audience de la part de Miss Rivenhale et après quelques autres circonlocutions en vint à l'objet de sa visite. Passant par Picadilly, il avait aperçu Miss Stanton-Lacy dans une chaise de poste, assise aux côtés de lord Charlbury, ses bagages derrière la voiture.

— Ma cousine a été appelée à la campagne, dit Cecilia d'un ton assez définitif.

— Avec ce seul garçon pour toute compagnie ! s'exclama lord Bromford, profondément scandalisé. Par ailleurs, et ce qui rend sa conduite des plus étranges… Nous étions supposés faire une promenade ensemble cet après-midi.

— Elle aura oublié, dit Cecilia. Elle regrettera, sûrement. Je vous prie de l'excuser.

Il observa Cecilia et ce qu'il vit sur le visage de la jeune fille le fit se tourner vers sa compagne et dire :

— Miss Wraxton, j'en appelle à vous ! Il est inutile de me cacher que Miss Stanton-Lacy est partie clandestinement ! Comment Charles Rivenhale a-t-il permis une chose pareille ! Je vous demande pardon, mais les assiduités de lord Charlbury – qui se moque totalement des convenances – me font redouter le pire ! J'avais toujours pensé qu'au retour de sir Horace Stanton-Lacy... mais ce départ soudain... avec armes et bagages !

Il s'arrêta brusquement, trop bouleversé par cette vision pour pouvoir ajouter un mot.

Miss Wraxton déclara d'une voix fort calme :

— Miss Stanton-Lacy, vous le savez, a toujours fait fi de nos conventions. Elle est partie pour son propre manoir, à Ashtead, mais je suis persuadée que Miss Rivenhale et moi-même la ramènerons ce soir à Londres. Nous partons de ce pas la chercher.

Lord Bromford s'écria aussitôt :

— Ah ! Je vous reconnais bien là ! Et comme je vous comprends... Ce garçon est un débauché ! Est-ce que Rivenhale vous accompagne ?

— Nous allons seules, répliqua Eugenia. Je vois que vous avez deviné juste, mais inutile de vous dire que nous vous serons reconnaissantes de ne pas ébruiter la chose.

— Bien sûr, bien sûr ! acquiesça-t-il avec empressement. Mais je ne pense pas que deux faibles femmes puissent accomplir une mission de cette sorte sans l'aide d'un homme. J'ai l'impression qu'il est de mon devoir de vous accompagner. Je demanderai des comptes à Charlbury ! Je sais désormais ce qu'il vaut. Il a grossièrement abusé de la naïveté de Miss Stanton-Lacy et il devra payer pour cela !

Cecilia voulut protester, mais Miss Wraxton l'interrompit vivement pour dire :

— Ces paroles vous honorent et j'avoue que personnellement je serais ravie de votre escorte.

— Je cours faire seller mon cheval ! annonça-t-il avec résolution. Et Charlbury n'a plus qu'à bien se tenir ! Je ne suis pas favorable aux duels, d'une façon générale, mais il y a certains crimes qu'il faut absolument punir ! Je pars, mais je reviens tout de suite !

Il disparut du salon en coup de vent après une rapide poignée de main. Au bord des larmes, Cecilia reprocha à Miss Wraxton d'avoir, par ses paroles, compliqué la situation. Mais celle-ci lui répondit :

— Dès lors qu'il était au courant de l'escapade de votre cousine, le mieux à faire était de profiter de son offre de nous accompagner là-bas. Dans des circonstances de ce genre, il est heureux d'avoir un homme à côté de soi.

— Mais c'est un imbécile ! s'écria Cecilia.

— C'est un garçon dont on a fait exprès de mésestimer les mérites, rétorqua Eugenia. Pour ma part, je l'ai toujours trouvé plein de jugement et de bon sens, et aussi d'une érudition propre à charmer les gens qui ne sont pas trop frivoles pour l'écouter.

Incapable de contrôler plus longtemps ses nerfs, Cecilia sortit du salon, presque résolue à tout dire à sa mère.

Mais lady Ombersley, inquiète au sujet d'Amabel dont le pouls était très faible, n'était pas en état de supporter la nouvelle. Cecilia s'en rendit compte et se contenta de lui dire qu'un message de Lacy Manor avait appelé Sophy d'urgence dans le Surrey et qu'elle avait décidé d'aller tenir compagnie à sa cousine ou de la ramener ce soir à Londres. Sa mère se montrant surprise, elle ajouta que Sophy s'était querellée avec Charles. La comtesse en fut navrée. Elle savait que son fils pouvait se montrer dur. Si ce n'était pour Amabel qui se trouvait fatiguée, elle eût accompagné sa fille ; mais quand celle-ci lui affirma que Miss Wraxton était disposée à faire la route avec elle, elle fut tranquillisée et laissa partir Cecilia.

Pendant ce temps, Miss Wraxton, qui venait d'achever le billet pour sa chère maman, eut l'idée d'en écrire un autre, celui-ci destiné à Charles. Il devait reconnaître à présent les turpitudes de sa cousine et sa propre magnanimité ! Elle confia les deux lettres à Dassett et prit place auprès de Cecilia dans la voiture de la comtesse. Elle était si contente que même les piques de Cecilia ne parvenaient pas à l'empêcher de se réjouir des circonstances. Cependant, jamais elle n'avait vu la jeune fille aussi en colère. Lord Bromford, derrière la voiture, chevauchait d'un air malheureux, le col de sa veste soigneusement relevé pour se protéger du froid. Au bout de quelques kilomètres, Miss Wraxton rompit le silence pour faire valoir à Cecilia qu'il serait plus convenable d'inviter le jeune homme à s'asseoir auprès d'elles, et de demander à un valet de chevaucher sa monture. Mais Cecilia se contenta de répondre :

— Je lui souhaite d'attraper une bonne congestion pulmonaire !

Une demi-heure plus tard, Dassett, qui croyait vivre une journée de fou, vit arriver une autre chaise de poste devant Berkeley Square. Il s'agissait cette fois d'un attelage à quatre chevaux et les roues de la voiture étaient couvertes de boue. Un nombre imposant de malles et de bagages de toutes sortes étaient entassés à l'arrière et sur le toit du véhicule. Un homme habillé sobrement escalada les marches du perron et actionna la sonnette. Quand Dassett eut ouvert la porte, un second voyageur apparut, qui après avoir jeté une pièce d'une guinée au cocher s'engouffra dans la maison.

Dassett, pétrifié sur le seuil, marmonna comme il put :

— B… bonsoir, monsieur ! Nous… nous ne vous attendions pas !

— Moi non plus ! dit sir Horace en retirant ses gants. Nous avons filé sur la mer sans avoir un jour de retard. Deux mois, exactement ! C'était inespéré. Voulez-vous veiller à ce que l'on descende mes bagages ? Madame la comtesse va bien ?

Dassett, tout en l'aidant à se dépouiller de sa cape, lui affirma que oui.

— Parfait ! dit sir Horace en se regardant dans la glace et en rafraîchissant les plis de son jabot. Et ma fille, comment va-t-elle ?

— J'ai le regret de vous informer que Miss Sophy vient justement de partir pour la campagne, dit Dassett, qui eût donné ce renseignement bien volontiers à quelqu'un d'autre plutôt qu'à sir Horace lui-même.

— Ah ! bon, dit celui-ci. Alors annoncez-moi à la comtesse.

Tout en pensant que ce père insouciant attachait bien peu d'importance aux faits et gestes de sa fille, le majordome conduisit sir Horace dans le grand salon et alla prévenir sa maîtresse. Quelques minutes plus tard, lady Ombersley, tout émue, se jetait dans les bras de son frère.

— Mon cher Horace ! s'écria-t-elle. Comme je suis contente de vous voir ! Quel malheur que… Enfin, vous voilà sain et sauf !

— Ce n'est pas une raison pour écraser mon jabot, fit remarquer sir Horace, repoussant gentiment sa sœur. Je ne reviens pas de chez les Zoulous ! Mais vous avez l'air fatiguée, Lizzie, qu'est-ce qui ne va pas ? C'est l'estomac ? Faites-vous faire des passes magnétiques. Ça et de la bière chaude, il n'y a rien de tel !

Lady Ombersley l'informa que sa mauvaise mine n'était due à rien d'autre qu'à l'inquiétude qu'elle venait d'éprouver. Puis elle lui raconta toute la maladie d'Amabel en soulignant le grand dévouement de Sophy.

— C'est une excellente infirmière, commenta-t-il simplement. Alors, comment ça a marché ? Elle ne vous a pas donné trop de fil à retordre ? Et, à propos, où est-elle ?

La question troubla la comtesse comme elle avait troublé Dassett. Elle dit que Sophy allait beaucoup regretter de ne pas se trouver là et que si elle avait pu deviner le retour de son cher père à Londres, elle ne serait sûrement pas partie.

— Elle est à la campagne, d'après ce que m'a dit Dassett ? s'enquit sir Horace en s'enfonçant dans un fauteuil. D'ailleurs, je suis surpris de vous trouver à Londres en cette saison. Mais vous me dites, en effet, que l'un des gosses a été malade. Alors, cela s'explique mieux. Et où est Sophy exactement ?

— Je pense que… c'est-à-dire… j'étais très occupée quand Cecilia est venue me prévenir de son départ, mais je crois que la chère petite est allée à Lacy Manor.

— Qu'est-elle allée faire là-bas ? demanda sir Horace, surpris. La maison est inhabitable. Elle ne s'est pas mis en tête de la remettre sur pied, j'espère ? Je n'ai pas la moindre intention… Enfin, peu importe !

— Non, non, sûrement qu'elle ne pense pas à cela, intervint vivement la comtesse. Du moins… Oh ! Horace, je ne sais pas ce que vous allez dire, mais j'ai peur que Sophy ne soit partie de la maison à cause de quelque chose qui est arrivé aujourd'hui !

— Vous m'étonnez, déclara sir Horace. Cela ne ressemble guère à ma petite Sophy de faire de pareils coups de théâtre ! Qu'est-ce qui s'est passé ?

— Je n'ai pas très bien compris, dit la pauvre comtesse. Je n'étais pas là. Mais Cecilia m'a révélé que Sophy et Charles s'étaient disputés ! Je sais bien que Charles a un horrible caractère, mais il est juste un peu colérique, c'est tout… et jusqu'ici Sophy n'a jamais tenu compte de ce qu'il lui disait… car ce n'est pas la première fois qu'ils se querellent !

— Ne vous mettez pas en peine d'explications, ma chère Lizzie, lui dit son frère, sans se départir de son calme. Elle s'est disputée avec Charles. Bon ! Cela ne m'étonne pas, et au fond cela lui fera du bien – naturellement ! Comment va Ombersley ?

— Horace ! dit sa sœur d'une voix indignée, on croirait que vous n'avez pas la moindre affection pour Sophy.

— Vous vous trompez grandement : j'adore ma fille. Mais de là à me faire des cheveux blancs parce qu'elle se dispute avec son cousin !

Dassett entra, apportant des rafraîchissements, et la conversation s'interrompit. Quand il se fut retiré, lady Ombersley reprit :

— Quoi qu'il en soit, je peux vous assurer que vous reverrez Sophy ce soir. Cecilia et Miss Wraxton sont parties la chercher.

— Qui est Miss Wraxton ? demanda sir Horace en se versant un verre de madère.

— Si vous écoutiez ce qu'on vous dit, Horace, vous sauriez que Miss Wraxton est la fiancée de Charles.

— Pourquoi ne me le disiez-vous pas ? reprit sir Horace en dégustant son vin. Je ne peux pas me rappeler tous les noms. Mais maintenant je me souviens. Ne m'avez-vous pas dit qu'elle était assommante ?

— Je n'ai jamais rien dit de ce genre ! répliqua lady Ombersley. Évidemment, je ne peux pas dire qu'elle me plaise… mais c'est vous qui avez suggéré qu'elle devait être assommante.

— Dans ce cas, elle l'est sûrement. C'est une bonne bouteille que vous avez là. Mais, ne m'avez-vous pas dit aussi que Cecilia était fiancée à Charlbury ?

Lady Ombersley soupira :

— Hélas ! c'est une affaire finie ! Nous n'avons jamais pu l'amener à accepter ce mariage. Et, à présent, Charles ne voit pas d'objection à ce qu'elle épouse le jeune Fawnhope. Ombersley n'est pas de cet avis, mais il sera obligé de céder. Et, autant que vous le sachiez, Horace : Charlbury, ces temps derniers, a beaucoup courtisé Sophy.

— Par Jupiter ! À la bonne heure !

Ils entendirent un pas rapide dans l'escalier et la seconde d'après Mr Rivenhale entrait en coup de vent dans le salon. Il tenait une lettre à la main et n'avait pas même pris le temps de se dévêtir avant d'en parler à sa mère.

Il était pâle et paraissait bouleversé. Après avoir monté à cheval une partie de l'après-midi, il était passé par Bond Street faire une heure d'entraînement avec Jackson pour se détendre un peu les nerfs. De là, il s'était rendu au club où il avait joué au billard, luttant contre l'envie de retourner à Berkeley Square et de s'excuser auprès de sa cousine. C'est en quittant la salle de billard qu'il avait rencontré Wychbold. Comme prévu, celui-ci lui avait demandé si sa cousine était invitée quelque part. Charles avait répondu :

« Non, pas à ma connaissance », et Wychbold, avec le plus grand calme, lui avait appris :

— Eh bien ! mon vieux, vous vous trompez. Je viens de la voir filer dans une chaise de poste à quatre ! Et qui plus est, en compagnie de Charlbury !

Charles le contempla sans vouloir comprendre.

— Une chaise de poste ?... Attelée de quatre chevaux ? Vous faites erreur.

— Je suis sûr de ce que je vous dis, affirma Wychbold.

— Que pariez-vous ? Ma cousine est à la maison, et je vous serais reconnaissant de ne pas raconter de pareilles histoires !

— Vous pouvez compter sur moi pour ne pas ébruiter la chose, s'empressa de lui assurer Wychbold.

Charles se rendit alors dans le salon du club, dans l'intention d'y faire une ou deux parties de whist ; mais toutes les tables étaient pleines, et c'est pendant qu'il était debout, en train d'observer quelques joueurs tout en pensant aux paroles de Wychbold, que le billet de Miss Wraxton lui fut remis. L'effet en fut instantané. Il ne pensa plus au whist et se dépêcha de rallier Berkeley Square sans même s'excuser auprès de ceux qui l'avaient invité pour la prochaine partie. Une fois arrivé chez lui, il trouva le mot de Sophy, le lut et monta l'escalier pour interroger sa mère.

— Maman, pouvez-vous m'expliquer... commença-t-il. Puis il s'arrêta brusquement en apercevant sir Horace. Oh ! je vous demande pardon... je ne savais pas...

Sir Horace chaussa son monocle afin de mieux observer son neveu.

— Ainsi, c'est vous ? On peut dire que vous tombez bien !

Répondant du tac au tac et sans saluer son oncle, Charles s'avança vers lui et lui dit simplement :

— Vous serez sans doute ravi d'apprendre que votre chère Sophy s'est fait enlever par Evrard Charlbury.

— Vraiment ? fit sir Horace. Pourquoi recourir à ce moyen ? Je n'ai aucune objection à ce qu'elle épouse Charlbury. Il est d'une excellente famille.

— Elle l'a fait uniquement pour me mettre en colère ! reprit Charles. Mais pour ce qui est d'épouser Charlbury, je vous donne ma parole que cela ne se fera pas !

— Et pourquoi ? s'enquit sir Horace qui s'apprêtait à vider son verre de nouveau. Qui en a décidé ainsi ?

— Moi ! cria le jeune homme. Elle n'a d'ailleurs pas l'intention de le faire ! Vous ne connaissez peut-être pas votre fille, monsieur, mais moi je la connais !

La pauvre lady Ombersley, que ce dialogue venait d'anéantir, retrouva cependant assez de voix pour protester.

— Non, non, dit-elle, Sophy n'a pas pu se faire enlever. Elle n'aurait sûrement pas fait cela. Vous devez vous tromper, Charles. La vérité, c'est que vous l'avez si mal traitée que la pauvre enfant a préféré partir.

— Je l'ai mal traitée en effet ; mais savez-vous ce qu'elle s'était permis de faire ? Elle avait pris le jeune cheval que j'ai acheté le mois dernier et, sans m'en dire un mot, était sortie avec lui dans Londres ! Si elle ne s'est pas cassé le cou, elle peut dire que ce n'est pas grâce à elle !

— Là, vous exagérez, intervint sir Horace. Elle a eu tort, c'est sûr ; mais je me demande ce qui a pu la pousser à faire une chose pareille. Ça ne lui ressemble guère.

— Ce qui l'a poussée, reprit Charles, c'est uniquement le désir de faire naître une querelle !

— Je vois, mon cher neveu, que vous n'aimez pas ma petite Sophy ! commenta sir Horace. C'est pourtant une fille adorable.

— Votre adorable Sophy, monsieur, ne nous a pas laissé une minute de répit depuis qu'elle est entrée dans cette maison !

— Charles ! s'écria lady Ombersley, dont les joues rougirent de honte. Vous êtes terriblement injuste ! Comment pouvez-vous dire cela… Quand on pense à sa bonté et à son dévouement pour Amabel…

La voix de la comtesse se brisa et elle dut chercher son mouchoir.

Le rouge monta aussi aux joues de Charles.

— Je ne l'ai pas oublié, madame. Mais ce qu'elle vient de faire…

— Elle n'a rien fait ! plaida de nouveau la comtesse. C'est à cause de votre dispute qu'elle a voulu partir d'ici. Quant à imaginer que Charlbury est avec elle…

— Je le sais ! J'en suis sûr ! reprit son fils. D'ailleurs, si j'en doutais, je n'aurais qu'à regarder cette lettre. Elle n'en fait pas un mystère !

— Dans ce cas, dit sir Horace en remplissant son verre, c'est qu'elle a quelque chose en tête. Goûtez-moi ce madère, mon garçon. On dira ce qu'on voudra au sujet de votre père, mais il sait choisir ses vins !

— Charles ! c'est affreux, souffla lady Ombersley. Dieu soit loué que je n'aie pas empêché Cecilia d'aller la rejoindre. Ç'aurait été un beau scandale ! Horace, je vous en prie, ne croyez pas que je l'aie encouragée…

— Ma chère Elizabeth, personne ne vous blâme ! Je vous ai toujours dit que vous deviez la laisser faire. Sophy est assez grande pour veiller sur elle-même.

— Cette fois, je ne vous comprends plus ! Cela vous est donc égal que Sophy brise son avenir par une stupide escapade ?

— Il n'est pas question qu'elle brise son avenir, reprit Charles d'un ton amer. Voilà six mois qu'elle vit auprès de vous et vous ne la connaissez pas encore ! Je vous donne ma tête à couper que cette femme espagnole est auprès d'elle !

— Charles ! Puissiez-vous dire vrai ! soupira la comtesse.

Sir Horace se mit à polir le verre de son monocle et s'enquit :

— Vous voulez parler de Sancia ? Je voulais vous demander, Lizzie, est-elle toujours à Merton ?

— Où voudriez-vous qu'elle soit, sinon à Merton, Horace ?

— Je pose simplement la question. Sophy a dû vous mettre au courant de mes intentions.

— Naturellement. Et nous sommes allées la voir, et elle est venue nous voir ici. Mais je dois vous dire, mon cher Horace, que je ne vois pas ce qui a pu vous pousser à demander la main de cette femme.

— C'est comme ça, ma pauvre Lizzie. On se trouve parfois entraîné. Il faut dire qu'elle est séduisante… Je ne serais pas surpris le moins du monde que d'autres lui aient fait la cour. Je n'aurais pas dû l'installer à Merton. Enfin, c'est fait ! On agit sans réfléchir et sous le coup d'une impulsion, puis quand on prend le temps de penser, on s'aperçoit… Enfin, je n'ai pas l'intention de me plaindre !

— Il y a beaucoup de jolies femmes au Brésil ? interrogea Charles d'un air ironique.

— Je vous trouve bien impertinent, mon garçon, répliqua sir Horace avec beaucoup de bonhomie. En fait, je me demande si j'ai toujours l'intention de me marier.

— Dans ce cas, affirma Charles, je vais vous rassurer tout de suite : ma cousine est très ennuyée du fait que le jeune Talgarth courtise beaucoup la marquise. Elle fait tout ce qu'elle peut pour l'en éloigner.

— De quoi se mêle-t-elle, cette diablesse de gamine ! éclata sir Horace. Talgarth, vous dites ? Je ne le savais pas à Londres. Eh bien ! C'est un charmeur ; il sait s'y prendre, sir Vincent ! Il doit aussi avoir l'œil sur la fortune de Sancia…

Lady Ombersley ne put s'empêcher de dire :

— Vous n'avez pas un sou de vergogne ! Et qu'est-ce que cela a à voir au sujet de Sophy ! Vous êtes là, assis tranquillement, pendant que votre fille fait son propre malheur ! Et vous aussi, Charles, s'il est vrai que votre cousine est partie avec Charlbury, qu'attendez-vous pour aller la chercher et la ramener ici ?

— C'est ce que je m'apprête à faire, madame ! Quand je pense que vous n'avez pas hésité à y envoyer Eugenia !

— Ce n'est pas moi qui l'ai envoyée ! répliqua vivement la comtesse. C'est elle qui s'est offerte à accompagner Cecilia. (Frappée par une idée, lady Ombersley s'arrêta pour reprendre aussitôt.) Mais comment savez-vous qu'elles sont parties chercher Sophy ? Est-ce que Dassett...

— Non, non ! Dassett ne m'a rien dit ! C'est Eugenia elle-même qui m'en a informé et je dois ajouter que si Cecilia avait su tenir sa langue, elle m'aurait évité de la part de Miss Wraxton une lettre que je n'aime pas beaucoup ! Quel diable vous a poussée à lui parler de cette affaire ? Bon sang, ne savez-vous pas que demain tout Londres en sera informé par ses soins ?

— Mais je ne lui ai rien dit ! protesta lady Ombersley. Charles, je vous le jure !

— Il faut bien que quelqu'un lui en ait parlé ! reprit-il avec impatience. (Puis il se tourna vers son oncle.) Monsieur, que décidez-vous ? Désirez-vous rester ici à commenter le goût de mon père dans le choix de ses vins, ou m'accompagner à Ashtead ?

— Quoi ? Repartir quand je viens d'arriver ! Non, non, mon garçon. D'ailleurs, pourquoi voulez-vous que je me dérange ?

— J'imaginais que votre amour paternel pourrait vous donner la réponse. Faites ce que vous voudrez. Moi, je m'en vais !

— Et que comptez-vous faire une fois que vous serez là-bas ? demanda sir Horace avec une pointe de malice.

— Tordre le cou à Sophy ! déclara Charles avec violence.

— Dans ce cas, vous n'avez pas besoin de mon aide, mon cher garçon !

Sur ces paroles, sir Horace se renfonça dans son fauteuil et leva de nouveau son verre.

Chapitre 18

Les premiers instants qui suivirent l'arrivée de la marquise à Lacy Manor furent employés par celle-ci à se plaindre de son sort. Un courant d'air s'était produit quand on avait ouvert la porte et des nuages de fumée avaient envahi le hall. Malgré les efforts de Mrs Clavering, Lacy Manor n'était guère accueillant. La pauvre Mathilda, terriblement impressionnée par l'accoutrement de la marquise, n'en finissait pas de lui faire des courbettes, mais la dame, pas impressionnée du tout par la silhouette de Mrs Clavering, déclara tout de go :

— *Madre de Dios* ! Si j'avais amené Gaston, et aussi mon cuisinier, l'aventure serait supportable. Mais dans de pareilles conditions ! Sophy, m'expliquerez-vous pourquoi vous m'avez demandé de venir dans cette maison abandonnée, et avec la pluie sur le dos ! *Su conducta es perversa* !

Sophy s'empressa de lui dire qu'elle avait eu besoin d'une duègne et qu'elle avait tout de suite pensé à elle, explication qui toucha la marquise, celle-ci étant de pur sang castillan. Satisfaite, elle omit même de lui demander le pourquoi de la chose. Puis elle aperçut Charlbury et, dans un grand effort, arriva à se rappeler son nom.

— Bonjour ! Êtes-vous blessé ? demanda sir Vincent.

— C'est une affaire sans importance, intervint rapidement Sophy pour éviter à Charlbury de lui répondre. Mais puis-je vous demander, sir Vincent, pourquoi vous êtes venu ici ?

— Cela, ma chère Junon, dit-il, ce serait un peu long à vous raconter. Un peu long et un peu délicat ; aussi, permettez-moi de ne pas entamer un discours, d'autant qu'à mon avis il se pose une question beaucoup plus importante. Celle du dîner. Vous n'aviez sans doute pas prévu une aussi nombreuse compagnie ?

— Certainement pas ! s'exclama Sophy. Et je ne sais pas ce que nous allons nous mettre sous la dent ! Je ferais bien d'aller inspecter la cuisine ; d'autant que ma cousine Cecilia sera là d'un instant à l'autre, et fort probablement aussi mon cousin Charles.

— Miss Sophy ! s'exclama Mrs Clavering. Pourquoi ne pas m'avoir prévenue ! Je ne suis pas habituée à cuisiner pour tant de monde, et je n'ai rien qu'une côtelette de lard que comptait manger mon mari !

Sur la foi de cette déclaration, la marquise enleva son chapeau à plumes et dit :

— Il est évident que cette *moza de cocina* ne connaît rien à rien. Il est temps que j'exerce mes talents. La situation n'est pas drôle, mais si nous devons mourir de faim ce sera *infinitamente* plus grave ! Et j'espère, ma petite Sophy, que vous m'en serez reconnaissante et ne me chercherez plus querelle ! Car j'aime mieux vous dire tout de suite, *de una vez*, que je n'épouserai pas sir Horace. Il est toujours en mouvement et le Brésil ne me plaît guère. Au contraire, j'aime l'Angleterre – sauf sa cuisine, mais je peux avoir mon cuisinier. Alors, ma chère Sophy, c'est une chose faite : j'ai épousé sir Vincent, et telle que vous me voyez, je ne suis plus la marquise de Villacañas, mais lady Talgarth, un nom que je ne saurai jamais prononcer, mais cela ne fait rien ; ce n'est pas cela qui compte !

Son discours fut suivi d'un assez long silence. Sir Vincent en profita pour ouvrir sa tabatière et, au bout d'un instant, il dit :

— Ainsi, le crime est découvert ! Ne faites pas cette tête-là, Sophy. Rappelez-vous que la marquise va nous préparer à dîner.

— Cette bâtisse est une maison de rêve, annonça Mr Fawnhope, qui n'avait rien saisi de la conversation. Je vais aller l'explorer. Pour moi, c'est le château de la Belle au Bois Dormant !

Sur ce, il s'empara de la lampe qui était posée sur la table et marcha vers la porte. Sir Vincent la lui prit des mains et la remit à sa place en lui disant gentiment :

— Rien ne vous empêche d'aller déterrer les fantômes, mais je vous en prie, mon cher ami, prenez plutôt cette chandelle. C'est d'ailleurs bien plus romanesque.

— Sir Vincent, dit Sophy d'un air martial qui lui allait fort bien, je vous jure que si j'étais un homme, vous me paieriez cette trahison !

— Ma chère Sophy, vous tirez mieux que neuf sur dix des hommes que je connais, et si vous disposez d'une paire de pistolets…

— Non, non ! intervint la marquise, j'ai horreur du bruit que font les armes ! Ne pensons plus à cela et concentrons-nous sur le dîner !

— Le dîner, répéta Sophy avec un petit air sarcastique. C'est en effet ce qui compte avant tout pour beaucoup de gens ! Mais je comprends à présent pourquoi mon cousin Charles m'avait mise en garde contre vous, sir Vincent ! Jouer un tour pareil à sir Horace !…

— En amour et à la guerre, tout est permis, ma chère Sophy !

Elle dut se mordre les lèvres pour ne pas dire ce qu'elle pensait. Mais il sourit, car il l'avait comprise, et s'approchant de la jeune fille il lui saisit le poignet et lui murmura :

— Réfléchissez, Junon ! Je n'ai pas les moyens de sir Horace ! Comment aurais-je pu résister ?

— *Amor ch'a null'amato amar perdona*, murmura Mr Fawnhope, que son inspection du hall avait ramené devant la porte.

— Exactement, mon cher poète ! souligna sir Vincent, que les reproches de Sophy avaient très peu troublé.

— Je ne comprends pas l'italien, reprit Sophy, mais je suis bien sûre qu'il se met le doigt dans l'œil. Enfin, comme il n'y a pas à discuter de ce contre quoi on ne peut rien, n'en parlons plus ! J'ai d'ailleurs autre chose à faire !

— Certainement ! ponctua la marquise. Je connais une façon de faire cuire un poulet fraîchement tué. Sir Vincent, je vous prie, allez m'occire deux volatiles ; la femme du garde a dit qu'il y en avait en abondance…

Sophy et la marquise suivirent Mrs Clavering dans la cuisine. Pendant ce temps, Mr Fawnhope s'installa au milieu des livres, dans la grande bibliothèque, et lord Charlbury resta seul. Mais bientôt sir Vincent vint le rejoindre avec une bouteille et des verres :

— J'ai trouvé du sherry, lui dit-il. Dès lors qu'on m'a désigné exécuteur de la volaille, j'estime qu'il faut que je me fortifie. Mais au fond, je crois que la fermière peut faire cela aussi bien que moi. Parlons un peu. Comment vous êtes-vous blessé ?

— Sophy m'a tiré une balle de pistolet, déclara l'autre simplement.

— Quelle femme ! s'écria sir Vincent. Elle est vraiment dangereuse ! Mais je ne pense pas qu'elle l'ait fait sans raison ?

— En tout cas, pas pour celle que je vous excuse d'imaginer ! dit Charlbury.

— Croyez que je ne me permettrais pas…, assura sir Vincent tout en essuyant avec soin le goulot de la bouteille. Surtout pas au sujet de Sophy. Tenez, goûtez-moi cela ! ce doit être fameux ; cette bouteille a au moins trois lustres ! Ainsi, je ne peux pas boire à votre bonne fortune ?

— Seigneur, non ! s'écria Charlbury. J'ai beaucoup d'amitié pour Sophy et je lui suis très dévoué, mais Dieu me préserve d'avoir la moindre idée d'en faire ma femme !

— Rassurez-vous : à défaut du ciel, Charles Rivenhale s'en chargera ! Pas mauvais, ce sherry, qu'en dites-vous ? Il faut maintenant que j'aille plumer les poulets, mais ne buvez pas toute la bouteille !

Il s'éloigna et Charlbury se versa un nouveau verre. Après un temps, Mr Fawnhope réapparut, portant un livre relié en cuir de veau, à moitié rongé par les vers, qu'il présenta avec ces simples mots :

— *La Hermosura de Angélica* ! Un vrai trésor ! Il faut que je le montre à la marquise. Mais à qui appartient cette maison enchantée ?

— À sir Horace Stanton-Lacy, répliqua lord Charlbury.

— C'est la Providence qui m'y a conduit, dit Auguste. Je n'avais aucune raison de venir ici, mais quand j'ai aperçu Sophy, debout sur le seuil de la porte et brandissant un flambeau, alors j'ai compris mon destin. Je devais dîner en ville ce soir, mais je m'en moque ; cela n'a plus aucune importance !

— À votre place, affirma lord Charlbury, je ferais seller mon cheval et rentrerais à Londres par le plus court chemin.

— Il n'en est pas question, dit simplement Mr Fawnhope. J'ai aussi découvert un exemplaire de *Galatée* ; mais ça n'est pas une édition originale.

Sur ce, le jeune poète s'absorba dans son livre jusqu'à l'arrivée de Sophy. Celle-ci avait un paquet de bougies sous le bras et portait une caisse en bois qu'elle tenait avec précaution. Tina sautillait autour d'elle, essayant d'atteindre la boîte.

Mr Fawnhope bondit de sa chaise et dit à la jeune fille :

— Donnez-moi cela ! Je peux vous concevoir portant une urne, mais pas cette boîte en bois !

Sophy la lui remit en disant :

— Attention ! Ils n'ont plus de mère !

— Sophy ! Qu'est-ce que c'est que ça ? s'exclama Charlbury, découvrant dans la boîte une couvée de canetons. Vous ne comptez pas nous les cuire pour dîner ?

— Bien sûr que non, répliqua Sophy. Mais la pauvre Mrs Clavering les garde au chaud dans la cuisine et Sancia se plaint de les avoir dans les jambes. Posez la boîte par terre, Auguste. Tina ne leur fera pas de mal !

Fawnhope fit ce que lui demandait la jeune fille, et les canetons, qui étaient tous très vigoureux, s'empressèrent de quitter leur boîte et d'aller explorer les lieux. Sophy en prit un dans ses mains, tandis que Tina, dégoûtée et jalouse, allait s'installer sur un siège.

— Il faudrait les recouvrir, dit la jeune fille, ça éviterait qu'ils s'en aillent. Charlbury ? Est-ce que vous me permettez de prendre votre manteau ? Il doit être assez confortable !

— Non, je ne vous permets pas ! s'écria Charlbury en lui prenant le manteau des mains.

— Bon, bon…, dit Sophy.

Elle s'arrêta car sa petite chienne venait de dresser les oreilles. Une voiture approchait : on entendait le pas des chevaux.

Sophy se tourna vers Mr Fawnhope :

— Auguste ! Prenez la porte au fond du hall ; vous trouverez un couloir qui mène à la cuisine. Il faut que vous aidiez Mathilda ; elle a besoin de quelqu'un pour plumer les poulets.

— Est-ce que la marquise est dans la cuisine ? demanda Fawnhope. J'ai découvert un livre que je voudrais lui montrer.

— Courez-y ! dit Sophy et ne vous inquiétez pas si vous entendez la sonnette. Dites à Mrs Clavering que je me charge d'ouvrir la porte.

Elle le jeta presque dehors et, se tournant vers Charlbury, elle lui confia rapidement :

— C'est Cecilia ! Prenez soin des canetons !

Elle en avait toujours un dans les mains quand elle ouvrit, toute grande, la porte du perron. La pluie avait cessé et la lune jouait parmi les nuages.

Sitôt qu'elle fut près d'elle, Cecilia lui sauta au cou.

— Sophy ! Ma chère petite Sophy ! Pourquoi avez-vous fait cela ? Vous deviez bien penser que je ne pourrais pas l'admettre !

— Attention, dit Sophy. Vous écrasez mon canard ! Oh !… Miss Wraxton ! Seigneur Jésus !

— Oui, Miss Stanton-Lacy, c'est moi ! Vous ne vous attendiez pas à me voir ?

— Non, reconnut Sophy sans détour, et je vous trouve bien embarrassante ! Entrez, Cecy !

Elle poussa gentiment sa cousine vers l'intérieur du hall, et Cecilia faillit tomber à la renverse en apercevant Charlbury avec son bras en écharpe.

Elle s'élança vers le jeune homme en lui tendant les deux mains et, dégageant son bras blessé, il la pressa contre son cœur.

— Oh ! Evrard, s'écria-t-elle. Vous êtes blessé ?

— Non, non, chère Cecilia. Ce n'est rien ; c'est une égratignure.

Un pareil héroïsme fit pleurer Cecilia.

— C'est de ma faute, gémit-elle, ma très grande faute. Jamais je ne me le pardonnerai. Et vous, mon ami, me le pardonnerez-vous ?

— Jamais, tant qu'un chapeau m'empêchera de vous embrasser, lui dit-il.

Elle leva la tête vers lui en souriant à travers ses larmes et il l'embrassa malgré son chapeau. Sophy qui, pendant ce temps, bloquait l'entrée de la porte, considérait la scène avec cette joie que l'on éprouve quand on a fait du bon travail.

— Voulez-vous avoir la bonté de nous laisser entrer nous aussi ? dit Miss Wraxton, d'une voix glaciale.

— Nous ? interrogea Sophy.

En se retournant, elle aperçut l'inénarrable lord Bromford, emmitouflé dans son grand manteau.

— Seigneur ! s'écria la jeune fille. Ça, alors, c'est le comble !

Cecilia, dont le chapeau était allé rejoindre le manchon par terre, releva la tête, qu'elle tenait appuyée sur l'épaule de lord Charlbury, et dit :

— Sophy, je vous en supplie, ne m'en veuillez pas ! Charlbury, qu'est-il arrivé ? Qui vous a blessé ?

Tout en tenant la jeune fille pressée contre sa poitrine, Charlbury lança vers Sophy un regard qui l'appelait au secours. Et Sophy s'empressa de répondre :

— Il n'a eu que la peau éraflée, ma chère Cecy, ne vous inquiétez pas ! Des baladins… ou peut-être des bandits de grand chemin nous ont attaqués sur la route. Juste une décharge, vous savez ; et le pauvre Charlbury a eu le malheur d'être touché. Mais nous les avons dispersés. Charlbury a fait preuve d'une présence d'esprit incroyable… et d'un sang-froid !

— Oh ! Evrard, soupira Cecilia de nouveau, profondément émue par cette noble conduite.

Profitant de son avantage, Charlbury ne put résister et demanda à Sophy :

— Combien de ces malandrins avons-nous mis en fuite ?

— Cela, dit Sophy, nous ne le saurons jamais !

Aussi satisfaite qu'elle pût être de voir que Miss Stanton-Lacy ne s'était pas aussi mal conduite qu'elle l'aurait cru de prime abord, Miss Wraxton ne pouvait s'empêcher de blâmer l'attitude de Cecilia, blottie dans les bras du jeune homme.

— Je vous en prie, Cecilia, dit-elle en détournant les yeux, ayez un peu de tenue !

— Je suis bien embarrassé, déclara tout à coup lord Bromford, d'une voix assez lamentable. J'étais venu ici pour provoquer ce monsieur en duel, mais j'ai attrapé un rhume !

— Estimez-vous heureux de vous en sortir à si bon compte, dit Charlbury. Et ne marchez pas sur les canards !

— Vous ne pouvez pas faire attention ! s'écria Sophy à son tour, en sauvant l'un des volatiles qu'allait écraser lord Bromford. Regardez où vous mettez les pieds, et ne les mettez pas dans le plat !

— J'ai l'impression d'avoir déjà de la fièvre, dit lord Bromford. Miss Wraxton, ces canards font monter ma température ! Pourquoi les laisse-t-on courir ? On devrait les enfermer ; je ne suis pas habitué à cela.

— Personne n'est habitué à ce qui se passe aujourd'hui, mon cher ami, approuva Miss Wraxton. Laissez-moi vous aider à enlever votre cape. Ce n'est pas de ma faute s'il a plu tout le long du chemin, mais je ne voudrais pour rien au monde que vous attrapiez du mal. Vos bottes aussi sont tout humides et rien n'est plus mauvais que d'avoir les pieds mouillés. Miss Stanton-Lacy, est-ce trop vous demander que d'appeler une servante – s'il y en a une dans cette maison – pour retirer les bottes de lord Bromford ?

— La seule servante disponible est en train de tuer des poulets, affirma Sophy. Cecilia, aidez-moi à courir après les canards et à les remettre dans leur boîte. Votre manchon fera tout à fait l'affaire ; en le leur mettant sur le dos, ils auront chaud comme sous leur mère et ne bougeront plus.

Les deux jeunes filles s'activèrent à courir après les canetons, mais Miss Wraxton, qui avait fait asseoir lord Bromford près du feu, interpella Sophy :

— Votre désinvolture, chère Miss Stanton-Lacy, me semble impardonnable. D'abord, votre conduite exige des explications. Êtes-vous consciente des conséquences qu'aurait eues votre escapade si votre cousine et moi n'étions venues à votre secours ?

Lord Bromford éternua.

— Oh ! la paix, Eugenia, dit Cecy. Vous n'avez plus rien à dire. Tout est bien qui finit bien !

— Vous devez avoir perdu le sens des convenances, Cecilia, pour parler comme vous le faites ! Tout est bien qui finit bien ! Alors que votre cousine est perdue de réputation !

À cet instant, la marquise entra dans la pièce, les reins ceints d'un tablier, une cuiller de bois à la main.

— J'ai besoin d'œufs, dit-elle. Et vite ! Je me moque de Lope de Vega quand j'ai à faire à la cuisine. Quelqu'un veut-il aller à la ferme et demander à Vincent de lui donner des œufs ?

On aurait pu croire qu'à la vue de Sancia toutes les craintes de Miss Wraxton se seraient subitement évanouies ; mais, enfermée dans une rage froide, elle ne fit pas même un mouvement pour aller saluer la marquise.

Lord Bromford, au contraire, se leva de son fauteuil et s'inclina devant elle. Sophy fit les présentations en soulignant que le jeune homme venait d'attraper un bon rhume.

— Alors, n'approchez pas ! s'écria tout de suite la marquise. Et j'aperçois Miss Rivenhale, cette beauté si anglaise ! Et l'autre aussi, très dans le style, mais moins plaisante. Je ne pense pas que deux poulets suffisent. L'homme enrhumé sera obligé de jeûner. Mais il me faut des œufs. Qu'on aille m'en chercher, vite !

Sur ce, Sancia se retira, sans prendre garde aux véhémentes protestations de lord Bromford qui prétendait qu'un rhume avait besoin d'être nourri. Miss Wraxton lui semblait la seule créature qui eût pitié de lui. Il tourna vers elle un regard pitoyable.

— N'y a-t-il pas une pièce qui soit un peu plus confortable ? demanda Miss Wraxton à Sophy. Si j'avais seulement su dans quel endroit j'allais me fourvoyer, jamais je n'aurais quitté Londres.

— Et vous auriez mieux fait, dit candidement Sophy, plutôt que de venir embêter tout le monde ! Qu'est-ce qu'il vous faut maintenant ? Des cataplasmes de farine de moutarde ?

— Oh ! ce serait excellent, intervint lord Bromford. Je ne crois pas que cela puisse arrêter complètement la fièvre, mais cela me ferait déjà beaucoup de bien. Merci ! Merci de tout mon cœur !

Sophy dit en éclatant de rire :

— Mais je ne parlais pas sérieusement !

— Cela m'aurait étonnée, commenta Miss Wraxton. Je n'ai jamais vu une femme avoir aussi peu de pitié que vous ! Ne vous inquiétez pas, lord Bromford ; je ferai tout ce qui est en mon pouvoir pour que vous ne tombiez pas malade.

Il lui pressa la main, trop ému pour dire un mot. Elle le fit rasseoir dans son fauteuil.

— N'oublions pas, dit alors Charlbury, que la marquise a réclamé des œufs. Je crois que je ferais bien d'aller trouver Talgarth !

— Oui, dit Sophy, d'un air pensif. Et… Charlbury, prenez la bougie sur cette étagère et allons voir si le feu pétille dans la petite salle à manger. Lord Bromford y serait mieux qu'ici.

Sitôt qu'ils eurent franchi le seuil de la porte, Sophy saisit le poignet du jeune homme et lui glissa à l'oreille :

— Ne vous occupez pas des œufs. Allez à l'écurie et demandez aux valets des Ombersley d'atteler de nouveau la voiture. Si nécessaire, vous trouverez un relais au village. Ramenez Cecilia à Londres. Ce serait très ennuyeux pour elle si elle rencontrait Auguste ! Il n'y a pas de raison pour que nous soyons tous ici. Ce n'est pas ce que j'ai voulu !

Il fit légèrement la grimace et dit :

— Si je pars, est-ce que vous viendrez avec nous ?

— Pour m'asseoir entre vous deux ? Non, merci !

— Je ne peux pas vous laisser seule !

— Ne vous inquiétez pas. Il est trop tôt pour moi pour retourner à Londres !

Il posa le bougeoir sur une table et prit ses deux mains dans les siennes.

— Je vous dois une immense gratitude. Sophy, dites-moi ce que je peux faire pour vous. Dois-je vous débarrasser de Miss Wraxton ?

— Non, dit Sophy simplement. Je compte en tirer un bien meilleur parti en l'installant au chevet de lord Bromford. Ils sont faits pour s'entendre... et peut-être s'épouser !

— Sophy ! Sophy !

— Je ne plaisante pas ! Il faut que je pense à elle aussi. Je ne veux pas qu'elle épouse Charles et rende tout le monde malheureux ! Et maintenant, ne me faites pas de discours. Faites ce que je vous ai dit. Je vais prévenir Cecy !

Quand elle retourna dans le hall, Sophy dit à Miss Wraxton :

— Il fait très bon dans la petite salle à manger. Si vous voulez vous y asseoir durant quelques minutes, je vais faire préparer une chambre et demander à Clavering de retirer les bottes de lord Bromford. Voulez-vous prendre soin de lui, Eugenia ?

— J'espère que la cheminée ne fume pas autant que celle-ci ? s'enquit Miss Wraxton d'une voix acide. C'est très mauvais pour lui. Il a déjà toussé deux fois !

— C'est effrayant ! convint Sophy. Faites-le vite sortir de là !

L'intéressé la remercia d'une voix à peine perceptible, tout en claquant des dents et en éternuant. Avec la plus grande dévotion, Miss Wraxton l'aida à gagner l'autre pièce. À peine eurent-ils franchi la porte que Mr Fawnhope apparut et cria d'une voix outrée :

— C'est parfaitement révoltant de voir plumer des poulets ! Et la marquise réclame ses œufs !

À la vue du jeune homme, Cecilia avait sursauté et légèrement pâli.

— Auguste ! murmura-t-elle.

— Cecilia ! fit Mr Fawnhope, les yeux exorbités. Vous n'étiez pas là tout à l'heure. Je pense que je vous aurais vue.

— Non ! répondit-elle furieuse. Je suis venue avec Miss Wraxton.

— Oh ! c'est pour cela, dit-il. Cela m'étonnait un peu de ne pas vous avoir remarquée.

Cecilia profita de l'occasion pour lui dire :

— Auguste, il faut que je vous parle franchement. J'ai fait une grave erreur. Je ne peux pas vous épouser !

— Combien noble de votre part ! Je rends grâce à votre franchise et m'estime déjà fort heureux que vous m'ayez permis de vous adorer. Ce sentiment n'a fait qu'augmenter mon inspiration. Sans vous, je n'aurais pas écrit autant de poèmes ! Mais le mariage n'est pas un état qui me convient. Il faut que j'y renonce. J'y renonce donc. Vous devriez épouser Charlbury, mais j'espère que vous me permettrez de vous dédier ma tragédie !

— M… merci ! balbutia Cecilia, qui n'en croyait pas ses oreilles.

— Elle va épouser Charlbury, intervint à son tour Sophy, désireuse de régler complètement la question. Et à présent, Auguste, allez vite chercher les œufs !

— Je ne sais pas où les prendre. Et puis, il faut que j'écrive tout de suite une poésie qui vient de germer dans ma tête. Voyez-vous un inconvénient à ce que je l'intitule : *Sophy au Flambeau* ?

— Pas le moindre, assura la jeune fille. Tenez, prenez cette bougie et installez-vous à votre aise dans la bibliothèque. Personne n'ira vous déranger.

Le jeune homme disparut et Cecilia demanda à sa cousine :

— Croyez-vous qu'il m'ait comprise ? Pourquoi ne m'aviez-vous pas dit qu'il était là ? Je ne savais pas comment réagir !

— J'avais l'espoir de vous le faire éviter, avoua Sophy. Mais peu importe. Charlbury est parti demander qu'on attelle la voiture. Vous devez rentrer tout de suite à Berkeley Square ! Ma tante doit être très inquiète !

Cecilia, qui dans l'après-midi avait connu un peu trop d'émotions, fut sur le point de défaillir en écoutant sa cousine. Mais sur ces entrefaites, lord Charlbury revint, annonçant que la voiture serait prête dans cinq minutes. Sophy remit elle-même le chapeau de sa cousine sur ses jolies boucles blondes et, aidée de lord Charlbury, la conduisit vers le landau. Après avoir encore remercié sa bienfaitrice, le jeune homme ferma la portière et l'heureux couple partit pour Londres.

Sophy leur fit de longs adieux de la main et rentra dans la maison où Miss Wraxton l'attendait. Elle voulait en effet disposer de la cuisine pour préparer un cataplasme à sa façon. Trop heureuse de se débarrasser d'elle, Sophy acquiesça à son désir et ordonna aux deux Clavering de préparer une chambre du premier étage. Pendant une demi-heure, l'homme et la femme s'affairèrent à monter des seaux de charbon, des couvertures, des bouillottes et quelques instants plus tard, lord Bromford, délesté de ses bottes et drapé dans une robe de chambre que sir Vincent avait eu l'idée d'emporter, fut tendrement installé près du feu, sur une chaise longue, par Miss Wraxton.

Il commençait à se faire tard et Sophy, seule dans le hall, se sentait devenir nerveuse quand elle entendit de loin le bruit des roues d'une voiture. Quelques instants plus tard, elle fit un grand effort pour ne pas ouvrir la porte quand elle y entendit frapper. C'est Clavering, qui semblait n'en plus pouvoir, qui introduisit le visiteur. Sophy eut un réel plaisir à entendre la voix autoritaire de son cousin.

— Je suis bien à Lacy Manor ? Parfait ! Conduisez mon valet à l'écurie, le plus tôt possible, et ne vous occupez plus de moi !

Sur ces paroles, Mr Rivenhale secoua les gouttes de pluie qui s'étaient accumulées sur le rebord de son chapeau et, ses yeux tombant sur Sophy, en train de construire un château de cartes, il dit de sa voix la plus aimable :

— Bonsoir, Sophy ! Je pense que vous ne m'attendiez plus. Mais il n'a pas cessé de pleuvoir et il ne fait pas clair sur les routes.

Tina, qui frétillait déjà autour de lui, ne put se retenir d'aboyer de joie et Charles dut la caresser.

Sophy, sans relever les yeux, dit alors à son cousin :

— Charles, c'est trop gentil à vous ! Venez-vous pour m'épargner la honte d'une escapade ?

— Non, pour vous tordre le cou !

Cette fois, elle le regarda :

— Ne savez-vous pas que je suis « perdue de réputation » ?

Il quitta son manteau, le secoua, le posa sur une chaise et dit :

— Parlez-vous sérieusement ? Dans ce cas, j'ai manqué de flair. J'étais prêt à jurer que la marquise était avec vous !

La joie brilla dans les yeux de sa cousine.

— Vous êtes odieux ! Comment avez-vous pu le deviner ?

— Je vous connais mieux que vous ne le pensez. Où est ma sœur ?

— Elle est repartie pour Londres en compagnie de Charlbury. Vous l'avez certainement croisée en route.

— Sans doute, mais j'étais trop préoccupé pour observer les voitures que je pouvais rencontrer. Miss Wraxton était avec eux ?

De nouveau, elle le regarda.

— Et comment savez-vous que Miss Wraxton est là ?

— Elle a eu la bonté de me faire parvenir un billet pour m'informer de ses intentions, dit-il en faisant la grimace. Est-elle encore ici ?

— Oui, dit Sophy ; mais je crains qu'elle ne soit très occupée.

Elle se pencha pour prendre dans ses mains l'un des canetons qui avait réussi à s'échapper et le passa à son cousin.

— Tenez la bestiole un instant, pendant que je vous verse un verre de sherry, lui dit-elle. Après la pluie, un peu d'alcool fait beaucoup de bien !

Sans protester, Charles laissa déposer dans ses mains un petit ballon de plumes jaunes. Il lui semblait inutile de savoir d'où il provenait et tout en caressant la tête de l'animal il regardait faire sa cousine.

— Ceci explique pourquoi vous êtes venu, reprit Sophy.

— Vous savez très bien que non ! dit Charles.

— Votre manteau est complètement trempé, fit remarquer la jeune fille. Vous n'avez pas pris froid, au moins ?

— Ne vous moquez pas de moi, dit-il avec une légère impatience. D'ailleurs, la pluie s'est arrêtée sur les trois derniers kilomètres.

Elle lui tendit son verre :

— Vous me rassurez ! Le pauvre lord Bromford a attrapé un rhume carabiné ! Il était venu pour se battre en duel avec lord Charlbury, mais il n'a rien pu faire que d'éternuer.

— Bromford ! s'exclama Charles. Vous n'allez pas me dire que Bromford est ici !

— C'est Miss Wraxton qui l'a amené. J'ai l'impression qu'elle comptait l'employer à me sauver du déshonneur, dit Sophy.

— Vous êtes en train de vous moquer de moi ! s'écria Charles devenu soupçonneux. Même Eugenia ne pourrait pas concevoir une monstruosité pareille ! Vous marier à cet imbécile !

— Pour Miss Wraxton, ce n'est pas un imbécile. Elle le trouve au contraire plein de bon sens et de…

— Merci ! J'en ai assez ! s'écria-t-il furieux. Prenez cet animal et dites-moi où est Eugenia.

Sophy remit le caneton dans la boîte.

— Ou bien elle est dans la cuisine en train de faire un cataplasme ou bien avec Bromford, dans la chambre d'amis.

— Quoi ?

— En train de lui faire avaler une tisane, ajouta Sophy d'un air innocent. C'est au premier étage, la deuxième porte à droite !

Charles posa son verre, informa sa cousine qu'il allait revenir sur-le-champ et grimpa l'escalier. Sophy en profita pour aller avertir Sancia que si deux invités étaient partis, un autre était arrivé.

Pendant ce temps, sans s'annoncer, Charles ouvrit la porte de la chambre et resta cloué sur place. Sur une chaise longue auprès du feu, était allongé lord Bromford. Un écran placé devant la fenêtre le protégeait des courants d'air et ses deux pieds trempaient dans un bain de moutarde. Sur ses épaules, une couverture pliée en deux recouvrait sa robe de chambre, et il avait aux mains un bol de tisane. Armée d'une bouilloire et penchée vers lui, Miss Wraxton s'apprêtait à réchauffer l'eau de son bain.

— Par exemple ! s'exclama Charles.

— Le courant d'air ! Attention ! gémit aussitôt lord Bromford. Miss Wraxton, je sens de l'air sur mes pieds !

— Charles, fermez la porte ! ordonna Eugenia d'une voix sévère. Lord Bromford n'est pas bien du tout !

— C'est ce que je vois, dit le jeune homme tout en pénétrant dans la chambre.

— Tout cela est dû à l'inhumanité de votre sœur, qui n'a jamais voulu que lord Bromford monte dans notre voiture ! J'espère que ce refroidissement n'aura pas de suites graves ; sans quoi, quel remords pour elle !

— La première faute est de votre côté, dit-il assez sèchement. Quel besoin aviez-vous de vous mêler de cette affaire ? Je ne serais pas fâché que ce soit une leçon pour vous !

— Charles ! murmura Miss Wraxton, profondément vexée.

— Est-ce que vous pensiez que votre lettre me ferait soupçonner Sophy d'avoir commis quelque vilaine action ? Depuis le premier jour, vous avez essayé de me dresser contre elle, mais aujourd'hui, ma belle amie, vous avez passé la mesure ! Comment avez-vous pu être assez stupide pour penser que Sophy avait besoin de vous pour se réhabiliter, comme vous dites !

— Monsieur ! dit lord Bromford, avec autant de dignité qu'en pouvait assumer un homme dont les deux pieds trempaient dans la moutarde, vous me répondrez des mots que vous venez de prononcer.

— Certainement ! Quand et où vous voudrez ! répliqua Charles.

— Ne faites pas attention à lui ! supplia Miss Wraxton. Il est hors de lui-même. Si vous deviez vous battre à cause de moi, je ne pourrais plus jamais marcher la tête haute. Restez calme, je vous en prie ; la fièvre va monter si vous vous agitez et que dira votre maman ?

Lord Bromford lui saisit la main et murmura, fort ému :

— Vous êtes une sainte ! Une femme extraordinaire ! Instruite, intelligente et pourtant si féminine… Vous me faites penser à ce qu'a écrit le poète…

— Vous l'avez déjà dit au sujet de Sophy, l'interrompit brusquement Charles.

— Monsieur, dit Miss Wraxton, je vous demanderai de quitter cette pièce immédiatement et d'emmener cette horrible chienne qui vous a suivi jusqu'ici ! Je vous suis reconnaissante de m'avoir révélé votre vrai caractère avant qu'il ne soit trop tard ! Vous m'obligeriez en faisant publier la rupture de nos fiançailles !

— Vous pouvez compter sur moi ! approuva Charles en s'inclinant. Je vous présente, madame, mes plus profonds regrets et mes vœux les plus sincères pour votre bonheur futur.

— Merci ! Je ne peux pas vous féliciter, mais je prie le Ciel qu'il vous épargne de trop amères déceptions !

Charles retrouva Sophy assise à même le parquet, auprès de la boîte aux canards, qu'elle empêchait de se sauver. Sans lever les yeux, elle dit :

— Sir Vincent a trouvé quelques bouteilles d'un excellent bourgogne et Sancia dit que le dîner sera bientôt prêt.

— Talgarth ! s'écria Charles d'un ton légèrement agressif. Qu'est-il venu faire ici ?

— Il est venu avec Sancia. C'est abominable, Charles. Il a épousé Sancia !

— Votre père sera enchanté ! J'ai oublié de vous dire, ma chère cousine, qu'il vient d'arriver à Londres et qu'il est à Berkeley Square. Nous avons conversé ensemble et il a paru ennuyé des efforts que vous faisiez pour éloigner Talgarth de la marquise.

— Sir Horace est à Londres ! s'exclama Sophy, tout heureuse. Et je n'étais pas là pour son arrivée ! Charles, pourquoi ne pas me l'avoir dit tout de suite ?

— J'avais d'autres choses en tête. Levez-vous !

Elle accepta l'aide de sa main et dit :

— Charles, êtes-vous libéré maintenant ?

— Oui, dit-il. Miss Wraxton m'a demandé d'annuler nos fiançailles.

— Et Cecy, de son côté, est débarrassée d'Auguste, alors je crois…

Il l'interrompit :

— Je ne sais pourquoi vous l'avez détournée de Fawnhope, et je ne comprends pas non plus pourquoi je vous trouve entourée de canetons ; mais peu importe, j'ai à vous parler sérieusement.

— Au sujet du cheval ? s'enquit Sophy. Je dois vous avouer que je regrette de vous avoir mis en colère.

Il la prit par les épaules :

— Non, non, Sophy ! Vous savez bien que je ne pensais rien de ce que j'ai dit ! Sophy… ce n'est pas pour ça que vous avez quitté Londres ?

— Mais si ! Ne comprenez-vous pas qu'il me fallait une excuse !

— Idiot que je suis ! murmura Charles en prenant Sophy dans ses bras.

Tina n'en pouvait plus d'excitation et se mit à aboyer.

— Chut ! lui ordonna le jeune homme.

Et les deux mains autour du cou de sa cousine, il dit, plongeant son regard dans le sien :

— Horrible créature, voulez-vous de moi pour mari ?

— Oui, dit Sophy. Mais vous savez, c'est seulement pour sauver ma tête !

La porte s'ouvrit derrière eux et Mr Fawnhope apparut, l'air légèrement égaré.

— Je n'ai pas pu trouver d'encre et j'ai cassé mon crayon. D'ailleurs, j'abandonne l'idée de vous représenter comme une vestale, comme une vierge qui sert le temple… je préfère l'idée d'une déesse… mais j'ai vraiment besoin d'encre.

Sans saluer Mr Rivenhale – qu'il n'avait sans doute pas vu – il s'éloigna comme il était venu, fantomatique.

Rivenhale regarda Sophy avec des yeux écarquillés.

— Vous auriez pu me prévenir ! Et que voulait-il dire ?

— Un coup de foudre, expliqua Sophy. Il aime la façon dont je tiens les lampes et voudrait me voir avec une urne.

— Tant pis pour lui ! Il ne vous verra pas avec une urne ! déclara Charles Rivenhale qui en avait assez de ce genre d'histoires.

Avisant sa pelisse sur la chaise, il la prit et dit à Sophy :

— Mettez cela sur vous. Où est votre chapeau ?

— Charles, nous ne pouvons pas laisser Sancia toute seule avec ces gens ! Ce n'est pas une chose à faire !

— Est-ce que vous imaginez que je vais m'asseoir à table en face de Miss Wraxton et de ce maudit poète ! Ce manchon, c'est à vous ? Faut-il emporter les canards ?

— Non, c'est le manchon de Cecilia ! Regardez ce que vous avez fait. Maintenant, ils vont tous déguerpir !

Sir Vincent entra dans la pièce, deux bouteilles en main.

— Comment allez-vous, Rivenhale ? Sophy, savez-vous s'il y a de l'encre dans cette maison ? Le poète est en train d'inspecter un à un tous les tiroirs de la cuisine et dérange la pauvre Sancia.

— Talgarth ! dit Charles en prenant Sophy par le bras, soyez assez gentil pour vous occuper des canards ! Et je vous souhaite une bonne soirée ! Sir Horace vient d'arriver et je me suis engagé à lui ramener sa fille.

— Rivenhale, répliqua sir Vincent d'un air grave, je vous comprends parfaitement. Laissez-moi vous féliciter. Je ne manquerai pas de vous excuser auprès de ma femme. Mais je vous conseille de ne pas perdre un instant, si vous voulez échapper au poète !

— Sir Vincent ! cria Sophy, que Charles entraînait vers la porte, veuillez dire à Miss Wraxton qu'elle peut prendre ma valise et en distribuer le contenu ! Charles, vous êtes complètement fou ! Êtes-vous venu en tilbury ? S'il pleut, je serai dans un bel état !

— Vous ne l'aurez pas volé !

— Vous voyez que vous ne m'aimez pas ! dit Sophy, prenant l'air choqué.

Charles tira la porte derrière eux et sans plus de manière embrassa sa cousine.

— Non, lui dit-il avec violence : je vous déteste à la folie !

Transportée par ces mots d'amour, Sophy lui rendit son baiser et se laissa entraîner.

PEMBERLEY

DÉCOUVREZ AUSSI DANS LA MÊME COLLECTION :

Chez votre libraire

Sally MacKenzie — Noblesse oblige : *Le Baron mis à nu*

Teresa Medeiros — *Le diable s'habille en tartan*

19 octobre 2012

Victoria Dahl — *Les Amants égarés*

Sally MacKenzie — Noblesse oblige : *Le Vicomte mis à nu*

Julianne MacLean — Le Highlander : *Captive du Highlander*

Achevé d'imprimer en août 2012
Par CPI Brodard & Taupin - La Flèche (France)
N° d'impression : 69736
Dépôt légal : septembre 2012
Imprimé en France
81120846-1